MROCZNE PRZYPŁYWY TAMIZY

WYBITNE LITERACKIE KRYMINAŁY
w Wydawnictwie AMBER

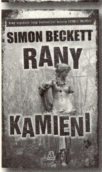

SHARON BOLTON

MROCZNE
PRZYPŁYWY
TAMIZY

Przekład
STANISŁAW REK

Redaktor serii
Małgorzata Cebo-Foniok

Redakcja stylistyczna
Dorota Kielczyk

Korekta
Halina Lisińska
Ewa Szaniawska

Projekt graficzny okładki
Małgorzata Cebo-Foniok

Zdjęcie na okładce
© Tim Grist/Moment/Getty Images

Tytuł oryginału
A Dark and Twisted Tide

Copyright © S.J. Bolton 2014
All rights reserved.

For the Polish edition
Copyright © 2015 by Wydawnictwo Amber Sp. z o.o.

Druk
BZGraf S.A.

ISBN 978-83-241-5342-8

Warszawa 2015. Wydanie I

Wydawnictwo AMBER Sp. z o.o.
02-952 Warszawa, ul. Wiertnicza 63
tel. 620 40 13, 620 81 62

www.wydawnictwoamber.pl

*Pamięci Margaret Yorke – mojej sąsiadki,
mentorki, przyjaciółki*

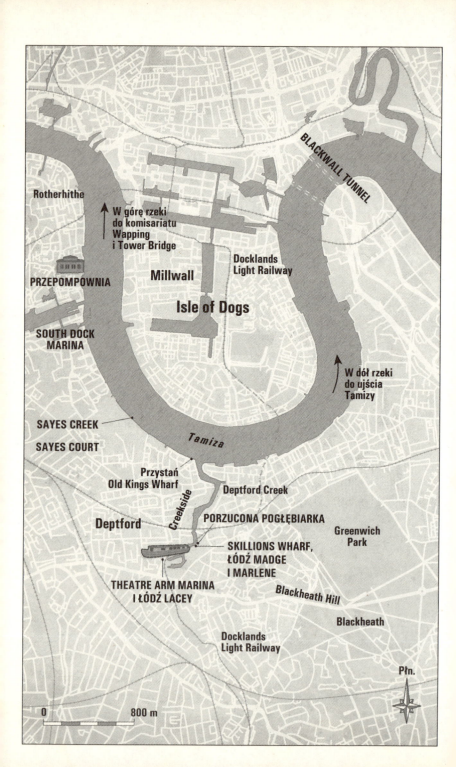

*Ale zależnie od sukcesów takiego dodawania
można otrzymać w ogólnym wyniku
albo kobietę i rybę osobno, albo też łącznie syrenę.
Niestety pan inspektor potrafił uzyskać ledwie syrenę,
w którą nie uwierzyliby oczywiście ani sędzia,
ani panowie przysięgli.*

Karol Dickens *Nasz wspólny przyjaciel*
(przeł. Tadeusz Jan Dehnel)

Prolog

Jestem Lacey Flint, mówi sobie, kiedy wstaje świt. Unosi jedno ramię, potem drugie. Mocno pracuje nogami, dłuższymi i silniejszymi niż zwykle dzięki solidnym płetwom. Mam na imię Lacey, powtarza, bo ta mantra tożsamości stała się taką samą częścią jej dziennego rytuału jak pływanie o brzasku. Lacey – brzmienie łagodne i piękne, a Flint – ostre i twarde jak paznokcie. Czasem bawi ją ten wewnętrzny kontrast między własnym imieniem i nazwiskiem. A czasem przyznaje, że to doskonale do niej pasuje.

Jestem posterunkowa Lacey Flint z Wydziału Rzecznego Policji Metropolitalnej, milcząco oświadcza swojemu odbiciu w lustrze, kiedy wkłada nieskazitelny mundur. Zaraz rusza do nowego miejsca służby – do komisariatu Wapping. Cieszy się, po raz pierwszy od wielu miesięcy czuje się tak, jak powinien czuć się policjant.

Jestem Lacey Flint, mówi do siebie prawie co wieczór, kiedy zamyka bulaje swojego domu na łodzi i wpełza do małego podwójnego łóżka w przedniej kabinie, słucha chlupotu wody o burty i skrobania stworzeń, które rozpoczynają nocne życie. Mieszkam na rzece, pracuję na rzece i pływam w rzece.

Mam na imię Lacey i jestem kochana, myśli, kiedy w marzeniach znów pojawia się wysoki mężczyzna o turkusowych oczach.

– Jestem Lacey Flint – czasem mruczy na głos, wpływając do świata pełnego „jeżeli", „być może" i „pewnie tak", który inni nazywają snem; i zastanawia się, czy kiedyś w ogóle nadejdzie dzień, gdy zapomni, że to wszystko jest wielkim kłamstwem.

Sobota, 28 czerwca

1. Zabójca

Stacja pomp siedzi blisko nabrzeżnego obmurowania Tamizy w Londynie, niedaleko granicy Rotherhithe i Deptford, jak kobieta na potańcówce, która dawno porzuciła nadzieję na partnera. Mały kwadratowy budynek przeważnie zapomniany przez przechodniów, rowerzystów i kierowców, którzy mijają go każdego dnia, jeśli w ogóle kiedykolwiek go zauważyli. Jest tam od zawsze, tak jak ulice, jak wysoki wał przy rzece, jak ścieżka wzdłuż nabrzeża. Pod żadnym względem nie zwraca na siebie uwagi i nigdy nie dzieje się nic, co by się z nim wiązało. Żadne dostawy nie wchodzą przez szerokie drewniane drzwi w jednej ze ścian i na pewno nic stamtąd nie wychodzi. We wszystkich oknach są drewniane deski przybite ciężkimi stalowymi gwoździami. Od czasu do czasu ktoś, kto włóczy się ścieżką nad rzeką, może wychwycić, że układ cegieł to doskonały przykład naprzemiennego flamandzkiego wiązania, a wzór pod płaskim dachem jest piękny i z pewnością niedoceniany.

Niewielu to dostrzega. Dach znajduje się nad linią wzroku, a najbliższa droga nie leży na trasie autobusu. Ruch na rzece, oczywiście, odbywa się dużo niżej. Więc nikt nie docenia, że jasna szarość budynku jest artystycznie przełamana jednorodnym kamieniarskim wzorem: główka – wozówka – główka. Ludzie z epoki wiktoriańskiej ozdabiali wszystko, nie zaniedbali też mało znaczącego budynku, nawet jeśli niewielu z nich wspomniałoby w eleganckim towarzystwie o jego pierwotnym przeznaczeniu. Stację pomp zbudowano po to, żeby przepompowywała ludzkie odchody i odpadki z niżej położonych terenów Rotherhithe i wylewała je do rzeki. Kiedyś odgrywała ważną rolę – utrzymywała w czystości ulice, ale zaczęły działać większe, wydajniejsze stacje i oto nadszedł dzień, gdy ta okazała się już niepotrzebna.

Gdyby przechodnie byli na tyle ciekawi, żeby wejść do środka, zobaczyliby, że na podobieństwo TARDIS* wnętrze jest znacznie większe, niż sugerowałaby zewnętrzna rama budowli, bo co najmniej połowa stacji pomp znajduje się pod ziemią. Dwie kondygnacje wyżej, wysoko w ścianach, są zabite deskami okna i wielkie podwójne wierzeje. Żeby się do nich dostać, trzeba wspiąć się po żelaznych schodach i przejść ozdobną galerią wokół całej cylindrycznej komory.

Całe wyposażenie techniczne dawno zabrano, ale dekoracje zostały. Kamienne kolumny wznoszą się pod dach, ich niegdyś szkarłatna barwa zmatowiała do ciemnej czerwieni. Tudoriańskie róże nadal oplatają kapitele, chociaż już nie połyskują śnieżną bielą. Pleśń wpełza na gładkie ściany, ale nie daje rady ukryć świetnej jakości cegieł. Każdy, kto miałby ten przywilej, żeby zajrzeć do środka stacji pomp, uznałby ją za pomniejszy klejnot architektury, który należy zachować i czcić.

To nie nastąpi. Od lat stacja jest w prywatnych rękach, a te ręce nie mają żadnego interesu w tym, żeby ją rozwijać czy zmieniać. Te ręce są obojętne wobec faktu, że nieruchomość nad brzegiem rzeki, tak blisko centrum, jest warta prawdopodobnie miliony. Tym rękom stara stacja pomp służy w pewnym szczególnym celu.

Okazuje się też, że to idealne miejsce do owijania całunem zwłok.

Na środku pomieszczenia są trzy żelazne cokoły, wielkości mniej więcej niedużego stołu. Na tym najbliżej rury wylotowej leży martwa kobieta, a przy niej zabójca dyszy z wyczerpania po tym, jak ją tu dowlókł. Woda ścieka strumieniami z obojga.

---

* TARDIS (Time And Relative Dimension(s) In Space) – fikcyjny statek kosmiczny oraz wehikuł czasu i przestrzeni bohatera brytyjskiego serialu science fiction *Doktor Who*. TARDIS, w formie niebieskiej budki telefonicznej, jest wewnątrz o wiele większa niż na zewnątrz (wszystkie przypisy pochodzą od redakcji).

Włosy martwej kobiety są czarne i bardzo długie. Przywarły do jej twarzy tak jak wodorosty do kadłuba wywróconej łodzi przy niskim stanie wody.

W górze księżyc jest niczym więcej jak podkręconą blond rzęsą na niebie, ale wzdłuż nabrzeżnego obmurowania stoją lampy i trochę światła dociera do środka. To, i blask kilku lamp naftowych w łukowatych niszach w ścianach sprawia, że światła jest dość.

Kiedy delikatnie unosi włosy, ukazuje się spod nich blada, doskonała twarz. Zabójca wzdycha. Zawsze jest dużo łatwiej, kiedy ich twarze się nie niszczą. Rana na szyi wygląda ohydnie, ale twarz pozostała nietknięta. Oczy zamknięte, to też dobrze. Tak szybko tracą blask.

Oto znów nadchodzi ciężki smutek. Żal – naprawdę nie ma na to innego słowa. Te dziewczyny są takie piękne, z tymi opadającymi włosami i długimi nogami. Dlaczego wabić je obietnicami ratunku i bezpieczeństwa? Dlaczego żyć dla chwili, kiedy nadzieja w ich oczach zamienia się w przerażenie?

Wystarczy. Ciało trzeba rozebrać, umyć i owinąć w całun. Można je tutaj zostawić na resztę nocy, a jutro zanieść do rzeki. Pod ręką leżą obrębione prześcieradła, nylonowe linki i ciężary.

Szybko pozbywa się ubrania kobiety; bawełnianą tunikę i spodnie rozcina bez trudu, tania bielizna to kwestia sekund.

Och, ale ona piękna. Szczupła. Długie smukłe nogi; małe jędrne piersi. Blada, doskonała skóra. Silne palce zabójcy przesuwają się po sprężystym, krągłym udzie, śledzą zarys drobnej wypukłości kolana i zjeżdżają po idealnie uformowanej łydce. Wspaniałe stopy. Wysoki, wdzięczny łuk śródstopia, malutkie palce, perfekcyjny owal paznokci. Martwa jest absolutnym obrazem nieosiągalnej kobiecości.

Chrapliwy odgłos. Potem zimna silna ręka zaciska się na ramieniu zabójcy.

Kobieta się porusza. Nie jest martwa. Oczy ma otwarte. Nie jest martwa. Kaszle, rzęzi, jej palce drapią żelazny blok, próbuje wstać. Jak to się stało? Zabójca mało nie mdleje ze wstrząsu. Oczy, poczerniałe z przerażenia, wpatrują się. Z każdym kaszlnięciem więcej rzecznej wody wypływa spomiędzy bladych, pogryzionych warg.

Warg, które nie powinny już niczego powiedzieć.
Zabójca wyciąga rękę, ale jest zbyt powolny.
Kobieta odsunęła się i spadła z cokołu.
– Au, au – wyje jak przerażone zwierzę.
Zabójca też jest przerażony. Więc już po wszystkim?
Kobieta wstaje. Oszołomiona, zdezorientowana, ale nie aż tak, żeby zapomniała, co się jej przydarzyło. Cofa się, rozgląda, szuka drogi na zewnątrz. Kiedy jej oczy napotykają oczy zabójcy, otwierają się szerzej ze strachu. Z ust wychodzą słowa, które zabójca może słyszy, a może ich nie słyszy.
– Czym jesteś?
I to wystarczy, żeby wściekłość wróciła. Nie: „Kim jesteś?" Nie: „Dlaczego to robisz". Oba pytania byłyby całkowicie zrozumiałe w tych okolicznościach. Ale: „Czym jesteś?"
Kobieta teraz biegnie, szuka okna – na tej kondygnacji go nie znajdzie – albo drzwi, to jej nie pomoże.
Zauważyła wyższe piętro, kieruje się ku schodom. Tam nie ma drogi wyjścia – wszystkie okna zabite deskami, ciężkich drzwi nie da się otworzyć – ale są świetliki, może je wybić i przyciągnąć uwagę ludzi na zewnątrz.
Zabójca rzuca się do przodu, boleśnie uderza o żelazne obramowanie schodów, łapie kobietę za łydkę. Ryk bólu. Kolejne mocne pociągnięcie. Wycie, potem ona stacza się ze schodów.
Zabójca już ją ma, ale kobieta jest naga i śliska od wody i potu. Niełatwo ją przytrzymać, wije się jak węgorz, walczy. Gryzie, drapie i ciągłe się wykręca, to wyczerpuje. Uścisk zabójcy się rozluźnia. Kobieta wstaje. Sięga, łapie. Upadła, twardo rąbnęła na kamienną posadzkę, uderzyła głową. Oszołomioną łatwiej opanować. Podnieść. Szuranie ciała ciągniętego po kamieniu. Ramiona młócą, palce jak szpony próbują się w coś wczepić – w cokolwiek – ale dotarli do gładkiej me-

talowej rury, która kiedyś wyprowadzała stąd wodę. Podnieść ją. Wspiąć się za nią. Popchnąć ją. Rura jest krótka, ma nie więcej niż metr długości.

W dole jest woda, niecałe pół metra niżej, a grawitacja teraz pomaga. Nachylić się, pociągnąć i – tak – oboje uderzają w lustro rzeki.

A świat znów się uspokaja. Staje się cichy. Łagodny i prosty. Teraz spokojnie. Niech idzie. Niech tonie. Niech panikuje. Czekaj, aż się wynurzy, żeby złapać ostatni rozpaczliwy oddech, potem twój ruch. Do góry, z wody jednym gwałtownym wyskokiem i z powrotem w dół, z dłońmi wokół jej gardła. Potem w dół, w dół, w głębinę. W dół, aż przestanie walczyć.

Są ze sobą spleceni. Mocny uścisk. Dobry sposób, żeby umrzeć.

Czwartek, 19 czerwca

(dziewięć dni wcześniej)

2. Lacey

Przeznaczeniem pojedynczej kropli deszczu, która spada na wieś Kemble wśród wzgórz Cotswolds, jest stać się częścią najdłuższej rzeki Anglii i jednej z najsłynniejszych rzek świata. Podczas podróży – trzysta czterdzieści siedem kilometrów – do Morza Północnego, ta jedna kropla połączy się z setkami milionów innych mknących codziennie pod Mostem Londyńskim.

Czasami Lacey Flint, kiedy pływała wśród tych kropli, aż drżała na całym ciele z ekscytacji. Kiedy indziej myśl o nieokiełznanej sile wody, która zewsząd ją otacza, sprawiała, że chciało się jej krzyczeć ze strachu. Ale nigdy nie krzyczała. Zachłyśnij się Tamizą tak blisko ujścia, a ona niemal na pewno cię zabije.

Więc Lacey głowę trzymała wysoko, a usta miała mocno zaciśnięte. Gdy je otwierała, żeby chwycić powietrze – bo podczas szybkiego pływania w zimnej wodzie mięśnie potrzebują dużo tlenu – polegała na stosowanej wcześniej płukance z dettolu, który zabija zarazki. Od prawie dwóch miesięcy – odkąd kupiła stary jacht żaglowy i na nim zamieszkała – pływała w Tamizie, kiedy tylko przypływy i warunki pozwalały. Była zdrowsza niż kiedykolwiek.

O piątej dwadzieścia dwie, w czerwcowy poranek, prawie w dzień letniego przesilenia, na rzece już panował duży ruch, więc – nawet płynąc blisko południowego brzegu – musiała uważać. Łodzie nie zawsze trzymają się środka nurtu, a żaden sternik nie wypatruje pływaków.

Przypływ był w szczytowym punkcie. Jest taka chwila przy wysokim przypływie, szczególnie latem, kiedy rzeka jakby robi sobie przerwę i nieruchomieje. Zaledwie przez kilka, kilkanaście minut – dziesięć, piętnaście – w Tamizie pływa się niemal tak łatwo jak w basenie. Lacey mogła zapomnieć, że jest człowiekiem, że musi używać kombinezonu płetwonurka, płetw, antyseptycznych płukanek, żeby przeżyć w tym obcym wodnym środowisku i stać się częścią rzeki.

Mewa jak smukła strzała musnęła wodę i zniknęła pod wodą. Lacey wyobraziła ją sobie w głębinie, z otwartym dziobem, jak zgarnia jakąś rybę, którą zobaczyła z góry.

Płynęła dalej, w kierunku wyszczerbionych pali. To poczerniała konstrukcja jednego z porzuconych przybrzeżnych pomostów wyładunkowych, które biegną wzdłuż tego odcinka południowego brzegu. Zbudowano je, kiedy Londyn był jednym z najruchliwszych portów handlowych na świecie, żeby większe statki mogły cumować i zrzucać na ląd towary. Pomosty już dekady temu popadły w ruinę.

Nie po raz pierwszy Lacey stwierdziła, że tęskni za Rayem. Tęskniła za widokiem jego chudych ramion przed sobą, tęskniła za fontannami jasnej wody, kiedy od czasu do czasu kopnął za wysoko. Ale Ray kilka dni wcześniej złapał letnie przeziębienie i jego żona Eileen zadziałała stanowczo: ma się trzymać z dala od rzeki, póki nie wydobrzeje.

Niecałe trzydzieści metrów od pomostu. Wszystkie zmysły w pogotowiu, jak zwykle na rzece. Coś wpada jej w oko. Ruch na wodzie, tam, przy brzegu. To nie dryfujące szczątki – stają w miejscu. W Tamizie mieszkają wydry, ale nie słyszała, żeby zapuszczały się tak daleko w dół rzeki. Według Raya, w rzece pływają też inni, ale wyżej, gdzie woda czystsza, a nurt łagodniejszy. O ile wiedział, tylko on, a teraz także Lacey jako jedyni zapuszczali się wpław tak blisko ujścia.

Trochę wytrącona z równowagi zaczęła szybciej uderzać rękami, nagle zapragnęła przepłynąć obok pomostów, skręcić w Deptford Creek i znaleźć się na odcinku prowadzącym do domu.

Już prawie tam dotarła. Ray zazwyczaj płynął między palami. Taki jego mały rytuał. Ale Lacey nigdy nie podpływała za blisko. W poczerniałym oblepionym muszlami drewnie coś się jej nie podobało.

Pewnie inny pływak, dokładnie na wprost niej. Poczuła chwilowe uniesienie, takie które daje wspólnie doznawana przyjemność. Szczególnie ta podszyta poczuciem winy. Już miała się uśmiechnąć, kiedy kobieta się zbliżyła, może zatrzymałaby się w wodzie na kilka sekund, żeby pogawędzić.

Tyle że... to nie pływało. Raczej podskakiwało na wodzie. Ramię, które przed sekundą jakby machało, teraz poruszało się bezładnie. I nie było po prostu chude – było kościotrupie. Na sekundę kobieta stanęła prosto. Potem się położyła i wreszcie zupełnie zniknęła. Za sekundę wróciła. Może nawet nie kobieta; długie włosy, które Lacey zobaczyła w oślepiającym odbitym świetle, wyglądały teraz jak wodorosty. A ubranie, unoszące się niczym welon wokół ciała, dodawało mu kobiecości. Im bliżej podpływała, tym bardziej to coś stawało się bezpłciowe.

Cały czas powtarzała sobie, że nie ma się czego bać. Jeszcze nie widziała zwłok wyciąganych z wody. Mimo dwóch miesięcy w Wydziale Rzecznym. Chociaż Tamiza regularnie wypłacała swoim nadzorcom co najmniej topielca tygodniowo, to Lacey albo nie miała wtedy zmiany, albo musiała zajmować się czymś innym, kiedy wyławiano zwłoki.

Ale wiedziała, z odpraw w pierwszym tygodniu służby, że w Tamiezie to nie tak jak w stojącej wodzie, że zwłoki zazwyczaj toną, a po paru dniach wypływają na powierzchnię. Prądy i przypływy na rzece przesuwają ciało, dopóki nie zaczepi o jakąś przeszkodę, a potem pokazuje się przy niskim stanie wody. Wzdłuż Tamizy były miejsca osławione jako łapki na topielców. Wydział Rzeczny zawsze je przeszukiwał, kiedy ktoś zaginął. Ciała z rzeki zazwyczaj znajdowano dość szybko, a ich stan był do przewidzenia.

Po dwóch albo trzech dniach ręce i twarz nabrzmiewały od zgromadzonych w środku gazów. Po pięciu albo sześciu dniach skóra zaczynała się oddzielać od ciała. Paznokcie i włosy wypadały po tygodniu do dziesięciu dni. Potem dokładały swoje stworzenia wodne. Ryby, skorupiaki, owady, nawet ptaki, które dotarły do zwłok, wszystkie pozostawiały po sobie znaki. Pierwsze zazwyczaj znikały oczy i wargi, co nadawało twarzy wstrząsający, potworny wygląd. Bywało, że śruby łodzi albo twarde przeszkody wyrywały całe kawały ciała. Dryfujące szczątki nigdy nie zwiastowały dobrych wieści.

Teraz bardzo blisko. Postać w wodzie tak jakby podskakiwała z niecierpliwości. „Jestem tutaj. Czekałam na ciebie. Chodź i weź mnie".

Nie utonęła niedawno, przynajmniej to było jasne. Na twarzy zostało bardzo mało tkanki: parę przesiąkniętych wodą różowych węzełków mięśni wzdłuż prawej kości policzkowej, trochę więcej wokół brody i szyi. Mnóstwo śladów ugryzień. A flora rzeczna też upomniała się o swoje. Kilka skrawków ciała przyciągnęło zielonkawe narośle, zakorzeniła się w nich kępka wodnego mchu czy innego zielska.

Drobne kości twarzy, włosy nadal przyczepione do głowy, wodorosty jak gdyby wyrastające z lewego oczodołu. I ubranie, mimo że zazwyczaj ubrania porywa rzeka. Chociaż właściwie nie ubranie, ale coś, czym zwłoki zostały owinięte, a teraz to się rozwinęło i unosiło na lekkich falach jak pasma długich włosów. Zdawało się, że trup sięga w stronę Lacey. Nawet ręce były wyciągnięte, palce zagięte.

Lacey powiedziała sobie, że trzeba się wziąć w garść, że ma robotę do wykonania, że martwy człowiek nie zrobi jej krzywdy, i zaczęła dreptać w wodzie. Musiała sprawdzić, czy zwłoki są umocowane, a jeśli nie, jakoś je zabezpieczyć, potem wyjść z wody i je wyciągnąć. W kieszeni kombinezonu zawsze miała wąską latarkę. Znalazła ją, przełknęła wzbierającą panikę, stwierdziła, że czasem po prostu trafi się coś cholernego, i zanurkowała.

Nic. Całkowita czerń, której nawet promień latarki nie zdołał przebić. Potem wirująca masa zieleni i brązów, światło i cień. Całkowity chaos.

A dźwięki w wodzie, tu, na dole, były znacznie intensywniejsze. Na górze rzeka chlupotała, bulgotała, szumiała, ale w głębinach te odgłosy przypominały przelewanie się, kapanie, świstanie. Pod powierzchnią rzeka jakby żyła.

Dziwaczne, obce kształty zbliżały się do niej. Czarne, inkrustowane muszlami drewno pala. Coś otarło się o jej twarz. Zaciśnięte mocno usta – nie miała zamiaru krzyczeć. Gdzie ciało? Tam. Ramiona młócą, ubranie pływa w wodzie. Od góry do dołu Lacey omiotła światłem latarki zawieszone ciało. Rzeka przybrała, trup znalazł się całkowicie pod wodą. Teraz bezokie oczodoły wpatrywały się prosto w nią. Boże wszechmogący, jakby dotychczasowe koszmary nie wystarczyły.

Nie myśl, po prostu działaj. Sprawdź, co przytrzymuje zwłoki.

Jest! Jeden z pasków tkaniny owinął się ciasno wokół pala i zakotwiczył ciało. Wyglądało na to, że nie odpłynie.

Lacey wyskoczyła na powierzchnię, nadal z zapasem powietrza w płucach, i popatrzyła poza trupa, na brzeg. Zero plaży – przypływ za wysoki – ale trzeba wydostać się z wody. Pomost nad nią był w większej części nietknięty, nie miała jednak szans go dosięgnąć. Mogła jedynie wspiąć się na którąś z poprzecznych belek i czekać na przybycie pomocy. Jakaś belka kilka metrów dalej wyglądała dość solidnie.

Ruszyła w jej stronę, co parę sekund odwracała się, żeby sprawdzić, czy trup nie zniknął. Był tam, w wodzie, ale jakby się odwrócił, żeby patrzeć, jak ona odpływa.

Poprzeczna belka trochę wytrzyma. Lacey wygramoliła się z wody i zdjęła z ramion uprząż z wodoszczelną saszetką. Miała w niej komórkę; Ray nalegał, żeby zawsze ją ze sobą zabierała.

Odpowiedział szybko.

– Co tam, skarbie?

Lacey nie spuszczała oczu z fragmentów tkaniny unoszących się wokół pomostu. Kiedy fale przybierały i opadały, przez mgnienie oka widziała okrągłą, księżycową czaszkę kobiety.

– Lacey, co się stało?

W pobliżu nikogo nie było, ale i tak czuła, że musi mówić cicho.

– Ray, znalazłam zwłoki. Przy Old Kings Wharf. Przyczepione do pomostu.

– Wyszłaś z wody? Nic ci nie jest?

– Tak, wyszłam. Znowu odpływ. Ze mną wszystko okej.

– Ciało zabezpieczone?

– Na to wygląda.

– Dziesięć minut.

Rozłączył się. Przed laty Ray pracował w Wydziale Rzecznym i wiedział, co to znaczy zwłoki w wodzie. Tak jak Lacey, razem z żoną mieszkali na łodzi przycumowanej na Deptford Creek, pobliskim dopływie. Dziesięć minut to za mało; pewnie nie dotrze do niej wcześniej niż za dwadzieścia. Do tego czasu trzeba zachować ciepło.

Łatwiej powiedzieć niż zrobić, kiedy się jest wciśniętym między dwie drewniane belki, a woda co kilka sekund omywa kostki. W Zjednoczonym Królestwie przez dwa tygodnie panowały najdłuższe notowane upały, ale nadal był wczesny ranek i słońce jeszcze nie dotarło do południowego brzegu.

Poniżej woda chlupotała wokół słupów i tworzyła miniaturowe wiry. Martwa kobieta wyglądała tak, jakby tańczyła, fale podrzucały ją zabawnie, tkanina pływała wokół niej jak rozkloszowana spódnica.

– Hej!

Lacey omal nie zemdlała z ulgi. Nie miała pojęcia, że jest tak spięta. Ray musiał przylecieć tutaj na skrzydłach, więc... Spokojnie! Poczuła, że belka pod nią ugięła się lekko.

Ale Raya nigdzie nie widać. Ani małego, zdyszanego silniczka zbliżającego się do niej, ani pobrużdżonego, starego sternika, który marszczy nos w słońcu. Ale przez ułamek sekundy miała przemożne uczucie, że ktoś tu jest. Była pewna, że słyszała, jak do niej krzyczy.

Wyprostowała się i wyciągnęła szyję. Na nabrzeżu pusto. Warkot samochodów, ale gdzieś w oddali. Żadnych odgłosów, że ktoś jeździ na rowerze albo biega. Na rzece ruch, jednak nic do niej nie podpływało.

Wreszcie on, zbliżał się tak szybko, jak tylko pozwalał na to jego silnik o mocy dwudziestu koni mechanicznych.

– Włóż to. – Rzucił jej torbę. – Przy Limehouse jest łódź patrolowa. Zaraz się tu zjawią. No, ale o tym, że pływałaś, nie wspomnimy. Razem siedzieliśmy w mojej łódce na rzece, kiedy zauważyłaś ciało.

Pokiwała głową. Ściągnęła z siebie kombinezon płetwonurka, schowała oporządzenie pływackie do torby. Pływanie na odcinku pływów rzecznych było wykroczeniem. Nawet jeśli to robił funkcjonariusz Wydziału Rzecznego.

– A ty jak? – zapytał Ray, kiedy zbliżyła się policyjna motorówka.

– W porządku.

Łodzią dowodził młody sierżant Scott Buckle. Popatrzył w stronę Lacey i pomachał ręką.

– Taki fach – powiedział Ray ściszonym głosem. – Nie ostatnia, którą wyciągasz.

– Wiem.

– To chciwa rzeka. Ludzie robią się roztargnieni, trochę nieważni. Nie daje im drugiej szansy.

Prawie rok temu Tamiza dała jej jednak drugą szansę. Pozwoliła jej odejść i pewnie dlatego teraz Lacey się jej nie boi.

– Tym razem to nie rzeka. – Patrzyła, jak koledzy dźgają trupa bosakami. – A tak to jej nie wyciągną. Jest mocno przymocowana do pala.

– Akurat – prychnął Ray. – Żeby to wiedzieć, musiałabyś wsadzić głowę pod wodę. Proszę, nie mów, że to zrobiłaś.

– Ta kobieta nie utonęła przypadkiem – ciągnęła jak gdyby nigdy nic Lacey. – Jest mocno owinięta, normalnie mumia.

Ray westchnął.

– Rany, Lacey. Jak ty to robisz?

3. Pływak

Inny pływak, w cieniu, tkwił zupełnie nieruchomo. Promienie słońca nie docierały do niego, ale lśniące łodzie – z warkotem aż pękała głowa – czasem podpływały niebezpiecznie blisko. I mieli światła, ci ludzie, którzy uważali, że rzeka jest ich własnością. Potężne szperacze mogły znaleźć każdego nawet w najciemniejszym kącie. Więc nie ruszać się, nisko w wodzie, oczy w dół, to był sposób. Pomyślą, że głowa to wodorosty na drewnie, ramię to złamana gałąź obdarta do żywego przez wodę i wybielona przez słońce.

Znaleziono Anyę. Pływak teraz ją widział, całun wlókł się po wodzie, szukając ucieczki – próżna nadzieja. Wkrótce nadpłynie więcej łodzi. Wyjmą ją z wody, wystawią biedne, zniszczone ciało na światło słońca, będą jej dotykać, dźgać ją swoimi palcami, swoimi narzędziami, swoimi oczami.

Kobieta, która pływała tak, jakby urodziła się w wodzie, została wciągnięta na jedną z większych łodzi. Podnieśli ją bez trudu. Wydawała się drobna i szczupła, choć w rzece była taka silna i szybka. Lekki powiew wiatru szarpnął ją za włosy, już schnące w słońcu. Rozwiały się za nią niczym jasna flaga. Mężczyźni ją też zabiorą. W końcu uważali ją za jedną ze swojej grupy. Nie mieli pojęcia, ile tajemnic przed nimi skrywa.

Kobieta o jasnych włosach odwróciła się i przez chwilę jakby patrzyła wprost na pływaka. Teraz było blisko. Kwestia chwili, kwestia przypadku, że nie spojrzeli sobie w oczy.

Doprawdy, to wszystko kwestia przypadku. Czasem działał na twoją korzyść, czasem nie. Jeszcze trochę czasu – dni, nawet godzin – i woda rozebrałaby Anyę, przypływ i prąd zrobiłyby swoje, stałaby się po prostu kolejną ofiarą rzeki. Gdyby jasnowłosa kobieta nie pływała dziś rano, prawdopodobnie nikt nie odnalazłby Anyi, a jej historia nadal mogłaby być opowiadana.

Wszystko sprowadzało się do przypadku. I dalej wszystko potoczy się za sprawą przypadku. Bo gdyby Anya do nich przemówiła, znaleźliby także inne.

4. Dana

No, niech mi pan powie. Taka piętnastolatka, która myśli, że jak zajdzie w ciążę, to może jej byle jaka egzystencja sponsorowana przez państwo nabierze jakiegoś znaczenia. Czyjego zezwolenia potrzebuje, żeby się rozmnażać? Albo uzależniona od cracku laska daje dupy, żeby zapłacić za towar coraz gorszej jakości i coraz bardziej trujący? Kto podpisuje formularz, który mówi, że ona może mieć dziecko?

Dana zamknęła oczy, tak jakby to mogło zagłuszyć słowa jej partnerki. Więc po sprawie. W końcu nie będzie dziecka. Helen zawsze miała problem z poszanowaniem autorytetów (naprawdę, co za ironia, biorąc pod uwagę fakt, że poświęciła się pracy w dziedzinie, która właśnie tego wymaga), a autorytet medyczny było jej najtrudniej strawić. Najchętniej zrzędziła na arogancję lekarzy. Tyle że nigdy przy nich.

Otworzyła oczy i spojrzała na zegarek. Na dziesiątą wyznaczyła odprawę. Powinna przewidzieć, że taki będzie finał. Dobra, najwyżej wywalą ją z kliniki zapłodnień, coś nowego.

– Nie mamy prawa określać, kto może, a kto nie może się rozmnażać – wypaliła konsultantowi, a zarazem dyrektorowi do spraw medycznych kliniki. Zaufaj Helen. Jeśli masz się na kogoś wkurzyć, zacznij od samej góry.

Był wysoki, chudy, po sześćdziesiątce. Miał wielkie niebieskie oczy i krzaczaste czarne brwi. Włosy, też czarne, nadal gęste i trochę za długie, przyprószała siwizna. Na drzwiach jego gabinetu widniało: Alexander Christakos.

Biuro Christakosa znajdowało się nad rzeką, a okno za nim wychodziło na kamienie w kolorze miodu i kości słoniowej, na arkadę rzecznego frontonu i niebieski jak jajo mewy dach targu rybnego. Old Billingsgate był teraz centrum konferencyjnym, miejscem wielkich i szykownych wydarzeń, ale w dawnych czasach w tym gabinecie czuło się zapach ryb.

W intonacji lekarza pobrzmiewał zaledwie ślad akcentu, którego Dana nie potrafiła przypisać do konkretnego miejsca.

– Moglibyśmy długo dyskutować o istocie sprawy – mówił do Helen, tak jakby w gabinecie byli tylko we dwoje. – Z tego co wiem, dzieci poczęte za pomocą gamet dawcy, a szczególnie te wychowywane w domach jednopłciowych rodziców, nastręczają specyficznych problemów, z którymi trzeba sobie radzić, kiedy pociechy dorastają. Nie możemy przejść nad tym do porządku dziennego. To byłoby z naszej strony nieodpowiedzialne.

Na rzece, przed budynkiem Billingsgate przepływała motorówka Wydziału Rzecznego. W gabinecie nadal przemawiał Christakos.

– Interesuje nas parę kwestii. – Co za uprzejmość z jego strony, że na tak długo odebrał głos Helen. – Przede wszystkim, na ile gruntownie przemyślałyście wpływ, jak i tak niezwykłe zapłodnienie i wychowanie będzie miało na dziecko. Poza tym, oczywiście...

To ich pierwsza wizyta. Helen przyleciała z Dundee, gdzie mieszkała i pracowała większość czasu, więc tym razem mogły przedstawić wspólne stanowisko. Siedziały w poczekalni z kilkoma parami heteroseksualnymi. Jakaś kobieta żarliwie wertowała literaturę przychodni, tak jakby sekret płodności można było znaleźć na lśniącym papierze, a jeden z mężczyzn wiercił się i rozglądał nerwowo na wszystkie strony, byle nie patrzeć w oczy innym.

– Rodzicielstwo to miłość, nie biologia. Oto nasza tutaj filozofia. – Christakos postanowił, że nie da się przechytrzyć śliskiej lesbijce, a potem zaproponuje, żeby spróbowały gdzie indziej.

Dana mogłaby go nawet podziwiać, gdyby nie to, że zaraz złamie jej serce. Kolejna motorówka policyjna mknie w dół rzeki. Zabiję Helen, pomyślała Dana.

– Czas, poświęcenie, cierpliwość, szczodrość, nawet humor... to wszystko ważne, ale miłość jest najważniejsza. Spora doza egoizmu też pomaga. Pacjenci, których tu przyjmujemy, bardzo, ale to bardzo chcą być rodzicami. Cóż, nie mam wątpliwości, że pani Tulloch chce być matką. Pytanie, czy pani chce?

Ona nie chce, odpowiedziała w duchu Dana, w tym problem. Helen mogła przeżyć życie bez dzieci i nie poczuć, że czegoś brakuje. Zgodziła się tylko ze względu na Danę. Wyszłaby stąd, wymownie wzruszyła ramieniem i powiedziała, że przynajmniej próbowały. I poszłaby dalej, oczekując, że Dana zrobi to samo, a Dana nie wiedziała, czy da radę. Zastanawiała się, jak długo przetrwa ich związek, skoro Helen teraz odmawia jej czegoś takiego.

– Prawdę mówiąc, nigdy nie myślałam o dzieciach – przyznała Helen, bo nie umiała kłamać.

Dana patrzyła, jak za oknem samolot powoli sunie po niebie.

– Tego chce Dana...

Myśli Dany błądziły, głos Helen cichł:

– A ja chcę Dany, bez względu na wszystko. I jeszcze nawiązując do pańskich słów o miłości: jeśli to dziecko ma być Daną w miniaturze, to nie mam wyboru, będę je ubóstwiać.

W kieszeni Dany zawibrowała komórka. A niby dlaczego nie zerknąć na ekranik? Hm, to wyjaśniałoby ruch na rzece, który właśnie obserwowała. Ale jak...? Nie szkodzi, zajmie się tym w komisariacie.

Tamci dwoje skończyli się opluwać. Christakos wstał, wyciągnął rękę. Byłoby niegrzecznie nie uścisnąć jej, no i ostatecznie to nie jego wina. To wina Helen.

Dana wyszła z gabinetu pierwsza. Kroczyła korytarzem i zastanawiała się, jak rozmawiać z Helen i nie wrzeszczeć na nią. Musiałaś to zrobić, musiałaś? Nie mogłaś trzymać gęby na kłódkę?

– Przecież nie pomyślałyśmy o stronie etnicznej, prawda? – Helen zatrzymała się, żeby wypuścić Danę z windy.

– Co?

– Hm, pamiętasz, jak mówił, że dawcy z Indii zdarzają się bardzo rzadko? Prawie na pewno nie upolujemy kogoś takiego. Możemy tylko poszukać ciemnych włosów, ciemnej karnacji. Chciałabym, jeśli to możliwe, żeby wyglądało tak jak ty.

– Wodniacy wyciągnęli z rzeki ciało – oznajmiła Dana. – To nie wygląda na przypadkową śmierć. Zabierają je do Wapping. Och, zgadnij, kto je znalazł.

Helen akurat patrzyła na zegarek.

– Będę w domu koło szóstej. Słuchaj, nie wiem, czy uda mi się przyjechać na wielką wizytę. Co ty na to? Że mnie nie będzie przy zapłodnieniu? No tak, powinnam być, tylko...

Minęły recepcję i wyszły przez drzwi z ciężkiego szkła. Kiedy zostawiły za sobą klimatyzowane wnętrze, uderzył w nie upał.

– O czym ty mówisz? – zapytała Dana.

Helen tego ranka wyglądała super, nawet jak na nią. Wysoka, wysportowana, ubrana w dobrze skrojone spodnium, w którym jak zawsze było jej do twarzy. Długie blond włosy sczesane w koczek na karku. Do tego biżuteria, nawet makijaż. Spotkanie, na które się spieszyła, najwyraźniej było ważne. Znacznie ważniejsze niż to, z którego właśnie wyszły.

– Dana, czy ty w ogóle słuchałaś, o czym mówiliśmy? – Helen odsunęła się, żeby przepuścić biurowego gońca z tacą zastawioną kawą.

– Właściwie, to nie. Wyłączyłam się, jak na niego napadłaś.

– Hm, tak myślałam. Dobra, zaraz muszę lecieć, więc skup się na sekundkę. Dostałaś okres w piątek, tak? To znaczy, że musisz zacząć używać zestawu owulacyjnego mniej więcej za tydzień od dzisiaj. Zapiszą cię na monitoring pierwszego cyklu, żeby się upewnić, że wszystko w porządku. – Helen weszła na ulicę przed czarną taksówką. Wręczyła Danie dużą brązową kopertę. – Formularze zgłoszenia do internisty i rezygnacja z poufności są w środku. Dzisiaj musisz je wysłać. I informacje na temat doboru dawcy. Chcę być przy wypełnianiu, bo nie ma mowy, żeby moje dziecko, syn albo córka, było rudzielcem.

Dana stała twarzą prosto do słońca. Mrugnęła.

– Podpisał wniosek?

Helen siedziała w taksówce, już miała zamknąć drzwi.

– Oczywiście że podpisał ten cholerny wniosek! Będziemy wspaniałymi rodzicami. Kocham cię.

Drzwi zamknęły się z trzaskiem i taksówka pomknęła z powrotem w stronę mostu. Dana zdała sobie sprawę, że nie ma pojęcia, dokąd jedzie Helen. Nie powiedziała ani słowa, po co ściągnęła do Anglii, poza tym, żeby odwiedzić klinikę. Dana została sama, na środku ulicy, coś jej świtało w głowie, że gdzieś powinna być, chociaż przez ostatnie parę minut mogła myśleć tylko o tym, że jej życie całkowicie się zmieniło.

5. Lacey

Jesteś pewna? – zapytał sierżant Buckle.

– Jestem pewna. – Lacey patrzyła, jak jej trzej koledzy zbliżają się ze zwłokami, teraz schludnie zapakowanymi w czarny worek z suwakiem. Poruszali się powoli, z szacunkiem, rozmawiali po cichu, świadomi, że pomost na tyłach komisariatu w Wapping nie jest chroniony przed spojrzeniami gapiów.

Na głównym odgałęzieniu pomostu stał mały kwadratowy budynek, pomalowany na ciemnoniebiesko. Wszystkie ciała wydobyte z Tamizy znoszono tutaj na pierwsze oględziny i, jeśli była możliwa, na identyfikację. Nieprzyjemna, nielubiana część tego fachu, niezwykle rzadko funkcjonariusz brał w tym udział na ochotnika, tak jak Lacey.

– Bez problemu znajdę kogoś innego – znów spróbował Buckle.

– Kiedyś i tak będę musiała to zrobić – odparła Lacey. – I już ją widziałam. Prawda?

– To – poprawił ją Buckle. – Widziałaś to. Nie zakładamy, jaka jest płeć.

– Dostawa dla pana, sierżancie.

Tamci odeszli, Buckle zerknął na zegarek.

– Dobra, mam około dwudziestu minut, zanim przyjadą z Wydziału Śledczego. Zobaczmy, co będziemy mogli im powiedzieć.

Sierżant lekko uniósł tułów zwłok, a Lacey rozpięła worek. Wstrzymała oddech, ale odór, który się wydobył, okazał się nie gorszy niż swojego rodzaju koncentrat rzecznej wody ze śladami rozkładu materii organicznej. Z górnej część ciała kobiety – to była kobieta, Lacey po prostu to wiedziała – w większości został jedynie szkielet, ale tkanina ściśle opasująca podbrzusze i biodra ochroniła tkanki miękkie w tych okolicach.

Buckle miał dyktafon w górnej części kombinezonu, podał do mikrofonu datę i czas pierwszych oględzin Z 23, czyli dwudziestych trzecich zwłok wyłowionych z Tamizy w tym roku. Lacey wzięła aparat cyfrowy.

– Długość sto sześćdziesiąt pięć centymetrów, waga niecałe trzydzieści dwa kilo – podyktował Buckle. – Prawie w całości to szkielet, zwłaszcza głowa, ręce i tors. Powiedziałbym, że patrzymy na szczątki małego dorosłego albo nastolatka.

Lacey z odległości kilku kroków robiła zdjęcia całych zwłok.

– Rozmiary szkieletu wskazują, że to nie mógł być mężczyzna. – Buckle podniósł wzrok i mrugnął do Lacey.

Podeszła do wanny zrobić zbliżenia głowy. Wodorost wychodzący z oczodołu wyglądał ohydnie, jak z marnego filmu grozy. Zamierzała go usunąć, gdy tylko to będzie możliwe. Pstrykała po kolei: ręce, potem seria zbliżeń, od głowy w dół.

– Co niezwykłe, zwłoki zostały jakby opakowane – opisywał Buckle. – Od stóp do głów owinięte w jakąś tkaninę. Bez względu na wynik śledztwa, wydaje się absolutnie nieprawdopodobne, żeby śmierć nastąpiła przez przypadek lub na skutek samobójstwa. Okej, odwrócimy to.

Lacey odłożyła aparat i pomogła Buckle'owi zmienić ułożenie trupa.

Kawałek skóry z długimi włosami nadal przylegał z tyłu do czaszki. Rozkład po tej stronie był mniej zaawansowany, a ramiona i dolna część pleców nadal miały ciało. Połyskiwało surową czerwienią w jaskrawym świetle słońca.

– Ta strona jest inna. – Lacey znów wzięła aparat.

– Pewnie leżało na plecach na dnie rzeki – oznajmił Buckle. – Jeśli w szlamie, rybom i tym podobnym trudniej było się dobrać. Znalazły sposób. Popatrz – wskazał lewą rękę. – Ale myślę, że to dopiero w ostatnie parę dni.

– Jakieś przypuszczenie, jak długo znajdowało się w wodzie? – zapytała Lacey.

Buckle pracował w Wydziale Rzecznym od paru lat. Zdążył obejrzeć mnóstwo wydobytych z wody zwłok.

– Więcej niż miesiąc, mniej niż rok. Powiem ci, co mnie uderzyło.

– Co?

– Mało się ruszało. Zdejmijmy tę tkaninę, żeby się upewnić, ale stawiam, że szkielet jest prawie nienaruszony.

– A to co? – Lacey pokazała środek zwłok, okolice talii. Buckle nachylił się niżej.

– Linka. Mocno zawiązana, prawdopodobnie, żeby materiał się nie rozwinął.

– Wygląda mi na nylon. – Lacey podeszła do stóp trupa. – To znaczy, że nie mógł zostać zjedzony. Wokół kostek też jest tego trochę. A u góry, przy głowie?

– Nie widzę – odpowiedział po sekundzie Buckle.

– To dlatego ta płachta została wokół bioder i nóg – uznała Lacey. – Przytrzymała ją nylonowa linka, której rzeczne stworzenia nie dały rady przegryźć. – Podniosła wzrok, Buckle dziwnie na nią patrzył. – Zdejmujemy? – zapytała.

W odpowiedzi sięgnął za siebie i wziął wielkie nożyce.

– Wkładaj wszystko do toreb na dowody – polecił. – Spróbuję to zdjąć bez przecinania. – Szarpał za linkę przy stopach, próbował znaleźć luźny koniec.

Lacey oznaczyła dwie torby na dowody i położyła na stole.

– To nie ciągnie się na całej długości – Pokazała biodra. – Tu, pod tymi niby bandażami, jest większy kawałek materiału.

– A bandaże zaczynają się znowu wyżej, tak jakby trzymały tkaninę pod nimi. – Buckle włożył ręce pod tułów trupa. – Dobra, ja podnoszę, ty odwijasz.

Lacey odwinęła prawie metr, kiedy coś ostrego i zimnego otarło się o jej dłoń. Odskoczyła.

– Jezu, coś tu jest.

Buckle też się wzdrygnął. Uspokoił się parę sekund wcześniej niż ona. Patrzyli, jak małe stworzenia uwolnione przez Lacey biegają po trupie i próbują wspiąć się na metalowe ściany wanny.

– Kraby wełnistorękie. Pełno ich w rzece.

Lacey pokiwała głową. Chińskie kraby wełnistorękie, które potrafią wyrosnąć do wielkości ludzkiej dłoni, po raz pierwszy pojawiły się w Zjednoczonym Królestwie w latach trzydziestych XX wieku – uciekały z balastów statków. Naturalnych wrogów miały niewielu, więc ich liczba poszybowała w górę. Wprost niesłychanie zniszczyły brzegi rzeki, infrastrukturę portu, miejscową faunę. Ich cechą charakterystyczną są grube, włochate przednie kleszcze. Przy niskim stanie wody całe dno się rusza, co wygląda dość strasznie.

Lacey widziała ich mnóstwo, odkąd zaczęła mieszkać i pracować na rzece. Oczywiście przywabiło je rozkładające się ciało. Ale i tak miały w sobie coś – naliczyła ich sześć, panicznie biegały po wannie – odrażającego jak cholera.

6. Nadia

Rzeka przerażała Nadię. Nawet tutaj, daleko za śródmieściem, wytrącała ją z równowagi. Wcześniej widywała inne rzeki. Tam na wsi, skąd przyjechała. Szybkie i płytkie, przejrzyste jak szkło, zimne jak noc. Podskakiwały na kamieniach, rwały przez trzciny, pluskały i migotały w słońcu, błyszczały jak gwiazdy lśniące w ciemnościach. Ta była wielka: brązowa jak stara krew i niewyobrażalnie głęboka.

Za długo patrzyła. Odsunęła się od teleskopu, żeby dać odpocząć piekącym oczom. Wczesnym rankiem, czując wiatr na twarzy, z rozwianymi włosami i zamkniętymi oczami mogła prawie uwierzyć, że jest w domu.

W domu szukała schronienia na wzgórzach, kiedy hałas i gniew jej zniszczonego przez wojnę kraju stały się już nie do wytrzymania. Wpatrywała się w śniegi, które zmrażały stoki przez większą część roku, wdychała powietrze wolne od pyłu i dymu i wmawiała sobie, że stłumione odgłosy i odległe krzyki są prawie tak jak cisza.

Tutaj, po drugiej stronie świata, okazało się, że trudno się pozbyć dawnych nawyków. W tym starym parku zwykła wspinać się wysoko, żeby znaleźć czyste powietrze i spokój. Jednak nawet tutaj nie sposób było uciec od rzeki; teleskopy ustawione w najwyższych punktach zbyt łatwo na nią kierowały wzrok. Posmakowała jej – ta wielka, nieubłagana rzeka obróciła ją w ustach, gotowa połknąć, ale wyrwano ją, tak jak kociaka z paszczy głodnego psa.

Przed laty matka opowiadała Nadii historię potężnej, chciwej rzeki. W opowiadaniu rzeka zapamiętywała każdego, kto kiedykolwiek wpadł w jej uściski. Raz posmakowała i nigdy nie zapominała. Wyciskała piętno na całe życie, a z upływem lat jej apetyt na takiego człowieka wzrastał, aż nadchodził dzień, kiedy wbrew wszystkim usiłowaniom upominała się wreszcie o swoją własność.

Oczy przestały szczypać. Nadia znów nachyliła się do teleskopu. Teraz została tylko jedna łódź policyjna, pół godziny temu było ich parę. Trudno z czymkolwiek pomylić ich niebieskie kadłuby i białe pokłady. Sformowały koło, utrzymywały się w miejscu przeciwko przypływowi. Łodzie policyjne z założenia mają być rozpoznawalne, nawet dla tych, którzy nigdy nie znaleźli się na ich pokładach, nigdy nie zostali wyciągnięci z mroźnej głębi jak opadająca z sił ryba. Była noc, kiedy uratowano ją z rzeki.

Ale nie została zapomniana. Słyszała szept rzeki w ciemności, jej sny przeradzały się w koszmary, w których zewsząd otaczała ją woda, a wodorosty, muł przylegały do niej i ciągnęły w dół. Rzeczne fale szemrały, że nigdy nie będzie wolna, że pewnego dnia po nią przyjdą, a następnym razem już nie ucieknie.

7. Lacey

Widzę, że nie udaje ci się na długo unikać kłopotów.
Lacey wzdrygnęła się. Razem z Bucklem'em byli tak zajęci odwijaniem szczątków materiału z trupa, że żadne z nich nie zauważyło dwóch mężczyzn, którzy pojawili się na pomoście. Sierżant Neil Anderson i posterunkowy Pete Stening z Zespołu Śledczego Lewisham. Po raz pierwszy zobaczyli ją w mundurze.

Anderson miał wydatny brzuch, który napierał na pasek. Wyraźnie przybrał na wadze, a wcześniej też do szczupłych nie należał. Już jakiś czas temu stuknęła mu czterdziestka, rude włosy się przerzedziły, zarys podbródka stał się niewyraźny, ale cera pozostała rumiana. Na nim trudy zawodu nie wycisnęły swojego piętna. Stenning wyglądał zupełnie inczaej. Przystojny, mniej więcej w wieku Lacey, wysoki, dobrze zbudowany. Jego ciemne kręcone włosy trzymały się na żelu, używał płynu po goleniu albo wody kolońskiej, która pachniała ziołową apteczką.

Wcześniej, w marcu, Lacey omal na dobre nie odeszła z policji. Ale ostatecznie została, tyle że zrobiła coś niespotykanego: poprosiła o przeniesienie. Odwróciła się od obiecującej kariery detektywa, od sugestii, że wkrótce czeka ją awans na sierżanta, i wróciła do służby w mundurze. Niektórzy koledzy, w tym Anderson i Stenning, próbowali jej to wyperswadować. Mówili o niespotykanym pechu, który wrzucił ją w sam środek trzech trudnych spraw z rzędu, o tym, że coś takiego na pewno się nie powtórzy w dalszym przebiegu kariery, to niemożliwe, i że zmarnuje się w mundurze. I będzie się śmiertelnie nudzić. Ale ona nie zmieniła postanowienia.

Prewencja, tym właśnie chciała się teraz zajmować. Będzie patrolować rzekę, dokonywać inspekcji łodzi i statków, sprawdzać uprawnienia, tłumaczyć pijanym i nieostrożnym, że woda może wyglądać zachęcająco, ale naprawdę nie jest taka gościnna, a od czasu do czasu z głębin wyciągać ciała. Poważne przestępstwa zostawiła tym, którzy nadal mają do tego zapał.

Zabawne, ale spotkanie z nimi było zarówno miłe, jak i koszmarne. Tych dwóch prawie stało się jej przyjaciółmi. Prawie, bo Lacey Flint właściwie z nikim się nie zaprzyjaźniała.

– Dzień dobry, sierżancie. – Wyprostowała się i zmusiła do uśmiechu. – Cześć, Pete.

Anderson podszedł niezgrabnie i chyba już miał uścisnąć Lacey, ale zdał sobie sprawę, że jej kombinezon jest cały mokry i wysmarowany rozkładającymi się szczątkami. Więc tylko podniósł rękę. Stenning uśmiechnął się i przesłał całusa.

Trzej mężczyźni wymienili pozdrowienia, potem Anderson zwrócił się do Laccy.

– Jak się czujesz?
– Doskonale, sierżancie – odpowiedziała szybko.
– Co dla nas macie?

Lacey z uprzejmości spojrzała na Buckle'a, który kiwnął głową, żeby mówiła.

– Ciało znalezione w rzece tuż przed szóstą, dzisiaj rano – zaczęła. – A konkretnie: ja je znalazłam, jakkolwiek to brzmi. Zaczepiło się o stary pomost na południowym brzegu, w górę rzeki, tuż za Deptford Creek. Co najbardziej niezwykłe, to że najwyraźniej zostało owinięte od stóp do głów w tę przypominającą płótno tkaninę, którą sierżant Buckle wkłada do torby. Duża płachta, mniej więcej rozmiarów prześcieradła, a do tego kilka metrów węższych kawałków tego samego materiału. Te pasy mają trochę ponad dwadzieścia centymetrów szerokości, są gęsto utkane, ręcznie obrębione po obu stronach. To nie jest tylko stare, poprute prześcieradło.

– Mężczyzna czy kobieta? – zapytał Anderson. – Ten człowiek... Młody? Stary? Martwy czy żywy, kiedy utonął?

Buckle położył za sobą torbę na dowody z tkaniną w środku.

– Na tym etapie niewiele mogę wam powiedzieć. Nie zostały żadne odciski palców i oczywiście nie ma znaków szczególnych ani dokumentów. Wielkość szkieletu i długie włosy sugerowałyby, że to kobieta, ale niewykluczone że na przykład młody sikh.

– Musiała nie żyć, kiedy wpadła do wody – wtrąciła się Lacey. – Całun pogrzebowy był zawinięty bardzo precyzyjnie. Jak wejdziemy do środka, pokażemy wam zdjęcia. Nie zostałby taki, gdyby ofiara walczyła o życie.

Buckle zmarszczył brwi, ale nie odpowiedział na uparte twierdzenie Lacey, że to trup kobiety.

– Poza tym – ciągnęła – na tkaninie nie ma plam krwi. Oczywiście to robota rzeki i mułu.

– Dobra uwaga – przyznał Buckle. – Ponadto, mimo zaawansowanego rozkładu ciała, szkielet w zasadzie jest nietknięty. To niespotykane, jak na zwłoki wydobyte z wody.

– Przypływ i prąd uderzają nimi o twarde przeszkody, prawda? – zapytał Stenning.

– Mhm, a przy tym mocno je uszkadzają – zgodził się Buckle. – I to nie uwzględniamy takich rzeczy jak śruby łodzi. Po tygodniu prawie nigdy nie zdarza się nam wyciągnąć trupa z nienaruszonym szkieletem.

– Została czymś obciążona – dedukowała dalej Lacey. – Jakoś się od tego oderwała, ale materiał zahaczył o pomost. Domyślam się, że w nocy, bo wczoraj wieczorem ktoś by to zauważył.

– Masz na to dowód? – Buckle wyglądał na rozbawionego.

Dwaj pozostali też się uśmiechali. Cóż, po prostu nie mogła zapomnieć, że przedtem pracowała jako detektyw.

– Nylonowe linki wokół talii i kostek miały przywiązane ciężarki – odparła. – Posłużono się linką z syntetyku, bo nie zostałaby przegryziona przez rzeczne stworzenia. Nie mieliśmy znaleźć ciała.

– Naprawdę? – zapytał nowy głos.

Wszyscy odwrócili się w stronę kobiety, która nadeszła niepostrzeżenie. Młoda, szczupła, w jasnozielonym spodnium, z czarnymi włosami do ramion rozwianymi na wietrze.

– Cześć, Lacey – powiedziała detektyw inspektor Dana Tulloch.

– Dzień dobry. – Lacey patrzyła, jak inspektor przygląda się zwłokom, a potem przenosi wzrok na nią.

– Jak? W porządku? – zapytała Tulloch.

– Całkowicie – odparła Lacey i zdała sobie sprawę, że zrobiła to ułamek sekundy za szybko i zbyt radośnie, żeby wypadło przekonująco.

– Już kończysz, Scott? – Anderson nerwowo zerkał to na jedną, to na drugą kobietę. Nie bez powodu. Ostatnim razem, kiedy widział swoją szefową i Lacey razem, musiał je rozdzielać.

Buckle uniósł ręce na znak „nie moja sprawa", potem zwrócił się do Lacey:

– Wracaj już do domu. Sprawdzę, czy któraś z łodzi może cię podrzucić. Przypływ powinien być jeszcze w sam raz wysoki.

– Właściwie... – Tulloch posłała ten swój skromy uśmieszek, którego Lacey nauczyła się obawiać – skoro dziewczyna brała w tym udział, to chciałabym, żeby poszła z nami do kostnicy.

Lacey spojrzała na Buckle'a, ale pytanie kierowała do Dany:
– Ja?
– Tak. Chcę dokładnie wiedzieć, co robiłaś na rzece dziś rano. Idziemy?

8. Pari

Bóle głowy stawały się coraz gorsze. Dziś mocny ból obudził ją przed świtem. Pari leżała z zamkniętymi oczami. Czekała, aż pulsowanie osiągnie takie natężenie, że zrobi się jej niedobrze, albo stopniowo zelżeje i będzie mogła wstać z łóżka. Na razie się nie ruszała.

Okno było otwarte. Już go nie zamykała. Po części dlatego, że nie mogła znieść poczucia uwięzienia, a po części dlatego, że czasem wiatr niósł zapachy – gorącej oliwy, pomarańczy i kardamonu albo po prostu pieczonej jagnięciny – które przypominały jej dom.

Dochodziły ją odgłosy rzeki. Warkot silników motorówek, polecenia wykrzykiwane przez wodę, wrzask mewy, która chciała sprawdzić, skąd to całe zamieszanie.

Pari dźwignęła się i stanęła na łóżku. Wyciągnęła się na całą swoją nieudużą wysokość i wystawiła twarz przez mały skrawek przestrzeni łączący pokój i świat, który straciła.

Wczesne, poranne słońce odbijało się od szyb po drugiej stronie wąskiego kanału, jednak tylko na wyższych kondygnacjach. Strumień w dole był za głęboki i za wąski, i słońce nigdy nie sięgało wody. Ale w oknach poniżej obraz odbijał się jak w lustrach, a jedno z nich pozwalało jej oglądać to, co dzieje się na rzece.

Stała tam łódź z niebieskim kadłubem i białą kabiną. Łódź policyjna.

Tutaj jestem! Pomocy!

Te słowa nie wydostały się z gardła Pari. Cudzoziemska policja nic tu nie pomoże. Policja w jej własnym kraju nie pomogła; dlaczego ta miałaby pomóc? Ostatni raz nabrała świeżego powietrza, odwróciła się w stronę pokoju – który na początku powitała tak radośnie jako obietnicę lepszego życia – i pomyślała, czy tutaj umrze.

9. Dana

Te palanty z Wapping znowu majstrowały przy moich trupach? – Anatomopatolog wkroczył do laboraorium z do połowy zjedzoną kanapką z jajkiem w jednej ręce i szkarłatnymi okularami w drugiej. Był wysokim mężczyzną pod pięćdziesiątkę. Miał wypukłą klatkę piersiową, gęste siwe włosy i jasnoniebieskie oczy.

– Jeśli pływają, majstrujemy – odparła Lacey. – Miło znowu pana widzieć, doktorze Kaytes. Nowe okulary?

Dana patrzyła, jak Mike Kaytes spogląda z góry na Lacey, a potem wpycha okulary w kieszeń chirurgicznego kitla.

– Zdaje się, powinienem być wdzięczny, że dla odmiany dostarczyliście mi je w całości.

Dana przez chwilę nie skojarzyła, o czym mowa. Potem zrozumiała, że Kaytes pewnie zapamiętał Lacey ze sprawy z ostatniego lata, kiedy miał zbadać części ciała rozrzucone wokół Londynu. Hm, oczywiście, że ją zapamiętał. Czy jakikolwiek mężczyzna zapomniałby Lacey, jeśli choćby raz pojawiła się na jego radarze?

Większość kobiet tego nie dostrzegła – charakterystycznego powabu, który migotał pod skórą Lacey. Widziały zwyczajną kobietę: niezbyt wysoka, sylwetka sportowca skrywana pod luźnymi ciuchami, rzadko kiedy makijaż na perfekcyjnej, ale stonowanej twarzy, długie jasne włosy związane z tyłu albo zaplecione w warkocz. Dana nadal nie wiedziała dlaczego, ale Lacey Flint nie chciała być zauważana. I zazwyczaj to działało, wobec tej samej płci.

– Te nie są kompletne. – Lacey wskazała kształt w czarnym worku na stole sekcyjnym. – Większości tkanki miękkiej nie ma.

Kaytes wgryzł się w kanapkę. Dana obserwowała, jak żółtko niebezpiecznie się wyślizgnęło i omal nie spadło na posadzkę. Hm, studzienka ściekowa usuwała gorsze rzeczy.

– Cóż, nie będę się kłócił ze znawcami. – Chrząknął. – Dziewczyny, mogłybyście zdjąć ten worek?

Dwie panie technik – żadna z nich nie wyglądała na mniej niż czterdzieści lat – już czekały przy zapakowanym trupie pośrodku sali. Razem rozpięły torbę i zsunęły ją ze zwłok. Jedna z nich włączyła mocne światło sufitowe. Druga aktywowała ściek, który w trakcie badania cały czas wydawał niski, głodny, ssący odgłos.

Salę wypełnił zapach Tamizy. Zwłoki – całkowicie odarte z płóciennego całunu, który Dana widziała do tej pory tylko na zdjęciach – wyglądały na małe. Głowa i górna część tułowia to były prawie wyłącznie kości; więcej ciała zostało na nogach.

– Słyszałem, że ty to znalazłaś? – Kaytes nadal zwracał się bezpośrednio do Lacey. – Pracujesz teraz w policji rzecznej, co?

– Gdyby David Cook usłyszał, że nazywasz jego wydział policją rzeczną, sam byś potrzebował sekcji. – Dana zrobiła krok naprzód, żeby znaleźć się bardziej w polu widzenia. – Pamiętasz nas? Inspektor Tulloch, starszy śledczy. A to detektyw sierżant Anderson i funkcjonariusz Stenning. – Nie spodziewała się, że przeprosi. Wiele razy już pracowali z Kaytesem.

– Tak, tak. Możesz potrzymać? Włożę maskę. – Właśnie podawał jej nadryzioną kanapkę z jajkiem.

– Jestem wegetarianką – powiedziała.

Wyglądał na obrażonego.

– To jajko. Och, na litość boską. Ty to weź, Jac.

Technik podniosła dłoń w rękawiczce.

– Szefie, założyłam to świństwo.

Z bolesnym wyrazem twarzy, tak jakby pokonany przez niekompetencję otaczających go ludzi, Kaytes wepchnął jeden koniec kanapki do ust i odwrócił się do szafki, w której stało pudełko. Wyciągnął stamtąd jednorazową maskę.

– Jak zamierzasz w tym jeść? – zapytała Dana.

Kaytes odwrócił się, szybko przeżuwając. Kanapka zniknęła. Naciągnął maskę i podszedł do trupa.

– Chyba lepiej, żebyście, palanty, powiedzieli, co zrobiliście w tej przybudówce, którą nazywacie zapleczem laboratoryjnym.

– Sfotografowaliśmy i zmierzyliśmy zwłoki – poinformowała Lacey. – Nie mogliśmy pobrać odcisków palców, bo na całych rękach nie ma skóry. Zdjęliśmy ten niby całun pogrzebowy, zapakowaliśmy go i odesłaliśmy do laboratorium. Wypuściliśmy rzeczne stworzenia, które załapały się na jazdę na gapę, zostawiliśmy dwa do zbadania. A potem zabrakło nam sensownych pomysłów, więc trochę pomajstrowaliśmy.

– Lacey – ostrzegła ją Dana.

Patolog przeszedł od jednego końca zwłok do drugiego.

– No, to czego chcecie się dowiedzieć?

– Jak się nazywała ofiara, jak zginęła, ile przebywała w wodzie i dlaczego trafiła do Tamizy opakowana jak świąteczny prezent. Chodzi o dobrą, solidną hipotezę. – Dana się uśmiechnęła.

Kaytes nadal powoli i z namysłem chodził wokół zwłok.

– To prawdopodobnie kobieta – powiedział. – Tak sądzę po wzroście, rozmiarach kości, kształcie czaszki i zachowanych długich włosach, które widzimy. Brak genitaliów, ale to najczęściej pierwsze, co rozkłada się w wodzie. Wokół podbrzusza dużo tkanki miękkiej, ale później możemy zrobić prześwietlenie miednicy, żeby się upewnić. Prawie na pewno osoba dorosła, ale nie mogę wykluczyć dobrze rozwiniętego nastolatka.

Zbliżył się do głowy, nagiął ją i włożył palec w rękawiczce do ust ofiary. Jedna z pań technik bez pytania wręczyła mu kleszcze i małą latarkę.

– Teraz mogę – stwierdził parę sekund później. – Zęby mądrości w komplecie, co wskazuje, że prawdopodobny wiek to nie mniej niż osiemnaście lat. Kiedy zdejmiemy resztki mięśni i skóry, obejrzymy kości długie. Jeśli są przy granicy okresu wzrostu, to może sugerować, że denatka ma około dwudziestu pięciu lat. Badanie stopnia skostnienia mostka da nam jeszcze dokładniejszy wynik. Ale zdziwiłbym się, gdyby ten ktoś choćby zbliżył się do wieku średniego. Kości w bardzo dobrym stanie.

– A rasa? – zapytała Dana.

– To trudniejsze – przyznał Kaytes. – Nawet jeśli jest więcej czasu. Zasadniczo są tylko trzy typy ras, które da się poznać po szkielecie: kaukaski, mongoidalny i negroidalny, więc najlepsze, co mogę zrobić, to wskazać jedną z tych trzech. I to, zakładając, że mamy do czynienia z czystą krwią... przepraszam, to brzmi trochę jak z *Harry'ego Pottera*. Trudności zaczynają się wtedy, gdy obiekt jest rasy mieszanej.

– Jakieś pierwsze przemyślenia? – zapytała Dana.

– Wysoka, okrągła czaszka, lekko wysunięta ku przodowi... to sugerowałoby rasę kaukaską – powiedział Kaytes. – Z drugiej strony, nieproporcjonalnie krótkie ramiona i nogi w stosunku do tułowia mogą wskazywać na pochodzenie mongoidalne. Właśnie to jest interesujące. – Patrzył na przedramię. – Bardzo dobrze rozwinięta kość. To była młoda, silna kobieta. W którymś okresie życia prawdopodobnie pracowała fizycznie.

– Albo chodziła na siłownię – podsunęła Lacey.

– Hm, co do tego się mylisz, policjo rzeczna. Bo dobrze przyjrzałem się jej zębom, miała kilka ekstrakcji. Zupełnie podstawowa robota dentystyczna. Nie widziałem plomb. I jest trochę krzywych zębów, mała korekcja ortodontyczna mogłaby je naprawić. Nie sądzę, żeby nasz obiekt był zamożny. I żeby przez dłuższy czas miał dostęp do tego minimum dentystycznego, które nadal jest u nas osiągalne na ubezpieczenie. Domyślam się, że to kraj trzeciego świata. Imigrantka.

– Ale imigrantka rasy kaukaskiej? – Dana obawiała się, że to nie zawęzi pola poszukiwań. Ogromna część populacji świata to rasa kaukaska.

Kaytes przechylił głowę.

– Promienie rentgena powiedzą nam, czy miała miednicę lekko zagiętą ku przodowi, co wskazywałoby na pochodzenie kaukaskie. Włosy dają bardzo oczywiste wskazówki. Mogę? – Podszedł do Dany i zanim zdążyła się zorientować, o co mu chodzi, sięgnął do jej skroni. Poczuła ostre szarpnięcie.

Patolog podniósł jej włos pod światło.

– Bardzo dobry przykład włosa azjatyckiego – oznajmił. – Chociaż przypuszczam, że jesteś mieszanką rasową, zgadza się? Widzisz, jaki prosty? Czysta czerń. Jednak bardzo cienki, to wpływ europejski. Teraz, jeśli policja rzeczna... – popatrzył wyczekująco na Lacey.

– Okej. – Sięgnęła do tyłu, do kucyka. Wyrwała włos i podała Kaytesowi.

– Chodźmy do światła.

Wszyscy poszli za Kaytesem do stołu. Położył oba włosy na białym papierze i przyciągnął silną lampę. Potem wziął szkło powiększające.

– Max, możesz? – Pokazał, żeby druga z techników zrobiła coś przy zwłokach.

Wzięła szczypczyki i wyrwała długi włos z tyłu głowy martwej kobiety, a potem położyła go na papierze między włosami Lacey i Dany

– Doskonale, co tu widzimy? – zapytał.

– Najcichszy jest włos Lacey – stwierdził Anderson. – Potem włos szefowej. Włos Lacey jest też trochę falisty.

– Klasyczny anglosaski ciemny blond – zgodził się Kaytes. – Włos Dany, odwrotnie: prosty i czarny, jak można się spodziewać u kobiety pochodzenia azjatyckiego. Nasza koleżanka, która tam leży, ma jednak włosy znacznie bardziej szorstkie i grubsze niż te dwa. Myślę o Bliskim Wschodzie, subkontynencie indyjskim, może o jakichś częściach Europy Wschodniej. Raczej wykluczałbym orient. Nadal wygląda na emigrantkę. Dobra, przyczyna śmierci.

W ślad za Kaytesem wrócili do stołu prosektoryjnego i stanęli wokół.

– To, że tak starannie ją owinięto, sugeruje, że była martwa, kiedy została wrzucona do wody – odezwała się pierwsza Lacey. – Jakakolwiek szarpanina rozluźniłaby całun.

– Być może. – Kaytes skinął głową. – Chociaż mogła być oszołomiona narkotykiem albo nieprzytomna.

– Zdaje się, że nie zostały żadne fragmenty tkanki płuc – powiedziała Lacey – więc trudno będzie stwierdzić, czy się utopiła, prawda?

– To trudno stwierdzić, nawet jak są dwa nietknięte płuca. – Kaytes zwrócił się do Dany. – Zakładam, że opłacisz pełne badanie toksykologiczne?

– Czy toksyny przetrwałyby do tej pory w wodzie? – zapytała Lacey.

Kaytes zrobił dziwną minę, tak jakby się nad tym zastanawiał albo jakby kawałek jajka utkwił mu między zębami.

– Tempo rozkładu zwalnia w wodzie. Jeśli została otruta, podano jej narkotyk albo spiła się na śmierć, zdołamy to stwierdzić.

– A jeśli nie żadna z tych opcji? – zapytała Dana.

Kaytes wzruszył ramionami.

– Cóż, wtedy jesteście do tyłu.

10. Lacey

Czterdzieści minut później byli z powrotem w Wapping.

– Więc mamy młodą kobietę, prawdopodobnie po dwudziestce, dokładniejsze oszacowanie wieku wyniknie z nawarstwienia kości, by przytoczyć naszego przyjaciela z Horseferry Road. – Tulloch podniosła wzrok znad laptopa i spojrzała na dwóch mężczyzn za stołem, a potem na Lacey w małym pomieszczeniu kuchennym na parterze. – Czy to ja, czy Kaytes staje się coraz kwaśniejszy za każdym razem, jak się z nim spotykamy?

– On się tylko tak zgrywa – powiedział Anderson. – Chłopaki w Lewisham robią zakłady, kto mu pierwszy dowali.

– Aha, to mogą obstawiać, że ja. – Tulloch potarła się po potylicy. – Dobrze. Lacey łaskawie się zgodziła przeszukać dla nas kartotekę osób zaginionych, koncentrując się na młodych kobietach, które zniknęły w ciągu ostatnich dwóch lat na rzece albo w jej pobliżu.

– Co podać? – zawołała Lacey. – Kawę?

– Macie bezkofeinową?

Lacey podniosła torebkę mielonej kawy i popatrzyła na termin ważności.

– Jeśli kofeina ulatnia się z upływem czasu, to tak. Ta chyba jest ze skrzynki, która spadła z barki w latach dziewięćdziesiątych. Herbata trochę świeższa. Albo sok pomarańczowy.

– Świeżo wyciśnięty?

Kiedy Lacey potrząsnęła buteleczką z pomarańczowym płynem, osad rozszedł się z grubego szklanego dna po całej objętości.

– Nie wiem, czy to kiedyś widziało pomarańczę. Wody?

– Jakoś przefiltrowana czy prosto z rzeki?

– Highland Spring. Mamy tego trzy skrzynki w piwnicy. Nie pytamy, skąd pochodzi.

Tulloch ciężko westchnęła.

– Niech będzie woda, dziękuję. Dobrze, skupmy się przez parę minut, zanim zostawimy Lacey, żeby rozerwała się przy swojej nowej pracy zbieracza plażowych śmieci. Możemy nie poznać przyczyny śmierci, bo tkanka miękka prawie całkowicie się rozłożyła.

– Ktoś pomyślał o honorowym zabójstwie? – Wróciła Lacey z wodą.

Anderson podniósł wzrok znad notatek.

– Rany, mam cholerną nadzieję, że to nie to.

Każdy chętnie mu przytaknął. Honorowe zabójstwa zawsze są bardzo trudne do rozwiązania, zazwyczaj dlatego że całe rodziny, często całe społeczności, łączą się w zmowie milczenia.

– Na razie nie mogę niczego wykluczyć – odparła Tulloch. – Na początek posłucham, co Lacey ma do powiedzenia o tym, co stało się rano.

Lacey zamarła podczas podawania Stenningowi kubka.

– Ja?

Tulloch nie wzięła się na to.

– Niechętnie ci to mówię, moja droga, ale nawet w połowie nie jesteś tak dobrym kłamcą, jak myślisz.

– Nie? – Kiedy tak się zmieniła? Kiedyś była kłamcą doskonałym.

– Nie, sztywniejesz, podbródek ci drży, a oczy trochę za bardzo się wpatrują – wyliczyła rzeczowo Tulloch.

– I bębnisz palcami w co popadnie – dodał Stenning. – Blat stołu, blat kuchenny, nawet własne biodra.

– I nozdrza ci drgają – dorzucił Anderson.

Lacey pokręciła głową.

– Jesteście śmieszni.

– Jesteśmy detektywami, posyłają nas na kursy. – Stenning podniósł kubek. – Pewnie też byś z nami chodziła, gdybyś się nie zwolniła i nie przeszła do prewencji. Matko, to kawa czy sproszkowany tłuszcz?

– Zaraz sprawdzę... – Lacey wróciła do kuchni, żeby już nie obserwowali jej twarzy.

– Nigdy nie myślałem, że zobaczę, jak Lacey Flint zostaje pałą.

– Zostawmy na razie Lacey i jej umiejętności kłamania w spokoju – powiedziała Tulloch. – Jeszcze nie wiecie, bo zostałam poinformowana o tym bezpośrednio przez głównego inspektora Cooka, ale te dwa kawałki nylonowej linki, które, według naszych założeń łączyły zwłoki z ciężarkami na dnie rzeki, nie zerwały się. Przecięto je bardzo niedawno ostrym narzędziem.

Wszyscy trawili to przez dłuższą chwilę. Zwłoki nie wypłynęły na powierzchnię przypadkowo. Ktoś je uwolnił.

– O kurczę! – mruknął Anderson.

– No, Lacey, dawaj.

Czy zaprzeczanie miało sens? Kiedy Tulloch złapie zębami, za nic nie puści; w końcu człowiek pęka, to tylko kwestia czasu.

– A jeśli powiem, że to w żaden spsosób nie wiąże się ze sprawą? – spróbowała Lacey mimo wszystko.

– Jeszcze nie mamy sprawy, mamy zwłoki. I nadal chcemy wiedzieć.

Lepiej mieć to za sobą.

– Pływałam.

– Co robiłaś?

– Pływałam. Wiecie, podnosi się jedno ramię, potem drugie...

– W Tamizie? – prychnął Anderson.

– Bez urazy, sierżancie, czy powinnam jakoś ubarwiać swoją...

– Ty wiesz, co można złapać w tej rzece? – niemal wybuchła Tulloch.

– No, taki jeden facet, komik, jak mu było? Williams? Przepłynął rzekę na całej długości dla celów charytatywnych – wtrącił się Stenning. – Po dwóch dniach dostał sraczki.

– Nie łykałam. – Wzrok Lacey spochmurniał.

Anderson rozparł się na krześle, uśmiechnął szeroko.

– Więc mówimy o kombinezonie płetwonurka, nurka czy czerwonym stroju kąpielowym w stylu *Słonecznego patrolu*?

– Lacey, to niepoważne – skarciła ją Tulloch. – Trudno sobie wyobrazić coś bardziej niebezpiecznego albo nieodpowiedzialnego. Nie powinnaś tego robić.

– Tak, mamusiu – mruknęła Lacey, nadal stojąc tyłem do reszty.

– Jak mnie nazwałaś? – Tulloch podniosła głos.

– Powiedziałam: tak.
– Nieprawda, nazwałaś mnie mamusią.
– Przepraszam, nie chciałam cię urazić.
– Och, jestem do tego przyzwyczajona. Ale poważnie, sama pływasz?
– Zazwyczaj ktoś ze mną jest, teraz ta osoba nie czuje się za dobrze.
– Nic dziwnego. Co złapała? Gorączkę wodną?

Lacey odwróciła się do nich przodem.

– Bardzo śmieszne. Niedaleko stąd jest kabaret. Zobaczę, może potrzebują kogoś. Na razie to, co się stało dziś rano, jest bez znaczenia, ale jak powiecie panu Cookowi, będę miała poważne problemy.

Tulloch wyglądała na zmieszaną.

– To może nie być takie proste, Lacey. Jak często pływasz w rzece?

– Odkąd mieszkam na łodzi i kiedy jest ciepło. Tylko wcześnie rano albo wcześnie wieczorem, kiedy panuje mały ruch na rzece. I tylko przy wysokiej wodzie. W czasie przypływu albo odpływu prąd jest po prostu za silny, zbyt duże ryzyko. – Lacey po kolei patrzyła na ich twarze. – Więc ktoś, kto nie zna rzeki, nie zauważy żadnej reguły. Wszystko dzieje się przypadkiem.

– Ale dla kogoś, kto rzekę zna, schemat będzie wyrazisty.

Anderson drapał się za uchem.

– Czekajcie, myślisz, że ktoś chciał, żeby Lacey znalazła zwłoki?

Lacey wzięła sobie krzesło i usiadła.

– Były przywiązane do tego słupa czy po prostu się zaczepiły? – zapytał Stenning.

– Wydział Rzeczny zrobił zdjęcia. Obiecali, że jeszcze dziś mi je dadzą. Zobaczymy, jak zwłoki się tam trzymały.

– Nie dadzą. – Lacey wyrzuciła do góry ręce. – Przyjrzałam się. Zanurkowałam. To nie było zawiązane ani na kokardkę, ani w węzeł. Ale ogólnie całkiem solidnie. W zasadzie trudno dokładnie określić typ tego wiązania.

– Zawsze pływasz tą samą trasą? – dopytywała dalej Tulloch.

Lacey znów skinęła głową.

– Zazwyczaj płyniemy prawie do Greenland Pier. Ale zatrzymujemy się parę metrów przed nim, bo tam może być duży ruch, nawet wcześnie rano. Więc skręcamy przy śluzie wejściowej do South Dock Marina i wracamy.

– Kiedy znalazłaś zwłoki, płynęłaś do pomostu czy z powrotem?

– Wracałam. – Lacey drgnęła, kiedy to sobie uświadomiła. – Tego tam nie było, jak wypływałam. Nie widziałam. Cholera, ktoś zostawił to dla mnie?

Na twarzy Tulloch pojawiło się zaniepokojenie.

– Nie da się stwierdzić. Ale tymczasem byłabym znacznie spokojniejsza, gdybyś znalazła sobie w okolicy jakiś basen do swoich porannych ćwiczeń.

11. Lacey

Pierwszy raz w ścieku? – zapytał Wilson, kiedy zbliżyli się do wejścia do tunelu.

– To dzień nowych doświadczeń, sierżancie – przyznała Lacey.

Odwróciła się, żeby spojrzeć na mężczyznę w średnim wieku, o spłowiałych rudych włosach, który siedział przy sterze małego pontonu. Fred Wilson – weteran Wydziału Rzecznego, z jakimś dwudziestoletnim stażem. Niespełna przed rokiem wyciągnął Lacey z rzeki i mało nie wrzucił jej z powrotem, bo taki był na nią wściekły, że wskoczyła. Lacey zawsze myślała o nim „wuj Fred", ponieważ tak nazywał go człowiek, który ich przedstawił. Trochę się bała, że pewnego dnia zwróci się do sierżanta per wuju Fredzie.

Na dziobie siedział posterunkowy Finn Turner, około dwudziestu pięciu lat, ponad metr osiemdziesiąt wzrostu, szczupła sylwetka, pociągła twarz – niewiele mu brakowało do wspaniałego wyglądu modela.

Lacey przytrzymała się uchwytu z liny, kiedy fala rzuciła pontonem. Pływanie małymi łódkami zawsze kojarzyło się jej z obracaniem w bębnie pralki. Do tego było jej gorąco. Kombinezony noszone przez funkcjonariuszy Wydziału Rzecznego miały za zadanie utrzymać ciepłotę ciała podczas działań na wodzie. Poza wodą, w gorące dni ociekało się w nich potem.

– Nie cierpisz na klaustrofobię, co? – Wilson miał skronie zroszone perlistym potem, a twarz czerwieńszą niż zwykle. Jako dziecko był trochę piegowaty. Po pięćdziesiątce piegi zlały się w jeden rdzawy odcień.

Lacey popatrzyła nad ramieniem Turnera w dziurę ziejącą w murze obwałowania rzeki i poczuła dreszczyk emocji.

– Chyba zaraz się o tym przekonamy – odparła.

Wilson zwiększył obroty silnika, ostro skręcił w stronę ściany i Lacey z dwoma współpasażerami wpłynęli w długi, wąski tunel pod londyńskim City. Odgłosy Tamizy w letni dzień zamierały tu równie szybko, jak upał i światło. Wilson przestawił silnik na jałowy bieg i troje funkcjonariuszy zagłębiło się w świat, o którego istnieniu niewielu ludzi w Londynie wiedziało, chociaż leżał tuż pod ich stopami.

Świat dziwnie zniekształconego dźwięku, ciemności tak gęstej, że nieomal dotykalnej, świat, w którym tylko od dawna uśpiony szósty zmysł może ostrzec przed skradającym się od tyłu niebezpieczeństwem. Świat podziemny.

Ku swemu zaskoczeniu Lacey poczuła, że coś ściska jej pierś, że oddech przyspiesza. Czy to klaustrofobia? Czy kac po wspomnieniu, które jeszcze nie wyblakło? Mało kto znał ten mroczny podziemny Londyn lepiej niż ona. Kiedyś te pięknie zaprojektowane, wyłożone cegłą tunele o ozdobnych łukowych sklepieniach były jej równie dobrze znane, jak większości osób światła uliczne i znaki drogowe. A potem, przed niespełna rokiem, w tunelu takim jak ten straciła prawie wszystko.

Na sekundę zacisnęła powieki, musiała się pozbierać, bo nagle ogarnęła ją chęć, żeby wyskoczyć z pontonu i popłynąć z powrotem w stronę słońca. Kiedy znów otworzyła oczy, zobaczyła, że zza potężnej sylwetki sierżanta, świat, który opuścili, wygląda jak mały zamglony krąg światła.

Turner włączył silną latarkę na dziobie i wszyscy troje, jak na dany znak, zaświecili lampy na hełmach. Dobrze było znowu móc widzieć.

Podczas wysokiego przypływu tunel prawie całkowicie wypełnia się wodą i nie starczyłoby w nim miejsca dla łodzi z trojgiem żywych, oddychających pasażerów. Z kolei przy odpływie rzeka cofa się w dół plaży i zostawia tylko strużkę spływającą z wylotu. To najlepszy czas, żeby tutaj przybyć.

Po obu stronach, nisko pod sklepionymi ścianami biegła wąska półka, szeroka w sam raz, żeby po niej chodzić. Tafla pod nimi była czarna, zwieńczona pianą, śmierdziała olejem, starymi piwnicami, wodą zastałą w odległych zakątkach ruchliwych portów.

– Przejechałam dłonią po burcie i myślę, że to nie najlepszy pomysł robić to tutaj – zakomunikowała Lacey.

– Woda nie będzie gorsza niż w głównym nurcie – odparł sierżant. – To kanał burzowy, nie wiedziałaś? Nie pozbywamy się ścieków bezpośrednio do Tamizy.

– Chyba że jest ulewa – wtrącił Turner. – Wtedy wszystko może się zdarzyć, różne rzeczy się tu przelewają. Pewnie powinnaś umyć ręce, zanim zrobisz sobie herbatę.

– Czego właściwie szukamy? – Lacey podniosła wzrok na doskonały łuk sklepienia tunelu. Zobaczyła dziwne wzory ułożone z alg.

– Podejrzanych przedmiotów – odparł Wilson. – Gdyby tu nastąpił wybuch, zniknęłoby pół dzielnicy finansowej.

– Nie każdy uznałby to za coś złego.

– Sierżancie, drabina z przodu, po prawej – zameldował Turner.

Wilson zwolnił i zatrzymał łódź.
- Idziesz, Finn, czy wolisz, żeby wysłać Lacey?
- Kusiłoby mnie, sierżancie, gdyby nosiła spódniczkę. – Turner wstał i sięgnął do wąskiej żelaznej drabinki przymocowanej do ściany tunelu. – Ale jest jak jest i nie chcę tu być, gdyby zemdlała od zapachów.
- Wiesz, że niejeden wyleciał za takie teksty? – ostrzegła go, kiedy wyskoczył z łodzi. Mniej więcej trzydzieści centymetrów nad poziomem wody drabina niknęła w wąskim kominie. Wkrótce widzieli tylko stopy i łydki Turnera. – Co on robi?
- Sprawdza pokrywę włazu. Szuka śladów, czy ostatnio ktoś ją zdejmował. Pewnie podniesie dekiel kilka centymetrów, żeby się przekonać, czy wszystko gra.

Lacey stłumiła chichot.
- Więc w tej chwili ktoś na górze może być uraczony widokiem Finna, który wystawia głowę jak mangusta?
- Miejmy nadzieję, że nie rozpłaszczy go przejeżdżający samochód. Słyszałaś ostatnio o naszym wspólnym przyjacielu?

Lacey poczuła znajome ukłucie ekscytacji. Rany, samo wspomnienie o nim... Wilson mówił o Marku Joesburym. Dla niego to krewny, dla Dany Tulloch najlepszy przyjaciel, a dla niej samej... właściwie kto? Nadal próbowała sobie odpowiedzieć na to pytanie.
- Od kwietnia nic, sierżancie. Odszedł.

Wilson krótko skinął głową. Wiedział, co znaczy to „odszedł".
- Hm, jak coś usłyszysz, to przekaż, że jego mama chce wiedzieć, gdzie odłożył szczypce do grilla, kiedy był w domu, a jego brat chętnie pogadałby o Leksie Luthorze*.

Zawsze dowiadywała się czegoś nowego o rodzinie Marka.
- Leksie Luthorze?

Wilson lekceważąco wzruszył ramieniem.

---

* Lex Luthor – postać z komiksu, najbardziej znany przeciwnik Supermana.

– Nie pytaj mnie, to ich jakiś głupi szyfr z dzieciństwa. Pewnie coś związanego z forsą, przecież Lex Luthor był podobno bogaty.

Usłyszeli głośne szczęknięcie żelaza, kiedy właz uderzył o kamień. Turner zeskoczył na dół.

– Nietknięte, sierżancie – oznajmił. – Musiałem cholernie mocno pchnąć.

Ruszyli dalej.

– No, to masz znaleźne za to twoje ciało – powiedział Wilson. – Tak to się chyba mówi, nie?

– To ono teraz jest moje? – zdziwiła się Lacey. – Jasne, stare morskie prawo: znalezione należy do tego, kto znalazł.

– Mhm, zboki w komisariacie lubią mówić „ciało Lacey" – wtrącił Turner. – „Widziałeś ciało Lacey?... Ciało Lacey trochę jedzie w tym upale".

– Twój stosunek do kobiet mnie przerasta – burknęła. – Czy ty w ogóle z nimi rozmawiasz?

– Nigdy nie uważałem tego za konieczne.

– Nie wiesz, jak z tym będzie, Lacey? – sierżant nagle spoważniał.

– Będzie dobrze.

Przez chwilę patrzył na nią badawczo, potem skinął głową.

– Uda nam się ją zidentyfikować?

– Nie zakładałabym się o to – przyznała. – Inspektor poprosiła mnie, żebym poszukała ludzi, którzy nadal są uważani za zaginionych i prawdopodobnie wypłynęli na rzekę. Znalazłam czternaścioro za ostatnie trzy lata.

– To nie znaczy, że wszyscy nie żyją. Niektórzy wyleźli, mokrzy i wkurzeni i cichcem pobiegli do domu.

– A niektórych zniosło na morze i nigdy ich już nie zobaczymy – dodał Turner. – Ile było młodych kobiet?

– Dwie – odparła Lacey. – Ale żadna nie pasuje do sprawy. Dwudziestojednoletnia Nigeryjka, którą widziano, jak skacze z Mostu Londyńskiego, i tleniona blondyna. Wygłupiała się na obmurowaniu rzeki i spadła.

– Wszystkiego nie wykryjemy, wiesz, jak to jest – powiedział Wilson. – Parę lat temu sam wyciągnąłem jedną. Przy drodze do Pimlico. Młoda kobieta, właściwie został tylko szkielet. Nie ustalono, kim była ani co się jej stało.

– Jak chcesz się potrudzić, możesz przejrzeć krajową Listę Osób Zaginionych – doradził Turner. – Chociaż to właściwie robota dla detektywów.

– Już to zrobiłam. Ogromne mnóstwo ludzi. Ale kiedy odliczyłam zbyt starych, zbyt młodych, z niewłaściwej grupy etnicznej, przeciwnej płci, zostały mi sto dwa przypadki.

– Detektywi na pewno niedługo na coś trafią. – Wilson znów wyłączył silnik i nogi Turnera zniknęły w górze kolejnej drabiny. – Potem lokalne policje pewnie dostarczą próbki DNA do porównania.

Turner zeskoczył i wsiadł do łodzi.

– Do następnego ty idziesz – zwrócił się do Lacey. – Więc jak jest zgłoszenie zaginięcia, to wkrótce się dowiemy, kim była?

– Dana rozgryzie to do końca tygodnia. Ta dziewczyna to najinteligentniejszy funkcjonariusz, jakiego metropolitalni mieli od lat. – Wilson popłynął dalej tunelem.

– I niezła laska – dorzucił Truner, kiedy dotarli do następnej drabiny. Sięgnął ręką, żeby przytrzymać łódź. – Myślisz, że po prostu nie spotkała jeszcze właściwego faceta?

Lacey wspięła się na drabinę.

– Ja pierdzielę! – Turner aż włożył pięść do ust. – Uważaj, na czym stajesz!

– Przepraszam, Finn – wycedziła Lacey. – Oczy chyba mi jeszcze całkiem nie przywykły.

12. Dana

Co, u licha, opętało tę kobietę, żeby tutaj zamieszkać, pomyślała Dana nie po raz pierwszy.

Okolice dopływów Tamizy, w tej części, gdzie na rzece są przypływy i odpływy, zostały zurbanizowane w ciągu ostatnich kilkuset lat. Przerodziły się w doki przemysłowe z wielkimi magazynami i nabrzeżami handlowymi. Deptford Creek – ostatni, liczący osiemset metrów, odcinek rzeki Ravensbourne, która wpada do Tamizy pod Deptford – płynie stalowym i betonowym kanałem o głębokości do siedmiu metrów, a miejscami szerokim na siedem metrów. Budynki z ciemnej cegły wzdłuż rzeki sprawiają, że wały są jeszcze wyższe. Przy wysokiej wodzie kanał jest niemal całkowicie zalany. Kiedy indziej to wielki miejski tunel.

Przy basenie ze śluzą, który czasem ironicznie bywa nazywany Theatre Arm Marina, Dana przeszła po betonie i znalazła drabinę prowadzącą do dwunastu łodzi, mniej lub bardziej trwale zacumowanych w tym miejscu. Tworzyły największe skupisko łodzi mieszkalnych Deptford.

Na niektórych mieszkańcy stali na pokładach, korzystali ze świeższego, chłodniejszego wieczornego powietrza. Na dużej jednostce z czarnym kadłubem, pośrodku innych łodzi, siedziało młode małżeństwo, szkrab leżał zwinięty na kolanach kobiety. Zabawki i niemowlęce rekwizyty rozsiane były po całym pokładzie. Ludzie naprawdę wychowują tutaj dzieci? Nie można by na sekundę spuścić ich z oczu.

Na wiadukcie Docklands Light Railway pojawił się pociąg, przejechał górą. To ruchliwa linia, źródło ciągłego hałasu w tle.

Łódź Lacey, jedna z najmniejszych, stała przycumowana na zewnątrz, na końcu szeregu. Dana musiała przejść po kilku większych jachtach, żeby do niej dotrzeć. Przełaziła z pokładu na pokład, widziała migotanie światła w jednej kabinie, słyszała ruch w innej. Pomyślała, że to wszystko czubki. Ci ludzie nie mają bieżącej wody, centralnego ogrzewania, elektryczności. Co parę dni napełniają zbiorniki z hydrantu na lądzie, a olejowe generatory dostarczają im prądu na podstawowym poziomie. Gotują na kuchenkach z gazem z butli. Niektóre łodzie są zaopatrzone w kuchnie opalane drewnem;

na większości tego nie ma. Samo przynoszenie zakupów do domu musi być koszmarem.

– Dobry wieczór – odezwał się chudy, ogorzały mężczyzna na łodzi obok domu Lacey, kiedy Dana podeszła bliżej.

– Mogę? – Pokazała dziób jego łajby.

Skinął głową, w milczeniu pozwolił jej tu zejść. W jednej ręce trzymał papierosa. W drugiej butelkę piwa. Kiedy Dana szła ostrożnie po zagraconym pokładzie, kątem oka spostrzegła kobietę, która przyglądała się jej przez otwarty właz. Tuż po sześćdziesiątce, młodsza niż mężczyzna. Opalona i siwowłosa tak jak on, ale pulchniejsza.

Dom Lacey to jacht żaglowy zbudowany w latach pięćdziesiątych. Kadłub miał pomalowany jaskrawą żółcią kaczeńca. Dana zeszła na pokład z tego, co Mark nazwał białą dębiną.

Na samą myśl o Marku to duszące, ciężkie uczucie znów przybrało na sile. Tak jakby jakieś małe stworzenie przywarło jej do piersi, wbijając się pazurami i zębami. Zahaczyła o coś stopą, kopnęła to po pokładzie, za barierkę zabezpieczającą.

– Cholera.

Nachyliła się, zajrzała w lukę między łodzią Lacey a tą dużą, z czarnym dziobem. W błocie wylądowała łódeczka-zabawka, jej kadłub był żółty, tak jak nowy dom Lacey.

– Poczekaj.

Mężczyzna z sąsiedniej łodzi bez dalszych słów przechylił się przez reling, zgarnął zabawkę długim bosakiem i podał Danie. Wzięła ją ostrożnie, żeby nie dotykać błota, i podziękowała facetowi.

– Witamy na pokładzie.

Lacey siedziała w kokpicie, jej blada twarz i jasne włosy były ledwie widoczne na tle ciemniejącego nieba. Dana oparła się o reling i dała krok w dół.

– Przepraszam za łódeczkę. Nie zauważyłam.

Lacey spojrzała na zabawkę.

– Nigdy jej nie widziałam. Pewnie to dzieciaków z którejś z łodzi. Wypłuczę i oddam.

Zabawka jak dziwny podarunek od gościa przeszła z rąk do rąk.

– Mam w lodówce białe wino – zaproponowała Lacey. – A może kawy? Tyle że niestety z kofeiną. Albo herbaty?

– Herbata będzie w sam raz.

Lacey nadal była częściowo w stroju służbowym: prostej białej koszuli i spodniach noszonych w Wydziale Rzecznym. Włosy rozwiewały się jej wokół twarzy. Bez munduru wyglądała ponadczasowo, jak marmurowy posąg, który ożył.

Dana spojrzała za siebie. Wszystkie włazy do kabin były pootwierane, ktoś mógłby słyszeć rozmowę.

– Możemy zejść pod pokład? Wiem, że jest gorąco, ale...

Lacey wyszła z kokpitu, skręciła i zeskoczyła do kabiny na dole.

Napełniła czajnik. Kiedy Dana schodziła, usłyszała syk gazu, trzask zapalanej zapałki. Lacey zdejmowała kubki z półki, szukała torebek z herbatą, sięgała po mleko do lodówki wielkości pudełka. Dana miała czas się rozejrzeć.

Była już na tej łodzi, ale w wyjątkowo napiętych okolicznościach. Nie potrafiła wtedy docenić tego, tak naprawdę pięknego, wnętrza.

Zaskakująco obszerne, to jej pierwsza myśl. Druga, że człowiek czuje się tu tak, jakby się znalazł w prywatnym gabinecie ekskluzywnego klubu dla dżentelmenów. Cała kabina, od podłogi po sufit, wykładana drewnem, chyba mahoniowym. Lampy z zielonego szkła łagodnie żarzyły się na ścianach, a siedzenia wokół stołu były obite brązową skórą. Mała kuchnia na sterburcie pięknie wysprzątana, stolik na mapy za kuchnią wyglądał jak stare biurko, a nad nim była nawet przeszklona półka na książki – wszystkie w twardych okładkach, mieszanka klasyki i współczesnego kryminału. Drzwi po drugiej stronie kabiny prowadziły do dwóch sypialni. Dana pamiętała małe, schludne podwójne łóżko w drewnianej ramie, maleńką szafę, stoliczek nocny. Wszystko eleganckie, ładne i przytulne, ale gdzie, do licha, ta kobieta trzyma swoje rzeczy?

Lacey ją obserwowała. Pewnie już od jakiegoś czasu. Miała taki sposób poruszania się, cichy, oszczędny.

– Mało mam rzeczy – powiedziała, jakby czytała Danie w myślach. – To, co tutaj widzisz, to więcej niż posiadałam kiedykolwiek dotąd.

– Dlatego jesteś taka niezwykła. Ludzie przeważnie mają obsesję na punkcie gromadzenia rzeczy.

Lacey postawiła cukier i mleko na stole.

– Rzeczy wywołują we mnie coś w rodzaju klaustrofobii. Jak to powiedzieć...? One mnie duszą, pętają.

Podała mleko prosto z kartonu, cukier z paczki.

– Niektórzy widzą w posiadaniu kotwicę – zauważyła Dana.

Lacey uśmiechnęła się, wróciła do czajnika.

– Mam kotwicę. Prawdziwą.

– Wydaje mi się, że na łodzi przedmioty stają się, z natury rzeczy, przenośne. Po prostu rozpinasz żagiel i odpływasz, ze wszystkim. – Dlaczego rozmawiają o przedmiotach? Dlaczego Lacey zawsze udaje się zbić ją z pantałyku?

– Teoretycznie. – Lacey wyłączyła gaz. – Ale żagle z tej łodzi są w schowku, a ja i tak nie potrafię żeglować.

Dana otworzyła usta, żeby powiedzieć, że Mark potrafi, i wtedy przypomniała sobie, po co tu przyszła.

– Słuchaj, kiedy ostatni raz widziałaś Marka?

Lacey odstawiła czajnik na palnik i się odwróciła.

– Coś mu się stało?

Nadal zagadka, ale już łatwiejsza do rozwiązania niż wcześniej.

Dana wciągnęła zapach starej skóry i leciutkiej nuty perfum, których Lacey czasami używała.

– Odwiedził mnie pod koniec marca – zaczęła.

Lacey oparła się tyłem o stolik na mapy, jakby szykowała się na przyjęcie złej wiadomości.

– Wkrótce potem... hm, wiesz, co się stało w marcu.

Bardzo lekkie skinienie głową. Wiedziały obie; żadna nie chciała o tym mówić.

– Mówił, że zajmuje się jakąś sprawą – ciągnęła Dana. – Nie miał pojęcia, kiedy skończy ani kiedy znowu się skontaktujemy. Prosił, żebym rzuciła okiem na Carrie i Hucka. I na ciebie, od czasu do czasu.

Piwno-niebieskie oczy lekko łagodnieją.

– Prawie to samo mi powiedział. Tylko bez tej części o trzymaniu ludzi na oku.

– Naprawdę nie chciał tam iść. Uważał, że to za wcześnie po całej tej sprawie z zaginionymi chłopcami, nie wspominając o Cambridge.

– Tak, słyszałam.

Trudno się dziwić, że wzrok Lacey znów stwardniał. Po trzech sprawach, które poszły źle – czterech, jeśli doliczyć, to co stało się w parku, w ostatnie Boże Narodzenie – Lacey była na skraju decyzji, żeby odejść z policji na dobre. Lacey Flint, której nikt nie jest potrzebny, zaczęła potrzebować Marka, a on odszedł.

Ale Mark Joesbury był inspektorem w Specjalistycznym Wydziale Śledczym, SWK10, który wykonywał tajne operacje. Jako jeden ze starszych, bardziej doświadczonych agentów polowych, z reguły był wysyłany do finalizowania akcji. Niedyspozycyjność ze względów osobistych mogła zagrozić miesiącom, czasem latom ciężkiej i niebezpiecznej pracy jego kolegów. Zupełne odrzucenie przydziału nie zgadzałoby się z jego charakterem. Takie poświęcenie kosztowało Marka małżeństwo, a teraz mogło go kosztować Lacey.

– Więc co się stało?

– Może nic – odparła Dana. – Prawie na pewno nic. Ale chodzą plotki, a ja chciałabym, żebyś ich nie słuchała.

Lacey odwróciła się, podniosła czajnik i nalała wody.

– Albo raczej chciałabyś, żebym usłyszała je od ciebie.

Dana się uśmiechnęła.

– No, coś w tym stylu. Plotki głoszą, że zniknął, że nikt nie może się z nim skontaktować. Już od tygodni.

Lacey postawiła oba kubki na stole.

– Czy to nie jest normalne? Czy nie na tym polega cała praca operacyjna?

– Wcale nie. Ten, kto dowodzi operacją, zawsze powinien być w kontakcie, jeśli nie z innych powodów, to dlatego, żeby można go było wydostać.

– Myślą, że coś mu się przydarzyło?

– Nie, bo go widywano. Żyje i ma się dobrze, o to się nie martw. Tyle że dał się odwrócić.

– Odwrócić?

– W stronę zła. Przyłączył się do czarnych charakterów.

Lacey patrzyła, nic nie dawała po sobie poznać. Albo raczej – jak uznała Dana – dawała po sobie poznać bardzo dużo, jednak mimowolnie. Tak, myślała o tym. Nie zaczęła natychmiast zaprzeczać, gwałtownie protestować, że Mark by tego nie zrobił.

– Naprawdę? – zapytała po sekundzie.

– Nie wiem – odparła szczerze Dana.

– Znasz go piętnaście lat, jak możesz nie wiedzieć?

– Nie jest aniołem. Ale kto jest? W swoim czasie popełniłam parę głupstw, żeby osiągnąć wyniki. A ty nie?

– Owszem, ja też popełniłam parę głupstw, ale zanim wstąpiłam do policji – odparła Lacey. – Teraz staram się mieć czyste ręce.

Świetnie. Nic lepszego jak funkcjonariusz patrzący z wyżyn moralnych.

– Ładnie z twojej strony. Ale podejrzewam, że to stawia cię w mniejszości.

Milczenie. Dana uznała, że powiedziała za dużo. Chodzi o tę część pracy, którą większość gliniarzy rozumie, ale mało z nich mówi o niej otwarcie. Czasem nie tak łatwo odróżnić dobro od zła. Czasem kodeks moralny staje się mglisty.

Prawie piętnaście lat temu, jako młodzi funkcjonariusze policji, razem z Markiem obserwowali mieszkanie znanego dilera narkotyków. Patrzyli, jak wychodzi z budynku i wrzuca foliową torbę z supermarketu do pojemnika na śmieci. Parę godzin później wzięli udział w przeszukaniu mieszkania i niczego nie znaleźli. Diler wyczyścił wszelkie obciążające ślady. Wszystko było w pojemniku poza domem, a oni nie mieli sposobu, żeby powiązać z nim tę foliową torbę na zakupy. Mark odsunął z łóżka kołdrę i znalazł dwa krótkie czarne włosy. Włożył je do kieszeni i kiedy wyjęli torbę z pojemnika, włożył je do niej tak, żeby nikt nie zauważył.

I nikt nie zauważył, poza nią. Widziała, jak przyjaciel przekracza granicę, a ona do niego dołączyła. To jednak było na samym początku jej pracy. Zanim nawet miała czas przemyśleć, jakie znaczenie ma dla niej uczciwość.

Diler wpadł. Jednego śmiecia na ulicy mniej. Dana nie miała wątpliwości co do jego winy, nie cierpiała z powodu wyrzutów sumienia. Mniejsze zło, tak nazywano te praktyki. Podkładanie dowodów, opowiadanie małych niewinnych kłamstewek, ukrywanie faktów, żeby skazano tych, którzy na pewno są winni.

To było dość powszechne i zazwyczaj nie czyniło szkód. Z drugiej strony, to pierwszy krok po śliskim zboczu. Jak duży krok dzieli podkładanie dowodów komuś, o kim wiadomo, że jest winny, od świśnięcia paru funciaków z pieniędzy zatrzymanych podczas akcji? A jeśli potrafisz ugodzić się z własnym sumieniem – pieniądze i tak były zdobyte nielegalnie – czy trudno świsnąć pół torebki kokainy, żeby samemu ją sprzedać? Włożyć do kieszeni dwieście funtów i odwrócić wzrok, kiedy pijany kierowca ładnie poprosi? Wypłacić parę dwudziestek na przejętą z kradzieży kartę kredytową?

Większa część pracy policji to nie polowanie na seryjnych zabójców i rozwiązywanie spraw obrzydliwych morderstw. Głównie to małe rzeczy, a zwalczanie drani ich własną bronią jest małostkowe i plugawe. Z gliniarzy wyrastają najlepsi bandyci. Znają stawkę. Wiedzą, jak nie dać się złapać.

W oczach Lacey pojawiła się iskierka światła.

– Coś się też nie zgadza na jego rachunku bankowym. – Dana żałowała, że nie może jej oszczędzić najbardziej obciążającego dowodu. – Kilkaset tysięcy funtów więcej niż powinno tam być. Znacznie więcej niż zarabia w metropolitalnej i nie ma sposobu, żeby to wyjaśnić.

– Nie rozumiem, co chcesz powiedzieć. Że wszyscy nie jesteście aniołami, a on w końcu poszedł na całość?

– Nie, nic z tych rzeczy. Szczerze mówiąc, nie wierzę w to. Po części dlatego, że Mark doskonale zdaje sobie sprawę, gdzie przebiega granica, a po części dlatego, że ma zbyt dużo do stracenia. Jak pójdzie za kratki, straci przyjaciół. Nie mówiąc o synu. Nie mówiąc o tobie.

– A właściwie skąd o tym wszystkim wiesz?

– Dzwonił do mnie jeden z jego kumpli. Ktoś, kogo znam sprzed lat. Pytał, czy coś słyszałam. Z tobą też może się kontaktować.

– Nie mam żadnych wieści. Odkąd odszedł, nic.

– Już powinni go przenieść z OS10. – Dana użyła starej, ale nadal popularnej nazwy wydziału tajnych operacji. – Ci goście mają niewiarygodnie trudną robotę i nikt nie powinien pracować tam dłużej niż parę lat.

Lacey pokiwała głową.

– Za bardzo się zbliżają do ludzi, których tropią. Zaczynają widzieć świat ich oczami. To ich rusza.

– Zaprzyjaźniają się. Czasem wikłają w jakieś układy. Romanse, seks. Tracą zdolność dystansowania się. Wiesz co? Gdyby Mark nie był taki dobry z tym wchodzeniem w środowisko bandytów, też by go przenieśli, ale zawsze jest jeszcze ta jedna sprawa, potem następna.

Lacey przejechała dłońmi po twarzy.

– Jak myślisz, dokąd by uciekł? – Dana wstała.

– Jeśli Mark naprawdę by uciekł, znaleźliby się ludzie, którzy by go ukryli. Nie wystawiałby nas na niebezpieczeństwo. Nie przyszedłby tutaj.

Już nic więcej nie można było powiedzieć. Dana próbowała się uśmiechnąć, ale nie dała rady. Pożegnała się i zeszła z łodzi. Przez ten krótki czas, kiedy rozmawiały, słońce całkiem zniknęło z nieba i zbiornik zaczął przypominać pusty kanion, tak jak zwykle, gdy zapadnie mrok.

Z brzegu, kiedy Dana się odwróciła, już nie widziała Lacey.

13. Dana

Helen była w ogrodzie, ubrana w spodnie i koszulkę do joggingu, na głowie przepaskę chłonącą pot. Pod ręką miała pół litra wody, zimną butelkę jasnego piwa i chrupki. W ten sposób uzupełniała płyny, cukry i sole po ciężkich ćwiczeniach.

– Spodziewałam się, że szybciej wrócisz – powiedziała, kiedy Dana podeszła do niej po tarasie. – Pracowity dzień?

– Szalony. Jak tam spotkanie, na które tak się spieszyłaś? Dobrze poszło?

– Wiem, że chcesz porozmawiać o klinice. – Helen się uśmiechała. – Odesłałaś formularze?

Tak, jakoś między uruchamianiem śledztwa w sprawie zabójstwa a zmaganiem się z myślą, że jej najlepszy przyjaciel mógł całkowicie odejść z jej życia, Dana znalazła czas, żeby wypełnić i wysłać formularze, które stanowiły kamień milowy w staraniach, żeby zostać matką. Przez większą część przerwy na lunch przeglądała strony internetowe poświęcone zapładnianiu.

– Wiesz, mnóstwo kobiet w takiej sytuacji jak my dzieli się swoimi przeżyciami i doświadczeniami związanymi z ciążą – powiedziała. Usiadła i pociągnęła łyk z butelki.

– Hm. – Helen nagle zainteresowała się chrupkami.

– Jedna z nich jest dawczynią jajeczek. – Dana odstawiła butelkę. – Zapładnia się je in vitro, a embriony wkłada do macicy partnerki.

Helen włożyła do ust kilka wielkich chrupków.

– To różowe coś, chyba trzeba odrobinę przyciąć, żeby trochę odmłodniało – stwierdziła.

Dana popatrzyła na wspaniałą różę wielokwiatową w kącie ogrodu – krzak trzymał się całkiem dobrze. Helen nie interesował ogród, chyba że jako miejsce, gdzie można wypić chłodne piwo i od czasu do czasu zjeść kolację na świeżym powietrzu.

– Więc partnerka A, dawczyni jajeczek, jest biologiczną matką, a partnerka B, która je dostaje, kimś w rodzaju surogatki? – zapytała Helen po minucie. – Zakładając, że zrobisz ze mnie partnerkę A, co właściwie się potem stanie?

Dana patrzyła, jak motyl siada na purpurowym kwiecie w kształcie dzwonu.

– Cóż, to tak jak przy zapłodnieniu in vitro. Musiałabyś brać sztuczne hormony, które stymulowałyby owulację. Zasadniczo są w zastrzykach, ale jest też parę leków do wciągania nosem.

– Tak, parę razy je stosowałam.

– Kiedy jajeczka są gotowe, lekarz pobiera je w znieczuleniu miejscowym. – Helen wypiła długi łyk.

– Mimo wszystko nadal potrzebujemy dawcy nasienia.

– Niestety tego nie da się pominąć. I co o tym wszystkim sądzisz?

Helen odstawiła pustą butelkę.

– Ten cały proces wygląda na coś paskudnie nachalnego, bardzo drogiego i ogólnie syfiastego. Poza tym to wspaniały plan.

Więc jak: śmieje się czy wkurza? Na tym polegał problem z Helen. Zawsze mogło pójść w którąś z tych stron.

– Okej, chciałam ci tylko przedstawić opcje.

Helen odchyliła głowę i wsypała okruszki z paczki do ust.

– Wiesz, ja nie potrzebuję biologicznej więzi z tym dzieckiem – powiedziała, mnąc paczkę. – Wystarczy mi, że ty ją będziesz miała.

– Po prostu nie chcę, żebyś poczuła się odstawiona na boczny tor. I tak będzie trudno... ty w Szkocji, ja z dzieckiem tutaj.

– Ach, teraz możesz mnie zapytać o to spotkanie.

Wiedziała, że coś jest na rzeczy.

– No, dawaj.

– Właściwie, to była rozmowa. W sprawie pracy.

– Z kim? – zapytała Dana, chociaż tak naprawdę chciała zapytać, gdzie będzie ta praca.

– Z Interpolem.

Interpol w Zjednoczonym Królestwie miał siedzibę w Londynie. Dana myślała o tym przez sekundę.

– Nie wiedziałam, że zamierzasz się przeprowadzić.

Helen zawsze pracowała w Szkocji. Budowała swoją karierę w policji Tayside, była tam jedną z najmłodszych kobiet, która uzyskała stopień głównego inspektora.

– Nie zamierzałam. Ale skoro mam zostać tatusiem, współmamusią, jakkolwiek to zwać, to nic się nie uda, jeśli będę pięćset kilometrów stąd.

– Przeprowadzasz się do Londynu?

– Najpierw muszę dostać tę pracę. A ty musisz zajść w ciążę. Mnóstwo „czy", mnóstwo „ale" i nie dzielmy skóry na niedźwiedziu. No dobrze, powiesz mi teraz, co jest nie tak?

Nie potrafiła niczego ukryć przed Helen.

– Chodzi o Marka.

Wtorek, 12 lutego

(osiemnaście tygodni wcześniej)

14. Yass

Skrada się przypływ. Z początku podchodzi powoli, jak niepewny siebie drapieżnik. Z początku jedynym znakiem, że woda się zbliża, jest prawie niewyczuwalne zmiękczenie piasku. Nagle przestaje być taki twardy, jak był. Rozpada się na części składowe, rozdziela, zaczyna być płynny. Potem wilgotne robi się mokre i Yass wie, że nadszedł czas, by ruszać.

Więc rusza. Skacze, okręca się, rzuca. Krzyczy i wrzeszczy, wali rękami i nogami o twarde ceglane ściany. Robi tak, dopóki nie pozostaje jej nic innego, jak opaść w zmęczeniu na miękki piasek.

Parę minut później zapach wokół niej robi się gęstszy, bardziej intensywny. W powietrzu czuć sól za długo trzymaną w składziku. Olej maszynowy. Małe, rozkładające się zwierzę. Wyczuwa skądś zapach potu. Nie, to od niej. Krew. Też jej.

Opada trochę głębiej w muł.

Nie widzi wody. W każdym razie jeszcze nie. Tu jest za ciemno. Czarno, tak jak w domu, kiedy jest awaria elektryczności. Tyle że w domu gwiazdy pozwalają podejrzeć, co jest za ciemną zasłoną, a tutaj do środka przedziera się maleńki strumyczek światła.

To coś innego. Yass natychmiast znowu zaczyna się ruszać, podnosi na kolanach. Każda zmiana oznacza nową informację, coś, co może przetworzyć. Kiedy ją tu przyprowadzono, była noc. Trochę po północy. Wzięła klucz, który jej dali, ukradkiem zeszła po schodach, serce łomotało jej na każdy trzask drewnianych desek, i otworzyła tylne drzwi. Łódź czekała.

Odpłynęli, używając wioseł. Mały silnik włączyli dopiero wtedy, kiedy zostawili za sobą dom. Bez słowa płynęli w górę rzeki, potem skręcili w ceglany tunel pod City. Prowadził ich coraz głębiej w ciemność i tylko jedna latarka na łodzi ratowała ich przed tym, żeby całkowicie nie utonęli w mroku.

To już nie jest noc. Skądś dochodzi światło, wystarczyłoby go, żeby zobaczyć swoją dłoń przed twarzą, gdyby mogła poruszać rękami. Słyszy niski warkot samochodów przejeżdżających górą. Znajduje się pod City, a City się obudziło.

Razem ze zrozumieniem, że siedzi tu już całe godziny, nadchodzi świadomość, że jest jej zimno. Gęsta ciemność i wilgoć dookoła wyssały ciepło z ciała. Yass trzęsie się z zimna.

Teraz słyszy wodę. Nieustanne, rytmiczne cmokanie – młode zwierzę ssie mleko swojej matki, starcy na rogach ulic odchrząkują i spluwają. Ściana za jej plecami robi się chłodniejsza, bardziej mokra. Wokół słychać ciurkanie, tak jakby nagle zaczęło przeciekać kilkanaście kranów. Klęczy w wodzie.

Próbuje stanąć. To niełatwe z rękami związanymi z tyłu, ale woda już zalewa jej nogi. Zresztą stanąć i tak się nie da, bo lina wokół szyi po prostu jest za krótka. Yass obraca się, ale nie może zobaczyć, do czego lina jest przywiązana. Ciągnie, wyrzuca głową do przodu, czuje ostry ból otartego do żywego ciała, co przypomina jej, że już wiele razy tak robiła.

Krzyczy. Ból gardła mówi jej, że nie po raz pierwszy.

Woda szybko napływa, teraz silnymi falami. Drapieżne zwierzę napęczniało z odwagi, odkąd wie, że ona nie może się ruszać, stawiać oporu, że jest sama tutaj, na dole.

Tyle że nie jest sama. Widzi oczy człowieka, są parę metrów dalej, błyszczą w promyczku światła. Ten blady poblask to ludzka twarz, tego który ją tu przywiózł. Yass otwiera usta, żeby błagać, chociaż wie, że to nie ma sensu.

Te oczy są tutaj, żeby patrzeć, jak umiera.

Piątek, 20 czerwca

15. Lacey

Tak jak to się często zdarza, kiedy mija wyczerpanie, sen zdradziecko uciekł i Lacey obudziła się o wczesnej godzinie. Łódź poruszała się, kołysała i podskakiwała niczym niemowlę w elastycznej uprzęży. Nadchodził przypływ.

W kabinie było zupełnie ciemno. Nie paliły się latarnie ani na nabrzeżu, ani dalej, a właściciele łodzi nie marnowali cennej energii i wyłączali światła, jak szli spać. W bezksiężycowe noce albo przy gęstych chmurach, w jej maleńkiej sypialni panowała nieprzebita czerń Hadesu.

Joesbury.

Lacey zamknęła oczy, poczuła zimne, łaskoczące łzy między rzęsami. Pragnęła, żeby znów ogarnął ją sen. Po odejściu Tulloch poszła prosto do łóżka, nie chciała myśleć o tym, czego właśnie się dowiedziała. Odkąd przeprowadziła się na łódź, sypiała lepiej niż kiedykolwiek. Uwielbiała nieprzewidywalne rytmy wody, radosne chlupanie fal o kadłub. Nawet wiatr, który świstał wokół tych niewielu pozostałych masztów w marinie, był kojący, a jej nie przeszkadzały te okresy, kiedy woda całkowicie znikała z tej części rzeczki, a łodzie osiadały na mieliźnie i pochylały się pod dziwnymi kątami. Po prostu przetaczała się w poprzek niskiej drewnianej ramy łóżka, jak dziecko w kojcu, i smacznie spała.

Była na niego zła, że odszedł. Dzwonił w kwietniu, prosił, żeby spotkała się z nim po pracy, a ona natychmiast zrozumiała, że jest coś, co się jej nie spodoba, bo od miesięcy nie przebywali sam na sam. Dawał jej swobodę, spotykał się z nią tylko w weekendy albo wczesnym wieczorem i zawsze z dziewięcioletnim synkiem Huckiem, który służył za chudą, bezczelną przyzwoitkę. I właśnie kiedy zaczęła myśleć, że może jakoś się uda, że mimo wszystko znajdzie się sposób, odszedł.

W pubie nad rzeką powiedział jej, że musi wyjechać następnego dnia, że praca, którą zajmował się na odległość, musi być dokończona, i że to jego zadanie. Nie mógł zdradzić, dokąd się wybiera, co będzie robić ani kiedy wróci. Przyznał, że Carrie, jego była żona, strasznie się wściekła i że rozwiodłaby się z nim po raz drugi, gdyby mogła.

– Huck cię potrzebuje – zauważyła Lacey, chociaż to miało znaczyć „ja cię potrzebuję". Dotarło do niego. Zobaczyła, jak wzrok mu pochmurnieje, rysy tężeją.

– Jeśli nie pojadę, mogą zginąć dzieci takie jak Huck.

I co na to powiedzieć? Ale jak śmiał wygłaszać szczytne hasła, skoro planował przejść parę tygodni później na drugą stronę?

Czy to znaczy, że uwierzyła?

Tulloch wierzyła. Cokolwiek mówiła na jego obronę, wierzyła w to, a przyjaźniła się z nim od lat. Razem wstąpili do policji, razem się szkolili – znała go lepiej niż ktokolwiek.

A kto naprawdę mógłby być zaskoczony? W policji roiło się od funkcjonariuszy na dorobku, a wielu w metropolitalnej chętnie przymykało oczy. Taka cienka, cieniutka granica między kłusownikiem a gajowym.

Łzy płynęły teraz szeroką, szybką strugą. Nie dało rady ich zatrzymać. Czy jego postępowanie w ogóle miało znaczenie? Gdyby pojawił się z pół milionem funtów w kieszeni i poprosił, żeby z nim wyjechała, zwiała gdzieś za granicę i do końca żyła jako uciekinier, czy zgodziłaby się?

Na zewnątrz, na rzeczce, słyszała ciche, rytmiczne pluskanie.

Wykluczone. Od lat praca jest wszystkim, co ma. Znaczy dla niej wszystko. Strzec prawa, widzieć różnicę. Naprawiać to, co poszło źle. Ona sama jest tą pracą. Nie może od tego odejść.

Plusk. Plusk.

Nie da się wciągnąć, nigdy nie da się wciągnąć. Przed laty, jako głupia nastolatka w zapyziałych blokach Cardiff, co i rusz wpadała w kłopoty. Szkoły, władze lokalne i rodziny zastępcze załamywały nad nią ręce. A potem, przez jedną noc jej życie zmieniło się nieodwołalnie i uruchomił się łańcuch zdarzeń, które miały z niej zrobić innego człowieka. Dosłownie. Straciła najbliższą na świecie osobę, a kobieta, którą już, już miała się stać, także umarła. Na jej miejsce pojawiła się Lacey Flint, a Lacey Flint nie da się wciągnąć. Więc kiedy Joesbury przyjdzie do niej pod osłoną ciemności i poprosi, żeby z nim była?

Zrobi to w mgnieniu oka.

Plusk, plusk.

Westchnęła i usiadła na łóżku. Nie można spać z takim ciężarem nieszczęść. Poza tym ma pilniejszy problem. Ktoś pływa wokół łodzi.

Wstrzymała oddech, dobrze się wsłuchała. Wiedziała, że się nie myli. Kontrolowany, stabilny rytm, zupełnie inny niż przypadkowe uderzenia fal. Celowy produkt świadomej myśli. Ktoś był tuż obok, na zewnątrz, w wodzie.

Joesbury?

Nie, on wspiąłby się na łódź, nie pływałby wokół. A jednak pomyślała najpierw o nim, kiedy odrzuciła kołdrę i bezszelestnie wstała. Bezpośrednio nad nią znajdował się właz dziobowy, ale gdyby tędy wyszła, ktoś na pewno by się tego spodziewał.

Utrzymywała porządek na łodzi, pokład nie był zagracony, bo nigdy nie wiedziała, kiedy przyjdzie jej chodzić w ciemnościach. W głównej kabinie trochę światła wsączało się przez zasłony iluminatora, widziała odbicia w brązowych instalacjach na ścianach, leciutki poblask plastikowego luku.

Sięgnęła do luku. Ledwie zaczęła go uchylać, wiedziała, że człowiek na zewnątrz dowie się, że się obudziła. Latarka leżała na najniższym schodku. Dawała bardzo silne światło. Wykryje w wodzie każdego, zanim ten ktoś zdąży odpłynąć.

Ale kto pływałby w rzeczce o tej porze? To śmieszne. A jednak, jeśli nawet równomierne pluskanie mogło mieć inną przyczynę, specyficzny ochrypły kaszel, który dopiero co usłyszała, mógł mieć tylko jedno źródło. Doskonale znała ten odgłos, ile razy sama tak kaszlała. Otwiera się usta w nieodpowiednim momencie, nabiera trochę rzecznej wody i natychmiast wyrzuca ją z siebie. Ktoś w odległości paru metrów właśnie wykrztuszał wodę. Ktoś tam był.

Czas działać. Właz wydał ostry świszczący dźwięk, kiedy Lacey go otwierała. Podciągnęła się, przykucnęła w kokpicie. Czekała.

Nad jej głową szybko przelatywało kilka małych chmurek, kształty koloru sepii na tle czarnego jak węgiel nieba. Po drugiej stronie rzeki rosło kilka za wysokich, za cienkich drzewek, ich liście szumiały jak nadlatujący rój owadów. Woda w dole płynęła szybko, też wydawała odgłosy, tak rozmaite jak kolory, które jakby absorbowała w gorący letni dzień. Wokół niustannie rozlegały się przeróżne dźwięki, ale miarowy plusk pływania ustał.

Lacey uklękła, zobaczyła łódeczkę na pokładzie kokpitu. Zabawka ta miała czerwony kadłub, poza tym była dokładnie taka sama jak ta na suszarce przy zlewie. Leżała tam i czekała, aż Lacey da ją w prezencie dzieciom, bo to nie była ich łódeczka. Ktoś podrzucał jej zabawki.

Podniosła wzrok. Wszystkie łodzie mieszkalne unosiły się na wodzie, ale lustro nadal było znacznie poniżej nabrzeża. Jeśli wysoki przypływ miał zacząć się tuż po szóstej rano, to teraz mogła być trzecia. Za bakburtą widziała światło gwiazd – kołysało się na wodzie. Przypływ wkradał się powoli maleńkimi białymi falami, ale poza tym nic nie mąciło śliskiej, czarnej powierzchni.

Trzymając wysoko latarkę, wyjrzała za sterburtę i włączyła światło. Między dwiema łodziami nikt się nie ukrywał. Opuściła bezpieczną kryjówkę w kokpicie i ruszła od sterburty w stronę dziobu. Szła boso, niemal bezszelestnie. Wszędzie pusto.

Myliła się. To musiało być jakieś zwierzę albo po prostu tak pluskała woda. Dla łódek-zabawek też znajdzie się wytłumaczenie. Czas wracać pod pokład i pospać, jeśli się uda. Przeszła po pokładzie, lekko wskoczyła do kokpitu i spuściła się do kabiny.

Mark Joesbury siedział na jej kanapie, zdejmował lewy but.

16. Pływak

Przy przeciwległym brzegu, niecałe dwadzieścia metrów dalej, szczupłe, silne ramię mocno trzymało się nisko zwisającej gałęzi drzewa budlei. W cieniu brzegu, w ciemnej przestrzeni, do której nigdy nie docierały światła lamp, zamrugały wielkie oczy. Ten człowiek jest nowy. Ten człowiek pojawił się tu po raz pierwszy. Czy zostanie?

Nie było tak, jak trzeba. To całe chodzenie, patrzenie, świecenie ostrym światłem w środek ciemności. A teraz będą rozmawiali, może bardzo długo. Może zaczną uprawiać seks.

Patrzeć? Ta kobieta nie zasłania okien. Nigdy się nie obawiała, że ktoś ją podejrzy, leżała jak księżniczka, z włosami rozrzuconymi na białej poduszce, oddychała cicho i głęboko. Ten mężczyzna był wysoki i silny; młody jak ta kobieta. Pokrył jej ciało jak rzeczna mgła, wcisnął się w każdy zakamarek. Jej ręce i nogi oplatały go jak wodorosty. I ich twarze. Twarze, które nie wiedziały, że są obserwowane.

Zbyt ryzykowne. Ta kobieta już ma się na baczności. Tej nocy koniec.

Później.

17. Lacey

Nie jesteś mokry – Lacey przyjrzała się suchym dżinsom Joesbury'ego, skórzanej kurtce w doskonałym stanie i białej koszuli bez kołnierzyka. Płócienny plecak, z którego też nie ciekło, leżał na podłodze. Nie mógłby pływać z plecakiem, prawda?

Buty, oba już zdjęte, nie zostawiały śladów. Nie nosił skarpetek. Stopy suche, o ile mogła zobaczyć. Długie palce z małymi kępkami czarnych włosów na każdym. Dlaczego patrzy na jego stopy? Zmusiła się, żeby podnieść wzrok.

– Nie jesteś mokry – powtórzyła.

– Trudno uwierzyć, że Wydział Śledczy pozwolił ci odejść. Zimne piwo, czy proszę o zbyt wiele?

Wydawał się większy, niż go zapamiętała, a może to tylko przez tę ciasnotę kabiny. Znów zapuścił dłuższe włosy – zawsze tak mu było ładnie. To łagodziło zarysy głowy i twarzy, trochę mniej przypominał łobuza. Oczy takie same: głęboko osadzone, turkusowe, czarne rzęsy. Nigdy nie potrafiła długo patrzeć mu w oczy. Więc odwróciła się, zamknęła właz i włączyła w kabinie światło, zanim zaciągnęła osłony.

– Słyszałam, jak ktoś pływa wokół łodzi – powiedziała. – To mnie obudziło. Myślałam, że to ty. I wiesz, że nie pijam piwa.

Joesbury zdejmował teraz kurtkę, prosta, racjonalna czynność – nadal było bardzo gorąco – a Lacey nagle zdała sobie sprawę, jak mało ma na sobie. Szorty do joggingu i podkoszulek – jedynie to wkładała na siebie do łóżka. Patrzyła, jak Mark ściąga białą bawełnianą koszulę. Zobaczyła zagłębienie między dwoma mięśniami barków, wyobraziła sobie lśnienie rozgrzanej skóry.

– Pływać w Deptford Creek o trzeciej nad ranem? Też coś. Wątpię, czy by mi się chciało. – Rzucił kurtkę na kanapę. – Zwyczajnie zszedłem z nabrzeża po drabinie. Kiedy miotałaś się na dziobie, przez cały czas siedziałem na łodzi Raya. Ja akurat piję piwo. Myślałem, że może masz jakieś, na wszelki wypadek.

– Na wypadek czego? Że pojawisz się znienacka, kiedy połowa metropolitalnej cię szuka?

Nie golił się od dawna. Zarost na podbródku już przeradzał się w brodę. Ostatnio nie mył się też za często. Śmierdział miastem, dymem i gorącym asfaltem. Uśmiechał się do niej, jakby zdemaskowanie go jako skończonego łotra było zabawne.

– Ach, zastanawiałem się, czy wiesz. Dana wpadła tu z wizytą, prawda?

– Parę godzin temu.

Uśmiech stawał się coraz szerszy i promienniejszy.

– Ona myśli, że jestem winny, co? No, nie wytrzymam, jedna manipulacja przy zatrzymaniu piętnaście lat temu, i koniec. Wiesz, dużo mógłbym ci o niej opowiedzieć.

– Sama o sobie opowiedziała. Nigdy nie widziałam jej tak... otwartej.

– To wiele tłumaczy. Więc uważasz, że mnie wciągnęli?

Te słowa miała na końcu języka: Wszystko mi jedno. Wszystko mi jedno, co zrobiłeś. Obchodzi mnie tylko to, że tu jesteś.

– I ty, Brutusie... – zaczął i nie wiadomo, czy był rozczarowany, wkurzony, czy nadal rozbawiony.

– Co tutaj robisz?

– Potrzebuję miejsca na noc. Tyle, ile mi dasz.

Atakuj nadal. Niech się nie domyśla, że wariujesz na samą aluzję do seksu.

– A ty nie możesz pójść do siebie, do domu, bo masz tam malarzy?

– Nie mogę pójść do siebie, do domu, bo nie powinno mnie tam teraz być. Nie mogę pójść do hotelu, w którym sypiałem przez ostatnie trzy miesiące, bo wieczorem sprawy się trochę skomplikowały i się ukrywam.

Odeszła ją stanowczość, która na chwilę nią zawładnęła.

– Mark... – Jego imię nadal brzmiało dla niej dziwnie i arogancko, kiedy je wymawiała – Co się dzieje?

Głęboko nabrał powietrza i nagle zrobił bardzo poważną minę.

– Gang, który teraz śledzę, wie, że jestem psem. Na tym cała rzecz polegała, potrzebowali skorumpowanego gliniarza. Myślą, że jestem mundurowym sierżantem z Catford na dorobku. Problem w tym, że nie kupują tego całkowicie. Na pewno nie powiedzieli mi wszystkiego o tym, co planują, i wątpię, żeby coś więcej z siebie wydusili, dopóki nie zdobędę ich całkowitego zaufania.

– To skąd te plotki, że zniknąłeś? Skąd trzysta tysięcy funtów na twoim koncie?

– Co do diabła? – Pokręcił głową. – Znowu włamała mi się na konto! Cholera, nie mogę wierzyć tej kobiecie. – Popatrzył Lacey prosto w oczy. – To forsa mojego brata. Sprzedał dom i uprawia jakąś kreatywną księgowość. Co do plotek, nie wiem. Może to zabawa w głuchy telefon. Może ktoś widział mnie na mieście, dodał dwa do dwóch i wyszło mu pięć. Co do jednego Dana ma rację: za długo siedzę w tej grze.

Widziano go na mieście?

– Cały czas byłeś w Londynie?

– Bliżej niż myślisz. Pewnego wieczoru zauważyłem cię na rzece. Ta patykowata cipa na mostku, czy to ten gość od wspinaczki, którego spotkałem w marcu? Ten, który mówi o sobie Spiderman?

– Finn jest członkiem grupy wspinaczy. O ile się orientuję, to inni mówią na niego Spiderman, bo wyjątkowo dobrze się wspina. Jeszcze nie miałam okazji podziwiać go w akcji, ale daj mi trochę czasu.

Joesbury podniósł prawą brew.

– Proszę, nie rób mi tego więcej. Myślałem, że cię straciłem.

Chryste, czy naprawdę przed chwilą to powiedział? Joesbury wyglądał tak, jakby sam też w to nie wierzył. Wyciągnął nogi, podparł się. Szczęście, że łódź taka mała, bo przejście przez przyzwoitych rozmiarów pokój zajęłoby za dużo czasu.

Tak, tak właśnie pachniał. Taki był zapach skóry na jego szyi.

– Wiesz, że jest mnóstwo tanich hoteli tylko za gotówkę, w których nie zadają żadnych pytań, i mogłeś się tam wprowadzić – wymruczała w jego lewy bark.

– Hm, masz mnie tutaj.

Czuła jego gorący oddech na uchu.

– Do niektórych można nawet sprowadzać dziewczyny.

Jego ręce, które trzymał na biodrach Lacey, przesunęły się po jej bokach, przycisnęły ją bliżej.

– Do żadnego nie można sprowadzić tej jednej.

Oparł podbródek na jej głowie, mocno ją objął i przez chwilę wydawało się, że to wystarczy, żeby po prostu być blisko, czuć, jak oddycha w tym samym rytmie, co ona.

– Chyba minęło już sporo czasu, odkąd ostatni raz cię pocałowałem – powiedział po kilku sekundach.

– Nigdy mnie nie pocałowałeś. – Lacey próbowała nie pokazywać po sobie, jaka jest szczęśliwa, usiłowała powstrzymać bąbelki podniecenia wybuchające jej w brzuchu, ale wiedziała, że nie uda się jej ani jedno, ani drugie.

– O, przepraszam. Pocałowałem. I to jak! – Potarł nosem jej skroń.

– Jeśli mówisz o tym wieczorze w październiku ubiegłego roku, to ja pocałowałam ciebie, nie ty mnie. A kiedy dałam jasno do zrozumienia, że chodzi mi o znacznie więcej niż samo całowanie, zwymyślałeś mnie jak jakaś ciotka cnotka.

Trzy razy ostro sapnął przez nos. Po prostu zachichotał.

– Cóż, bądźmy uczciwi. Podejrzewałem, że jesteś psychopatką z nożem, a ja właśnie znalazłem się pierwszy w kolejce na imprezę z patroszeniem.

– A teraz myślisz inaczej? – Odsunęła się, przechyliła głowę, żeby na niego popatrzeć.

Uśmiechnął się.

– Teraz, o dziwo, chyba mi wszystko jedno.

Ona też się uśmiechnęła.

– Więc, co do tego całowania...

Westchnął i leciutko pokręcił głową.

– Nie.

– Co?

– Jak zacznę, to nie będę mógł skończyć, a to, co nieuchronnie nastąpi potem, w tej chwili w ogóle nie powinno wchodzić w grę. Poza tym, jest już po trzeciej, nie spałem, a twój dzień też obfitował w wydarzenia.

Nigdy w życiu nie była bardziej rozbudzona.

– Co ty wiesz o moim dniu?

– Nadal mam dostęp do systemu. Przeczytałem o wszystkim, co zdarzyło się dzisiaj rano. Jak się czujesz?

Otworzyła usta, żeby mu odpowiedzieć: dobrze, ale zmieniła zdanie.

– Trochę mam dosyć, że ludzie wypytują mnie, jak się czuję. Poza tym w porządku.

Brew znów poszła do góry.

– Wiesz, że nie możesz od tego tak zupełnie uciec. Od tego, co złe. Nie w tej pracy.

Tak. Wiedziała o tym i wtedy, w marcu, kiedy postanowiła wrócić do służby w mundurze.

– Tylko...

– Tylko myślałaś, że będziesz miała więcej czasu. – Joesbury kiwał głową, doskonale ją rozumiał. – Zdawałaś sobie sprawę, że kiedyś ci się to przytrafi, pewnie nawet nieraz, ale myślałaś, że dadzą ci złapać oddech. Parę miesięcy, żeby pozbierać się do kupy.

– Tak – mruknęła w jego koszulę. Właśnie tak. Należała się jej przerwa.

– Opowiedz mi o tym. – Głaskał ją po głowie.

To przyzwoite z jego strony. Marcowa sprawa, która zakończyła jej karierę detektywa, dla niego była znacznie gorsza. A jednak przeszedł bezpośrednio do tajnych operacji, w otoczeniu obcych i wrogów. Robił wszystko to co ona. Tylko że sam i z narażeniem życia.

– A przy okazji – odezwał się po chwili. – Wcale mi się nie podobają te pływackie wygłupy.

– Tego nie przeczytałeś w raportach.

– Mieszkasz obok Raya Bradbury'ego, którego pływackie wyczyny są znane od lat, i byłaś z nim, jak znalazłaś ciało. Nie jestem skończonym idiotą. Żadnego pływania więcej w tej cholernej rzece, okej?

– Odkąd to masz prawo mi mówić, co mogę robić?
– Odkąd się w tobie zakochałem. Cóż, skoro nie przyniosłaś piwa, to nadzieja na zapasową szczoteczkę do zębów też jest lekką przesadą.
– W szafce, u góry. Jeszcze w opakowaniu. Kupiłam turkusową, bo przypomina mi twoje oczy, a jeśli nadal jesteś zainteresowany, to na dole lodówki stoi sześciopak carlsberga. Aha, twoja mama chce wiedzieć, gdzie zostawiłeś przyrządy do grilla, a twój brat dopytuje o Loisa Lane'a. Czy jakoś tak. Zostałam teraz twoją skrzynką kontaktową?

Rany, ależ on pięknie się uśmiecha. Jak mogła zapomnieć ten uśmiech? I naprawdę ma zamiar spać w kajucie obok?

Na to wyglądało, bo nachylił się, pocałował ją w policzek tuż nad uchem.

– Dobranoc Flint – powiedział i zniknął.

Kiedy rano się obudziła, Joesbury'ego nie było. Przez chwilę zastanawiała się, czy to wszystko nie był sen. Ale potem, na stole w głównej kabinie, zobaczyła „liścik" od niego. Włożył rękę do torebki cukru i sypiąc go spomiędzy palców, narysował prosty kształt na blacie stołu. Serce.

18. Lacey

Jestem Lacey Flint i już nie pływam w rzece – mruczała do siebie Lacey i wsiadała do kajaka. – Nie pływam w rzece, bo to niebezpieczne, a mój chłopak nalega, żebym przestała.

Odepchnęła się od rufy jachtu, zastanawiając się, czy nieznane jej dotąd zawroty głowy, z którymi się obudziła – to uczucie, że nagle ciało robi się lżejsze, a w głowie jest dużo miejsca na myśli o dniu pełnym nowych możliwości – mogą być tym, co inni nazywają szczęściem.

Było wcześnie, do zmiany zostało jej jeszcze parę godzin. Mogła zrobić pranie, zakupy, napełnić na łodzi zbiornik na wodę i... cholera, od kiedy to obowiązki domowe są czymś, czego nie można się doczekać? Ale najpierw rzeka.

Zaczynał się odpływ i prawie nie trzeba było wiosłować. Kiedy dotrze do Tamizy, wszystko się zmieni, ale jedna ze złotych zasad Raya dotyczących bezpieczeństwa na wodzie brzmiała, żeby zawsze płynąć pod prąd przypływu, kiedy jeszcze się ma dużo siły, a wraz z nim w drodze powrotnej, kiedy już daje o sobie znać zmęczenie. Druga zasada: trzymać się brzegu, gdzie prawdopodobieństwo ruchu zmotoryzowanego jest małe, a siła przypływów i odpływów słabsza.

– Dzień dobry, piękna.

Lacey mijała Skillions Wharf, inną ze wspólnot łodzi na rzeczce. Przez burtę dwudziestometrowego niemieckiego okrętu wojennego wychylała się blondyna o rozmiarach XL, w kostiumie kąpielowym rozmiaru S. Ciało wylewało się spod brzegów czerwonej tkaniny na skrajach głębokiego dekoltu, ramion i bioder.

– Dzień dobry, Marlene – odkrzyknęła Lacey. – Wcześnie wstałaś.

– W ogóle się nie kładłam. – Marlene głęboko zaciągnęła się papierosem, który mógł zawierać tylko tytoń. W drugiej ręce trzymała napój i zapewne to nie był sok pomidorowy. – Gdzie ten stary koniobijca, z którym pływasz?

Siła ciążenia nie działała na korzyść Marlene. Jej piersi ciężko opadły, a na twarzy miała fałdy, które może by zniknęły, gdyby się wyprostowała. Może.

– Trochę się przeziębił. Eileen wstawiła go do suchego doku.

Marlene pstryknęła peta do wody i zaczepiła kciukiem dół kostiumu, żeby odciągnąć go od ciała. Lacey zauważyła jasne jak len włosy łonowe i szybko odwróciła wzrok.

– Prąd jest silny. – Pozwoliła, żeby woda znów ją poniosła. – Miłego dnia.

Kiedy zbliżała się do kolejnego statku – wielkiej, dawno porzuconej pogłębiarki zacumowanej przy zsypisku żwiru – obejrzała się. Marlene nadal była na pokładzie i patrzyła za nią, ale już nie sama. Tuż za nią stała jej partnerka, kobieta w podobnym wieku, Madge. I może to gra światła, ale w sposobie, w jaki obie na nią patrzyły, było coś drapieżnego.

Powiedziała sobie, że to urojenie, i skupiła się na wodzie. Minęła pogłębiarkę, stację pomp i Hills Wharf. Każdy odcinek rzeki miał nazwę. Ray znał je wszystkie i uczył ich Lacey. Mieszkał na rzece ponad trzydzieści lat, pracował na rzece nawet dłużej. Mało było spraw z nią związanych, o których by nie wiedział. Włączając rozmaitych ludzi – rezydentów rzeki.

Marlene i Madge były związane z teatrem. Marlene była aktorką, chociaż nie wiadomo, kiedy występowała po raz ostatni. Madge zajmowała się szeroko rozumianą realizacją. Ich łódź wypełniały rozmaite pamiątki, według Raya głównie zdjęcia ich dwóch z gwiazdami z West Endu, i rekwizyty, które przez lata zwędziły z teatralnego magazynu.

Most kolejowy. Od tego miejsca mury są coraz wyższe, a rzeczka jest tym głębsza, im bliżej Tamizy. Kolejne nabrzeża – Normandy Wharf, Saxon Wharf, Lion Wharf. Lacey przepłynęła rzekę przed paroma miesiącami, jeszcze w tym roku, kiedy skoncentrowała się tutaj seria zabójstw popełnionych na dzieciach. Wcześniej, tak jak wielu londyńczyków, nawet zamieszkałych w pobliżu, ledwie wiedziała o istnieniu tych nabrzeży. Kiedyś były ważną częścią życia handlowego na Tamizie, teraz popadły w zapomnienie, nawet wśród właścicieli nabrzeżnych nieruchomości. Ot, takie porzucone pogranicze, które do nikogo nie należało i nikt się nim nie interesował.

Ale w tej dzikiej przestrzeni wspaniale rozwijała się za to przyroda. Tam, gdzie beton się kruszył, stal zaczynała rdzewieć, a na drewnie pojawiały się oznaki gnicia, rośliny korzystały ze słabości materii i rozkwitały. Nie można było nie podziwiać ich ducha.

Lacey przepłynęła pod Creek Road Bridge i już znajdowała się na krótkim odcinku, prowadzącym prosto do Tamizy. Zaczęła głębiej oddychać, przygotowywała się na wysiłek. Dopłynie do South Dock Marina, może trochę dalej – kajakiem łatwiej. Skręciła za zakole i... och!

Rzeka była różowa, otulona mgiełką, wczesne słońce zza pleców Lacey rzucało promienie na Londyn, zamieniając miasto w koral i dym. Kontury wielkich magazynów i ogromnych kominów wzdłuż brzegów robiły się nieostre; jak na obrazie impresjonisty przenikały się wzajemnie. Na wodzie siedziały ptaki, nieruchome i milczące, niczym zabawki porzucone w sadzawce. Sama woda wyglądała tak, jakby była zamarznięta; tylko wysiłek, jaki Lacey musiała włożyć, żeby posuwać się do przodu, przypominał jej, że nurt dość szybko zmierza w stronę morza.

Tak! Tak, dlatego wypływała na rzekę o świcie. Pływać, wiosłować – tam i z powrotem, z tego nie potrafiłaby zrezygnować.

Odwróciła głowę i zobaczyła małego brązowego szczura, przyglądał się jej z występu w betonie. To pobudziło przelotne wspomnienie dzisiejszego snu. O czym on był? Nigdy nie miała snów. Oczy patrzące. Oczy spoglądające na nią z góry. Uczucie, że koniecznie trzeba się obudzić.

Tylko czy te oczy patrzyły na nią z góry? Czy z boku?

Z boku. Przez małe okrągłe okienko burty od strony wody. Cóż, to przynajmniej ma jakiś sens. Obudziła się, pomyślała, że ktoś pływa wokół łodzi. Znów zasnęła – po pełnej wrażeń pół godziny – i śniła o pływaku, który na nią patrzy.

Zdała sobie sprawę, że wiosłuje wolniej, że rzeka spycha ją do tyłu i że jest bliżej brzegu, niż zamierzała. Przygotowała się na duży wysiłek. W tym samym momencie spostrzegła długi, cienki pasek białej tkaniny, płynął w jej stronę.

Nie, nie... och, na litość boską, to nic takiego. Tylko jakiś materiał przywiązany do kawałka drewna na palowaniu wału.

Z drugiej strony, bardzo zbliżyła się do miejsca, w którym wczoraj znalazła zwłoki, i jeśli to strzępek tamtego całunu, powinna spróbować go wyłowić.

Nacisnęła na wiosło, skręciła w stronę brzegu, dotarła tam nadspodziewanie szybko i chwyciła tkaninę, która natychmiast została jej w ręku.

Okej, nie jest dobrze. O tę część murowanego wału już się kiedyś obiła.

Znów nacisnęła na wiosło, rzeka pchnęła ją z powrotem na pokryty szlamem rzeczny wał. Jakiś podpowierzchniowy prąd przytrzymywał ją przy brzegu. Zdała sobie sprawę, że lepiej płynąć z prądem jak długo się da, żeby zaoszczędzić siły, i pozwoliła, żeby nurt zniósł ją z powrotem.

No po prostu wspaniale. Od tygodni zupełnie bezpiecznie sobie pływała, a ledwie Joesbury się uparł, żeby przestała, wszystko zaczęło iść nie tak. Pewnie wynikała z tego jakaś nauka, ale na razie groziło jej, że zostanie wessana do kanału burzowego.

Tyle że to nie kanał burzowy. To inna rzeczka, chociaż bardzo wąska – znacznie za wąska dla łodzi motorowych, choćby małych. Miała niewiele ponad półtora metra szerokości i znikała między dwoma wysokimi budynkami. Jeden z nich wystawał nad rzekę kilka metrów dalej niż drugi, co doskonale maskowało ją od strony ujścia. Nawet wyżej, ledwie można było ją dostrzec, chyba że podpłynęło się bardzo blisko.

Sekundę później Lacey opuściła główny nurt. Cóż, po to ma kajak, żeby badać okolicę.

Uczucie, że jest się odciętym od świata, które zawsze towarzyszyło wioślarzom na Deptford Creek, tutaj zdecydowanie się wzmagało. Wysokie budowle wzdłuż rzeczki zajmowały każdy centymetr brzegów. Okna na niższych kondygnacjach czarne i puste; wyżej lśniły we wczesnym słońcu jak kwadraty złota. Niektóre zabite deskami.

Promienie słońca nie docierały do wody. Ciemne kształty i cienie wirowały wokół kajaka, spychały, utrudniały posuwanie się do przodu. W wąskiej, ograniczonej przestrzeni nurt był szybszy i silniejszy niż na jej własnej rzece. Gdyby zawróciła albo po prostu przestała wiosłować, pchnąłby ją mocno do tyłu.

Budowle się zmieniały. Szarość tych bliżej Tamizy ustępowała przed łagodniejszą czerwoną cegłą. Już nie były takie wysokie. Niektóre miały drzwi tuż nad powierzchnią i prowadzące do nich schody. Wzdłuż ścian, w równych odstępach wisiały pierścienie do cumowania.

Nagle, przed nią, rozbłysło światło. Chciała teraz przepłynąć obok ostatnich wysokich budynków. Za nimi, po obu stronach rzeczki ciągnął się kamienny mur, wysoki na trochę ponad dwa metry.

Nagła eksplozja światła podniosła Lacey na duchu. A kanał zrobił się szerszy. Wkrótce będzie mogła zawrócić. Za murami, po obu stronach zobaczyła drzewa. Po jej lewej był sad. Do tej pory, odkąd opuściła Tamizę, przepłynęła jakieś czterysta metrów i zbliżała się do końca przesmyku. Słodka woda, która go zasilała, napływała przez śluzę.

Po jej prawej, od dużej bramy w murze biegła pochylnia, a przy brzegu kołysała się inna łódź. Podobnych rozmiarów co jej kajak, ale zupełnie innego rodzaju. Cała z drewna. Dziób rzeźbiony jak na żaglowcach z dawnych czasów – ramiona i głowa kobiety o długich falistych włosach. Rzeźby wzdłuż burt przypominały pióra. Zacumowana łódka miała dulki, ozdobnie rzeźbione wiosła i mały silnik zaburtowy.

Tuż pod bramą znajdowała się mniejsza furtka dla pieszych, a do skraju wody prowadziła druga wąska pochylnia. Lacey przepchnęła się kajakiem przez bramę, popatrzyła na dom z kamienia, stał za ozdobną kratą. Na samym końcu rzeczki był odpowiedni promień skrętu. Zawróciła kajak i ze strachu omal nie upuściła wiosła. Przed wąską furtką, która przed sekundą na pewno była zamknięta, siedział stwór z bajki.

19. Dana

Świetnie, dziękuję, że przyszliście o tak wczesnej porze – powiedziała Dana. – Poczęstujcie się śniadaniem.

Zespół zebrał się w gabinecie Dany, w komisariacie w Lewisham. Pomieszczenie nie było duże, ale w sam raz dla niewielu osób. Kobieta z rzeki zmarła przed miesiącami, w zasadzie brakowało dowodów zabójstwa i dopóki coś się nie zmieni, policja się tym nie zajmie. Teraz było ich pięcioro. Oczywiście Anderson i Stenning, i jeszcze dwóch detektywów. Gayle Mizon, blondynka tuż po trzydziestce, zajęła wolne krzesło; Tom Barrett, żartowniś w ich paczce, o ciemnej skórze, lśniącej jak wypolerowany orzech włoski, oparł się wraz z pozostałymi dwoma mężczyznami o ścianę naprzeciwko drzwi. Wszyscy rozpracowywali jakieś sprawy. Stąd to zebranie bladym świtem.

– Dzięki temu, że szybko dostaliśmy raport od det… posterunkowej Flint, wiemy, że kobieta znaleziona wczoraj nie występuje wśród tych, które zgłoszono jako zaginione w rzece przez ostatnie półtora roku. – Dana podniosła kubek z kawą. Mizon rozrywała rogalik; mężczyźni woleli kanapki z bekonem i jajkiem. – Ale Lacey zrobiła coś więcej. Ułożyła listę stu dwóch młodych kobiet z tej samej grupy etnicznej, które zaginęły w Zjednoczonym Królestwie w podobnym okresie.

– Dziewczyna nie daje sobie rady. – Anderson mówił z ustami pełnymi jedzenia. – Wróci przed końcem roku.

– Możliwe. – Dana podała mu pudełko z chusteczkami, które trzymała w górnej szufladzie biurka. – Ale na razie musimy uszanować jej decyzję. W ubiegłym roku przeszła ciężkie próby i musi się pozbierać. Zaczniemy od tego. Przejrzymy listę, znajdziemy kobiety przed dwudziestką i tuż po dwudziestce. Skontaktujemy się z odpowiednimi jednostkami, które są związane ze sprawą, wyszukamy zdjęcia i DNA, o ile to będzie możliwe. Tom, chciałabym, żebyś się tym zajął.

Barrett podniósł kubek z jogurtem, zrobił minę i odstawił go.

– Dobra. A jeśli nie ma jej wśród zgłoszonych zaginionych?

– Poproszę pana Weavera, żeby sfinansował rekonstrukcję twarzy – powiedziała Dana. – Możemy zaapelować przez telewizję, ale to zajmie trochę czasu. Cóż, będę szczera: bez tożsamości nie ruszymy dalej.

– Wykluczyliśmy zabójstwo honorowe? – Mizon skończyła rogalik i wyjęła skądś jabłko. Nie rozstawała się z jedzeniem.

– Ostatnio zrobiono takie badanie opinii i dwie trzecie brytyjskich Azjatów popiera zabójstwo honorowe – odparł Barrett.

Dana pokręciła głową.

– Też to czytałam. Tylko trochę uważniej niż ty. Pisali, że dwie trzecie młodych brytyjskich Azjatów popiera kodeks honorowy. Dla mnie bardziej niepokojące jest to, że około dwudziestu procent tej populacji jest za stosowaniem kar fizycznych wobec grzeszników.

– Grzesznic – uściśliła Mizon.

– Czy kary za splamienie honoru są bardzo rozpowszechnione w Zjednoczonym Królestwie? – zapytał Stenning.

– Szacunkowo dochodzi do trzech tysięcy zbrodni na tym tle rocznie, chociaż bezpieczniej założyć, że jest mnóstwo, o których nie wiemy – powiedziała Dana. – Co do przypadków śmierci, mamy mniej niż dwanaście, ale i tak o te kilkanaście za dużo.

– A zbrodnia na tle honoru to…? – zapytał Anderson.

– Bicie, nawet tortury – wyjaśniła Mizon. – Trzymanie kogoś pod kluczem, bez jedzenia i wody. Odmawianie opieki medycznej. Pomyśl o najgorszych okrucieństwach w odniesieniu do wykorzystywanych i zaniedbywanych dzieci w tym kraju. Wszystkie można zastosować wobec dorosłych albo prawie dorosłych kobiet z kultur imigrantów. Nikt ich nie chroni, nie mają też do kogo się zwrócić.

– Jeśli tutaj w grę wchodzi zabójstwo honorowe, nie rozwiążemy tego szybko – powiedziała Dana. – Mogą minąć lata, zanim sprawa trafi do sądu. Jeśli dowody fizyczne uległy degradacji, a tak z pewnością jest w tej sprawie, to mowa o miesiącach tajnej obserwacji, o zaskarbianiu sobie przyjaźni członków rodziny, przekonywaniu ich, żeby zwrócili się przeciwko własnym krewnym. Może nawet trzeba pomyśleć o ochronie świadka.

– Szefowo, wiesz co? Nie jestem pewien, czy tu mamy zabójstwo honorowe. – Anderson zmiął opakowanie kanapki. – Ktoś starannie zajął się zwłokami. Czy zrobiłby to dla kogoś, kto zhańbił rodzinę? – Posłał w kierunku kosza kulkę celofanu. – Ofiary zabójstw honoru są wyrzucane jak śmieci, prawda? Tamta dziewczyna w Kencie, czy nie znaleziono jej w rowie? Jeśli tak mało poważasz kobiety ze swojego rodu, że aż przykładasz im poduszkę do twarzy, to nie będziesz zawracał sobie głowy okazywaniem szacunku ich zwłokom. – Nie trafił. Celofanowa kulka wylądowała kilkanaście centymetrów obok celu.

– Ale jeśli to nie było zabójstwo honoru – wtrąciła się znów Mizon – to nie mamy pojęcia, co się stało.

Dana podniosła opakowanie kanapki i wrzuciła je do kosza.

– Jest trop, którym możemy podążać. Całun. Gayle, nadal chcesz nad tym popracować?

Mizon przytaknęła.

– Uznajemy, że Lacey znalazła to przez przypadek?

Dana pokręciła głową.

– Ja nie. Ale rozmawiałam z zespołem nurków, którzy wydobyli ciało. Poza tym bardzo szczegółowo przejrzeliśmy zdjęcia. Nie da się z całą pewnością stwierdzić, że denatka była przywiązana do tego drewnianego słupa. Mogła się po prostu zahaczyć. Poza tym, nie muszę chyba powtarzać, że Lacey potrzebuje czasu, żeby się pozbierać. Nie chcę mącić jej tym w głowie. Miejmy tylko nadzieję, że od dziś będzie się trzymała z dala od rzeki.

20. Lacey

Kobieta była tak stara i pomarszczona, że można by wątpić w jej płeć, gdyby nie koraloworóżowa bluzka i bardzo długie, posiwiałe włosy. Patrzyła na Lacey. Miała twarz człowieka z gorącej krainy, który spędził życie na słońcu, a dłonie pokryte plamkami i zmarszczkami. Siedziała na wózku inwalidzkim, na rampie, nogi skrywała jej długa wielokolorowa spódnica.

– Dzień dobry – powiedziała.

– Dzień dobry – odparła Lacey. Gorączkowo myślała, co dalej? Przepraszać za wtargnięcie? Udawać, że się nic nie wiedziało? Uciekać?

– Przypłynęłaś na śniadanie?

Nurt wyciągał Lacey z rzeczki. Musiała ciężko pracować, żeby nie przemknąć obok niecodziennie gościnnej starszej pani.

– Dziękuję, ja tylko zwiedzałam. Przepraszam, jeśli…

Kobieta wyglądała tak, jakby siadanie na wózek i wstawanie z niego sprawiało jej problem.

– Lepiej przycumuj. – Wyciągnęła długą rękę z klejnotami na prawie każdym palcu, żeby pokazać żelazny pierścień na pochylni. – Masz około godziny, zanim woda będzie za niska. Przy wejściu do rzeczki jest brama śluzy. Sądzę, że przy wysokiej wodzie najzwyczajniej nad nią przepłynęłaś.

Cóż, czasem po prostu trzeba płynąć z prądem. Lacey dobiła do brzegu i wychyliła się do przodu, żeby przywiązać kajak. Cały czas miała świadomość, że staruszka na nią patrzy. Kiedy już zacumowała, zerknęła na kawałek materiału, który ją tutaj przywiódł – okazało się, że to bandaż albo prześcieradło z wczorajszego trupa. Tkanina wytworzona ludzką ręką, nawet nie biała, z wyblakłym różowym wzorem. Chusta. Lacey wysiadła z kajaka, na ścianie przy furtce spostrzegła nazwę: Sayes Court.

– Jestem Tessa – przedstawiła się stara, kiedy Lacey już zeszła na brzeg. – Skrót od czegoś bardzo długiego i greckiego.

A ty ...? – Zamachała długimi, zakrzywionymi paznokciami pomalowanymi na różowo, pod kolor bluzki.
– Lacey. Miło panią poznać.
– Wejdź. – Tessa zawróciła i pchnęła koła wózka. Poprowadziła go rampą pod górę z siłą, która mówiła, że wcale nie jest tak krucha, jak by się mogło wydawać. Lacey poszła za nią i już po chwili znalazła się w szumiącej masie kolorów.

Ogród był duży, jak na londyńskie warunki, zrobiony bardziej na park, trawiasty, tu i ówdzie zadrzewiony.

Po obu stronach dróżki ciągnęły się krzaki lawendy ze smukłymi srebrnozielonymi listkami i purpurowymi pączkami. Przed lawendą rosły maleńkie białe kwiatki – lśniły jak gwiazdy na tle ciemnej zieleni. Za nimi wyrastały wyższe rośliny kwitnące głębokim różem, o liściach tak wielkich, że nie wyglądałyby nie na miejscu w lesie tropikalnym. Wszędzie latały pszczoły i motyle.

– Nie stój w furtce – zawołała Tessa.

Lacey przyspieszyła i szła prawie obok wózka.

– To pani dom?

– Tak. Jest w naszej rodzinie od pokoleń. Tak powinno się mówić, prawda? Ale nic z tych rzeczy. Byliśmy brudnymi imigrantami, tyle że nam się poszczęściło i zrobiliśmy pieniądze.

Dom, do którego się zbliżały, wyglądał na georgiański. Miał dwie główne kondygnacje i rząd zwieńczonych trójkątnie okien na strychu. Wzdłuż prawie całej tylnej ściany rozciągały się inspekty.

– Tutaj pracuję – poinformowała Tessa i szturmem przejechała przez otwarte drzwi. – Wejdź.

Jak mi zaproponuje piernik, zwiewam, pomyślała Lacey, wchodząc do środka. Uderzyła ją fala gorąca, jak podmuch z pieca.

Wokół stołu, pośrodku szklarni, stały nisko – odpowiednio do poziomu wózka inwalidzkiego Tessy – tace z młodymi roślinami. Inne wyrastały z koszy zawieszonych pod sufitem. Wokół ścian biegły blaty też obstawione roślinami, poza pustymi miejscami do pracy. Lacey zobaczyła noże, nożyczki, sznurki, moździerze z tłuczkami, wagi. Pod blatami znajdowały się drewniane skrzynie z szufladami, każda opisana ręcznie, charakterem, którego nie potrafiła odczytać.

– Jestem zielarką – oświadczyła Tessa. – Czego się napijesz? Syropu z kwiatów dzikiego bzu? Nalewki ze śliwki damascenki? Cykuty?... Żartowałam. Śliwki nie bardzo się udały w zeszłym roku... Nadal żartuję.

Lacey zapisała sobie w pamięci, żeby otwarte drzwi zawsze były między nią a tą dziwną kobietą.

– Za gorąco ci tutaj. Przejdziemy dalej.

Lacey nie była pewna, czy to dobry pomysł, ale coś ją zmusiło, żeby pójść za Tessą do kolejnego pomieszczenia – ni to kuchni, ni czegokolwiek innego. Zobaczyła w nim z grubsza ociosane stoły do pracy, dwa wielkie zlewy i parę przemysłowych chłodni, z których tylko jedna nie była zamknięta na kłódkę.

Po jednej stronie zlewów stał rząd wysokich szklanych butli, każda z płynem innego koloru.

– Myślę, Lacey, że spróbujemy tego – zdecydowała Tessa. – Trzeci od lewej. Dzbanek znajdziesz w szafce pod zlewem, a lód w chłodni. Woda może być z kranu, tam jest wbudowany filtr.

– Jagody czarnego bzu – przeczytała z naklejki Lacey.

– Sama je zebrałam we wrześniu ubiegłego roku. To ostatnia butelka do jesieni. Teraz jakieś dwa centymetry na dno dzbanka, potem napełnij go wodą. Pospiesz się, spóźnisz się na przypływ. Uwielbiam to, a ty? Spóźnić się na przypływ! Jakbyśmy byli żeglarzami z dawnych czasów, na wyprawie na drugą stronę świata. To jest to, nie za słabe.

Lacey otworzyła tę chłodnię niezamkniętą na klucz. Stwierdziła, że czasem lepiej ustąpić ekscentrykom. W środku zobaczyła mnóstwo butelek, beczułek i dzbanków opisanych trudnymi do odczytania gryzmołami Tessy. Kiedy wrzucała lód do dzbanka, Tessa szukała czegoś po szufladach. Syrop z jagód czarnego bzu, gęsty i purpurowy w butli, po dodaniu wody zmienił się w najjaśniejszy odcień jasnego fioletu.

– Szczerze mówiąc, dzika wiśnia jest trochę słodsza – powiedziała Tessa. – Taca na lodówce, szklanki w szafce najbliższej drzwi. A wszyscy lubią czernicę. Ale w czarnym bzie jest coś szczególnego. W sam raz na twoją wizytę. Dobra, załatwione, więc wyjdziemy na dwór. Koła w ruch.

Między kuchnią a szklarnią była krótka rampa. Tessa pomknęła po niej z radością, skręciła w ostatniej chwili, żeby nie rąbnąć o szklane ściany. Wyjechała bocznymi drzwiami.

Lacey poszła za nią i znalazła się w pułapce na promienie słoneczne. Wybrukowany plac, z jednej strony zamknięty kamienną ścianą domu, a z drugiej szkłem inspektów, wychodził na południowy wschód. Za ogrodem, za żelazną bramą Lacey zobaczyła rzeczkę. Wokół roztaczała się woń kwiatów.

– Co to za zapach? – zapytała, kiedy Tessa zatrzymała się przy stoliku z lanego żelaza.

– Tymianek. Koła wózka go kruszą i stąd ten aromat. Chodź, usiądź.

Lacey popatrzyła pod nogi. Rośliny wyrastały z każdej szpary między brukowcami. Niektóre wyglądały jak dzikie stokrotki, miały długie, smukłe łodyżki i białe kwiatki z żółtym środkiem. Ale większość stanowiły krzaczki o małych zielonych liściach i różowych albo purpurowych kwiatach. Potem pojawiły się inne zapachy. Jeden z nich Lacey rozpoznała: lawenda. Nie była pewna co do innych, ale przywodziły jej na myśl pieczoną jagnięcinę.

– To szczypiorek. – Tessa pokazywała długie, cienkie łodyżki z masą purpurowych kwiatów. – Tego nie miażdżę. Pachnie cebulą.

– Co takiego szczególnego jest w jagodach czarnego bzu? – Lacey zastanawiała się, czy naprawdę wypić własnej roboty napój, którym poczęstowała ją ta dziwna kobieta.

Tessa wychyliła się do przodu na wózku. Jej ciemne oczy nie były brązowe, jak z początku myślała Lacey. Miały najgłębszy odcień błękitu.

– Czarny bez to jedna z najważniejszych roślin w zielarstwie. To jak cały kuferek lekarstw w jednej roślinie. Z drugiej strony... i to najbardziej mnie intryguje, prawie wszyscy się go boją. – Znów się wyprostowała i ostrożnie rozejrzała po ogrodzie.

Ty stara kabotynko, pomyślała Lacey.

Stara kabotynka była w swoim żywiole.

– Niewiele roślin bardziej obrosło w legendy i podania ludowe niż czarny bez. Mówi się, że jeśli staniesz blisko tego drzewa o północy w środku lata, to zobaczysz, jak obok przejeżdża król wróżek. Przy okazji, ten dzień przypada dzisiaj. A minutę przed północą jest przesilenie letnie.

– Poszukam go. – Lacey uśmiechnęła się na myśl o Joesburym w przebraniu króla wróżek.

– Powinnaś. – Tessa miała poważny wyraz twarzy. – Przysięgam, ten mężczyzna pięknieje z dekady na dekadę.

– Więc jakie to ma właściwości lecznicze?

– Chroni przed infekcjami. Bardzo dobre na grypę i przeziębienia, niesie ulgę przy kaszlu.

– Nigdy nie chorowałam na grypę, rzadko też się przeziębiam, ale doceniam intencję.

– Zachorujesz i na to, i na tamto – oświadczyła Tessa. – Głos masz chrypliwy, płytko oddychasz, co znaczy, że twoje płuca na samym dole źle pracują, bo zwalczają infekcję. I kichnęłaś cztery razy, odkąd tu przyszłaś. Założę się też, że jesteś bardziej zmęczona niż zwykle. Kompletna bzdura. Tyle że...

– Ostatnio źle sypiam – przyznała Lacey.

– Źle sypiasz od lat, odkąd pojawił się jakiś wielki smutek. Nic mi nie mów, moja droga, na to jeszcze się za mało znamy. Ale mogę ci coś dać. – Sięgnęła do kieszeni i wyjęła trzy buteleczki. – Nalewka na głogu. – Odkręciła nakrętkę pierwszej i dodała trzy krople do dzbanka. – Sporządzona w dwóch fazach: z kwiatów i liści wiosną, a jesienią poprzez dodanie jagód. Doskonałe na serce i krwiobieg, ale tego nie potrzebujesz. Ale też uspokaja i zmniejsza niepokój, a ten na pewno cię dręczy. Pomaga także na złe sny i bezsenność.

Dziki bez i głóg? Brzmi nieźle. Jeśli to naprawdę to.
– Lipa. – Tessa otworzyła drugą buteleczkę i dolała parę kropel do dzbanka tak, jak z pierwszej. – To jest zrobione z kwiatów. Koi irytację, wspiera odporność, pomaga odpocząć i zasnąć.
– Zasypiałabym w południe – powiedziała Lacey. Nawet nie zamierzała się tego napić.
– A teraz bylica piołun. Gorzka nazwa, ale to niemal zbawienne zioło dla nas, kobiet. Od stuleci używano go przy uzdrawianiu i magii. Znane jest jako obrońca kobiet i podróżników. – Nakrętki znów znalazły się na buteleczkach, Tessa podniosła dzbanek i nalała najpierw Lacey, potem sobie. – Bylica pomaga na kobiece problemy. I różne inne. Jest wszechstronna. Zobaczymy, jak to wszystko na ciebie podziała. Możesz wziąć z sobą do domu. – Przesunęła buteleczki po stoliku.
– To bardzo miłe, ale...
– Wypij.
Tessa błyskawicznie podniosła swoją szklankę i łyknęła od razu połowę zawartości. Potem postawiła ją na stoiku i wyczekująco patrzyła na Lacey.
– Nie chcę być nieuprzejma... Ale jest pani trochę niezwykła, a ja jeszcze nigdy nie spotkałam... O mój Boże, co się stało?
Wstała, nachyliła się nad Tessą, która najpierw dostała konwulsji, a potem bezwładnie opuściła głowę na piersi. Stara kobieta trzęsła się, ramiona jej dygotały przy bokach, z gardła wydobywały się dziwne kraczące dźwięki.
– Tessa, przestań się wygłupiać – zabrzmiał męski głos od drzwi domu.
Lacey odwróciła się na pięcie i zobaczyła wysokiego, ciemnowłosego mężczyznę po sześćdziesiątce. Patrzył na nie z miną, która mówiła, że widział to już nie raz i wcale go to nie śmieszy. Lacey znów spojrzała na starą, która już siedziała wyprostowana i się uśmiechała.
– Mam cię! – powiedziała do Lacey.

– Co pani podała? – Mężczyzna wyszedł z domu i usiadł obok Lacey. Przyniósł ze sobą własną szklankę.

– Hm... jagody czarnego bzu, głóg, lipę i piołun – wyrecytowała Lacey. – Chyba.

Mężczyzna wzruszył ramionami, zrobił minę i nalał sobie szklankę.

Wypił i uśmiechnął się do Lacey.

– Jestem Alex. Brat Tessy. Miło mi panią poznać.

– Lacey Flint.

Mężczyzna z gęstymi brwiami i ciemną cerą na pierwszy rzut oka zupełnie nie wydawał się podobny do pani Świrowatej na wózku inwalidzkim. Ubrany był w starannie wyprasowane spodnie i koszulę na guziki z rozchylonym kołnierzykiem.

– To niezwykłe, mieć gościa, który przypłynął łodzią – powiedział. – Chociaż podoba mi się to. Przywodzi na myśl dawne czasy, kiedy rzeki wokół Londynu były głównymi drogami transportowymi.

– Mieszkam na jednej z łodzi, na Deptford Creek. – Lacey podniosła szklankę i zaryzykowała łyk. – Wszyscy mamy kajaki albo małe motorówki. Ale tutaj też ktoś ma łódź.

– To Tessy – wyjaśnił Alex. – Próbowałem jej przetłumaczyć, że wypływanie na Tamizę jest skrajnie nieodpowiedzialne, ale ona nie słucha mnie od sześćdziesięciu lat, więc wątpię, żeby teraz zaczęła.

Kordiał był gęsty i słodki, trochę jak czarna porzeczka, ale nie tak ostry. Lacey wypiła prawie całą zawartość jednym haustem.

– Mnóstwo roślin, które są mi potrzebne, rośnie na brzegu rzeki – powiedziała Tessa. – Całkiem sporo w Deptford Creek. A ja mam bardzo silne ramiona. Kiedy nogi są bezużyteczne, inne części ciała muszą je zastąpić. A jak się robi ciężko, zawsze jest silnik. Znasz te wstrętne stare lesbijki z okrętu wojennego przy Skillions?

Lacey zerknęła na Alexa. Lekko wzruszył ramionami, tak jakby chciał powiedzieć: „nie patrz na mnie".

– Cóż, nie słyszałam, żeby właśnie tak je nazywano, ale wiem o dwóch kobietach w średnim wieku przy Skillions Wharf – odezwała się w końcu. – Mój sąsiad mówi, że pracowały w teatrze.
– Jasne. Ta gruba blondyna była striptizerką – powiedziała Tessa. – A ta męska lesba jej alfonsem.
– Opróżniały zbiornik septyczny, kiedy pani przepływała obok łódką? – zapytała Lacey.
Alex parsknął w napój. A kiedy już przestał prychać, popatrzył na zegarek.
– Ma pani dwadzieścia minut, żeby wypłynąć z naszej rzeczki, Lacey, albo spędzi pani z nami cały dzień.
Wstała.
– Cóż, byłoby wspaniale, ale po południu muszę iść do pracy. Bardzo dziękuję za napój.
– I za nalewki. – Tessa wcisnęła jej w dłonie trzy buteleczki. – Po trzy krople z każdej, dwa razy dziennie.
– To angielski akcent? – zwrócił się Alex do Lacey, gdy we troje ruszyli wysadzaną kwiatami ścieżką w stronę rzeczki. Na różowej bluzce Tessy przycupnęła pszczoła. Starsza kobieta pozwoliła jej siedzieć tuż przy szyi, tak jakby to była dekoracyjna szpilka. – W pani głosie słychać akcent, którego nie potrafię umiejscowić.
– Jestem ze Shropshire. To bardzo blisko walijskiej granicy. Czasem ludzie mi mówią, że mam walijski akcent.
– A czym się pani zajmuje?
– Pracuję w policji. Niedawno wstąpiłam do Wydziału Rzecznego.
– Więc muszę panią poprosić o wielką przysługę. Jak zobaczy pani moją siostrę na wodzie w tej jej śmiesznej łódeczce, proszę ją aresztować.
Tessa zachichotała, prawie uwodzicielsko. Potem zaczęła szeptać do pszczoły na swojej bluzce.
– Cóż, trudno ze mnie zrobić dobry przykład – wyznała Lacey. – Ale jeśli unika się szybkich przypływów i trzyma się blisko brzegu, nie jest tak niebezpiecznie.

– Może dla młodej, silnej osoby – zauważył Alex. – Ale dla zwariowanej staruchy po sześćdziesiątce? Myślę, że nie powinienem narzekać. Jak utonie, to odziedziczę jej majątek.

– W ubiegłym tygodniu zmieniłam testament – zaznaczyła Tessa. – Zostawiam wszystko na schronisko dla psów.

– Kundle zrobią z tego lepszy użytek niż ty. Do widzenia pani, Lacey. Miło było panią spotkać.

– Odwiedź mnie w przyszły czwartek – powiedziała Tessa. – Zioła potrzebują tygodnia, żeby zadziałać. Ale jak będziesz chciała pogawędzić, wpadaj, kiedy chcesz.

Lacey wsiadła do kajaka i odwiązała linę. Alex po rycersku nisko się nachylił i lekko popchnął ją na środek rzeczki.

– Do widzenia – zawołała, kiedy powracający odpływ pociągnął ją w stronę Tamizy. Odwróciła się tuż przed rogiem. Tessa i jej brat nadal byli na brzegu. Alex przykucnął, znalazł się na wysokości siostry, zawzięcie rozmawiali o czymś. Lacey zdziwiła się, jak mogła pomyśleć, że nie są do siebie podobni. Z tej odległości, kiedy tak dyskutowali z zapałem, wyglądali jak swoje lustrzane odbicia.

21. Dana

Praktyka owijania ciała w całun przed pogrzebem jest wspólna dla wszystkich religii i kultur – powiedziała Mizon ze swojego miejsca, z przodu pomieszczenia. – Są nawet dowody, że pierwotne plemiona północnoamerykańskie tkały całuny z włókna roślinnego.

Dana sięgnęła ręką w górę i zasunęła roletę. Trochę po południu słońce przetoczyło się na ich stronę budynku i temperatura rosła. W sali zebrali się Neil Anderson, Pete Stenning, Tom Barrett i Gayle Mizon.

Mizon, dokładna jak zwykle, wyświetliła na białym ekranie za sobą kilka slajdów. Przedstawiały zwłoki owinięte w śmiertelny całun: pogrążone w smutku zakonnice niosą długą, cienką paczkę; blada twarzyczka dziecka przed zakryciem jego głowy; rzędy białych tłumoczków leżą na wykładanej kafelkami posadzce.

– Bez względu na to, jak ludzie chowają zmarłych – mówiła – w przygotowaniu zwłok zawsze jest element rytuału i bardzo często obejmuje to symboliczne obmywanie, a potem owijanie w całun.

– Mojego tatę pochowano w najlepszym garniturze – wtrącił Barrett.

– To stało się powszechne w kulturach Zachodu – zgodziła się Mizon. – Ale od niedawna. Owijanie w całun pochodzi z czasów, kiedy ubrania były drogie. Oblekając zmarłego w całun, rodzina zachowywała jego ubrania dla innego członka rodziny.

Stenning trzymał puszkę coli przy szyi.

– Więc sposób, w jaki została owinięta całunem, daje nam jakąś wskazówkę co do jej pochodzenia?

Między brwiami Mizon pojawiły się dwie małe równoległe zmarszczki.

– Tutaj to się robi trochę bardziej skomplikowane. Jak się okazuje, to, co widzieliśmy, nie jest typowe dla żadnego znanego obrzędu pogrzebowego.

– To znaczy? – zapytała Dana.

Mizon zerknęła do notatek.

– Żydowskie ubiory pogrzebowe nazywają się *tachrichim*. Bluza, spodnie, pas i kaptur oraz chusta do przykrycia głowy. Potem całe ciało jest owijane jeszcze w taką płachtę, czyli całun. Według żydowskiej tradycji, wszyscy są równi wobec śmierci. Więc ich ubiory grzebalne są pozbawione zamków błyskawicznych, guzików, ściągaczy i jakichkolwiek ozdób. Kieszeni też nie mają, bo w życiu pozagrobowym rzeczy osobiste się nie liczą.

– Więc nie żydówka – podsumował Anderson.

– Ale też nie typowa muzułmanka – dodała Mizon. – Muzułmańskie ubrania pogrzebowe nazywają się *kaftan*.

Trzy części ubioru dla mężczyzny, pięć dla kobiety. To nie są prawdziwe ubrania, tylko duże kawały bardzo prostej tkaniny, którą owija się części ciała w określonej kolejności. I znów, skromność wobec śmierci jest ważna.

– Hindusi też ubierają zmarłych, tyle że potem okrywają ciało prześcieradłem – wyjaśniła Dana. – Moją matkę poddano kremacji w jej sukni ślubnej. Na marginesie, suknia była czerwona. Oczywiście, to wszystko nie znaczy, że ofiara nie była muzułmanką, żydówką czy hinduską, ale że jej ciało nie zostało przygotowane według religijnej ortodoksji.

– Ludzie mówili, że ciało było zmumifikowane – powiedział Barrett.

– Nie – odparła Dana. – Chociaż sposób, w jaki je obwiązano, mógł wywoływać takie wrażenie. Gayle, pokaż nam tamte pierwsze zdjęcia, dobrze?

Czekali, aż Mizon znajdzie fotografie trupa zrobione przez Wydział Rzeczny. Potem Dana wstała i podeszła do ekranu.

– Widać, że chociaż tkanina odpadła od górnej części ciała, to dolna część nadal jest prawie cała owinięta. – Dana ołówkiem pokazywała to na zdjęciu. – A jeśli przyjrzymy się okolicom stóp i łydek, a potem talii, to trochę wygląda to na mumię, mimo wszystko takie obwiązanie zupełnie różni się od metod egipskich.

– A konkretnie? – zapytał Anderson.

Dana kiwnęła głową, żeby Mizon to wyjaśniła.

– Mumia egipska byłaby całkowicie owinięta bandażami. Każda kończyna z osobna, nawet każdy palec u dłoni i stóp byłyby owinięte oddzielnie. Na coś takiego poszłyby setki metrów tkaniny. Tutaj bandaże były tylko w pewnych miejscach: na kostkach, w talii, na szyi.

– Więc skoro nie ma powiązania z obyczajami islamu, hinduizmu czy judaizmu, to co z chrześcijaństwem? – dopytywał Anderson.

– Jeśli weźmiemy pod uwagę całun turyński, zobaczymy, że to tkanina tylko na tyle szeroka, żeby pokryć ciało, ale co najmniej jego dwukrotnej długości. Materiał był przywiązany w niektórych miejscach, prawdopodobnie długimi cienkimi paskami, oddartymi od całości. To, co mamy, to szeroka płachta i parę wąskich fragmentów, których użyto, żeby związać całun.

– Więc bez względu na to, jaką śmiercią zmarła, jej ciało zostało przygotowane do pochówku przez kogoś pochodzącego z tradycji chrześcijańskiej – stwierdziła Dana.

Mizon pokręciła głową.

– Tego też bym raczej nie powiedziała. Z pewnością nie przez kogoś z bardziej współczesnych chrześcijan, bo jak zauważył Tom, teraz chrześcijanie chowają zmarłych w zwykłych ubraniach. Z drugiej strony, prawosławne całuny pogrzebowe są bardzo ozdobne.

Na ekranie pojawiło się siedem zdjęć całunu. Były na nim łuki, promienie słoneczne, święty krzyż, chrześcijańskie ikony, nawet scena zmartwychwstania.

– Nikt, kto chciałby ukryć podejrzany przypadek śmierci, nie użyłby tego – zauważyła Dana. – Zbyt łatwo można by go namierzyć.

– Prawda – przyznała Mizon. – Szczerze mówiąc, nie sądzę, żeby ten trup został owinięty ze względów religijnych.

– Więc z jakich?

Mizon wyłączyła ekran, jakby odrzucała wszelkie informacje, które właśnie im przedstawiła. A może po prostu zrobiło się jej za gorąco.

– Niektórzy zabójcy wystawiają trupy na widok publiczny, a niektórzy je ukrywają, zgadza się?

Stenning uniósł głowę.

– Ci, którzy je pokazują, są dumni z tego, co zrobili. Chcą, żebyśmy je znaleźli.

Mizon kiwnęła głową.

– I na odwrót, ci, którzy ukrywają, wstydzą się.

– Ta kobieta została owinięta jak paczka i wrzucona do jednej z największych, najdłuższych rzek Wysp Brytyjskich. – Anderson też wyglądał na zainteresowanego. – Moim zdaniem, to wpisuje naszego zabójcę do grupy wstydliwych.

– Bardzo wstydliwych – zgodziła się Mizon. – Szefowo, wiem, że pani nie chce, żebyśmy za wcześnie wyciągali wnioski, ale powiedziałabym, że owinięcie zwłok w całun i wrzucenie do Tamizy świadczy o chęci ich ukrycia. Innymi słowy, chodzi o wstyd. Myślę, że bandaże są po to, żeby całun się nie odwinął. Gdyby ciało pochowano w ziemi, nie byłyby potrzebne, ale co innego w szybko płynącej wodzie. Bandaże po prostu przytrzymywały materiał; według mnie też chodziło o ukrycie trupa.

– Więc całun nie daje nam wskazówek co do pochodzenia zabójcy?

– Tego nie powiedziałam. Nie użył paru worków na śmieci, które ciasno związał taśmą klejącą. Płótno wskazywałoby na kulturę, która traktuje swoich zmarłych z szacunkiem. Myślę, że zabójca pochodzi ze Wschodu bardziej zdominowanego przez wierzenia i praktyki religijne niż świat zachodni.

– A wiecie, co bardziej mnie niepokoi? – Nawet Barrett był teraz podekscytowany, a mało co wprawiało go w taki stan. – Zabójca nie działał w panice. Wszystko zaplanował. Starannie. Tak jakby...

Dana zazwyczaj nie odbierała członkom zespołu mocnej puenty. Ale tym razem nie mogła się powstrzymać.

– Jakby robił to już wcześniej – dokończyła.

22. Nadia

Słońce stało nisko na niebie, Nadia szła szybko. Musiała czekać w kolejce pod prysznice, więc późno opuściła basen. Obiecała, że wróci przed szóstą, bo wtedy wychodziły, a Gabrielle potrzebowała kremu przeciwsłonecznego.

„Mogłabyś wpaść w drodze powrotnej do Boots, co?" – Zawsze tak samo. – „Mogłabyś zajść do Sainsbury's? Mogłabyś wdepnąć do Body Shop? Mogłabyś zajrzeć do Majestic i wziąć jakieś wino?" Jak gdyby Gabrielle ciągle miała potrzebę przypominać Nadii, że czas wolny nikomu się nie należy, że jest zaledwie z łaski dany i że w każdej chwili można go odebrać.

Kurs był intensywny. Stała się jedną z najlepszych. Tą, do której instruktorka czasem się zwracała, kiedy chciała coś pokazać.

„Najpierw łokieć z wody, potem wyciągnąć ramię. Zużywacie mniej energii i poruszacie się szybciej. Patrzcie na Nadię".

Potrafiła teraz pływać kraulem, całkiem szybko, z głową pod wodą, od czasu do czasu wynurzając się, żeby zaczerpnąć powietrza. Kto by w to uwierzył? Jeszcze parę miesięcy temu umiała zaledwie panicznie pływać pieskiem.

Muzułmanki nie pływają. Poza nielicznymi, które uczyły się w dzieciństwie albo – jako kobiety bardzo bogate – miały prywatne baseny. Zdjęcie ubrania w miejscu publicznym było nie do pomyślenia dla muzułmanki. Ale władze samorządowe w Greenwich proponowały w miejscowym centrum wypoczynkowym zajęcia tylko dla kobiet i na dwie godziny w tygodniu basen stawał się schronieniem dla wyznawczyń islamu i dla wstydliwych.

Jedna z najtrudniejszych rzeczy dla Nadii na początku to zanurzyć się w wodzie. Wróciły wzburzone wspomnienia: wszędzie woda, w nosie, w ustach, w gardle. Ból w klatce piersiowej, gdy palący płyn wlewa się do płuc. Pewność, że umrze. Tu i teraz.

Bardzo długo zajęło jej, żeby się przekonać, że strach i ból fizyczny wywołane są wspomnieniami, a nie tym, co się z nią teraz dzieje. Przez większą część pierwszej lekcji nie mogła odpłynąć od brzegu basenu, ale zmusiła się, żeby przyjść drugi i trzeci raz, dopóki nie przestała się bać wody. Zmusiła się do nauki pływania, bo wiedziała, że pewnego dnia ona i rzeka znów się spotkają.

Przechodząc obok kiosku z darmowymi gazetami, odruchowo przejrzała tytuły, szukając słów, które rozumiała. O ciele kobiety wyłowionym z rzeki wczoraj o świcie usłyszała tylko krótką informację w wieczornych wiadomościach.

Policja obawiała się, że topielca trudno będzie rozpoznać, więc apelowała o pomoc. Młoda kobieta, ich zdaniem z Bliskiego Wschodu albo z subkontynentu indyjskiego, zaginęła przed kilkoma miesiącami. Każdy, kto wiedziałby coś na ten temat, proszony był o kontakt z policją.

Nie miała żadnych informacji.

W zatłoczonym sklepie na jednej z głównych ulic znalazła krem do opalania. „Żeby to na pewno był filtr 50", przypomniała Gabrielle. „Trzeba brać pod uwagę, że słońce odbija się od wody".

Nie ma niczego nadzwyczajnego w tym, że wyciągnięto zwłoki z Tamizy, powiedziała jej Gabrielle. Większość przypadków nawet nie trafia do newsów, tylko jak jest potrzebna identyfikacja albo jak ludzie utonęli w podejrzanych okolicznościach. Wtedy policja apeluje o informacje.

Nie miała informacji. Musiała wracać.

23. Dana

Helen, to jak zakupy w eBayu, tylko bez zdjęć.

– Poczekaj. Niech znajdę tę samą stronę. Okej, loguję się. – Dana zamknęła oczy i wyobraziła sobie Helen w jej gabinecie w domu, w Dundee. Pewnie zdjęła kostium, który nosiła cały dzień, pewnie włożyła dżinsy, a może ubranie do joggingu.

Nagle zapragnęła zobaczyć twarz Helen, sięgnęła za siebie, znalazła fotografię w ramce, którą trzymała na regale, i postawiła ją obok monitora, po lewej stronie. Sama je zrobiła – Helen w ogrodzie, zaraz po bieganiu. Długie blond włosy w nieładzie, twarz zaczerwieniona i wilgotna, światło w oczach, które mówiły co innego za każdym razem, kiedy Dana w nie spoglądała. Czasem patrzenie na fotografię uspokajało ją, kiedy napięcie zaczynało boleć. Nie zawsze.

– Jak tam lot? – zapytała.

– Tłok – odparła Helen. – Jest, Londyński Bank Spermy. Uch, to zupełnie nowy świat, co?

Londyński Bank Spermy zaopatrywał większość klinik płodności w Londynie i na Południowym Wschodzie. Od maomentu, jak Dana weszła na tę stronę sieci, ogarnęły ją wspomnienia z krótkiego okresu w życiu, kiedy odziedziczyła pieniądze i omal nie została zakupoholiczką. Wyprzedaże online były najgorsze. Dawały wrażenie, że jest mało czasu, żeby wyszukać i złowić najlepszą okazję. Zrobiła się rozgorączkowana i nerwowa, jak człowiek uzależniony od kofeiny, przeskakiwała ze strony na stronę, wydawała lekkomyślnie, nie mogła się powstrzymać. Od lat tego nie czuła.

– Znajdź stronę, na której wybierasz dawcę – powiedziała do Helen.

– Jestem tutaj. O rany, nie wytrzymam, wózek na zakupy. Widać, że mój jest na razie pusty. Hm, załóżmy, jakoś tam...

– Może skupisz się na chwilę? – Dana poczekała, żeby Helen nadgoniła. Oczy przeskakiwały jej z fotografii partnerki na rozwijaną listę mężczyzn, którzy mogli zostać ojcami jej dziecka. Przy każdym wpisie była przedstawiona sylwetka i podawano podstawowe informacje: rasa, czasem narodowość, kolor oczu, kolor włosów, wysokość, odcień skóry, wykształcenie i, od czasu do czasu, wyznanie. Ikony były w różnych kolorach. Więc którego dawcę by wolała, różowego jak cukierek, żółtego jak cytryna czy jasnozielonego? Helen ze zdjęcia wydawała się rozbawiona, nie brała tego na poważnie.

– Nie mogę wybrać ojca mojego... naszego dziecka na podstawie tych informacji – stwierdziła Dana, kiedy Helen, ta prawdziwa, wreszcie zaczęła patrzeć na tę samą stronę. – Ci faceci mogą molestować dzieci, handlować narkotykami. Mogą co niedzielę rano włóczyć się po dworcu Waterloo i spisywać numery pociągów. Boże, chroń nas, mogą grać w golfa.

– Wszystko dobrze, dopóki nie są rudzielcami.

Milczenie. Zdjęcie przybrało wygląd, którego nie znosiła: „No, to pożartowałam sobie twoim kosztem, pogódź się z tym". Dana myślała, że za chwilę wybuchnie płaczem.

– Oczekuje się od nas, że zdołamy dobrać ojca naszych dzieci – wycedziła. – Wybieramy mężczyznę, którego kochamy i podziwiamy najbardziej na świecie, a jeśli dopisze nam szczęście, on darzy nas takim samymi uczuciami i razem zakładamy rodzinę. Inne kobiety („normalne kobiety", powiedział głos z tyłu głowy) poświęcają lata na podjęcie decyzji. Żyją w świecie dostępnych danych. Ja... my nie mamy nawet kilkunastu słów.

– Kochana, na to się pisałyśmy – powiedziała Helen.

– Wiedziałaś, że rozgwiazda to jeden z nielicznych gatunków na świecie, który potrafi rozmnażać się aseksualnie?

Milczenie. Mogła sobie wyobrazić, jak Helen głęboko nabiera powietrza, szykując się na walkę z partnerką, która stwarza problemy. Oczywiście Helen ze zdjęcia robi minę, że się nie wścieknie, choćby miało ją to zabić.

– Fascynujące – odezwała się prawdziwa Helen. – Ale technologia klonowania dopiero się rozwija, myślę, że musimy być pragmatyczne. Wiemy, że tych facetów bardzo dokładnie bada się pod kątem zdrowotnym.

– Och, prześwietlają całe ich życie – mruknęła Dana – Aż dziw, że udaje im się przez to przejść.

– Muszą też mieć zgodę lekarza ogólnego, więc jeśli zdarzyły im się jakieś problemy ze zdrowiem psychicznym albo nawet trafiła się historia kryminalna, możemy uznać, że to wykryją – ciągnęła Helen, powoli, jakby mówiła do niezbyt rozgarniętego dziecka.

– Chyba tak.

– A jeśli wziąć pod uwagę, że zapłata za spermę w Zjednoczonym Królestwie jest mizerna, możemy przyjąć, że ich motywy były przyzwoite i altruistyczne.

– Chyba tak.

– Okej, więc mamy stadko zdrowych, porządnych facetów, gotowych przejść spore niedogodności, żeby pomóc innym. Mogło być znacznie gorzej.

I za to ją kochała. Kiedy upadała, Helen ją zawsze podtrzymała. Widziała to, co ważne.

– Teraz odrzućmy tych, którzy nie mają co najmniej tytułu magistra. – Cała Helen, jak zwykle ta praktyczna z nich dwóch.

Dana uśmiechnęła się do fotografii. Helen na zdjęciu z powrotem zmieniła się w mądrą, ciepłą kobietę.

– Dobra, co powiesz na dawcę numer sześćdziesiąt osiem? Ciemnobrązowe włosy, piwne oczy, metr siedemdziesiąt osiem, biały, stopień naukowy.

– Szkot. – Dana patrzyła na niebieską ikonę.

– Doskonale – odparła Helen.

24. Lacey

Mocno na sterburtę... Jasny gwint, kobieto, zwolnij... Nie, minęłaś. Okej, zawróć... Nie, wsteczny nie da rady przypływowi. Zawróć... Cholerne baby za kółkiem.

– Z całym szacunkiem, sierżancie, ale gorsi są kierowcy z tylnego siedzenia. Mam.

– Dobra, wciśnij powoli gaz, ociupinkę na bakburtę, trzymaj równo i... Tak, dobra robota, Finn.

Świetnie. Przeciw rwącemu nurtowi, w błyskawicznie niknącym świetle, zatrzymała motorówkę przy jakichś pływających szczątkach i utrzymała ją w miejscu przez kilka sekund. Tymczasem chwała przypadła Turnerowi, który raczył tylko wyciągnąć swoje bardzo długie ramię i wyłowił to z wody bosakiem. Lacey głośno westchnęła i przełączyła silnik na luz.

„Rzeczna, centrala. Proszę potwierdzić lokalizację".

Wilson nachylił się nad Lacey i podał do mikrofonu namiary, w górę rzeki, tuż za Tower Bridge.

– Mów, o co chodzi, metropolitalna – powiedział do centrum dyspozycyjnego w Lambeth.

Lacey zaczęła się niecierpliwić. Właśnie kończyła się ich zmiana. Nie chciała się spóźnić, nie dziś wieczór, kiedy na łodzi ktoś może na nią czekać. Co to ma znaczyć, na minutę przed północą, kiedy pojawi się król wróżek?

„Dostaliśmy zawiadomienie o małej, nieoświetlonej łodzi przeładowanej ludźmi. Płynie w górę rzeki w okolicach Blackwall Pier. Podejrzewa się, że na pokładzie są nielegalni imigranci. Proszę zatrzymać i przywołać. Rzeczna Niższa obecnie nie może. Miejscowa policja poinformowana. Działać ostrożnie".

– Przez dziób na bakburtę – zawołał Wilson do Turnera, zmierzając na mostek. – Lacey, jak ja jestem tutaj, ty idziesz na sterburtę. Oboje macie mocno się przypiąć.

Teraz to już na pewno nie skończą o czasie. Lacey poczuła ucisk w dołku, kiedy zahaczała swoją linkę zabezpieczającą o podstawę słupka.

– Trzymać mocno – krzyknął sierżant.

Łódź bez silnika, płynąca z odpływem i z prądem posuwałaby się szybko; motorówka typu Targa śmigała po powierzchni rzeki. Podskakiwali na wyższych falach, wokół nich unosiła się wodna mgiełka, w świetle reflektorów błyszczała jak kryształki. Ciepłe podmuchy powietrza uderzały Lacey w twarz. Eleganckie kolumny i kopulaste wieże starego szpitala Greenwich zbliżały się z każdą falą, którą przecinali. Kucyk Lacey się rozluźnił, odwróciła głowę, żeby z powrotem wepchnąć włosy pod gumkę i wtedy przy południowym brzegu zobaczyła na wodzie słabe światełko. Zakołysała się i omal nie przewróciła. Chwyciła za reling. Światło nadal tam było, a pod nim zaledwie słabiutki zarys czegoś, co posuwało się wzdłuż brzegu.

Kiedy zbliżali się do wejścia do doków, Wilson zmniejszył obroty. Silnik zaczął pracować cicho, ciąg ledwie utrzymywał ich na rzece. Od portburty, gdzie Turner prowadził obserwację, widać było światła i słychać krzątaninę. Doki na Isle of Dogs pracowały całą noc. Od sterburty wszystko wyglądało inaczej. Lacey popatrzyła nad wodą w stronę lśniącej pomarańczowo i złoto Kopuły Millenium. Pionowe wsporniki budowli błyszczały jak rozgrzany metal. Wokół panowała ciemność.

– Lacey, chyba już tutaj byliśmy – powiedział Wilson ściszonym głosem, tak żeby jego szept docierał tylko do dwojga podwładnych. – Tym razem zostań na pokładzie, dobrze?

Lacey uśmiechnęła się, że rozumie ich prywatny dowcip – odnosił się do ubiegłej jesieni, do wieczoru, kiedy spotkała sierżanta Wilsona. Joesbury zaprosił ją na wycieczkę po rzece z wujkiem Fredem i jego załogą. To miało jej pomóc odzyskać równowagę po tym, jak omal się nie utopiła. Tymczasem musieli rzucić się w pościg za łódeczką z czworgiem pasażerów, trzema mężczyznami i dziewczyną, którzy próbowali nielegalnie dostać się do kraju. Łódź imigrantów przewróciła się i cała czwórka wpadła do wody. Lacey wskoczyła za nimi. To był bezmyślny, ryzykancki wyczyn i potem miała z tego powodu poważne problemy. Ale prawdopodobnie uratowała dziewczynie życie.

– Sierżancie, dziś wieczorem zamierzam pozostać sucha – odparła.

Na łodzi zapanowała cisza, zajęli pozycję. Lacey starała się nie patrzeć za często na zegarek.

– Zgubiliśmy ich, co? – mruknął w końcu Turner.

– Prawie na pewno – odparł Wilson. – No cóż, lepiej ruszajmy. – Zawrócił łódź w stronę doków.

– Sierżancie?

Wilson łagodnie przymknął przepustnicę i popatrzył w dół na Lacey.

– Tak tylko pomyślałam… Jakie mamy szanse znaleźć ich w dokach?

– Żadne, do diabła. Zacumowali i zwiali.

Lacey wahała się przez sekundę. Naprawdę chce tamtędy płynąć?

– Więc niewiele mamy do stracenia, jeśli spróbujemy trochę inaczej? W myślach biła się po twarzy, kiedy wypowiadała te słowa.

Turner przyglądał się jej z zainteresowaniem przez dach kabiny.

– Czy trzeba się będzie zamoczyć? Bo słyszałem plotki na twój temat.

– Ja też słyszałam. – Nie spuszczała wzroku z sierżanta. – Bo gdybym powiedziała, że po drodze zobaczyłam światełko i ruch w pobliżu południowego brzegu, tuż przed college'em morskim, nic by się nie stało, gdybyśmy sprawdzili i odpłynęli bez niczego?

Wilson milczał przez sekundę. Na pewno liczył, ile potrzebuje łódka z małym silnikiem, żeby opłynąć zakola południowego brzegu.

– Zajęłoby to dwa razy tyle czasu na powrót, gdybyśmy przepłynęli blisko południowego brzegu – odezwał się w końcu.

Słuszna uwaga. A ona wypełniła swój obowiązek, przedstawiając tę propozycję. Jeśli koledzy postanowią od razu wracać, nie będzie się z nimi kłócić.

– Ładny wieczór na takie akcje – zauważył Turner.

Chyba trafiła na ten dzień, kiedy nie miał randki.

Wilson, ciężko wzdychając, zawrócił łódź i popłynął prosto na południe. Dotarli do południowego brzegu tuż przed college'em morskim.

– Jestem do twojej dyspozycji, Lacey. No, jaki masz plan?

To jej wina; niech teraz sama się męczy.

– Nie mogli dopłynąć daleko w górę rzeki. Po prostu nie było czasu. Więc są gdzieś w pobliżu. Wiedzą, że tutaj jesteśmy i że możemy ich wyprzedzić, więc myślę, że trzymają się blisko brzegu i próbują przekraść się obok nas. Więc też musimy blisko podpłynąć.

– Ten plan wydaje mi się dziwnie ekscytujący – stwierdził Turner.

– Może nawet spróbują dobić do plaży – ciągnęła Lacey. – Jeśli wokół centrum Greenwich są jakieś radiowozy, niech stoją w pogotowiu.

Wilson zaczął rozmawiać przez radio, Lacey podeszła do Turnera na dziobie. Ukucnął obok niej, oboje wpatrywali się w mrok pod wałami rzecznymi.

– Lacey, ja postaram się nie wpłynąć na mieliznę – powiedział Wilson. – Wy dwoje wybałuszajcie oczy.

Targa powoli popłynęła w górę rzeki. Milczeli. Wspaniałość budynków regencji została za nimi. Okrążali pomost w Greenwich, a Lacey i Turner, wychyleni za burtę, sprawdzali głębokość.

– Na Thames Street jest radiowóz – zakomunikował Wilson. – Czeka na instrukcje. A tak przy okazji, ja też.

– Sierżancie, mógłbyś na sekundę wyłączyć silnik? – zapytał Turner.

– Nie na długo – odparł Wilson. Silnik umilkł. – Co jest?

Turner podniósł palec do ust.

– Jaka tu głębokość?

Wilson spojrzał na panel z przyrządami.

– Półtora metra. Za mało. Jak wpłynę na mieliznę, już się nie dowiem, jak to się skończyło.

– Lacey, masz światło?

Trzymała latarkę przy piersi, patrzyła na twarz Turnera.

– Co zobaczyłeś?

Nie odpowiedział, ale nie spuszczał z oczu południowego brzegu.

– Będą szukali drabiny – odezwał się po chwili. – Są bliżej niż my, więc wcześniej ją zobaczą. Sierżancie, mógłbyś jakoś...

– Nie.

– Hej, dlaczego odpiąłeś się od łodzi? – zapytała Lacey Turnera.

– Liczę na ciebie, że oświetlisz odpowiednie miejsce w odpowiednim czasie – odparł. – A potem może zrobisz mi masaż w ciepłym pokoju.

– Marzyciel... – zaczęła Lacey.

– Na dziesiątej. – Turner zerwał się na nogi i przeskoczył przez burtę.

– O żeż ty! – Wilson odwrócił łódź najwyraźniej przestraszony, że śruba wciągnie jednego z jego funkcjonariuszy. – Lacey, gdzie on jest? Poświeć na niego.

– Trzymaj światło na wale! – krzyknął Turner z wody.

Lacey oświetliła go na chwilę, żeby się upewnić, że stoi i idzie przed siebie, potem skierowała strumień światła z powrotem na wał. Nie miała żadnych wątpliwości, że co najmniej jedna ubrana na czarno postać próbuje wspiąć się z plaży na nabrzeże. Znów znalazła Turnera, zaledwie parę kroków od brzegu, i oświetliła skraj wody, żeby wiedział, dokąd idzie. Potem znów wał. Więcej niż jedna osoba na drabinie.

Słyszała za sobą, jak Wilson przez radio informuje wozy na Thames Street, że jeden, dwóch, może więcej podejrzanych wspina się na wał i pojawi się trochę na wschód od nabrzeży Wiktorii i Norweskiego.

– Jeden mężczyzna, jedna kobieta – krzyknęła Lacey, gdy dostrzegła ciemne włosy rozwiane wokół głowy smukłej sylwetki. Ktoś o znacznie pokaźniejszej posturze stał już na wale.

– Kobieta jest młoda, chyba Azjatka. Teraz drugi facet wchodzi po drabinie. Starszy. Biały, średniego wzrostu. To daje troje podejrzanych.

Turner biegł po plaży. Dopadł drabiny i skoczył. Dał susa przez małą otwartą łódkę przywiązaną do jednego z niższych szczebli. Wspiął się na górę sekundę po trzecim uciekinierze.

– Policja! Nie ruszać się! – usłyszeli, jak ryczy.

– Uważaj tam, do cholery! – krzyknął Wilson, a potem poinformował dyspozytornię, że jeden z jego funkcjonariuszy ściga podejrzanych w kierunku południowym od... – Złapał go. Lacey trzymaj światło równo. Podejrzany zatrzymany przy nabrzeżach Wiktorii i Norweskim przez funkcjonariusza Wydziału Rzecznego, który ma piekielne szczęście, że nie spływa teraz do Morza Północnego. Prosimy o wsparcie. Te cholerne dzieciaki mnie zabiją. Na wolności jeszcze dwoje podejrzanych. Jeden Azjata, jedna Azjatka. Wsparcie mile widziane.

– Sierżancie, on już ma wsparcie – powiedziała Lacey. – I nic mu nie jest. Na brzegu dwóch mundurowych przyszło Turnerowi z pomocą. Podejrzanego przewrócili na ziemię i skuli.

– Dobra robota, Lacey – pochwalił Wilson.

– Finnowi należą się podziękowania.

– Głupi palant, niech nie myśli, że wróci na łódź. Niech zmoczy radiowóz.

25. Pari

Myślę o tobie, gdy pada pierwszy śnieg,
Myślę o tobie, gdy gasną gwiazdy.
Jesteś moją siłą, jesteś moją łaską,
Zawsze, ach, zawsze bądź w sercu moim.

Pari nie wiedziała, czy to sen, czy jawa. Jej matka śpiewała tę pieśń, odkąd Pari pamięta, pewnie śpiewała ją jeszcze nad kołyską, kiedy Pari była niemowlęciem, śpiewała ją, kiedy sprzątała domy innych kobiet, kiedy piekła chleb, kiedy siedziała i patrzyła, jak słońce zachodzi za miejskie domy.

Pieśń kobiety w średnim wieku, tęskniącej za chłopcem ze wsi, którego zostawiła. Za jej utraconą miłością. Najgłupsza z pieśni. Bo kobiety z kraju Pari się nie zakochiwały. Nie mogły sobie na to pozwolić. Jej rodaczki, te szczęśliwe, dostawały za męża uczciwego, uprzejmego mężczyznę i uczyły się darzyć go uczuciem.

Oczywiście śniła. Śniła znowu o matce, o domu. Tyle że teraz nie spała. Wokół niej był ciemny pokój, czuła pot na skroniach i między piersiami. A gdzieś na zewnątrz, może na dole, na wodzie, ktoś śpiewał piosenkę ludową z jej kraju.

26. Lacey

Postanowiono nie brać posterunkowego Turnera z powrotem na pokład, uznano, że to bez sensu. Do komisariatu w Greenwich pojedzie z patrolem lądowym. Tam zatrzymani mieli zostać na noc. Przesłucha się ich rano.

Kiedy Wilson i Lacey wrócili do Wapping, czekał na nich główny inspektor Cook. Lacey czuła nieprzyjemne skurcze żołądka. O tej godzinie szef tu zazwyczaj nie bywał.

– Można na słówko, Fred? – A po chwili zastanowienia: – Ty też, kochana – zwrócił się do Lacey nietypowo. – Przyjdź na dół.

Poszła za nimi do gabinetu z przodu budynku.

– Dzwoniono do mnie pół godziny temu. – Cook oparł się tyłem o biurko. – Scotland Yard chce jak najdłużej utrzymać pewną infomację w tajemnicy, ale to kwestia czasu, kiedy sprawa się wyda.

Wilson i Lacey siedzieli wygodnie w gabinetowych fotelach.

– Dziś wcześnie rano, w Catford miały miejsce dramatyczne wydarzenia. – Cook mówił szybko. – Para niedoświadczonych gliniarzy próbowała zatrzymać jakichś podejrzanych poszukiwanych pod zarzutem terroryzmu. Głupcy powinni poczekać na wsparcie. Jeden z nich dostał w pierś. Umarł przed godziną.

– Co to ma wspólnego z nami? – zapytał Wilson.

Lacey już wiedziała.

– Drugi funkcjonariusz rozpoznał tego, kto strzelał. Pracował z nim przez ostatnie trzy miesiące. Podobno to mundurowy sierżant z Catford.

Lacey próbowała sobie przypomnieć, jak daleko stąd są toalety i czy zdąży, zanim zwymiotuje. Cook wręczył Wilsonowi zdjęcie.

– Sierżant Mick Jackson.

Lacey nie musiała patrzeć. Znała pseudonim, pod którym Joesbury brał udział w tajnych operacjach.

– Pracował niejawnie – powiedziała, do nikogo w szczególności się nie zwracając. – Udawał skorumpowanego gliniarza.

– Niejawnie czy nie, nie strzela się do kolegi policjanta. – Współczująca mina Cooka zniknęła. – Obaj funkcjonariusze, którzy próbowali złapać podejrzanych, byli nieuzbrojeni. Przykro mi ze względu na was dwoje, ale został wydany nakaz zatrzymania Joesbury'ego.

27. Lacey

Lacey szła przez nabrzeże. Zwracała uwagę na wszelkie oznaki ruchu, na każdy znak, że ktoś może kryć się w cieniu.

Był odpływ. Przez parę ostatnich godzin jej łódź leżała w błocie, wydając charakterystyczne odgłosy – coś pomiędzy chlupotem a stękaniem. Zawsze lubiła je słyszeć w środku nocy, uważała, że są kojące, uspokajają. Bywało jednak, że to brzmiało tak, jakby ktoś się dusił.

Zastrzelił człowieka? Zabił młodego posterunkowego, który miał odwagę, żeby próbować go zatrzymać? I to zaledwie parę godzin po tym, jak zjawił się na jej łodzi? Czy zmywał sobie krew z rąk, kiedy za nim tęskniła?

Czekało ją długie zejście na pierwszą łódź. Było późno, blisko północy. Na tej łodzi i na następnej wszystkie światła wygaszone.

Kiedy zabiło się kolegę, nie ma powrotu.

Powiedział, że jest niewinny. Patrzył jej w oczy i kłamał. A może wyznał tylko tyle, ile mogłaby znieść? Przyszedł właśnie do niej, a nie do Dany albo któregoś z kumpli, bo wiedział, że ona nie będzie zadawać pytań, że postara się uwierzyć w każde jego słowo?

Zadzwoniła komórka. Joesbury? Musi być jakieś wyjaśnienie, musi być.

– Lacey, tu Dana.

– Nie wierzę. – Za głośno. Szła po czyjejś łodzi. Trzeba zachowywać się cicho. Trzeba patrzeć pod nogi, żeby nie wypaść za burtę.

– Trzymasz się?

– Tak, tak, w porządku. Nie wierzę.

– Lacey, uspokój się. Gdzie jesteś?

Weszła na własną łódź i oparła się o forsztag.

– W domu. Właśnie wróciłam. To nieprawda, co?

Słychać, jak Dana nabiera powietrza.

– Powiem ci, co wiem. Tego nie jest dużo. Operacja, w której uczestniczył Mark, wiąże się z bezpieczeństwem narodowym. To wspólna akcja z MI5.

– Zagrożenie terroryzmem? Al-Kaida?

– Możliwe. Chyba planowano atak na Londyn i Mark miał niby być pośrednikiem, kimś, kto oliwi tryby. Połowa z tego to moje domysły.

– Mów dalej.

– Wieczorem zauważyli go umundurowani gliniarze. Nie udało mi się ustalić, co robił. Stawiał opór i postrzelił jednego z policjantów w pierś. Pogotowie przyjechało do chłopaka bardzo szybko, ale krwawienie było za duże. Scotland Yard próbuje zachować to w tajemnicy, żeby dać sobie czas i znaleźć Marka. Albo żeby on sam się oddał w ich ręce. Jeśli się z tobą skontaktuje, musisz go do tego nakłonić, Lacey. – Dana wymamrotała dobranoc i się rozłączyła.

– Lucy!

Lacey podniosła wzrok na kobietę, która pokazała się na sąsiedniej łodzi. Eileen, żona Raya, zdaje się uważała, że dziwnie brzmiące imiona, których wcześniej nie znała, nie mogą być prawdziwe, i że młoda kobieta, przez ostatnie parę miesięcy jej sąsiadka, musi być nazywana bardziej konwencjonalnie niż Lacey. Najbardziej lubiła imię Lucy. Czasem używała: Lizzy. Niekiedy nawet Stacey albo Tracey.

Eileen wstała z łóżka, na jej pokaźnych kształtach opinał się pikowany purpurowy szlafrok. Za każdym razem, kiedy Lacey widziała ją z Rayem, przychodziła jej na myśl stara rymowanka dla dzieci, że Jack Sprat chudo jadł, a jego żona tłusto najedzona. Eileen była wyższa i grubsza od męża. Chrapliwie, astmatycznie oddychała, miała kaszel palacza, a proste czynności, takie jak poruszanie się po łodzi i wspinanie na brzeg, przychodziły jej z trudem. Ale w kwiecie wieku, według Raya, doskonale pływała. Znacznie szybciej i na dłuższe dystanse niż on.

– Byłaś tu parę godzin temu? – zapytała. – Około siódmej? Na swojej łodzi?

– Nie. Właśnie wróciłam – odparła Lacey.
Eileen ściągnęła brwi.
– Hm, ktoś tu się kręcił. Spodziewasz się gości?
Tak, spodziewała się gości. Szczególnie jednego. Był tutaj?
– Raczej nie – powiedziała. Spokojnie. Musi zachowywać się spokojnie. – Widziałaś go?
– Nic nie widziałam. – Eileen popatrzyła z niepokojem na łódź sąsiadki. – Czułam, jak twoja łódź ociera się o naszą, tak jakby ktoś na nią wchodził, a potem usłyszałam hałas w kokpicie. To nie mogłaś być ty, więc wyszłam się rozjerzeć. Nikogo nie było.

Nie, to jednak nie Joesbury. Nie wróciłby. Przecież informacja o tym, co zrobił, już się rozeszła. Lacey poszła dalej, na swoją łódź.

– Poczekaj minutkę – zawołała Eileen. – Ktokolwiek tu się pałętał, nie przechodził po naszej łodzi.
– Musiał przejść. Nie ma innej drogi.
Eileen zdecydowanie wskazała dziób swojego jachtu.
– Nikt nie przejdzie po mojej łodzi, żebym go nie usłyszała. Ten ktoś musiał wyjść z wody.

Lacey odwróciła się, żeby popatrzeć na rzeczkę.
– Tam teraz nie ma łodzi – stwierdziła.
– Nie widziałam łodzi. – Eileen wydawała się zdenerwowana. – Może jedną słyszałam. Szybko wyskoczyłam na pokład, nie zajęło mi to więcej niż minutę, dwie. Łódź nie zdążyłaby schować się za rogiem.

Milczenie. Górą przetoczył się pociąg. Lacey spojrzała w miejsce, w którym Theatre Arm łączy się z głównym nurtem rzeczki. Mała, szybka motorówka skręciłaby tam zapewne w dwie minuty. Ale taka łódź miałaby głośny silnik. Chyba że w tym samym czasie przejeżdżał pociąg.

– Gdzie Ray? – zapytała.
– W pubie. Chcesz, żebym po niego zadzwoniła?
– Chwila, zaraz zobaczę. – Lacey zeszła na swój pokład.
A jednak to Joesbury. W kokpicie leżała jego wizytówka. Szybko policzyła. Trzy muszle, dwa zielone szkiełka, jedno

niebieskie, wszystkie wypolerowane na gładko przez wodę, ułamany kawałek filiżanki, na którym zachował się wzór w postaci różowego kwiatka, i kilka gładkich białych kamyków. Trzynaście elementów ułożonych w kształt serca.

– Chyba wszystko w porządku – krzyknęła przez ramię. – Kabina zamknięta. Dzięki, że poczekałaś.

– To nie dzwonić po Raya? Na pewno?

Lacey spojrzała w stronę pubu.

– Nie podziękowałby nam za to. Wszystko w porządku, jeszcze raz dziękuję, Eileen. Wracaj do łóżka.

Otworzyła drzwi, a Eileen zniknęła we własnej kabinie.

Powietrze w kabinie wypełniała skoncentrowana mieszanka zapachu skóry, środków toaletowych i rzecznej wody, jak zawsze, kiedy pomieszczenie stało zamknięte przez cały dzień.

– To ja. Jesteś tutaj?

Żadnej odpowiedzi. Czy to na pewno były ślady jego obecności? Gdyby tu został na godzinę albo dłużej, na pewno by to wyczuła. Ta delikatna woda kolońska, której czasem używał. Jego szampon. Ciepły, słony zapach męskiego ciała. Wiedziała, jak pachnie Joesbury. Zrobiła głęboki wdech nosem. Nic.

Minutę potem zaczęła wszystko przeszukiwać – nawet schowek na żagiel pod łóżkiem. Po Marku ani śladu. Wróciła na pokład, dusiło ją gorące, lepkie powietrze kabiny. Usiadła i zaczęła wpatrywać się w serce.

Był tutaj i zostawił układankę, którą tylko ona rozpoznawała jako jego znak. Jeśli Eileen miała rację, przypłynął łodzią, i nic w tym nadzwyczajnego. Jego dziadek pracował w Wydziale Rzecznym, a Mark z bratem spędzili mnóstwo czasu na łodziach policyjnych. Podpłynąć pod prąd i zacumować przy burcie jachtu to dla niego bułka z masłem. Ale jeśli był tu łodzią, to dlaczego Eileen nie widziała, jak odpływał?

Muszle, kamyki, wypolerowane przez rzekę szkło. Skąd miał tyle czasu, żeby zgromadzić te małe skarby?

Obok serca na pokładzie kokpitu leżały dwie łódeczki-zabawki, które w tajemniczy sposób pojawiły się na jachcie. Czy Joesbury też je przyniósł? Dziwaczne prezenciki nie były raczej w jego stylu.

To nie Joesbury.

Więc skąd się to wzięło? Ten głos w jej głowie, wyraźny, jakby mówił ktoś, kto siedzi tuż za nią? Jakby jeszcze ktoś zakradał się na jej łódź z rzeki, zostawiał serce i znikał.

28. Lacey

Lacey była cała ubabrana. Nie mogła wysiedzieć na łodzi, więc nałożyła gumowe buty i przeszła kawałek w dół rzeczki zapytać, czy może Marlene i Madge widziały, jak ktoś podpływał w nocy do Theatre Arm. Nie widziały. Uparła się, że wróci do domu, choć ostrzegały ją przed zbliżającym się przypływem, przed zapadającymi ciemnościami, a w ogóle lepiej, żeby została u nich na noc.

Miały rację. Przypływ nadszedł szybko, a ona się poślizgnęła. Kiedy wspięła się do siebie na pokład, była oblepiona błotem. Szybko się rozejrzała, czy nikt nie widzi, zdjęła szorty i T-shirt. Zeszła po drabinie na małą platformę do nurkowania z półtora metra nad linią wody i zdjęła z uchwytu prysznic dla pływaków.

Nieszczęście jest jak błoto, pomyślała, odkręcając wodę. Chciwe, zaborcze, czepia się człowieka i pochłania. Nieszczęście śmierdzi jak błoto. Dostaje się do oczu, aż szczypią i pieką, do gardła, ściska je coraz mocniej, aż brakuje tchu.

Wielka różnica polega na tym, że w przypadku nieszczęścia nie można się rozebrać do bielizny i go spłukać.

Trzymała końcówkę prysznica wysoko, oczy miała zamknięte, pozwalała, żeby woda ją omywała. Czuła, jak błoto spływa z jej ciała z powrotem do rzeczki. Poruszała głową w obie strony, wiedziała, że jak wróci pod pokład, będzie musiała użyć szamponu, ale przynajmniej obmyje się z najgorszego błota i... na litość boską, co przepełzło jej po ręce?

Rzuciła prysznic i otworzyła oczy. Nad jej głową wisiała byle jak zawiązana płócienna torba mniej więcej wielkości dużego grejpfruta.

Płócienna?

Trudno rozpoznać, ale tkanina wyglądała na podobną do tej, w którą były owinięte zwłoki z rzeki. A w środku... to nie grejpfrut... to coś żywego.

Prowizoryczna torba nadymała się co i raz. Na górze, przy byle jak zawiązanym węźle, i na dole, gdzie zebrała się większa część zawartości, powstawały wybrzuszenia. Nieustanny ruch tego, co było w środku, w końcu rozluźnił wiązanie. W chwili, gdy Lacey uświadomiła sobie, że stoi dokładnie pod tym małym pakunkiem, torba się rozwiązała.

Wypadły z niej kraby, wylatywały na jej mokre ciało, uderzały w stopy, potem niknęły w wodzie.

29. Pływak

Wróciła. Bezpieczna. Jej silne, lśniące ciało umyte do czysta, odciski stóp nadal widoczne z tyłu łodzi. Nadchodzili inni, świecili latarkami, ostro krzyczeli, wrzeszczeli przeszywająco. Więc ukryć się, nie ruszać, trzymać w mroku.

Teraz było blisko. Lacey rozproszył hałas na starej pogłębiarce, przestraszona odwróciła się na pięcie, poślizgnęła i upadła na płask. To cud, że nie uderzyła się w głowę, że nie utonęła w błocie, nie mówiąc o przypływie, który nadchodził szybki i wściekły, jak armia mścicieli.

Piękna, jasnowłosa Lacey utonęłaby w rzeczce dziś wieczorem. Jej ciało wypłukane z błota spłynęłoby do rzeki. Jakaż to byłaby strata. Bo dla Lacey planowano coś innego. Coś zupełnie innego.

Pływak poczuł na ramieniu łaskotanie. To mały krab, zabawne szczypczyki zaciskał mocno jak bokser pięści.

– Dobra robota – wyszeptał pływak. – Teraz zaczyna się zabawa.

Niedziela, 23 marca

(trzynaście tygodni wcześniej)

30. Samira

Chcę znaleźć pracę w sklepie z dywanami – mówi Samira. To eksperyment, chce się przekonać, czy znowu ją uciszą. Żadnej odpowiedzi. Musieli już dotrzeć daleko. – To mój plan – ciągnie zachęcona ciszą na rufie łodzi. – Znam się na dywanach. Pracowałam przy nich w domu. Tkałam razem z matką. Odkąd skończyłam pięć czy sześć lat.

Sternik nie odpowiada, ale silnik zwiększa obroty i przyspieszają. To dodaje Samirze odwagi, chociaż nigdy nie potrzebowała zachęty do mówienia, ale w prędkości, coraz mocniejszym bulgotaniu wody przed dziobem, białym śladzie za rufą widzi sposób, żeby szybciej dotrzeć do nowego życia.

Rzeka przelewa się przez dziób, Samira zaczyna się bać. Nie jest przyzwyczajona do łodzi. W jej kraju nie ma oceanów, a w pobliżu domu nie ma nawet jeziora. Nie licząc nocy sprzed paru miesięcy, kiedy tu przyjechała, nigdy nie siedziała w łodzi.

Odwraca się, ale domu, skąd wykradła się przed paroma minutami, już nie widać. Klucze, które jej podrzucono, lśnią na pokładzie, obok stóp sternika.

Kiedy tu dotarłam, myślałam, że nie będą mnie lubić. Bo wiesz, mam problem z kręgosłupem, jest zaokrąglony, a powinien być prosty. Ciągle pytali, czy się z tym urodziłam. Tak jakby to był nasz rodzinny problem. A ja powiedziałam im, że to jest problem, ale nie rodzimy się z tym, to się bierze z nachylania się przez cały dzień nad krosnami. Mężczyźni tak nie wyglądają. Tylko kobiety. Mężczyźni mają też lepsze płuca niż my, bo nie wdychają ciągle pyłu z dywanów. Powiedziałam im to i wtedy zaczęli się martwić o moje płuca. Robili różne badania. Chyba dlatego musiałam tam zostać tak długo. Musieli robić badania.

Za dużo mówi. Jak zawsze, kiedy jest podekscytowana. Albo zdenerwowana. Albo znudzona. Nadaje cały czas, naprawdę. „Samira, przestań gadać chociaż na kilka minut", błagała ją matka. „Uszy mnie bolą".

– Dokąd płyniemy? – Nagle zdaje sobie sprawę, że bardzo się zbliżyli do brzegu i że mur obok wydaje się niezmiernie wysoki i ciemny.

– Już niedaleko – odpowiada sternik, kierując łódź prosto na mur.

Samira jedną dłonią zakrywa oczy. Drugą kurczowo trzyma się burty – przygotowuje się na wstrząs, który jednak nie nadchodzi.

Kiedy znów zdobywa się na odwagę, żeby popatrzeć, są pod murem, oddalają się od rzeki, płyną wąskim, sklepionym tunelem. Gdyby wstała, to z łodzi mogłaby dosięgnąć ceglanego sufitu. Gdyby wyciągnęła się na szerokość tunelu, jak deska, palcami dłoni i stóp ocierałaby się o wilgotne od szlamu ściany.

– Dokąd mnie zabierasz?

– Do miasta. Gdybyśmy tu nie skręcili, musielibyśmy płynąć znacznie dalej rzeką, a małą łódką to niebiezpieczne.

To ma sens. Samira mówi sobie, że powinna się uspokoić. Że wkrótce będzie po wszystkim.

– Moja siostra umarła – wyznaje i zastanawia się, dlaczego myśli o tym właśnie teraz. – Dlatego matka mnie wysłała. Moja maleńka siostrzyczka, niemowlę, umarła, bo matka dała jej za dużo opium. Tak uciszamy dzieci. Dajemy im kawałeczki opium maczane w wodzie z cukrem, żeby dzieciaki zasnęły i żebyśmy mogły pracować. Ale ona się nie obudziła i matka powiedziała, że nie chce już takiego życia dla mnie. Powiedziała, że mam szansę na coś lepszego, że powinnam ją wykorzystać.

Silnik gaśnie, łódź się zatrzymuje. Sternik przywiązuje ją do żelaznego pierścienia na ścianie tunelu. Samira wysiada i idzie w stronę światła.

Słyszy – a może tylko czuje – podmuch powietrza za sobą. Potem nic.

Sobota, 21 czerwca

31. Lacey

Kolejna metalowa brama zamyka się ze szczękiem. Czasem, stojąc w kolejce, Lacey zastanawia się, czy to jedna brama, bo puste, zgrzytliwe echo roznosi się bez końca po kolejnych budynkach. W tym dźwięku jest jakaś symbolika, kolejne przypomnienie, że porzucają świat, który został za nimi.

Wygłoszono następne polecenie i kolejka znów posunęła się do przodu, głębiej w zapachy gotowanego jedzenia, oleju silnikowego i mocnego środka dezynfekcyjnego, charakterystycznego dla wszystkich więzień, w których Lacey bywała.

Czasem wydawało się, że z każdym krokiem w głąb zakładu o zaostrzonym rygorze w Durham, tym, którzy wybrali się w taką podróż, ubywa sił życiowych. Kolory bledną, głosy robią się stłumione, ramiona opadają. Coś w procesie ustawiania się w kolejkę do wejścia do tego ponurego miejsca wysysa życie z tłumu kobiet, dzieci i siwych, kulejących mężczyzn.

Znów sondują ich czyjeś ręce, bezosobowo chłodne, mniej natrętne niż powiew człowieczeństwa wokół niej. Kolejny korytarz. Kolejne sprawdzanie toreb i kieszeni. Jeszcze jakieś formularze do podpisania. Kolejny niezdecydowany protest przeciwko czemuś i docierają do pokoju widzeń. Goście, jak jeden mąż, zaczynają chodzić w kółko z rezygnacją ludzi, którzy robili to już wiele razy.

Lacey podeszła do stołu na środku. Gęsiego weszli więźniowie ubrani w fioletowe bluzy. Wyróżniały ich jako grupę, która szybko nie wróci do domu. Byli szarzy i ponurzy jak więzienne mury, mroczniejsi nawet od tych, co przyszli do nich z wizytą.

I wtedy weszła ona. Dwunasta w rządku, ale jakaś inna od reszty. Szła z uniesioną głową, wyprostowana. Nie zauważała – albo udawała, że nie zauważa – spojrzeń z ukosa, przerwanych rozmów, kiwnięć i szeptów. Była celebrytką – wszyscy o niej mówią, wszyscy ją znają, wszyscy chcieliby się do niej zbliżyć, gdyby tylko mieli odwagę.

Była młoda, po dwudziestce. Miała długie leszczynowe włosy – czyste, ale wymagały gruntownego podstrzyżenia. Niewysoka, ale tak szczupła i zgrabna, że wyglądała na wysoką. Skóra jasna, oczy nadal błyszczące; notorycznie uboga więzienna dieta jeszcze się na niej nie odbiła. Pełna energii, piękna dziewczyna, nieskończenie bardziej przepełniona życiem niż to całe towarzystwo razem wzięte, ale w jej obecności nie można było nawet na chwilę zapomnieć, że to zabójczyni.

Lacey nazywała ją Toc, chociaż to w niczym nie przypominało prawdziwego imienia więźniarki. Dziewczyna podeszła do stolika, na sekundę przytknęła swoje policzki do policzków Lacey, potem objęła ją mocno na sekundę dłużej.

– Hej. – Odsunęła się i uśmiechnęła.

– **Musisz wyprowadzić się z tej łodzi** – stwierdziła chwilę później. – Tylko na trochę. Póki to się nie ułoży.

W sali odwiedzin panował gwar. Jak zawsze. W wyposażeniu i umeblowaniu nie było niczego miękkiego, co wchłaniałoby dźwięki, a masa instrukcji, przepisów i regulaminów, powiadomień o prawach i obowiązkach wiszących na ścianach jakby wzmacniała nieustanny hałas. Obie musiały nachylić się nad stolikiem i mówić trochę głośniej, niżby chciały.

– Nie wiem, czy już jest jakieś „to" – odparła Lacey. – A jeśli nawet, to może nigdy się nie ułoży. Nie mogę ot, tak porzucić swojego pierwszego prawdziwego domu.

Toc zmarszczyła brwi i zamrugała.

– Daj mi chwilę, żebym to przetrawiła.

– Nie mamy dowodu, że trup z rzeki został podłożony specjalnie dlatego, żebym go znalazła. I dowodu, że ktoś, kto zostawił torbę z krabami na mojej łodzi, ma cokolwiek wspólnego z tym trupem. Ta torba to była tylko stara płócienna serweta. Możliwe, że ktoś tak sobie zażartował. Ktoś, kto wiedział o oględzinach ciała i że się wzdrygnęłam, kiedy wylazły kraby. Gliniarze mają chore poczucie humoru. To niemal jest w wymaganych kwalifikacjach.

– I oczywiście, gdybyś wyprowadziła się stamtąd, pewien inspektor o turkusowych oczach nie wiedziałby, gdzie cię szukać.

Nikt nie znał jej lepiej niż Toc.

– Okej, wróćmy do skorupiaków – powiedziała. – Co na to policja? Bo wezwałaś policję?

– Zadzwoniłam do Tulloch. Nie wyglądało to aż tak poważnie, żeby ściągać mundurowych, ale oczywiście ona była innego zdania, więc cała marina aż do rana wyglądała jak scena z *Kryminalnych zagadek Miami*.

Na wspomnienie Dany Tulloch Toc zmrużyła oczy. Lacey czekała lekko zdenerwowana. To Tulloch zatrzymała Toc.

– Więc jakie wnioski wyciągnęła ta najpiękniejsza w całej metropolitalnej?

– Hm, gdybym powiedziała, że nie jest uszczęśliwiona, zabrzmiałoby to łagodnie. Właściwie chciała zabrać mnie ze sobą do domu i uparła się, że zostawi dwóch mundurowych na nabrzeżu. Więc resztę nocy spędziłam przerażona, że wiesz kto wynurzy się ze swojej kryjówki i zostanie aresztowany.

– O ile to był właśnie on.

– Kto inny zostawiłby mi serce?

– A dlaczego miałby ci wieszać torbę śmierdzących krabów? Albo podrzucać łódki-zabawki? Przecież nie zamierzaliście iść razem do kąpieli, żeby się nimi pobawić.

Lacey pokręciła głową.

– Nie wykręcałby mi takich numerów. Na pewno nie z krabami. Wczoraj miałam dwóch gości. Jak tak dalej pójdzie, zacznę narzekać, że życie towarzyskie mnie wykańcza.

Toc uśmiechnęła się uprzejmie, żeby skwitować dowcip Lacey.

– Dobra – odezwała się po chwili. – Załóżmy, że wpadł kochaś, zostawił wizytówkę i zwiał, a później przyszedł ktoś od krabów. To tym kimś powinnaś się martwić. Joesbury nie zrobi ci krzywdy. A facet od krabów to zupełnie inna rybka.

Lacey nie mogła powstrzymać uśmiechu.

– Uwielbiam takie przenośnie z rybami i owocami morza.

Toc nie dała się rozproszyć.

– Wątpię, żeby Joesbury zostawił ci to drugie serce. Czy ktoś, kto ucieka, ma czas przeczesywać plażę w poszukiwaniu skarbów? Jeśli ta druga osoba zawiesiła torbę z krabami, to mogła też zostawić serce i łódeczki.

Lacey znów pokręciła głową.

– Niemożliwe. Serce to sprawa osobista. Taka potajemna informacja.

– A jeśli ktoś kręcił się cichcem wokół łodzi, zobaczył serce, które twój słodki macho ułożył w kabinie, i pomyślał, że byłoby świetnie trochę zamącić ci w głowie? I naprawdę nie podoba mi się, że te zwłoki na wodzie, w potężnej rzece, przypadkiem spłynęły prosto na twoją trasę.

Lacey milczała.

– A wiesz, co mnie martwi najbardziej? Że nie powiedziałaś chłopakom w mundurach o drugim sercu...

– Nie mogłam.

– Jasne, jasne. Ale dlatego nie podejdą do sprawy tak poważnie, jak powinni. Wystarczy im teoria, że to przypadek połączony z czyimś żartem.

Miała rację. Jak zwykle. Lacey oparła głowę na dłoniach.

– Dlaczego ja?

– To musi być ktoś, kogo znasz. Albo raczej ktoś, kto zna ciebie.

Lacey znów podniosła wzrok.

– Dlaczego tak sądzisz?

– Obcy nie wchodzą na ogrodzone nabrzeże. Z tego, co mi mówiłaś, bramy prawie zawsze są zamknięte. Żeby zobaczyć cukrowe arcydzieła Joesbury'ego, musieliby bez przeszkód dostać się na chroniony teren, przejść co najmniej przez trzy łodzie, a potem zajrzeć przez okno do twojej kabiny. Rzucaliby się w oczy, no nie?

Lacey się nie odezwała. Mogłaby naopowiadać Toc mnóstwo rzeczy, ale...

– Co?
– Jest okno od drugiej strony – przyznała. – Od rzeczki. W noc, kiedy został, tuż przed jego przyjściem, wydawało mi się, że słyszę, jak ktoś pływa wokół łodzi.

Toc uśmiechnęła się z niedowierzaniem.

– Nikt przy zdrowych zmysłach nie pływa w tym bajorze.

Lacey czekała.

– Przepraszam. Mnóstwo ludzi lubi orzeźwiającą kąpiel w roziskrzonych falach Tamizy i jej dopływów w południowym Londynie. To mógł być ktokolwiek.

– To mógł być ktoś na łodzi.

– Nadal rzucałby się w oczy – zauważyła Toc. – Chyba że to ktoś, kogo często widuje się na tych wodach. – Rozparła się w krześle. – Mam złe przeczucia.

– Obie mamy.

– Czy na tych kawałkach szkła i muszli mogą być odciski palców?

Lacey pomyślała.

– Możliwe.

Czas wizyty dobiegał końca. Automaty do wydawania napojów zostały zamknięte. Strażnicy więzienni patrzyli na zegarki, klepali ludzi po ramionach.

– Nie wierzę, że on po prostu się ulotnił – powiedziała Lacey.

– Gdybym łaskawie wierzyła w jego rozsądek, stwierdziłabym, że pewnie uznał, że lepiej będzie ci bez niego. Związek ze znanym zabójcą gliniarza nie posłuży twojej karierze.

– Odwiedzanie cię co dwa tygodnie też nie stawia mnie na szybkiej ścieżce awansu.

– Cóż, to twoja decyzja.

Nawet Lacey wiedziała, kiedy posunęła się za daleko.

– Przepraszam. Niestosowne i nieistotne. Nie pociąga mnie szybka ścieżka.

Toc złagodniała. Kiedy ludzie zaczęli się żegnać, ujęła dłoń Lacey.

– Naprawdę mi przykro – powiedziała. – A już wszystko zaczynało grać.

Na sekundę hałas odrobinę przycichł. I wtedy mała dziewczynka przebiegła z krzykiem przez salę. Jej matka, w więziennej bluzie, wstała, żeby ją wziąć na ręce. Lacey poczuła łaskotanie w nosie, szczęka zaczęła ją ćmić. Nie potrafiła płakać. Nigdy nie płakała.

Toc przyglądała się jej uważnie.

– Wiesz, ludzie zabijają z różnych powodów.
– Rzadko dobrych.
– To kwestia podejścia.
– Nie, wcale nie.

Łagodne, piwno-niebieskie oczy Toc błyskawicznie zrobiły się zimne. Nie mogą się poróżnić. Jeśli straci Toc, nie będzie już miała nikogo.

Lacey czekała, nie wiedziała, co powiedzieć, żeby naprawić sytuację. Toc wyraźnie próbowała się uspokoić, jakby robiła to na siłę.

Pół roku po skazaniu Toc Lacey powoli godziła się z myślą, że jeśli kogoś naprawdę głęboko się kocha, można dać sobie radę ze wszystkim, co ten ktoś zrobił. Można kochać zabójcę. Cóż, w zaistniałych okolicznościach to chyba przydatna umiejętność.

Niedziela, 22 czerwca

32. Lacey

Lacey głęboko nabrała powietrza i powiedziała sobie, że jeszcze parę godzin i pozbiera wszystko do kupy, bo jak dotąd jej życie było poszatkowane na godziny. Dłonią w rękawiczce wysypała na blat zawartość torby z izolacją cieplną. Dzienna zmiana skończyła się i w komisariacie w Wapping zapanowała cisza.

Włączyła lampę na biurku i wzięła szkło powiększające. Kamyki, muszle, nawet rozbita porcelana – wszystko miało twardą, śliską powierzchnię. Ten, kto dotykał tych drobiazgów, musiał zostawić odciski palców. Biegły znalazłby je bez trudu, ale akurat do tego nie mogła wezwać specjalisty.

Brała po kolei każdy element układanki, obracała go pod światłem. Znalazła kilka niepełnych odcisków palców, ale niczego, co dałoby się bez zastrzeżeń zidentyfikować. Na muszlach też niczego nie było, na kawałkach szkła też.

Pracowała w piwnicy, w pomieszczeniu bez okien. Zmieniła ustawienie światła. Na trójkątnym kawałku zielonego szkła zobaczyła prążkowany wzór świecący w ultrafiolecie. Duży odcisk palca, prawdopodobnie męskiego. Dokładnie mu się przyjrzała, włączyła jarzeniówkę pod sufitem i przekartkowała leksykon, który wcześniej znalazła.

O wzorach linii papilarnych pisano jako o wirach, pętlicach i łukach. Łuki to listewki występujące pośrodku. Tworzą falisty wzór i są albo proste, albo kopulaste. Przyjęto, że tylko około pięciu procent wszystkich typów wzorów to łuki. Pętlice powstają, kiedy kilka listewek nakłada się na siebie. Te z kolei dzielą się w zależności od tego, czy listewki spływają w stronę kciuka, czy w stronę małego palca. Około sześćdziesięciu procent ludzkich odcisków palców składa się z pętlic. Wiry to wzory krągłe: koncentryczne, tak jak na tarczy strzeleckiej, albo ciągłe, tak jak w spirali. Trzydzieści pięć procent wzorów zawiera jakieś formy zwojów.

Na zielonym szkle znalazła łuk prosty. Listewki biegły od lewej do prawej odcisku, wznosiły się lekko ku koniuszkowi palca, a potem opadały. Bardzo wyraźny odcisk.

Ośmielona tym Lacey wzięła drugą torbę, którą z sobą przyniosła, tę z łódeczkami. Odnalezienie kilku śladów palców okazało się sekundą. Wszystkie zgadzały się z odciskiem na kawałku zielonego szkła. Ten, kto zostawił serce, zostawił także dwie zabawki.

Lacey znów sięgnęła do torby i wyjęła turkusową szczoteczkę do zębów. Używał jej Joesbury, kiedy zostawał na noc. Tylko on tego dotykał. W ultrafiolecie zobaczyła ślady na rączce, ale nie nadawały się do porównania. Potem, na główce szczoteczki, tuż pod włókienkami odkryła jeden bardzo wyraźny odcisk, prawdopodobnie kciuka. Skierowała szczoteczkę pod światło, dla pewności wzięła szkło powiększające. Nie mogła się mylić.

Odcisk na szczoteczce był zupełnie inny. Podwójna pętlica. Listewki biegły od dolnego lewego rogu i tworzyły pętlicę nakładającą się na drugą, która zaczynała się u góry, z prawej strony. Ten, kto zostawił serce w kokpicie łodzi i przyniósł łódeczki, to na pewno nie Joesbury.

33. Pływak

Wypłynął na powierzchnię około dwudziestu metrów od łodzi Lacey. Ostatni z mieszkańców mariny zszedł pod pokład już jakiś czas temu. Wokół panowała cisza. Powoli. Lacey ma się teraz na baczności, jest podenerwowana. Jej nerwowość było widać wyraźnie, kiedy wróciła na łódź. Miała inną postawę: barki uniesione, środek ciężkości przesunięty do przodu, jakby miała zerwać się do biegu. Zaniepokojona kręciła głową, oczy wypatrywały czegoś, czego pewnie by nie rozpoznała, gdyby nawet to zobaczyła; nerwy spięte, przygotowane na strach, którego nie potrafiłyby nazwać. Lacey się boi, a wystraszona Lacey to groźna Lacey.

Pływak niczego nie słyszy, niczego nie widzi, płynie naprzód w spokojnej, zimnej wodzie, w cień kadłuba, pod rufę łodzi. Drabina do nurkowania opuszczona, tak jak zawsze. Pływak wyciąga rękę, chwyta za pierwszy szczebel, potem za kolejny.

Kilka luków jest otwartych, żeby wpuszczać nocny wietrzyk. Teraz ostrożnie. Hałas z dołu. W końcu Lacey się obudziła.

Z kabiny na dziobie dochodzi ciężkie westchnienie. Ulatuje w noc, zawisa nad łodzią jak mgiełka, potem przepływa na drugą stronę rzeczki. Noc, która za nim zostaje, robi się chłodna. To był głos nieszczęścia.

Pływak czeka na szloch, który powinien nastąpić po takim westchnieniu, ale słyszy tylko trzeszczenie drewna, szelest bawełnianych prześcieradeł.

Kiedy wszelkie odgłosy zamierają, pływak wyciąga rękę i przed płaskimi drzwiami schowka na rufie kładzie plastikową łódeczkę o niebieskim kadłubie.

Skręt, skok, cichy chlupot i pływaka nie ma.

Poniedziałek, 23 czerwca

34. Lacey

Jest przemyt ludzi i jest handel ludźmi – powiedział urzędnik, mężczyzna po trzydziestce o dobrotliwym wyglądzie. Na plakietce widniało jego nazwisko: Dale. – To dwie zupełnie różne rzeczy, pani o tym wie, prawda?

Lacey siedziała w Lunar House przy Marsham Street, siedzibie Brytyjskiej Agencji Ochrony Granic. Dziś rano główny inspektor Cook zażyczył sobie, żeby szybciej rozprawić się z tym całym interesem związanym z przemycaniem ludzi. Chciał poznać jak najwięcej szczegółów, zanim przydzieli na to środki. Dlatego Lacey, najnowszy członek zespołu i jedyny z przeszłością detektywa, została oddelegowana na kilka dni ze służby na rzece.

Pokój, do którego ją wprowadzono, był szary. Szare ściany, szare meble, szary dywan. Nawet letnia kawa, którą podano, wydawała się szara.

– Tak sądzę – odparła. – Przemyt ludzi odbywa się za ich zgodą. Chcą się dostać do jakiegoś kraju bez wymaganego pozwolenia. Przemytnicy pomagają im w tym za pieniądze.

Dale opuścił głowę i zaczął stukać w klawiaturę stojącego przed nim laptopa, tak jakby Lacey powiedziała coś, co chciał utrwalić. Jego cienkie mysiobrązowe włosy przerzedzały się na czubku głowy. Miał łupież i jechało od niego leczniczym szamponem.

– Handel natomiast to gorsza sprawa – ciągnęła Lacey. – Ludzie są traktowani jak towar. Zazwyczaj kobiety i dzieci. Sprowadza się je nielegalnie do kraju, a potem sprzedaje. Handel ludźmi to właściwie handel niewolnikami.

Dale podniósł wzrok.

– Pani od niedawna pracuje w Wydziale Rzecznym, prawda? Zastanawiam się tylko, dlaczego główny inspektor Cook przydzielił do tego panią.

Lacey westchnęła głęboko.

– Jestem tam od około trzech miesięcy.

– Pewnie dlatego, że pracowała pani wcześniej jako detektyw – kontynuował Dale. – Chyba jeszcze nie spotkałem nikogo, kto z własnej woli wróciłby do munduru. Paru do tego zmuszono, ale to inna sprawa, prawda?

Pytanie zawisło w powietrzu. I tak miało zostać. Lacey rozlała trochę kawy na stół. Bezmyślnie nakreśliła z niej serce.

– Hm, panie Dale, nas zastanawia to – naciskała dalej – dlaczego ktoś w ogóle przemyca nielegalnych imigrantów Tamizą. Weźmy choćby to, że na tej rzece panuje duży ruch. Ryzyko, że taka łódź zostanie zauważona, jest bardzo duże.

– Tak można powiedzieć. – Dale gapił się na serce, które narysowała Lacey.

– Tyle jest tras, którymi mogli popłynąć, dlaczego wybrali właśnie tę?

– Hm, kolejne nieporozumienie – wycedził. – Większość nielegalnych imigrantów nie jest przemycana pod osłoną nocy. Przyjeżdżają całkowicie legalnie, z wizami uprawniającymi do pracy albo studenckimi, i po cichu zostają, kiedy wizy wygasną. To jest prawdziwy problem imigracyjny, z którym ten kraj musi sobie poradzić. Znaleźć ich wszystkich i odesłać do domu. A nie jakieś dziwne skradanie się po Tamizie łódką pełną ludzi.

Rany, gdyby ten facet jeszcze bardziej się zrelaksował, zasnąłby pod stołem.

– Rozumiem, ale w ubiegłym roku osobiście widziałam na Tamizie dwie łodzie z „turystami". Według statystyk z Wapping i niepotwierdzonych danych, widziano te łodzie jeszcze parę razy. Zdarzenie, w którym uczestniczyłam w październiku ubiegłego roku, mogło się skończyć bardzo źle. Łódź się przewróciła. Musieliśmy wyciągać imigrantów z wody.

Dale znów zaczął naciskać klawisze laptopa.

– Mam – oznajmił po chwili. – Pierwszy października, trochę na wschód od Greenwich, prawda? Hm, interesujące. Trzech pasażerów nie było nielegalnymi imigrantami. Tylko ta kobieta.

– Co się z nimi stało?

– Policja dobrze znała tych trzech, mieli swoje kartoteki. Oskarżono ich, osądzono i skazano. Siedzą w Wormwood Scrubs, za parę miesięcy mogą się ubiegać o przedterminowe zwolnienie.

– Więc ta banda została wykluczona z działania prawie na rok?

Dale pokręcił głową.

– Nie wyciągałbym takich wniosków. Gangi zatrudniają wielu gońców, a ludzie na szczycie nie brudzą sobie rąk. Działalność przynosi im zysk, więc ktoś musi zastąpić tych chwilowo nieobecnych.

– A co z dziewczyną? – Nagłe wspomnienie nocy z października ubiegłego roku. Obezwładniająca zimna woda, zrozpaczona młoda kobieta, która próbuje wciągnąć ją w głąb.

– Nadia Safi. Według moich danych odesłano ją do hostelu, który przyjmuje ofiary handlarzy ludźmi. Mogę podać pani adres. – Napisał coś na przylepnej karteczce.

Lacey wzięła ją. Londyński adres.

– O ile się orientuję, w piątek wieczorem kogoś zatrzymaliście. Niczego się od niego nie dowiedzieliście?

– Niczego – przyznała Lacey. – Twierdził, że w łodzi był sam i że właśnie wybierał się na nocne wędkowanie. Nie ma mowy, żeby pękł. Oskarżyliśmy go o posiadanie łodzi bez zezwolenia i sprowadzenie niebezpieczeństwa w ruchu na wodzie, ale tylko tyle na niego mamy.

– To podcina skrzydła. – Dale ze współczuciem pokiwał głową.

– Niech mi pan wytłumaczy. Nadal nie rozumiem, dlaczego przypływają Tamizą.

– Powiedziałbym, że ich punkt docelowy leży gdzieś nad rzeką. Inaczej nie opłacałoby się podejmować dodatkowego ryzyka.

– O czym my mówimy? Burdel z widokiem na rzekę?

– Wątpię. Bardziej prawdopodobne, że to jakieś miejsce, w którym przetrzymują dziewczyny. Wie pani, jakiś stary, opuszczony budynek, może coś pod kluczem. Na tym odcinku południowego brzegu nadal jest mnóstwo nieużytków i porzuconych budynków. Myślę, że to będzie gdzieś między Greenwich a Rotherhithe. Pewnie bliżej Greenwich, jeśli już. Przywożenie ich prosto do miasta groziłoby szybką wpadką.

Gdzieś w pobliżu Deptford Creek. Niedaleko miejsca, gdzie znajdowało się ciało.

Ciało imigrantki?

– Mam nadzieję, że pani znajdzie dziewczyny – powiedział Dale. Wcale już nie wyglądał na zrelaksowanego. – Jeśli idzie o handel kobietami... gangsterzy trzymają je w takich warunkach, że gdyby to dotyczyło zwierząt, Królewskie Towarzystwo Opieki nad Zwierzętami żądałoby głów. Są pewnie wygłodzone, chore i śmiertelnie przerażone. I to już teraz, a to dopiero początek drogi.

Lacey poczuła nagłe pragnienie, żeby wstać z krzesła, wyjść i zabrać się do dzieła.

– Może być gorzej?

– O tak. A skoro widziała pani dwie, to pewnie jest ich całe mnóstwo.

35. Pari

Kochana Mamo,
Wreszcie mam czas, żeby do Ciebie napisać. Czułam się trochę kiepsko, ale teraz już dużo lepiej.

Pari odłożyła pióro. Matka zawsze wiedziała, kiedy Pari kłamie. Czy teraz rozpozna kłamstwo, z odległości tysięcy kilometrów? I czy kłamstwo jest mniej czy bardziej kłamliwe, jeśli się je napisze?

To miasto jest większe, niż kiedykolwiek mogłam sobie wyobrazić. Codziennie widzę coś nowego.

To nie kłamstwo. Pari codziennie widziała wielkie kamienne kościoły i eleganckie budynki jak pałace, lśniące wieże zbudowane ze szkła błyszczącego niczym klejnoty. Zawsze coś nowego i naprawdę nie ma potrzeby pisać, że to wszystko owszem widziała, ale w telewizji; że tak naprawdę tylko raz zobaczyła to ogromne, obce miasto, w noc przybycia, kiedy płynęła ciemną rzeką biegnącą przez serce metropolii.

Ale nie trzeba było wierzyć, że tu zimno. Odkąd przyjechałam, prawie codziennie świeci słońce, nie mniej gorące niż u nas wiosną. Ciągle jestem rozgrzana jak chleb wyjęty z pieca.

To też prawda. Pari odłożyła pióro. Była wręcz rozpalona, choć to nie miało nic wspólnego z pogodą na dworze. W jej pokoju właściwie panował chłód. Kiedy przykładała ręce albo czoło do pobielanych ścian, czuła jego cudowny, odrętwiający dotyk, ale trwał za krótko, żeby to jej pomogło.

Miała gorączkę. Za chwilę, jeśli poczuje się lepiej, stanie pod prysznicem i puści zimną wodę; cokolwiek, żeby ugasić tlący się w niej ogień, coraz gorętszy, z godziny na godzinę.

Mój angielski jest już znacznie lepszy. Rozmawiam z mnóstwem ludzi, idzie mi coraz sprawniej. Rozmaite akcenty są mylące, ale przyzwyczajam się do nich.

To też prawda. Prawie prawda. Kilka tygodni wcześniej, zaraz po przyjeździe, Pari ledwie rozumiała proste zdania i ciągłe powtórzenia w programach telewizyjnych dla małych dzieci. Jednak od jakiegoś czasu, jeśli nie czuła się zbyt chora, mogła ze zrozumieniem oglądać wiadomości.

Przepraszam, że dopiero teraz piszę, ale byłam taka zajęta.

Nigdy nie przyszło jej na myśl, żeby o to poprosić. Teraz, kiedy się zgodzili, była zdumiona.

– Chcę napisać do matki – powiedziała. Oczekiwała natychmiastowej odmowy, tak jak zawsze do tej pory, kiedy o coś prosiła.

– Oczywiście – odparli. – Dziwne, że wcześniej nie mówiłaś. Może napiszesz jej zdanie, dwa po angielsku. Pomyśl, jaka będzie dumna.

To mało prawdopodobne. Pari słabo czytała i pisała we własnym języku. W jej rodzinnej prowincji większość dziewcząt kończyła szkołę, gdy osiągała okres pokwitania. Nawet w miasteczku uniwersyteckim miały pewnie połowę godzin wykładowych w stosunku do tego, z czego korzystali chłopcy, i mniej niż połowę zainteresowania ze strony nauczycieli.

Cieszyła się jednak nawet z tego krótkiego czasu, który spędziła w szkole. Tu ciągle jej mówią, że wykształcenie jest ważne. Musi nauczyć się dobrze mówić po angielsku, zanim stąd odejdzie.

Już wkrótce opuszczam to miejsce i przenoszę się do nowego domu i nowej pracy. Wtedy wyślę Ci pieniądze. Znajdę sposób, żeby bezpiecznie je przesłać. Powiedzieli mi, że ten list może iść do Ciebie parę tygodni, więc będę sobie wyobrażać, jak przy następnym nowiu otwierasz go i czytasz, co napisałam. Kocham cię,

Pari

36. Dana

Kiedy zadzwonił jej telefon, Dana przestraszyła się, jakby przyłapano ją na robieniu czegoś, czego robić nie powinna. Rozejrzała się i zobaczyła miejsce pod ścianą, gdzie nikomu nie wejdzie w drogę. Dział dziecięcy Selfridges. Godzina do zabicia po drodze do domu z pracy. I właśnie tu się znalazła.

– Cześć, tu Lacey. Mam pomysł. Chcę najpierw przedstawić go tobie, dobrze?

Dana obejrzała się na rzędy śpioszków w króliczki, myszki, motylki.

– Mów.

Lacey nawijała jak nakręcona, co się jej często zdarzało, kiedy się do czegoś zapaliła.

– Wiesz, czasem kilka pomysłów przychodzi do głowy naraz i chociaż żaden z osobna nie ma sensu, to jak się je złoży, nagle wszystko wygląda inaczej.

Otworzyły się drzwi windy i wyszły z niej trzy kobiety. Jedna w zaawansowanej ciąży.

– Wiem.

– Dobra, mamy problem nielegalnych imigrantów, którzy dostają się do Londynu Tamizą. Ja zetknęłam się z dwoma przypadkami, a w Wapping, w kartotekach są inne. Dwie sprawy, w których uczestniczyłam, dotyczą młodych kobiet, prawdopodobnie z Bliskiego Wschodu albo z Azji, co wskazywałoby na handel ludźmi, prawdopodobnie związany z prostytucją.

Lacey prawie na pewno miała rację. Handel kobietami był jak handel narkotykami nieustannym, ciągle obecnym problemem. Najpiękniejsze z reguły zaczynały w prywatnym haremie, którego właściciel szczodrze dzielił się nimi z przyjaciółmi. Dziewczyny przechodziły z rąk do rąk, musiały brać udział w orgiach, w produkcji materiałów pornograficznych. To przekraczało wszelkie normy prawne.

Mniej atrakcyjne lądowały w burdelach, gdzie kazano im obsługiwać co noc po paru klientów za dwadzieścia do pięćdziesięciu funtów od numeru. Z tych pieniędzy nie widziały ani pensa. Szybko stawały się narkomankami. Bardzo młodo umierały w nędzy. Według źródeł metropolitalnej w samym Londynie było ponad dziewięćset burdeli.

– Starczy – przerwała Dana, bo rozwijanie tematu trwałoby pewnie za długo. – Dalej.

– Dzisiaj byłam w Agencji Ochrony Granic – pospiesznie podjęła Lacey. – Podejrzewają, że na brzegu rzeki, w okolicach Deptford może być jakieś miejsce, w którym przetrzymuje się te kobiety.

– Niewykluczone.

Obok Dany z piskiem przebiegł jakiś berbeć.

– Właśnie, no, według doktora Kaytesa, martwa kobieta, którą znalazłam w rzece na wysokości Deptford, była imigrantką. Młoda, prawdopodobnie gdzieś z Bliskiego Wschodu albo z Azji.

Dana zauważyła drzwi i poszła w ich stronę.

– A ty myślisz, że wpisuje się w operację handlu ludźmi, która jest prowadzona na Tamizie?

– A nie?

Dana kierowała się wąskim korytarzem do windy. Zapadła cisza.

– Czy ja wiem? Na tym etapie to wydaje się mocno naciągane.

– Jasne, ale pamiętasz, jak w październiku ubiegłego roku razem z inspektorem Joesburym aresztowaliśmy taką jedną dziewczynę? Nadia Safi, tak się nazywała. Nielegalnie przekroczyła granicę. Złapaliśmy ją z trzema facetami, którzy figurują w kartotekach w związku z handlem ludźmi. Wszyscy siedzą teraz w Scrubs.

Nagle Dana okazała zainteresowanie.

– A dziewczyna?

– I tu sprawa robi się ciekawa. Właśnie wyszłam z hostelu, gdzie mieszkała parę tygodni, ale że nie przeszła przez traumatyczne wydarzenia ... hm, przynajmniej o tym nie mówiła, odesłano ją do izby zatrzymań w Kent. Dzwoniłam do nich. Niechętnie wdawali się szczegóły, ale jak zaczęłam mówić o nakazach, przyznali, że ktoś ją sponsorował.

– Po co? Żeby pobiegła w Maratonie Londyńskim?

– Nielegalni imigranci mogą być wydawani pod czyjąś opiekę na ograniczony czas, o ile opiekunowie udowodnią, że mają za co się nimi zajmować i zgodzą się, że jak nadejdzie uzgodniony termin, wsadzą ich do samolotu do domu. No i pojawił się ten facet, twierdził, że jest krewnym Nadii.

Obiecał, że na kilka tygodni ją zabierze do siebie, a potem odstawi na lotnisko. Tak zrobił. Pokazał zdjęcia ich dwojga razem na tle terminalu i kwit na bilet lotniczy z powrotem do Iranu, bo ona twierdziła, że stamtąd pochodzi. Problem w tym, że nie weszła na pokład samolotu.
– To było ustawione?
– Pewnie tak. Ale on upiera się, że nic nie wie. Mówi, że nie ma pojęcia, gdzie jest kuzynka jego żony, a Agencji Ochrony Granic brakuje środków, żeby udowodnić kolesiowi, że ściemnia. Wydaje mi się, że ktoś zadał sobie wiele trudu, żeby ją zatrzymać w naszym kraju. Więc dlaczego jest tyle warta i dla kogo?
– Myślisz, że miała trafić w to samo miejsce, co dziewczyna, którą ścigałaś w piątek wieczorem?
– Dwa gangi przemycają młode kobiety Tamizą... Wygląda prawdopodobnie?
– Nie bardzo.
– Więc myślę, że powinniśmy znaleźć tę Nadię.
– Pewnie łatwiej powiedzieć niż zrobić, jeśli wylądowała w spelunkach Londynu, ale jutro każę ludziom się tym zająć. Dzięki, Lacey, to naprawdę bardzo nam pomoże.
– Jest jeszcze coś.
Dana uśmiechnęła się do siebie.
– Zamieniam się w słuch.
– W ostatni czwartek, tego samego dnia, kiedy znalazłam ciało, rozmawiałam z sierżantem Wilsonem... znasz go?
– Wujek Fred, znam.
– Wspomniał, że przed rokiem znaleziono ciało młodej kobiety...
– Lacey, mnóstwo kobiet kończy w Tamizie.
– Tak, ale chyba właśnie w tym problem. Bo może, skoro jest ich aż tyle, nie widzimy powiązań tam, gdzie są?
– Powiązań, to znaczy...?
– Dziewczyny, imigrantki, zabójstwa. Dana, a jeśli tego jest więcej?

37. Lacey

"A jeśli tego jest więcej?"

W ciągu ostatnich pięciu lat z tej części Tamizy, gdzie są przypływy, wyciągnięto czterysta piętnaście ciał i przewieziono do płytkich wanien niedaleko od miejsca, gdzie siedziała Lacey. Wpisanie do wyszukiwarki „niezidentyfikowane" szybko zredukowało liczbę czterysta piętnaście do zaledwie trzydziestu pięciu. Trzydziestu pięciu osób wyciągniętych z rzeki przez ostatnie pięć lat do tej pory nie zidentyfikowano. Potrzebowała tylko kobiet. Kolejne wyszukiwanie i z trzydziestu pięciu zrobiło się czternaście.

Kurczę, jak trudno się skoncentrować. Fala upału nie ustępowała, komisariat w Wapping mieścił się w starym budynku, a klimatyzacja oznaczała tutaj otwarcie okna albo włączenie wentylatora. Wstała, powachlowała się dłonią, poprawiła kucyk i znów usiadła.

Według raportów z sekcji zwłok, cztery kobiety były po pięćdziesiątce, co zmniejszało grupę do dziesięciu. Dwie z dziesiątki były pochodzenia afrykańskiego bądź karaibskiego, jedna dalekowschodniego.

Zostało siedem, pomyślała Lacey. Co jeszcze? Wyszła z pokoju i ruszyła na pomost. Jedna z szybkich motorówek wydziału właśnie odcumowała i ślizgała się po wodzie jak ważka. Lacey patrzyła, jak łódź typu RIB płynie rzeką. RIB-y osiągają prędkość czterdzieści pięć węzłów. Szybko dotrze do zakrętu rzeki, skąd widać Deptford Creek. Tam wypłynęło na powierzchnię ciało, które długo znajdowało się pod wodą.

I to kolejny cel wyszukiwań: jak długo ciała były zanurzone w rzece. Jej trup, według anatomopatologa, leżał na dnie kilka miesięcy.

Wróciła i znów zaczęła wyszukiwać, tym razem wykluczyła zwłoki wyciągnięte niedługo po utonięciu. Trzy znaleziono w ciągu dwóch tygodni. Zostawały cztery.

Cztery nieznane młode kobiety, które sporo przeleżały pod wodą, zanim wypłynęły i zostały znalezione.

Gdzie znalezione?

Wróciła do najstarszego przypadku, sprzed czterech lat i trzech miesięcy. NN 645/01 zauważyli wędkarze. Wyłowiono ją z wody w pobliżu Putney. Trochę za daleko na zachód. NN 322/92 wyciągnięta przed dwoma laty pod mostem Pimlico. Prawdopodobnie o tym ciele wspominał sierżant Wilson. Czy Pimlico też jest za daleko na zachód? Być może.

Trzecia na liście – odnaleziona dziesięć miesięcy temu przy Limehouse, więc pasowała do założenia. Czwartą zabrano rzece przed dwoma miesiącami, w pobliżu wejścia do South Dock Marina.

Zostały więc dwie. Lacey otworzyła teczki z raportami, żeby sprawdzić, czy dowie się jeszcze czegoś. Dama z Limehouse przebywała w wodzie kilka miesięcy. Tkanka miękka zniknęła prawie zupełnie, ale szkielet pozostał niemal nienaruszony. Zwłoki z mariny podobnie – miały bardzo mało tkanki miękkiej, ale szkielet zachował się w dobrym stanie. Zapisała sobie numery spraw na karteczce.

W sumie, razem z tą ostatnio znalezioną, były trzy niezidentyfikowane białe kobiety, które przeleżały w wodzie po parę miesięcy, ale ich kości nie uległy zniszczeniu. Żadna nie miała na sobie ubrania, ale tego należało się spodziewać. W płynącej wodzie ciuchy znikają bardzo szybko.

Głos za nią sprawił, że podskoczyła.

– Skończyłaś już na dziś? – Przy biurku stał sierżant Buckle.

– Tak, zaraz idę. – Lacey wylogowała się z programu, a Buckle podszedł do segregatora w rogu.

– Sierżancie... gdzie trzymamy zdjęcia zwłok?

Buckle zdjął okulary, przetarł oczy i znów je założył.

– Słucham?

– Teczki na temat ciał, które wyciągamy z wody. Wiem, że w systemie mamy podstawowe informacje, ale pomyślałam o fotografiach, o raportach robionych na bieżąco.

– Lacey, uważaj, bo skończysz jako miłośniczka makabry.
– A jeśli jest więcej takich ofiar jak ta z ubiegłego tygodnia?

Brwi Buckle'a uniosły się ponad oprawkę okularów. Założył ręce i czekał.

– Przekopałam system – przyznała Lacey. – Szukałam podobnych przypadków i być może znalazłam dwa.

– Jak dawno temu?
– Nie tak dawno. Dziesięć miesięcy i dwa miesiące.
– Młode kobiety, niezidentyfikowane?
– Białe, były w wodzie tak długo, że tkanka miękka zniknęła, ale szkielety zostały całe.
– Chodź – powiedział Buckle.

Lacey poszła za nim do pomieszczenia sierżantów. Buckle wziął ze swojego biurka klucze i otworzył szafkę pod ścianą. Lacey podała mu kartkę z numerami spraw i czekała. Za drzwiami dały się słyszeć kroki i po chwili pojawił się Fred Wilson z Finnem Turnerem.

– A wy co? Nie macie domów? – zakpił Wilson.
– Ta tutaj, nasza detektyw, zwietrzyła ślad i chce nim pójść. – Buckle wyjął teczkę i patrzył. Dalsze wyjaśnienia zostawił Lacey.

– Pewnie jestem trochę stuknięta – zaczęła niepewnie. – Ale pomyślałam o tym, co wtedy powiedziałeś, jak znalazłeś w rzece młodą kobietę, której nie zidentyfikowano.

– Przypuszczam, że jest całe mnóstwo takich topielców – prychnął Turner. – Co, może nie są ważni?

– No już, spokój, dzieci. Bardzo proszę. – Buckle zaniósł dwie teczki na najbliższe wolne biurko. Otworzył jedną, Lacey zajrzała do drugiej.

– Jaka ładna. – Turner zerknął na zdjęcie przypięte spinaczem do wewnętrznej strony okładki teczki Lacey.

– O takich się marzy zaraz po przebudzeniu – przyznał Wilson.

– Sierżancie, to miała być nasza tajemnica.
– Tę znalazł mój zespół. – Buckle kartkował zawartość teczki damy z Limehouse. – Niewiele sobie przypominam,

ale w swoim czasie zebrałem trochę doświadczenia w oględzinach. Stosunkowo nieduże obrażenia powierzchowne, to znaczy wgniecenia czaszki, brak dwóch palców.

– Jak ją znalazłeś? – zapytała Lucy. – Gdzie, tylko dokładnie?

– Między wałem nad rzeką a palami starego pomostu. – Buckle popatrzył parę sekund dłużej na raport i zdjęcie. – Zaplątała się tam podczas odpływu.

Lacey przeglądała drugą teczkę. Ciało znaleziono na powierzchni wody, wśród śmieci wokół zacumowanej stacji paliw. Zauważył je żeglarz, wczesnym rankiem podpłynął, żeby zatankować jacht. Było bardziej uszkodzone niż to z Limehouse. Brakowało ręki, parę żeber złamanych.

– Długie czarne włosy. – Turner czytał przez ramię Lacey, która przyglądała się fotografii.

– Co to jest? – Wskazała palcem na miejsce nad lewą kostką kobiety.

– Trudno powiedzieć – mruknął Buckle. – Złamana kość, jakiś śmieć?

– Kawałek tkaniny – oznajmiła Lacey. – Popatrz na ten wystrzępiony skraj. Prawdę mówiąc, myślę nawet, że to płótno.

38. Dana

W ogrodzie najprzyjemniej było w letnie wieczory, kiedy wcześniejszy upał wzbudził zapach kwiatów. Przebywanie w ogrodzie pod koniec dnia weszło Danie w krew. Nawet po najgorszych przejściach w pracy znajdowała tutaj ukojenie. Pomyślała, że to wyjątek od każdej reguły.

– Cholerna Lacey Flint. – Przesunęła dłonią po oczach.

– Fakt – powiedział David Cook. – Żaden facet nie może się skupić, kiedy ta dziewczyna jest w pokoju. Głupie świry, takie jak Finn Turner, skaczą do Tamizy tylko po to, żeby jej zaimponować, a teraz dostała obsesji na punkcie topielców. I to zanim dobraliśmy się do jej niewinnego zwyczaju porannych kąpieli w tej pieprzonej rzece.

– Miałeś się o tym nie dowiedzieć. – Dana nie zdołała powstrzymać uśmiechu.

– Wszyscy, do diabła, o tym wiemy. – Cook jakoś nie potrafił mówić ciszej. – Chłopaki z porannych patroli ciągle patrzą przez te swoje lornetki na ujście Deptford Creek. Rany, czy ona w ogóle ma pojęcie, co można złapać w tym jednym wielkim ścieku?

– Dave, weź jeszcze jedno piwo.

Cook wyciągnął rękę i wyjął piwo z lodówki turystycznej. Niebo zaczęło wreszcie ciemnieć.

– Więc, o ile dobrze cię zrozumiałam – odezwała się Dana, kiedy Cook otworzył puszkę i nalał sobie złocistego trunku – Lacey i banda Scoobiego znaleźli jeszcze dwie niezidentyfikowane kobiety, które wyciągnięto z rzeki w ciągu ostatnich dwunastu miesięcy. Na pewno młode?

– Żadna nie przekroczyła trzydziestki, według sekcji zwłok.

– Obie białe, zostało na nich mało tkanki miękkiej, co świadczyłoby o tym, że były w wodzie od paru miesięcy, ale z drugiej strony szkielety są względnie dobrze zachowane, więc raczej długo w niej leżały – ciągnęła Dana.

– Można się tego spodziewać, jeśli zwłoki o coś się zaczepią.

– Albo są obciążone – zasugerowała Dana.

Cook nachylił głowę.

– Obie w tej samej części rzeki, na której Lacey znalazła tamte zwłoki?

Cook upił długi łyk.

– Limehouse i South Dock Marina. Scooby i towarzystwo trafili jeszcze na zwłoki dwóch dziewczyn, ale wykluczyli je, bo były za daleko na zachód. Najbardziej rzuca się w oczy, że ta z South Dock miała bardzo długie czarne włosy i kawałek białej tkaniny owinięty wokół kostki.

– Kiedy będziemy mogli to zobaczyć?

Cook sięgnął po płaską teczkę. Wyciągnął małą plastikową torebkę na dowody i położył na stole.

– Według mnie to jest podobne. – Dana wzięła torebkę i podniosła ją pod gasnące światło.

– Kazałem to od razu wydać – powiedział Cook. – Jeszcze nie wyjmowaliśmy tego strzępka z torby. Musimy go odesłać do laboratorium na testy, ale wygląda dokładnie tak samo jak fragment całunu, który znaleźliśmy w ostatni czwartek. Jest tu nawet trochę ręcznego szycia.

– Cholera – mruknęła Dana.

– No: cholera – zgodził się Cook i błyskawicznie się uchylił. – Do diabła! Co ty wyprawiasz?

Dana się uśmiechnęła.

– Nietoperz. Gnieżdżą się na drzewie przy drodze. Nawet je lubię.

Cook rozglądał się wystraszony. Pojawiło się kilka małych ciemnych kształtów. Latały wokół wierzchołków drzew i dachów.

– Dla każdego coś miłego. Ale jest dylemat.

– Nie ma dylematu, Dave. Musimy szukać.

Cook westchnął i znów pogrzebał w teczce, wyjął laptop i się zalogował. Po kilku sekundach pokazała się mapa z fragmentem Tamizy.

– Dana, mówiąc czysto teoretycznie, jeśli zaczniemy w Limehouse, a skończymy tuż za Deptford Creek, to mamy osiem kilometrów rzeki. Na tym odcinku to jest około czterystu metrów szerokości.

– Zrzędzisz, bo zamierzam zatopić twój budżet, w sensie: przeznaczyć na poszukiwania pod wodą. Kalambur niezamierzony.

Cook wstał i przeszedł parę kroków po ogrodzie Dany.

– Nieźle muszą kosztować te płyty, żeby nie porastały mchem. – Spojrzał pod nogi na lśniące bladoszare kamienie patio i na schodki prowadzące do niższej części ogrodu.

– Dzisiaj na wszystko są chemikalia.

– Na szczęście dla ciebie nie masz dzieci. Połamałyby sobie karki, jakby właziły na te betonowe pudła. – Wrócił. – Usprawiedliwię wszystko, jak tylko dostaniemy wyniki z porównania tkanin. Jeśli nie ma podobieństwa, na tym się pewnie sprawa skończy.

– Jasne.

Usiadł obok niej.

– A Lacey myśli, że istnieje związek między tymi zwłokami a naszym problemem nielegalnych imigrantów – powiedział po chwili.

– Tak to zrozumiałam. Czy to możliwe?

– Wszystko jest możliwe. A czy ma sens... to inna sprawa.

– Przywożenie nielegalnych imigrantów Tamizą nie ma sensu – uznała Dana. – Chyba że płyną do jakiegoś miejsca nad rzeką. Wtedy usuwanie zwłok, już po wszystkim, byłoby względnie proste.

– Tak, ale co oni z nimi robią? Wiem, że najbardziej prawdopodobna jest przymusowa prostytucja, ale w takiej sytuacji te dziewczyny są coś warte. Nie wyrzucaliby ich po paru miesiącach pracy.

– Może umarły w pracy. – Dana wróciła myślą do swojej rozmowy z Lacey. – Niektórzy faceci mają bardzo dziwne upodobania. O ile się orientuję.

– Udowodnienie czegokolwiek będzie niemożliwe, do cholery – wycedził Cook. – Lepiej miej nadzieję, że te poszukiwania nie zostaną zatwierdzone, a jeśli jednak okażą się motywowane, to że niczego nie znajdziemy. Bo jeśli znajdziemy, to budżet Wydziału Zabójstw będzie zatopiony. Kalambur zamierzony, i to bardzo.

Piątek, 4 kwietnia
(jedenaście miesięcy wcześniej)

39. Anya

Popełniła straszny błąd. To nie jest droga ucieczki. To rzeka, wielka jak ocean i czarna jak bliska śmierć. Woda bucha jej w twarz, wysoka niczym góra, przewala się z niepowstrzymaną siłą. Wszystko zamieniło się w wodę. Anya czuje, jak uderza w nią z szybkością samochodu, rzuca ją na ścianę z tyłu. Nie widzi nieba, świateł, własnej ręki. Sztorm przyszedł znikąd.

Cały świat tonie. Ciosy padają ze wszystkich stron. Oczy palą, nie widzi nic poza wirującą masą, czarną, szarą, brązową.

Ściana za jej plecami wznosi się w nieskończoność, spływa z niej woda. Anya przeciera powieki, patrzy w górę, na lewo, na prawo, szuka drabiny, szuka wyłomu w nieskończonej, śmiertelnie gładkiej powierzchni.

Ruch. Przywarta do śliskiej od wodorostów ściany Anya się odwraca. Pojawia się łódź, mknie w powietrzu niczym iskra w zimnym jak lód ogniu. Wyciąga się czyjaś ręka. Zrozpaczona Anya ją chwyta.

Teraz woda pochłonęła ją całą. Właśnie to człowiek przeżywa, kiedy tonie. Dzikie szarpanie za włosy, wyrywanie kończyn. Przywiera do burty łodzi.

Fale łomoczą wokół niej, ledwie słychać silnik, a jednak Anya czuje, że to nie koniec. Że łódź i sternik próbują ją uratować.

Nie miała racji, że się bała. Głupio było skakać z łodzi, próbować na własną rękę znaleźć wyjście z mrocznego tunelu bez końca. Z tym zawsze miała problem – nigdy nie potrafiła dokonać właściwego wyboru i się go trzymać. Łódź znów wślizguje się w częściowe schronienie, jakie daje tunel, i Anya odzyskuje nadzieję, że już wkrótce będzie mogła oddychać. Woda nadal tańczy jak derwisz wokół nich, ale przynajmniej tutaj jest trzymana w karbach. Uderzają w jedną ścianę, potem w drugą, wzlatują pod sufit, ale płyną dalej i odgłosy sztormu słabną. Anya zaczyna myśleć, że może jednak nie umrze.

Sternik wyciąga rękę, klepie ją po głowie. Anya myśli, że zaraz wtaszczy ją na pokład, ale nie, lina zaciska się wokół jej szyi, a łódź nabiera rozpędu.

– Miałaś rację, że się bałaś – mówi sternik.

Wtorek, 24 czerwca

40. Dana

Mike, co za niespodzianka.
– Naprawdę? – Kaytes zatrzymał się na progu gabinetu Dany. – Wydawało mi się, że dzwonili z dyżurki.
– Owszem, dzwonili. – Dana wstała. Zastanawiała się, czy warto zachowywać się uprzejmie wobec tego człowieka. – Ale i tak byłam zaskoczona przez pełne cztery minuty, zanim tu dotarłeś osobiście. Proszę.
Kaytes wszedł.
– Przyniosłem lunch. – Podniósł torbę z jednej z dużych sieci kanapkowych. – Grillowane warzywa i biały tłusty ser. Dla mnie też. Tak tylko, na wypadek gdybyś była jedną z tych wegetarianek, które nie wytrzymają w jednym pokoju z mięsem.
– Jakie to słodkie z twojej strony. Siadaj.
Kaytes rąbnął na krzesło Dany, tak jakby wspinał się na kilka pięter, a nie tylko jedno, i wysypał zawartość torby na jej biurko.
– Pozwolisz, że zacznę jeść? Mecz badmintona wczoraj wieczorem. Następnego dnia zawsze żrę jak koń, a o drugiej musiałem otworzyć higienistę stomatologicznego, który popełnił samobójstwo. – Odwinął papier z kanapki. Przyniósł też sok pomarańczowy i chrupki.
– Stęskniłeś się za moim towarzystwem? – zapytała Dana.
Kaytes miał w ustach spory kęs pieczywa.
– Nie pochlebiaj sobie. Mam raport toksykologiczny. – Zrobił minę wyrażającą skrajny niesmak.
– Coś nie tak?
Przeżuwał ze zbolałym wyrazem twarzy.

– Trochę. – Gwałtownie zamrugał, zanim odgryzł kolejny kawałek, tym razem mniejszy. Jednocześnie włożył rękę do teczki i wyjął cienką plastikową broszurę.

– No, w sumie pofatygowałeś się tutaj osobiście. Więc pewnie jest coś nadzwyczajnego.

– Psiakość, co ja mam w ustach? – Kaytes z trudem przełknął i wyciągnął z nadgryzionej kanapki długi kawałek brązowoczerwonego warzywa. Podniósł do światła.

– Oberżyna – wyjaśniła Dana. – Bakłażan, jeśli jesteś Amerykaninem.

– Wygląda jak coś, co mógłbym znaleźć w swojej kratce podłogowej. – Nachylił się nad biurkiem i wyrzucił resztki kanapki do kosza. – Dzięki Bogu za chrupki.

– Toksykologia... – przynagliła go Dana, kiedy tylko otworzył paczkę i wyjął połowę jej zawartości.

– Zostawię ci to, oczywiście, ale sprawa jest trochę dziwna. Szczerze mówiąc, jeszcze się na coś takiego nie natknąłem.

Rozparła się w krześle.

– Zamieniam się w słuch.

Otworzył teczkę i przez kilka sekund wczytywał się w pierwszą stronę.

– Hm, jak wiesz, nie mieliśmy przy tym zbyt wiele pracy. Duży stopień rozkładu, rozumiesz? Organy wewnętrzne zniknęły, więc musieliśmy polegać na fragmentach mięśni i tkance łącznej, a im po prostu nie bardzo można ufać.

Dana czekała.

– Hm, to jest takie interesujące ze względu na to, czego nie ma – ciągnął Kaytes. – Oczywiście, szukali pozostałości alkoholu i powszechnie dostępnych narkotyków, takich jak amfetamina, barbiturany, benzodiazepiny.

Dana kiwnęła głową. Kaytes wymieniał substancje, które zawsze bierze się pod uwagę przy badaniu toksykologicznym. Laboratorium próbowało znaleźć ślady marihuany i kokainy, z opiatów zazwyczaj morfiny i heroiny oraz narkotyków wytwarzanych chemicznie, takich jak ecstasy. Szukano by też paracetamolu i rozpuszczalników organicznych.

– I co? Znaleźli coś?
– Nic a nic. – Kaytes rozsiewał okruszki chrupków po całym raporcie. – Nie mówię, że kategorycznie możemy je wykluczyć, ale gdyby była narkomanką albo umarła w wyniku zatrucia alkoholowego, zdziwiłbym się, gdyby nic nie odłożyło się w jej tkankach.
– Więc teraz to, co takie interesujące?

Odwrócił kartkę.

– A, tak. Bo jedna z dziewczyn... chyba Max... wpadła na doskonały pomysł, żeby wysłać próbkę włosów. Pamiętasz, nadal tam trochę było, bardzo długich i czarnych.
– Owszem, przypominam sobie rozmowę o włosach. Wyrwałeś całą ich garść z mojej głowy. Może to podsunęło Max ten pomysł.
– Bardzo prawdopodobne. Włos, z wielu powodów, jest idealny do testów toksykologicznych. Zobaczysz, nadejdzie dzień, kiedy badanie włosa całkowicie zastąpi testy krwi, moczu i tkanki miękkiej.
– Jak to?
– Substancje znikają z moczu bardzo szybko, z krwi po paru dniach albo tygodniach, ale włos zapisuje dane na znacznie dłużej. Każdy centymetr daje, w bardzo dużym przybliżeniu, dane z ostatnich trzydziestu dni. I to nie ulega rozkładowi. Więc jeśli wziąć pod uwagę, że włos naszej denatki miał prawie ponad pół metra długości, otrzymujemy całkiem długą historię.
– I?
– Po pierwsze, potwierdziło się to wszystko, co powiedziała nam analiza tkanki. Żadnych dowodów, że nadużywała narkotyków. Ta kobieta była bardzo zdrowa. Ale jedna błyskotliwa panna w laboratorium wpadła na dobry pomysł. Przeczytała akta sprawy i uderzyła ją hipoteza, że to mogła być ofiara zabójstwa honoru. Zaczęła się zastanawiać: co prowadzi do takiego zabójstwa? Otóż zazwyczaj to, że kobieta się źle prowadzi. Więc zrobiła kilka testów więcej, na

własną rękę, i znalazła... – Kaytes odwrócił kartkę tak, żeby Dana mogła zobaczyć.

– Gonadotropina kosmówkowa – przeczytała. – Hm, dlaczego coś mi to mówi?

Kaytes rzucił jej znaczące, wnikliwe spojrzenie.

– W terminologii laika to hormon produkowany przez zarodek. Testy ciążowe sprzedawane bez recepty mają wykrywać w moczu obecność tego związku.

– Była w ciąży?

– Niekoniecznie, a bez głównych organów wewnętrznych nie da się tego stwierdzić z całą pewnością. Ten hormon może także wskazywać na obecność pewnych guzów rakowych. Ale u kobiety w jej wieku ciąża wydaje się najbardziej prawdopodobna.

41. Lacey

Lacey lekko zapukała do drzwi centrum operacyjnego w Lewisham i wślizgnęła się do środka.

– To jest trop – mówiła Tulloch.

Wielka sala była prawie pusta, wszyscy wyszli na dwór, cieszyli się słońcem. Wokół Tulloch, która teraz podniosła wzrok i się uśmiechnęła, zebrali się tylko sierżant Anderson, Pete Stenning, Tom Barrett i Gayle Mizon.

– Cześć, Lacey, dzięki, że wpadłaś. Dobra, więc jeśli ofiara chodziła do internisty, powinna gdzieś być historia jej ciąży. Możemy skontaktować się z gabinetami lekarskimi, zapytać o imigrantki, które miały wizyty przez ostatnie półtora roku, a potem zniknęły.

Lacey wysunęła krzesło zza biurka, Tulloch przyglądała się twarzom zebranych.

– Tak, wiem, to słaby trop – przyznała. – Ale niewiele więcej mamy.

– To mogła być ciąża pozamałżeńska – zabrała głos Mizon. – W niektórych kulturach coś takiego nie przejdzie. Albo skutek cudzołóstwa. Wielki dramat. Niełaska rodziny. Śmierć, zanim hańba wyjdzie na jaw.

Tulloch już nie siedziała.

– Brzmi trochę ekstremalnie, ale chyba nie możemy tego wykluczyć. Gayle, sprawdzisz, ile jest gabinetów lekarskich w Londynie? Może porozmawiasz w jednym, dwóch, żeby sprawdzić, jaka będzie reakcja. Jeśli da radę, chciałabym to załatwić dzisiaj. – Popatrzyła na Stenninga. – Jak ci idzie szukanie Nadii Safi?

– Jej zdjęcia zostały rozesłane po wszystkich komisariatach metropolitalnej. Powiesiliśmy je na stronie „Poszukiwani". Wiemy, że oficjalnie nie wyjechała z kraju. Nie ma danych na jej temat w Wydziale Imigracji.

Anderson mrugnął do Lacey.

– A co z tymi dwoma dodatkowymi ciałami, o których poinformował nas Wydział Rzeczny?

Lacey trochę wyprostowała się w krześle. To dlatego proszono ją, żeby przyszła. Coś znaleźli. Miała rację.

– Mike Kaytes przejrzał dziś po południu raporty z sekcji – powiedziała Tulloch. – Głównie po to, żeby sprawdzić, czy to mogły być imigrantki i czy jest jakieś podobieństwo do kobiety, na którą Lacey natknęła się w ostatni czwartek. – Przerwała.

– Nie trzymaj nas w niepewności – ponaglił Anderson.

Tulloch lekko się wzdrygnęła.

– Przepraszam, ostatnio muszę trochę odreagować po kontakcie z tym gościem. Mniejsza, wygląda na to, że dama z Limehouse nie ma związku ze sprawą. Blondynka, dosyć drogie zabiegi stomatologiczne... a dla doktora Kaytesa przeważającym argumentem były implanty piersi. Jeden nadal znajdował się przy ciele. Szczerze mówiąc, gdybym mogła wymazać z pamięci komentarze Kaytesa na ten temat, zrobiłabym to, wierzcie mi. Ale te drugie zwłoki, znalezione przy South Dock Marina, to co innego. Pewne podobieństwa między tamtym trupem a tym niedawno wyłowionym z rzeki doprowadziły naszego doktorka do wniosku, że dziewczyna z South Dock to też imigrantka. – Zerknęła na notatki. – Prawie żadnej roboty dentystycznej, dobrze rozwinięte kości ramion i oczywiście długie czarne włosy. Wysłał próbkę włosa, żeby sprawdzić, czy są tam takie same ślady chemikaliów jak u przyjaciółki Lacey, ale trzeba będzie trochę poczekać na wyniki. Tymczasem musimy wykazać się otwartym umysłem.

– Jakieś informacje na temat płótna? – zapytała Mizon.

– A, właśnie, dziękuję, że mi przypomniałaś. Dotarł do nas raport o fragmencie znalezionym przy South Dock Marina. Niestety nie jest rozstrzygający. Płótno takie samo, jeśli chodzi o typ i splot, jak całun okrywający trupa znalezionego przez Lacey, ale to nie ta sama partia.

– Więc co dalej? – wtrącił się Anderson.

Tulloch znalazła dla siebie krzesło i ciężko usiadła.

– Będziemy przeszukiwać Tamizę.

42. Pari

Pari nie poprawiało się ani trochę. Niedługo, powtarzali jej, niedługo. Dajemy ci bardzo mocne lekarstwa, po nich człowiek najpierw czuje się trochę gorzej, ale one działają. I niedługo będziesz zdrowa jak rydz.

Pari nie bardzo wiedziała, co to jest „rydz" i dlaczego stanie się taka jak on. Chciała tylko znowu poczuć się zdrowa i silna. Ale to już nie były tylko bóle głowy. Bardzo zaczął ją boleć brzuch, dokuczały jej plecy, niektóre części ciała obrzmiały. I odnosiła wrażenie, że krew w jej żyłach robi się coraz gorętsza i krąży szybciej, niż powinna. Z tym trudniej było sobie poradzić niż nawet z bólami głowy i skurczami. Krew jakby nie dopływała wszędzie równomiernie: czasem uderzała do głowy, aż skronie pulsowały od gorąca i łomotu;

czasem opadała do kostek, które puchły i upodabniały się do młodych drzewek.

„Pari, dzięki Bogu nie jesteś taka wątła, jak na to wyglądasz" mawiała jej matka. „Nic cię nie gryzie?"

Pari już nie wiedziała, czy dałaby wszystko za to, żeby znowu zobaczyć matkę, czy umarłaby ze smutku, gdyby matka zobaczyła, że jej córka jest taka chora.

„Pari, kochanie, nikt nie sprząta domu tak jak ty. Kiedy kończysz, lśni jak perła".

Przez te ostatnie parę dni słyszała mnóstwo głosów z przeszłości. Kobiet, dla których pracowała, które ją lubiły i chwaliły. I takiej jednej – bogatej i wykształconej. To ona uruchomiła łańcuch wydarzeń, który ją tutaj sprowadził.

– To twoje prawo, zgodne z przepisami – mówiła matce Pari, a Pari z szacunkiem słuchała jej opowieści o prawach kobiet. Wydawały się tak odległe od rzeczywistości jak bajki z dzieciństwa. – Gospodarstwo twojego ojca powinno zostać podzielone równo między ciebie i twojego brata. On nie powinien wziąć całości. Musisz poprosić go o swój udział.

Przez chwilę Pari nie widziała swojej twarzy w lustrze, lecz twarz matki. Łagodną, trochę jak zwiędła róża... zanim wuj, rozwścieczony głupimi żądaniami, nie zbił siostry na krwawą, poczerniałą miazgę.

– To ta twoja dziewucha mąci ci w głowie tymi pomysłami! – Więcej głosów z przeszłości. Pari zatkała uszy dłońmi. – To obrzydliwa dziwka, a nie córka. Zabiję własnymi rękami, jak tylko ją zobaczę. Utopię w rowie. – Pari kuliła się na dworze, słuchała szlochów matki, wiedziała, że wuj mówi na serio. Wiedziała, że jak zostanie, umrze.

Nagły skurcz zgiął ją wpół. Co się z nią dzieje? Powiedzieli, że to nic takiego. Że ostre bóle, pękająca głowa, zawroty i opuchlizna to nic więcej jak zakażenie zarazkiem przywiezionym z długiej podróży, a na dodatek efekty jedzenia, do którego nie nawykła.

Ale jeszcze nigdy w życiu nie czuła się taka chora. Nawet kiedy jedzenia wystarczało zaledwie na utrzymanie rodziny przy życiu. Kiedy matka chodziła od domu do domu w ich mieście, błagając o pracę, żeby wyżywić dzieci, kiedy Pari dołączyła do niej, szorowała, polerowała, zamiatała całymi dniami. Nigdy nie czuła się tak źle.

A dzisiaj straciła poczucie czasu. Obudziła się wczesnym wieczorem, nie pamiętała niczego, odkąd w południe przyniesiono jej lunch. Była zesztywniała, obolała, zamroczona, ogłupiała od snu i zobaczyła, że ściany jej pokoju migoczą i tańczą, jakby ożyły.

Co ci ludzie z nią robią?

Czwartek, 26 czerwca

43. Lacey

Ogród w Sayes Court znalazł się w objęciach połowy lata. Lawenda wzdłuż skrajów ścieżki zaczęła kwitnąć już przed tygodniem; dzisiaj małe purpurowe kwiatki były już całkiem otwarte. Pszczoły przelatywały z kwiatu na kwiat, wyglądały prawie jak pijane od pyłku. Białe kwiatuszki najbliżej ścieżki rozrastały się teraz na niej, łagodząc ostre brzegi, a wyższe rośliny za nimi wspięły się jeszcze wyżej. Nachylały się ku Lacey, tak jakby ciężkie różowe kwiecie przygniatało je w dół.

– Halo, jest tu ktoś?!

Bez odpowiedzi. Lacey weszła do szklarni. Pszczoły, motyle i inne owady zabłądziły i tutaj, ale upał je obezwładniał. Przywierały bezwładnie do szyb i liści albo ciężko kołysały się w powietrzu. Niedawno tu ktoś podlewał; krople nadal lśniły na liściach, a powietrze wypełniał zapach wilgotnej flory.

Za Lacey rozległ się odgłos kół na betonie, odwróciła się i zobaczyła na ścieżce Thessę. Tego ranka staruszka zaplotła długie włosy w warkocz i owinęła go wokół głowy. Miała na sobie turkusową bluzkę i długą wielobarwną, prążkowaną spódnicę do stóp. Do tego ciężka biżuteria ze srebra i turkusów.

Kiwnęła ręką na Lacey.

– Chodź tutaj. Na słońce. Niech ci się dobrze przyjrzę.

Lacey, rozbawiona, zrobiła, co jej kazano.

– Od rana jest pani sama? – Dom na tyłach wydawał się pusty.

– Tak, Alex pojechał do kliniki – odparła Tessa. – Teraz się nie ruszaj.

Lacey założyła ręce z tyłu i leciutko uniosła podbródek.

– Przeziębienie się nie rozwinęło, prawda? – W głosie starej pobrzmiewał triumf.

– Zacznę od tego, że nie wiem, czy byłam przeziębiona. Motyl zawisł na sekundę nad włosami Tessy, potem poleciał dalej.
– Ale spałaś lepiej, nie zaprzeczaj.
– Cóż, to prawda. I miałam bardzo żywe sny.
– Przerażające czy erotyczne? – Tessa nachyliła się bliżej.
– Narzekam tylko na te przerażające.
– To bylica. – Kobieta kiwała głową ze znawstwem. – Czasem istotnie ma taki efekt uboczny. Szczególnie u ludzi wrażliwych.

Lacey zaczęła czuć się nieswojo od tej intensywnej analizy przeprowadzanej przez Tessę.

– Jeszcze nikt mi nie mówił, że jestem wrażliwa.
– Bo większą część swojej energii kierujesz na ukrywanie swojej prawdziwej natury. Jak przestaniesz, zdrowie poprawi ci się nieskończenie.
– Zawsze o sobie myślałam jako o kimś bardzo zdrowym. – Lacey była coraz bardziej skrępowana. – Jestem jedną z najbardziej wysportowanych osób, jakie znam.

Gospodyni stanowczo pokręciła głową.

– Dziewięćdziesiąt pięć procent energii. Jak tak dalej pójdzie, wypalisz się przed czterdziestką. Myślę, że mogłabym skończyć z bylicą i dać ci coś innego. Coś na wzmocnienie zaufania i samooceny. Bardzo tego potrzebujesz. Aż dziw, że nie zauważyłam poprzednim razem.

– O, to świetnie, że teraz tu przyszłam. – Lacey stanęła w drzwiach spiżarni, żeby ukryć się przed słońcem i zakończyć tę irytującą konferencję.

– Wejdźmy dalej – zachęciła Tessa. – W środku jest znacznie przyjemniej, a ja muszę zakończyć pracę przed lunchem.

Na blacie, w chłodnym, ciemnym pokoju były rozłożone deski kuchenne i noże, stały moździerze z tłuczkiem, puste butelki z już naklejonymi etykietkami i leżały dwa odcinające się od tła pęki pokrytych ziemią korzeni.

– Robię syrop z mlecza i łopianu – wyjaśniła Tessa. – Troje moich pacjentów na to czeka, ale ja musiałam się wstrzymać, aż księżyc będzie w nowiu, żeby zebrać korzenie. Inaczej naprawdę nie poskutkują.

– Mlecz i co?

– Łopian. Korzenie, które są najbliżej ciebie. Pewnie jesteś za młoda, żeby pamiętać napoje gazowane, co? Ciemnobrązowe, bardzo słodkie, musujące.

– Chodzi o colę?

Tessa zrobiła prawie gniewną minę.

– Nie, kochana, nie myślę o żadnych substancjach chemicznych z „colą" w nazwie. One mają zupełnie inne właściwości. Mlecz i łopian były popularnymi napojami gazowanymi jakieś trzydzieści lat temu. Bardzo wyrazisty smak. Nadal możesz to kupić, ale obecnie smaki są sztucznie wytwarzane. Ja robię prawdziwe.

Lacey popatrzyła Tessie w oczy, ale jeśli pojawiła się w nich iskierka, nie dostrzegła jej.

– Nie wiem, czy rozpoznałabym łopian, gdybym go zobaczyła. – Spojrzała na zeschnięte brązowe korzenie. Przypominały marchewki, które za długo leżały zapomniane na dnie lodówki.

– Nie da się go z niczym pomylić. Raz, że jest wszędzie, i dwa, że bardzo dobrze przyczepia się do przechodniów. Ma taką główkę jak oset albo rzep, która odrywa się i przywiera do ubrania i futer zwierząt. Nazywa się go również rośliną Velcro, bo te rzepy powstały dzięki ostom.

– Hm, przyznaję, rzepy są bardzo użyteczne.

– Rzepy śmepy – parsknęła Tessa. – Są zapisy o leczeniu łopianem raka, jeszcze w Ciemnych Wiekach, a trądu w średniowieczu. Henryk VIII dostawał to na syfilis.

– Działało?

Tessa zrobiła pruderyjną minę, jakby choroba weneryczna króla nie była dobrym tematem do żartów.

– Uważam, że osłabiało objawy, ale nie leczyło przyczyny. Natomiast roślina przechodzi obecnie próby kliniczne. Chcą sprawdzić jej skuteczność przy leczeniu raka i HIV.

Lacey skinęła głową w stronę małych, brązowych korzeni.

– Jestem pod wrażeniem. A mlecz?

– Prawie równie dobry. I są doskonałymi partnerami, bo mlecz to środek moczopędny, wyrzuca złogi przez nerki i wątrobę.

– Co mogę zrobić? – zapytała Lacey.

– Obierz korzenie. Potem dobrze je oskrob pod kranem. Nie, użyj niebieskiej skrobaczki, bo ta ma na sobie gwiazdnicę.

Lacey podniosła korzeń i przejechała po nim ostrzem. Tak, zupełnie jakby się obierało starą, wysuszoną marchew.

– Grzeczna dziewczynka – mruknęła Tessa. – Jak już skończysz, posiekaj na drobne kawałki, a potem zrobisz to samo z mleczem. Potrzebuję po jakieś pięćset gramów z każdego. Waga jest w rogu. Masz niewielu przyjaciół, prawda?

– Słucham?

– Widzę straszną samotność, unosi się nad tobą.

Lacey skupiła się na obieraniu.

– Bardzo lubię prywatność.

– I znowu jest, ten welon. Wiesz, kogo mi przypominasz, kochana? Kobiety z mojej części świata. Noszą długie zwiewne szaty, żeby się ukryć.

– Myślałam, że pani i brat jesteście Grekami.

– Nie mówimy o mnie, Lacey. Nigdy nie nosiłam burki. Ty ją nosisz. Nie widać jej, ale i tak cię skrywa.

Lacey zaniosła obrane korzenie łopianu do zlewu i odkręciła kran. Nie pamiętała, kiedy ostatni raz myła warzywa.

– Co pani z nimi zrobi potem? – zapytała Tessę, która brzęczała czymś w szafce pod drugim zlewem.

– Ugotuję, odcedzę wywar, dodam cukier i znowu zagotuję, aż cukier się rozpuści. Jak ostygnie, wleję do butelek. Jak tam twój apetyt, kochana?

– Świetnie.

– Hm, zbyt często nie gotujesz świeżego jedzenia, co?

– Zamierza mi pani wystawić rachunek za te wszystkie darmowe konsultacje?

– Gdybym wystawiła rachunek, nie byłyby darmowe, prawda? Dobre. No, mogłabyś pokroić je na drobne kawałki, tak jak marchewkę do duszonego mięsa, jeśli w ogóle kroiłaś kiedyś marchewkę.

Lacey sprawdziła szerokość talarków i zaczęła ciąć cieniej.

– Lubi pani osądzać ludzi, prawda?

– Następnym razem, jak będzie cię bolała głowa, kochana, zjedz kilka kwiatów mlecza. Ale tylko jak świeci słońce, inaczej będą za gorzkie.

– Od dawna jest pani zielarką? – odezwała się Lacey, kiedy skończyła siekać korzenie łopianu i zaniosła do zlewu korzenie mlecza.

– Od czterdziestu lat. Razem z Aleksem studiowaliśmy medycynę, ale on poszedł zwyczajną drogą, a ja zboczyłam.

– Pracujecie czasem wspólnie?

– Dobry Boże, kochana! Spotkałaś kiedyś lekarza z Zachodu, który chciałby mieć cokolwiek wspólnego z medycyną alternatywną? Dla większości niewiele to się różni od czarów. Dziękuję, pięknie pocięte. Ugotuję to później, jak zrobi się chłodniej. Teraz niech tu poleżą. Pomożesz mi przy liściach maliny?

Lacey się zgodziła i obie wyszły ze spiżarni.

– Chyba muszę zamiast łopianu dać ci nalewkę chmielową – oznajmiła Tessa, kiedy znowu znalazły się na słońcu. – To bardzo skuteczny środek uspokajający. Jedyny minus to, że jego podobny do estrogenu skład wykazuje tendencję zwiększania kobiecego libido, a to nie przysłuży się tobie i twojemu mężczyźnie, który lubi szybkie numerki.

Lacey zastanawiała się przez moment, czy to realne, żeby temperatura ciała spadła jedynie na dźwięk czyichś słów. A może tak się jej wydawało.

– Co pani wie o moim mężczyźnie? – Probówała nadać głosowi beztroski ton, jak gdyby pytanie ją rozbawiło.

– Nic a nic. Zupa nic, przypadkiem mam ją na lunch, gdybyś chciała zostać. Ale beznadziejnie zakochaną dziewczynę potrafię wyczuć na kilometr.

– Pani pacjenci przychodzą na wizyty tutaj? – Cokolwiek, żeby odciągnąć Tessę od tego tematu.

– Nie. Alex bardzo pilnie strzeże prywatności naszego domu. Mam dwa pokoje tuż przy Harley Street. Wyglądasz na zaskoczoną, kochana. Nie wyobrażasz sobie starej wariatki, takiej jak ja, na Harley Street, ale jeszcze bardziej byś się zdziwiła, gdybyś się dowiedziała, ile niektórzy skłonni są zapłacić za zdrowie. Leczę mnóstwo młodych kobiet, które mają problemy z płodnością. Wyregulowanie ich cyklu, żeby się zgadzał z fazami Księżyca, zajmuje mi zazwyczaj trzy do sześciu miesięcy. Staram się zsynchronizować menstruację z nowiem, o ile się da. Pęcherzyki Graafa rosną najlepiej, kiedy Księżyca przybywa.

I cóż na to powiedzieć? Lacey tylko odsunęła się, żeby stara mogła przejechać pod sklepieniem z winorośli do ogrodu. Najpierw ciągnęły się grządki z truskawkami, obsypane maleńkimi białymi kwiatkami. Już lśniły pod nimi owoce. Minęły krzaki agrestu, potem czerwonej porzeczki. Malin na długich, spiralnych łodyżkach było mnóstwo, ale małych i zielonych.

– Dzisiaj tylko liście, kochana. Te nowe rosną wysoko i nie mogę ich dosięgnąć.

– A co pani robi z liści malin, jeśli wolno wiedzieć?

– Herbatę. Nawet ty musiałaś widzieć herbatę malinową w supermarketach. Oczywiście moja jest znacznie silniejsza. Wspaniale wzmacnia macicę przed porodem. Cholera!

Kosz spadł Tessie z kolan. Lacey pochyliła się, zebrała liście, włożyła je do koszyka i oddała gospodyni, którą najwyraźniej coś bolało.

– Nic pani nie jest?

Kobieta złapała się za nogi tuż pod kolanami i przyciągnęła je do siebie. Przez ułamek sekundy Lacey widziała pomarszczone nagie stopy, jedną tuż obok drugiej. Potem Tessa wygładziła długą spódnicę i znów je przykryła.

– Mogę jakoś pomóc?

Tessa pokręciła głową.

– Lekarzu, lecz się sam, co? Jeśli jest roślina, która by mi pomogła, to muszę ją jeszcze znaleźć.

Lacey dalej zrywała liście.

– Miała pani wypadek? Przepraszam, jeśli jestem wścibska, ale wygląda pani tak... dobrze, tak żywotnie. Nie przypomina pani człowieka, który całe życie spędził na wózku inwalidzkim.

– Och, dziękuję, kochana. Cóż, rzeczywiście zdarzył się wypadek. Coś poszło nie tak z moimi nogami w łonie matki. Jesteśmy bliźniętami. Alex i ja, więc może nie było dość miejsca dla nas dwojga.

– Przepraszam.

– Dlatego tak bardzo cenię swoją łódeczkę. Na wodzie jestem taka sama jak inni. Gdybyśmy mieszkali na wsi, prawdopodobnie jeździłabym konno. Ale już niczego nie zmienię, więc spędzam czas na wodzie. Dzięki temu czuję się normalna. Ale ty chyba to znasz, kochana. Nigdy niekończący się wysiłek, żeby wyglądać na normalną.

17 maja

(pięć tygodni wcześniej)

44. Badrai

Kulka z korka wlatuje przez otwarte okno Badrai i spada z hałaśliwym klekotem na podłogę. Badrai się nie rusza. Pewnie ktoś to usłyszał? Czeka.
Złe rzeczy dzieją się z kobietami w tym domu.
Na zewnątrz słychać helikopter, ale z oddali. Ruch na pobliskich ulicach. Gdzieś jakieś głosy. To miasto nigdy nie cichnie. Woda stoi wysoko, pluszcze z cicha o ściany domu i o mury po drugiej stronie rzeczki. Po przyjeździe Badrai z trudem przyszło uwierzyć, że domy mogą wyrastać z wody. Na pewno po prostu się rozpuszczą, zgniją i w kawałkach wpadną do rzeki. Przez pierwsze tygodnie miała kłopoty ze snem, spodziewała się, że w każdej chwili może się obudzić i poczuć ten przerażający, podobny do osunięcia ziemi ruch w dole, a dom razem ze wszystkimi mieszkańcami runie do wilgotnego grobu.

W domu jest cicho. Jeśli ktoś usłyszał metaliczny brzęk upadającej na podłogę kulki z przymocowanymi kluczami, nie biegnie, żeby ją zatrzymać. Nasłuchują, czekają na stosowną chwilę, żeby zobaczyć, co zrobi.

Nic. Nic nie robić. Odrzucić piłeczkę, zamknąć okno, wskoczyć do łóżka i zatkać uszy poduszką. Zaufać ludziom, którzy się tobą zajmują. Powiedzieli, że niedługo wyjdziesz, że jest praca, są ludzie, którzy ci pomogą. Powtarzali to tyle razy: jak tylko wydobrzejesz. Zaufaj im.

Złe rzeczy dzieją się z kobietami w tym domu.

Badrai bezszelestnie podchodzi do okna i wygląda na zewnątrz. Łódź stoi zaledwie pół metra pod nią. Niebo zasnuwają chmury, światło nie pada na rzeczkę. Łódź jest jak mroczny cień na powierzchni wody. Widać tylko bladą twarz sternika.

Żadnych natarczywych poleceń. Żadnych gestów. Żadnych oznak niecierpliwości. Żadnego przekonywania. To wszystko już było.

Złe rzeczy dzieją się z kobietami w tym domu.

Czy ona w to wierzy? Nie chciała uwierzyć. Pokój jest taki czysty i wygodny, jedzenie takie dobre. Opiekunowie są tacy uprzejmi.

Ale płacz, który słyszy, kiedy w domu zapada nocna cisza? Krzyki kobiet, którym czegoś odmówiono. Zamki, które zawsze są zamknięte? Ból brzucha i pleców, który nie chce ustąpić?

Łódź czeka. Nie będzie długo czekać.

Badrai podnosi kulkę z korka. Dwa klucze. Jeden do drzwi jej pokoju, drugi do tylnego wyjścia z domu. Bierze klucz, wkłada go w zamek. Nasłuchuje. Cisza.

Pięć minut później wsiada do łodzi. Sternik się uśmiecha.

Piątek, 27 czerwca

45. Lacey i Dana

Dobry wieczór. Niestety tam, przed nami, odbywa się akcja policyjna. Przykro nam, musi pan wybrać okrężną drogę. Co pan ciągnie?

Szyper holownika podał Lacey wymiary łodzi.

– Powinien się pan zmieścić – powiedziała. – Mógłby pan popłynąć do czerwonych boi i przecisnąć się między nimi a brzegiem? Przy St. George's Stairs znów ma pan wolny tor.

– Co się dzieje?

– Rutynowa operacja, proszę pana. Dziękuję za współpracę.

Holownik ruszył w górę rzeki, a sierżant Buckle, z mostka, poprowadził ich w stronę kolejnej łodzi. Mimo maili rozesłanych do jednostek regularnie pływających po Tamizie, mimo częstych wezwań na kanałach przewozu drogą rzeczną, mnóstwo statków jakby nie wiedziało, że połowa rzeki została zamknięta na większą część dnia.

– Jak będziesz chciał się dołączyć, wystarczy że powiesz – mruknęła do Turnera, który czytał „Daily Mirror" w kokpicie.

Nie pofatygował się, żeby podnieść wzrok.

– Oboje wiemy, że będzie znacznie ostrzej, jak ja spróbuję nimi komenderować. A tak zrobią wszystko, żeby zadowolić piękną dziewczynę w mundurze.

– Zakładam, że nie chciałeś, żeby to zabrzmiało obscenicznie. Jak myślisz, dobrze im idzie?

Turner podał jej lornetkę, którą dwadzieścia minut wcześniej siłą jej odebrał, kiedy nie mogła oderwać wzroku od operacji prowadzonej mniej więcej kilometr w górę rzeki. Ustawiła ostrość i skierowała lornetkę na targę sierżanta Wilsona – łódź dowodzenia podczas operacji. Znajdowała się dokładnie pośrodku kanału, pół metra od głównej łodzi nurkowej. W kokpicie stali Tulloch i główny inspektor Cook, Wilson był na mostku.

Widziała, jak po łodzi nurkowej chodzą szyper, sierżant dowodzący nurkowaniem i inni członkowie zespołu. Jeden funkcjonariusz ubrany w zwyczajny czarny kombinezon przygotowywał się do zejścia. Jego pomarańczowy hełm kosmonauty leżał obok na pokładzie. Nurek został przypięty do różnobarwnej rury z powietrzem i do uprzęży, która będzie trzymała go przy łodzi przez cały czas pracy pod wodą.

Odezwał się Turner, aż podskoczyła.

– Więc naszym zdaniem skąd pochodzą te kobiety? Bliski Wschód to duży region.

Lacey przełknęła irytację. Nie chciała rozmawiać. Chciała patrzeć i się martwić.

– Ten nasz może się okazać jeszcze większy. Według obsługi hostelu, niektóre ofiary handlu ludźmi mogły przyjechać legalnie. Na przykład z biedniejszych krajów Unii Europejskiej. Jakichś części Europy Wschodniej. Mówili też o ogromnym napływie ludzi ze stanów; wiesz, z Afganistanu, Kazachstanu, Uzbekistanu.

– I po co się ich tutaj sprowadza? Handel niewolnicami seksualnymi?

Lacey znów przyłożyła lornetkę do oczu.

– Prawdopodobnie. Chociaż ci od wiz i imigrantów powiedzieli, że nie można wykluczyć handlu narządami. To rzadkość w Zjednoczonym Królestwie, ale się zdarza.

– Kurna, jakimi narządami? – Turner patrzył właśnie w dół, na swoje genitalia.

– Prawie zawsze chodzi o nerki. Ludzie mogą żyć z jedną, więc nie zostają trupy, z którymi trzeba coś zrobić.

– Tak, ale my akurat mamy trupy, pływają wszędzie po wodzie, więc tu w grę raczej nie wchodzą nerki. – Turner zrobił zadowoloną minę.

– Chyba że wycinają obie. – Lacey popatrzyła na zegarek. Operację zaplanowano na sześć godzin. Jeśli wziąć pod uwagę, że w ciągu ostatnich trzech tygodni w basenie Tamizy prawie w ogóle nie padało, poziom wody w rzece był taki, jakiego by zawsze sobie życzyli. Bardzo niski. „Dziś jest dobry czas na taką ryzykancką operację", powiedział im David Cook podczas odprawy. Nie próbował ukrywać, że patrzy na Lacey z nienawiścią.

– **Jak to będą robić?** – zapytała Dana.
– Metodą krąg po kręgu – odparł Cook. – Widzisz tę żółtą boję?

Dana odwróciła się w stronę boi przy najbliższej łodzi do nurkowania.

– I tamte dwie? Obie obok tamtej łodzi nurkowej?

Spojrzała i skinęła głową.

– Patrz cały czas. Za chwilę zobaczysz, jak nurkowie zejdą pod wodę przy każdej z nich. Boje są zakotwiczone na dnie za pomocą prostej liny. Ciężar, który trzyma boję, zaznacza punkt początkowy. Nurkowie będą pływali wokół ciężaru w odległości dwóch metrów. Kiedy ukończą koło, przejdą dalej i opłyną ją znowu, tym razem w odległości czterech metrów. Stopniowo będą się tak przesuwać, aż zetkną się ze sobą. W ten sposób przeszukamy całą przestrzeń.

– Czy to niebezpieczne?

Cook pokręcił głową.

– Wiedzą, co robią. Zresztą, przy takiej pogodzie nie ma co się martwić niepotrzebnie o ich bezpieczeństwo. – Dana spojrzała na niebo. Dzień był troszeczkę chłodniejszy, ale zdążyli się już przyzwyczaić.

– O jakich głębokościach mówimy?
– Na samym środku około siedmiu metrów. Nie głębokość jest tutaj problemem, raczej szybki nurt i widoczność.
– Jaka widoczność?
– Gołym okiem zero. Przy silnych reflektorach będą widzieli na odległość kilkunastu centymetrów. Pracują głównie na wyczucie. Nie zazdroszczę im. Nigdy nie wiadomo, czego się za chwilę dotknie.

Dana zerknęła przez burtę. Siedem metrów to niedużo więcej niż w basenie olimpijskim, a przecież ponad tysiąc lat ludzie mieszkali i pracowali na tej rzece. Pod powierzchnią można znaleźć wszystko.

– Proszę pani, mamy połączenie wideo na żywo. Chce pani zobaczyć?

Młody posterunkowy siedział przed monitorem komputera stojącym na stole z mapami. Dana z Cookiem podeszli bliżej. Na ekranie widać było wirujące kształty. Zielone, ale tak ciemne, że prawie czarne. Co jakiś czas przeszywało je punktowe, ostre jak brzytwa światło.

– Któryś z nurków ma kamerę? – zapytała.

Cook nachylił się.

– To obrazy ze zdalnie sterowanej skrzynki. Trochę jak łódź podwodna. Kontroluje to Darren. – Wskazał głową chłopaka.

Młody funkcjonariusz nie odrywał wzroku od ekranu.

– Na powierzchni promień tej latarki bije na sto metrów – ciągnął Cook. – Tam, w dole, mniej niż na metr.

Dana wpatrywała się w matową poświatę promienia latarki. Przecinały ją cząsteczki piasku i żwiru, wywoływały wrażenie, że zdalnie sterowany pojemnik porusza się w gęstej zupie. Wisiał bardzo blisko dna rzeki. Z mroku wyłaniały się kształty, niewyraźne, nieokreślone. Co jakiś czas pojawiała się ręka nurka w rękawicy, z wahaniem sunęła po dnie, jak powolny rzeczny stwór. Za każdym razem, kiedy czegoś dotykała, wzbudzała delikatną chmurę szlamu, która niemal całkiem ograniczała i tak już małe pole widzenia.

– Co jest tam, na dole? – wyszeptała Dana, choć nie spodziewała się, że ktoś odpowie.

– Tego dokładnie nie wiadomo – odparł Cook. – Mnóstwo materiału budowlanego: cegły, kamienie, to co przez lata odpadało z mostów albo budynków na brzegu. Ciężkie przedmioty, które wylatywały z łodzi. Wszystko, czego ludzie chcieli się celowo pozbyć. Konkretnie dowiemy się, jak rzeka wyschnie. Bo jeśli nawet wynajdziemy tak potężne oświetlenie, żeby to zobaczyć, to większość przedmiotów będzie pokryta szlamem.

– Więc jeśli na dnie jest więcej ciał, nurkowie mogą przepłynąć tuż nad nimi i nawet się nie zorientują.

– Hm, wolę myśleć, że nie dadzą się tak łatwo zmylić. Ale wiesz przecież, że szanse od początku były małe.

– Wiem. – Dana przeniosła wzrok na rzekę, na łódź Lacey. Parę razy przez ostatnie pół godziny widziała błysk jej lornetki. Nietrudno dojść do wniosku, że Lacey denerwowała się tak samo jak ona. Ale to nie Lacey poniesie odpowiedzialność, kiedy pójdzie źle.

– **Co chcesz tam zobaczyć?** – Turner stanął obok Lacey na pokładzie.

Opierała się o reling i wpatrywała prosto w głębinę. Ruch na rzece zelżał i załoga zrobiła sobie krótką przerwę. Lacey wzięła kawę, którą podał jej Turner.

– Wyglądasz jak legendarny żeglarz z dawnych czasów – zażartował.

– Zaklęty przez rusałkę? Zwabiony do wodnej mogiły syrenim śpiewem?

Podchwycił jej nastrój.

– Myślę, że kobiety w większości są odporne na magię syren.

– Miejmy nadzieję. – Wyprostowała się i wróciła z Turnerem do kokpitu w chwili, gdy Buckle ocierał keczup z ust.

– Jeszcze kawy, sierżancie? – zaproponował Turner.

– Tak, daj. Kurczę, nieźle nam się dostanie, jeśli tamta paczka niczego dzisiaj nie znajdzie.

– Płótna pasowały do siebie – przypomniała Lacey. – Próbka, ta z ciała sprzed dwóch miesięcy, jest taka sama jak materiał, w który były owinięte zwłoki wyciągnięte tydzień temu. To nie może być przypadek.

Nie wyglądali na przekonanych.

– Kobieta znaleziona przy South Dock Marina prawdopodobnie była nielegalną imigrantką – znów spróbowała.

Wymienili sceptyczne spojrzenia.

– Nie pochlebiam sobie, że robią to, żeby mnie zadowolić. – Kiwnęła głową w stronę trzech łodzi w centrum operacji. – Ile kosztuje taka akcja?

– Boję się myśleć – odparł Buckle.

– Więc pan Cook i inspektor Tulloch nie wydaliby zgody, gdyby nie uważali, że coś jest na rzeczy.

– Lacey, to ogromna rzeka. Przeszukujemy tylko kawałeczek. Tam, na dole, może być mnóstwo topielców i pewnie żadnego nie znajdziemy. Realnie, jakie mamy szanse?

Lacey zamknęła oczy, poczuła, że twarz jej tężeje. Szanse równały się niemal zeru, wszyscy o tym wiedzieli. Oficjalnie nikt nie obarczy jej odpowiedzialnością, jeśli poszukiwania niczego nie dadzą, ale to oczywiste, że wszyscy w myślach będą ją winić.

46. Nadia

„Cutty Sark", jeden z ostatnich wielkich brytyjskich żaglowców, zawsze sprawiał, że Nadia myślała o spętanej bogini albo o wspaniałym ptaku z przyciętymi skrzydłami. Lubiła zamykać oczy, kiedy stała obok statku, i wyobrażać go sobie pod pełnymi żaglami, jak się przedziera przez coraz większą burzę, a skąpo odziana wiedźma na jego dziobie prowokująco śmieje się z pogody. Tymczasem trzymano go w niewoli, w suchym doku, z żaglami w magazynie, żeby obleźli go turyści.

Stąd też było bardzo blisko do rzeki. Z cypla Greenwich Reach stary statek mógł zobaczyć drogę na zachód, do miasta, do wieżowców Canary Wharf na wprost i do Kopuły Millenium na wschód. Tamiza błyszczała w słońcu niebiesko. Nadia wiedziała, że to jedynie złudzenie, magiczna sztuczka, odbicie nieba. Niech tylko słońce schowa się za chmurę, a rzeka z powrotem stanie się rwącym, żarłocznym błotem.

Fazil siedział na skraju jednego z betonowych kwietników. Nadia nasunęła chustę na głowę, zakrywając boki twarzy. Patrzyła w ziemię, dopóki nie podeszła bliżej.

– Wuju.

To tytuł grzecznościowy. Fazil, bardzo odległy krewny, prawie nie należał do rodziny, ale był od niej starszy. Nie marnował czasu. Wcisnął jej w rękę złożony kawałek papieru.

– Policja cię szuka. Co zrobiłaś?

Nadia rozłożyła papier i zobaczyła swoją twarz. Musiała się powstrzymać, żeby nie zacząć się rozglądać, tak jakby nawet tutaj, teraz ludzie pokazywali ją palcami.

– Wydrukowaliśmy to z policyjnej strony internetowej. Twoje zdjęcie jest wszędzie. Przed policją cię nie ochronię. Dlaczego cię szukają?

Policja ją aresztuje. Odeśle do domu. Albo z powrotem do domu nad rzeką.

– Nie wiem. Przysięgam. Nie zrobiłam nic złego.

Nachylił się. Zalatywało od niego miętą i tytoniem.

– Myślisz, że ich to obchodzi. Im nie podoba się, że w ogóle tutaj jesteś. – Wyciągnął plastikową torbę. – Dżaamil ci to przesyła. Nie jest nam łatwo ci pomagać.

Nadia wzięła pakunek.

– Jestem bardzo wdzięczna.

– Przyniosłaś pieniądze?

Wręczyła mu banknoty. Fazil dwukrotnie je przeliczył.

– Niedużo w tym tygodniu.

– Zbiłam talerz. Muszę odkupić.

Zmiął siatkę na zakupy, plastik zaszeleścił mu w dłoniach.

– Prosto. – Wskazał drzwi odległe o jakieś dwadzieścia metrów. – Albo nie biorę na siebie odpowiedzialności. Będę tu w przyszłym tygodniu.

Nadia pożegnała się i poszła do damskiej toalety. Pięć minut później wyłoniła się odziana w burkę kobieta z całkowicie zakrytą twarzą. Szybko zmieszała się z wieczornym tłumem i zniknęła.

47. Lacey

W kabinie, w sypialni, Lacey przebrała się w szorty i T-shirt, potem wyjęła szpilki z włosów, znalazła trampki i z powrotem wyszła na pokład. Na nabrzeżu był Ray, gawędził z innym właścicielem łodzi. Słyszała, jak Eileen krząta się pod pokładem. Dobrze, naprawdę nie chciała rozmawiać.

– To nie koniec – powiedziała jej Tulloch, kiedy wreszcie odwołano poszukiwania, a ona i metropolitalni się pożegnali. – Ciąża to zupełnie nowy wątek. Jeśli dziewczyna chodziła do lekarza w tym kraju, da się ją namierzyć.

Woda stała wysoko, chlupotała o kadłub łodzi Lacey, lśniła nietypowym błękitem pod wieczornym niebem. Rodzina łabędzi płynęła wdzięcznie wokół Theatre Arm. Młodszym pozostały tylko ślady szarych piór. Lacey sięgnęła do zamkniętego pudła, w którym trzymała suchy chleb i herbatniki, i rzuciła garść za burtę.

To nic nie pomoże. Prawdopodobieństwo, że nielegalna imigrantka starała się o opiekę medyczną we wczesnym okresie ciąży, było bliskie zeru. A odkładając na bok nieudane poszukiwania, bezbronne młode kobiety nadal przemycano Tamizą, żeby je sprzedać jako współczesne niewolnice. Lacey już spotykała takie dziewczyny. Z dala od domu szybko uzależniały się od alkoholu albo narkotyków, żyły od szprycy do szprycy, gotowe na wszystko, byle tylko uniknąć bicia, byle zapomnieć o swoim losie. Wstąpiła do policji, żeby im pomagać. A jednak, kiedy już miała być przeniesiona do jednego ze specjalistycznych zespołów, zorganizowanych do wspomagania ofiar zgwałceń i przemocy, odeszła z Wydziału Śledczego, wróciła do munduru. Wiedziała, że koledzy, choćby bardzo jej współczuli, uważali, że spietrała.

Cholera, jasne, że spietrała.

Wstała, zeszła po schodach na rufie i wsiadła do kajaka. Łabędzie nadal snuły się w pobliżu i kiedy się odepchnęła, popłynęły za nią, z nurtem, niczym jakaś królewska eskorta.

Przy końcu Theatre Arm jej mała flotylla skręciła w lewo, w rzeczkę. Lacey powiosłowała obok Skillions, pomachała Madge i Marlene na pokładzie. Madge uniosła telefon, okazało się, że zrobiła zdjęcie Lacey i łabędziom.

Spietrała. Problem w tym, że odejście od trudnych spraw wcale jej nie pomogło. Same do niej wróciły.

Kobiety przywożono Tamizą i trzymano gdzieś wzdłuż brzegów rzeki. W jakimś opuszczonym zakątku, gdzie nikt nawet by nie pomyślał, żeby zajrzeć. Gdzieś bez prądu, wody, bez wszelkich wygód. Zamknięte przez całą dobę, głodne i przerażone. I to nieszczęście dzieje się prawdopodobnie w promieniu półtora kilometra od miejsca, w którym ona teraz się znajduje.

Nurt zepchnął ją w pobliże opuszczonej pogłębiarki na prawym brzegu. Podniosła wiosło i sięgnęła ręką, żeby się odepchnąć. Dotykając zimnego, śliskiego kadłuba, usłyszała jakiś ruch w środku.

Nurt poniósł ją dalej, zanim miała czas lepiej nadstawić ucha. Włożyła wiosło w wodę i zawróciła w miejscu.

Stary statek pozostawiono przed laty, prawdopodobnie dlatego, że koszty przewozu przeważyły nad niewygodą zacumowania go przy żwirowni. W środku nie powinno być nikogo.

Jakiś opuszczony zakątek, gdzie nikt nawet by nie pomyślał, żeby zajrzeć?

Bez prądu, wody, bez wszelkich wygód?

Popłynęła do brzegu i chwyciła za pierścień cumowniczy, żeby nie zniósł jej przypływ. Między kadłubem pogłębiarki a ścianą stała wepchnięta mała łódka, niewiele większa od jej kajaka, ale z silnikiem.

Lacey podpłynęła bliżej. Ktoś niedawno używał łódki. Na dnie nie zebrała się deszczówka. Metalowe okucia nie były zardzewiałe. Silnik wyglądał na czysty, zobaczyła na nim nawet ślady oleju. Podniosła wzrok: z burty pogłębiarki zwisała drabina. Wejście na pokład.

Ktoś tam był.

Przez kilka sekund Lacey siedziała i się zastanawiała. Wezwać wsparcie, żeby okrzyknęli ją zabiegającą o uwagę królową dramatu, czy najpierw sprawdzić samej? Oba rozwiązania wiązały się z ryzykiem. Znalazła telefon i wstukała SMS do Raya:

„Sprawdzam starą pogłębiarkę przy żwirowni Enfield. Wezwij kawalerię, jeśli nie zgłoszę się za kwadrans".

Wysłała i czekała. Niedługo.

„Zaczynam odliczać od kwadransa. Uważaj, cholera".

Ray ją wesprze. Uwiązała kajak obok motorówki i wspięła się na pusty pokład.

Szybko oszacowała, że jednostka ma jakieś czterdzieści pięć metrów długości i dziewięć metrów szerokości. Stała na rufie. Pośrodku znajdowało się to, co zostało z żurawia; dalej z przodu sterówka, tuż za dziobem. Pod stopami powinna mieć ładownię, ogromną przestrzeń magazynową. Jeśli trzyma się razem liczną grupę osób, ładownia nadaje się do tego najlepiej, chociaż jest im tam bardzo niewygodnie. Musi znaleźć drogę pod pokład.

Powoli poszła przed siebie, stopy w trampkach bezgłośnie stąpały po stalowym pokładzie, ogarnęło ją dziwaczne poczucie nierealności. Niby świat wokół niej wydawał się taki normalny. Dzień chylący się ku końcowi, coraz ciemniejsze błękitne niebo, ślady złotych promieni, ptaki, głosy, ruch uliczny... a jednak pod jej nogami wszystko pozostawało nieznane.

Nawet tu, na górze było aż za wiele kryjówek: w paru skrzyniach na ładunek, za żurawiem, w sterówce. Łódź obijała się o ogromne opony wiszące na burcie pogłębiarki, a pod spodem coś się ruszało. Za dwanaście minut wyruszy kawaleria.

Nikt nie chował się za skrzyniami ani za żurawiem, ale to, że niczego nie znalazła, zaniepokoiło ją jeszcze bardziej. Gdyby miało dojść do konfrontacji, to lepiej tutaj, na górze, gdzie dużo miejsca i względnie łatwo uciec. Na dole sprawa będzie wyglądała zupełnie inaczej.

W sterówce też pusto. Żelazne stopnie prowadzące pod pokład znajdowały się od strony portburty. Miała przy sobie tylko latarkę w telefonie komórkowym.

Zabiegająca o uwagę królowa dramatu czy lekkomyślna, zwariowana samotniczka? Stracona pozycja.

Po cichu zaczęła schodzić. Drzwi na dole otworzyły się niemal bezgłośnie, za nimi zobaczyła kuchnię i pomieszczenie wypoczynkowe dla załogi. Plastikowe wyściełane stołki wokół laminowanego stołu. Poczerniała kuchenka gazowa. Patelnie nadal na haczykach w ścianie. Puszki po piwie i coli na podłodze. Kabina śmierdziała szlamem z rzeczki, gnijącą roślinnością, zęzą.

Większa część wnętrza statku, łącznie z ładownią, leżała za Lacey, od strony rufy, ale przed nią, pod dziobem były drzwi. Nie miała wyboru, najpierw musiała sprawdzić, co jest za nimi.

Nerwowo, niezadowolona, że musi oddalić się od wyjścia, przeszła obok parciejących map i dzienników okrętowych, ułożonych na stosie na stole, obok poplamionego pleśnią plakatu z modelką topless z fryzurą z lat osiemdziesiątych, obok kart do gry, częściowo też rozsianych na podłodze. Drzwi – owalne, małe, wąskie. Lacey nacisnęła klamkę, otworzyły się z głośnym skrzypieniem. Podskoczyła, obróciła się na pięcie. Czekała, co jej odpowie: krzyki o pomoc, kroki kogoś, kto chce sprawdzić, co się dzieje. Czekała, serce jej waliło. Za dziesięć minut wyruszy Ray.

Zaduch zza otwartych drzwi, charakterystyczna mieszanka ostrych chemikaliów i materii organicznej, powiedział jej, że trafiła w dziesiątkę. Poświeciła wątłym promieniem, żeby się upewnić. Dwie kabiny. Nikt się nie ukrył. Cicho zamknęła drzwi, wróciła przez kuchnię, obok schodów, i weszła w wąski, ciemny korytarz, który nieuchronnie prowadził do ładowni.

Tutaj sufit był niżej. Szyb wentylacyjny biegł kilkanaście centymetrów nad jej głową. Kabiny po obu stronach, w sumie cztery. Szła naprzód, spoglądała na prawo, na lewo, nic. Za osiem minut wyruszy Ray. W osiem minut mnóstwo może się wydarzyć.

W ostatniej kabinie coś zalśniło w promieniu latarki. Podarty, przezroczysty plastik. Zgrzewka litrowych butelek z wodą. Skóra szczypała Lacey z niecierpliwości, kiedy wchodziła do kabiny. Coś w powietrzu, choć niezbyt świeżym, było tu nie tak, inaczej niż na reszcie statku. Na wąskiej koi leżał śpiwór. W rogu pomieszczenie stała torba sportowa, a przy łóżku leżała duża latarka.

Coś – po chwili rozpoznała, że to zwinięta bluza od dresu – służyło za poduszkę. Jasnoniebieska elastyczna opaska na włosy. Jej. Jedna z kilku, których używała. Na pewno jej – pamiętała, jak materiał zaczął się strzępić na szwie. Ten, kto tutaj koczował, był na jej łodzi. Zabrał sobie bardzo osobistą pamiątkę.

Dwie myśli walczyły o lepsze. Pierwsza – natychmiast się wynosić. Druga – już za późno.

Odwróciła się gwałtownie i zobaczyła ciemną sylwetkę mężczyzny w drzwiach kabiny. Bardzo potężnego mężczyzny.

– Jestem z policji. – Najbardziej agresywne, mocne, stanowcze słowa, jakie jej przyszły do głowy.

– Nie chrzań – odparł Joesbury.

48. Dana

Pomieszczenie, do którego wprowadzono Danę i Andersona, niezupełnie było laboratorium i czegoś mu brakowało, żeby być studiem artystycznym. Takie coś pomiędzy. Na kilku monitorach komputerowych powoli obracała się ludzka głowa – to wygaszacz. Wizerunki na ścianach też ukazywały ludzkie głowy, niektóre współczesne, inne sprzed stuleci.

Czaszki w gablotach, czaszki na blatach wokół pokoju. Jedna nawet na stoliku w recepcji.

Poza Daną i Andersonem było troje ludzi. Kobieta – ta co przyjęła ich w recepcji, czyli dyrektor instytutu, i dwaj mężczyźni pracujący przy komputerach stacjonarnych.

– Zanim pójdziemy dalej, chciałabym przedstawić wam ograniczenia tej techniki – zaczęła pani dyrektor. – Ludzie za często są rozczarowani, bo nie mogę powiedzieć to jest to, tak wyglądała.

– Rozumiem – powiedziała Dana, chociaż nie była pewna, czy rozumie. Poświęciła znaczącą część budżetu na rekonstrukcję twarzy topielca, którego Lacey znalazła w rzece. Jeśli to nie przyniesie postępów w śledztwie...

Druga kobieta też wyglądała tak, jakby w to wątpiła.

– Jeśli znamy tożsamość podejrzanych, to zawsze ułatwia. A jak dysponujemy zdjęciem kogoś, kto mógł być ofiarą, proces porównania go ze szkieletem jest względnie prosty i przekonywający. Ale to nie ten przypadek.

– Ano nie – mruknął Anderson. – Nie mamy zielonego pojęcia, kim była.

– No, dobrze, oto co zrobiliśmy z waszym artefaktem – ciągnęła dyrektor. – Przede wszystkim przeprowadziliśmy całościowe badanie szkieletu. Musieliśmy się upewnić, że szczegóły, które nam podano, co do płci, wieku i rasy mieszczą się w granicach rozsądku.

– I mieściły się? – zapytał Anderson.

– O ile chodzi o wiek i płeć tak. Bez wątpliwości młoda kobieta. Rasa zawsze jest trochę zawiłą sprawą, ale jeśli wziąć pod uwagę strukturę kostną i pozostałości włosów, najprawdopodobniej chodzi o Bliski Wschód albo południową Azję. – Sięgnęła pod blat i wyciągnęła pudło termiczne. – To wasza czaszka. Teraz wam ją oddamy, nic nam więcej nie powie.

Anderson wziął pakunek i odłożył go delikatnie na bok.

– Pierwsza rzecz, jaką robimy, kiedy próbujemy dokonać rekonstrukcji, to przytwierdzamy do czaszki żuchwę – podjęła dyrektor. – Potem ją czyścimy i naprawiamy woskiem wszelkie widoczne uszkodzenia. Fotografujemy każdą fazę procesu. Proszę. – Nacisnęła kilka klawiszy na klawiaturze.

Sekundę później Dana oglądała czaszkę na ekranie komputera, czystszą i jakby pełniejszą niż to, co widziała wcześniej.

– Na tym etapie robimy odlew, który z kolei staje się podstawą dalszej pracy. – Dyrektor włączyła nowy obraz: ktoś rozprowadza po czaszce gliniastą substancję. – Odbudowujemy wygląd, używając danych opartych na przeciętnej grubości tkanki dla danego wieku, płci i grupy etnicznej. W tym wypadku dopisało nam szczególne szczęście, bo zachowały się pewne pozostałości tkanki. To dało znacznie więcej podstaw do szczegółowej rekonstrukcji.

Obraz na ekranie przedstawiał teraz kilkadziesiąt małych, cienkich jak zapałki rurek, które wystawały z czaszki. Niektóre tam, gdzie powinny być wargi, inne na zarysie podbródka, jedna na koniuszku nosa, cały szereg na kościach policzkowych.

– I potem to wypełniacie? – zapytała Dana. – Po prostu rozprowadzacie glinę po czaszce, dopóki widać kołeczki?

– Dobry Boże, nie. – Kobieta wyglądała na wstrząśniętą. – Gdybyśmy tak robili, ostateczny wynik byłby znacznie bardziej odsadzony od oryginału. Zaręczam wam, odbudowujemy twarz mięsień po mięśniu. Ich grubość i długość zależą od przeciętnych danych, którymi dysponujemy, od próbek pobranej prawdziwej tkanki i małych śladów na kościach... one mówią nam, gdzie tkanka była przytwierdzona. W ten sposób twarz jest odtwarzana powoli, ale sądzimy, że dokładnie. Wkładamy oczy, dodajemy uszy, nanosimy wszelkie blizny i znaki szczególne. Na sam koniec zostaje dobór koloru skóry i przytwierdzenie włosów. Jesteście gotowi na spotkanie z damą, której próbowaliście pomóc?

– Owszem. – Dana poczuła nerwowe łaskotanie w brzuchu.

Dyrektor wzięła niebieskie pudło z blatu i zaniosła je na podwyższenie pośrodku pomieszczenia. Postawiła je i zdjęła wieko. Boki pudła opadły, ukazując wymodelowaną figurę. Rzeźba przedstawiała głowę i ramiona młodej kobiety ze szmaragdowozieloną przepaską na włosach.

Niezła, pomyślała Dana.

– Przepiękna – westchnął Anderson.

– Tak, chyba była piękna – zgodziła się dyrektor.

Twarz owalna, lekko rozszerzona na linii szczęki, z zaokrąglonym, wystającym podbródkiem. Nos dłuższy i szerszy na końcu niż w przypadku piękności doskonałej, ale równoważyły go pełne wargi i mocno zarysowane łuki brwiowe. Oczy ciemne, obwiedzione cieniem do powiek, z gęstymi rzęsami.

– Teraz rozumiecie, jak dużo subiektywnych decyzji doprowadziło nas do tego efektu. Sądząc po włosach, mogła być z Indii, Pakistanu, Bangladeszu albo, przechodząc dalej na zachód, z Turcji, Maroka, nawet z Grecji, ale coś mi mówi, że z Persji.
– To współczesny Iran – podsunęła Dana.
– Tak. A może w grę wchodzi Irak lub któryś ze środkowoazjatyckich stanów. Choćby dlatego, że dolna część twarzy jest sporo wysunięta... szersza, niż to się zdarza w Indiach albo w Pakistanie, a mimo że nos niesłychanie trudno zrekonstruować, są wskazówki, że u tej damy był nieco dłuższy i szerszy na końcu niż przeciętnie.
– Piękne oczy – zauważyła Dana. – Nie są duże, względem rysów twarzy, ale i tak śliczne.
– Mhm, o migdałowym kształcie. Widzi się takich wiele u ludzi ze Wschodu. Co do oczu możemy być w miarę pewni, bo ich kształt zależy w ogromnym stopniu od formy i nachylenia oczodołów. Oczywiście zrobiłam jej piwne tęczówki, bo to najbardziej powszechny kolor w tamtej części świata.
– Chyba powinniśmy nadać jej imię – powiedziała Dana.
– Tak, wywarła na nas duże wrażenie, więc też o tym pomyśleliśmy. Nazywamy ją Sahar. To po persku „świt". O tej porze ją znaleźliście.

49. Lacey

Lacey patrzyła na mężczyznę, którego kochała, którego zawsze będzie kochać, bez względu na to, co zrobił. Od strony schodów docierało akurat tyle światła, że mogła go zobaczyć. Od wielu dni się nie golił. Ubrania też pewnie od dawna nie zmieniał.
– Powinnam cię aresztować – wykrztusiła.
Joesbury uniósł brwi.
– Spróbuj. Może być fajnie.

Najmocniej uraziło ją lekkie wygięcie kącików jego ust. Po tym wszystkim, co nawywijał, jeszcze się z niej śmieje!

– Już nie wiem, kim jesteś.

– Twoja obecność naraża nas oboje na niebezpieczeństwo – powiedział. – Chcę, żebyś stąd wyszła i nie wracała. Obiecujesz?

Tak bez uczucia. Czy zakochała się w mężczyźnie, który nie istnieje?

– Myślę, że straciłeś prawo, żeby wyciągać ze mnie obietnice, odkąd zabiłeś człowieka.

Nigdy nie potrafiła długo patrzeć mu w oczy. Nawet tutaj, mimo że w mroku ledwie go widziała. Nawet tutaj, kiedy byli tylko błyskiem w ciemnościach. Joesbury wydał gardłowy dźwięk, coś między westchnieniem a kaszlnięciem, i zrobił krok w jej stronę. Cofnęła się, omal nie upadła na koję.

– Kiedy byłem w najgorszym stanie, jaki może się zdarzyć człowiekowi, poprosiłaś, żebym ci zaufał. Pamiętasz?

Trzy miesiące temu. Zimowa noc. Most nad rzeką. Mężczyzna, którego ubóstwiała, jest zrozpaczony. I on ją pyta, czy pamięta?

– Nie mogłem normalnie myśleć. Nie wiedziałem, jak przeżyć kolejną godzinę, a ty poprosiłaś, żebym ci zaufał.

Joesbury załamany, szlochający. Czy w ogóle to zapomni? Kiedykolwiek?

– Nie dałaś mi racjonalnej przyczyny, nie dałaś nadziei, po prostu zażądałaś bezwarunkowego zaufania. Coś ci to mówi?

Parsknęła.

– Oczywiście, pamiętam.

– Dobrze. Więc pamiętasz też, że ci zaufałem.

Musiał. „Ufasz mi czy nie?", zapytała wtedy. „Bo jeśli ufasz, musisz pozwolić mi odejść".

Pozwolił.

– Nadal ci ufam. Więc powiem ci to, czego nikt nie ma prawa wiedzieć. Nawet Dana.

To walenie to chyba bicie jej serca.

– Posterunkowy policji Nathan Townsend jest równie żywy jak ty i ja. I pewnie ma większe szanse na przeżycie niż my oboje, biorąc pod uwagę różne okoliczności, choćby to, jak się prowadzisz.

Usłyszała słowa, ale potrwało trochę, zanim przyjęła je do wiadomości.

– Co?

– Żyje i ma się dobrze. Albo raczej: żyje, bardzo boli go ramię i jest na mnie wkurzony.

– Strzeliłeś do niego.

– No, fakt. Bo gdybym nie strzelił, zrobiłby to ktoś inny i pewnie znacznie lepiej by wycelował. Wypaliłem do głupiego dupka, ratując mu życie, chociaż wątpię, żeby tak to widział.

– On żyje?

Joesbury'emu złagodniały rysy.

– Owszem, i odpoczywa pod strażą w sanatorium gdzieś w Northumbrii. Ludzie, których rozpracowuję, widzą we mnie zabójcę gliniarza i są bardziej skłonni uważać, że jestem po ich stronie. A na razie to bardzo istotne, żeby tak myśleli.

Nie, to nieprawda. Nie mogła sobie pozwolić na nadzieję.

– Nie wierzę ci.

– Był pogrzeb? Widziałaś szlochającą matkę Townsenda w telewizji? W ogóle było coś w pieprzonych wiadomościach?

– Nikogo nie zabiłeś? – Cholera, po prostu nie da się na długo stłumić nadziei.

Westchnął.

– Nikogo nie zabiłem. Jestem tajnym funkcjonariuszem policji, wykonuję bardzo trudne zadanie i zaczynam być trochę rozżalony, że kobiety tak łatwo ze mnie rezygnują.

Usiadła. Śpiwór pod jej gołymi udami był gładki i śliski. Kiedy skapitulowała, coś zmiękło w postawie Joesbury'ego. Opanowało go łagodne, ciepłe uczucie.

– Wiele razy wyobrażałem sobie ciebie w mojej sypialni. Ale nigdy tak.

Kabina miała niecałe dwa metry długości. Czy mógł chociaż na leżąco rozprostować nogi?

– Naprawdę tutaj mieszkasz?

Usiadł obok niej. Wzięła go za rękę, uścisnęła ją.

– Ludzie, z którymi mam do czynienia, powinni być przekonani, że się ukrywam – odezwał się po chwili. – Z drugiej strony, nie mogę wyjechać z Londynu i zmarnować szansę, że dowiem się, co zamierzają. Muszę się przyczaić. Pomyślałem o pogłębiarce tamtego wieczoru, kiedy wpadłem do ciebie.

Czuła zapach jego potu. Nieupranego ubrania. Myślała o przepastnej przestrzeni, która ich otacza, o ciemności, o smrodzie.

– Przez cały czas siedziałeś po drugiej stronie rzeczki?

Jego turkusowe oczy zrobiły się teraz ciepłe. Wiedziała to, chociaż w kabinie było ciemno.

– Wypełzam na pokład, kiedy zapada zmrok. Wypatruję świateł na twojej łodzi.

Coś miało się wydarzyć. Coś, o czym tyle razy marzyła. Czy jest na to gotowa?

– Muszę iść. – To przemówiły nerwy. Naprawdę nie chciała odchodzić.

– Powinnaś. – Przejechał palcem po jej nagim ramieniu.

– Narażam cię na niebezpieczeństwo.

– Od chwili, kiedy po raz pierwszy cię zobaczyłem. – Palec dotarł do szyi. Jego dłoń ujęła tył jej głowy.

– Każdy może zobaczyć mój kajak przy burcie.

Jego twarz była teraz bardzo blisko.

– To straszne – wyszeptał.

Zamknęła oczy. Tyle razy, samotna w ciemności, wyobrażała sobie pocałunek Joesbury'ego. Ale nigdy nie był taki. Kto by pomyślał, że okaże się niesamowicie łagodny, że usta Marka pogłaszczą jej usta tak delikatnie, najpierw otrą się o jedną, potem o drugą wargę? Wyobrażała sobie, jak Joesbury brutalnie popycha ją na ścianę, jak miażdży swoim ciężkim ciałem, a nie, że jego palce wplotą się w jej włosy, a potem koniuszkami tak gładko przebiegną po jej plecach.

– Lacey! – Ktoś walił w kadłub. – Lacey! Jesteś tam?

Joesbury wypadł z kabiny. Lacey potrzebowała jeszcze sekundy, żeby zebrać myśli, zanim wybiegła za Markiem.

– To Ray – szepnęła. – Powiedziałam mu, dokąd idę.

Ramiona Joesbury'ego opadły, napięcie go opuściło. Poprawił pasek przy dżinsach i westchnął. Pokręcił głową.

– Lepiej żebyś poszła odwołać psy.

Przepchnęła się obok niego, pobiegła po schodach, przez pokład. Ray płynął wokół rufy pogłębiarki. Jeszcze parę sekund i zobaczy łódź Joesbury'ego.

– Tu jestem. Wszystko gra – krzyknęła w dół. – Fałszywy alarm. Przepraszam.

Ray nic nie powiedział, pomachał do niej i zawrócił łódź.

Joesbury stał na schodach, tuż poza polem widzenia. Zeszła do niego.

– Muszę cię o coś spytać. Tamtej nocy, kiedy zostałeś, zostawiłeś na stole serce. To ty, prawda?

Joesbury zmrużył oczy.

– Nie mogłem znaleźć pióra. A co, czy ktoś inny...

– Ćś. Czy następnego dnia wróciłeś i ułożyłeś jeszcze jedno?

Ze zdziwieniem było mu do twarzy. Wyglądał młodziej, całkiem ładnie, kiedy go coś zaskoczyło.

– Od tamtej pory nie zaglądałem do ciebie. To zbyt niebezpieczne dla nas dwojga. O co chodzi?

Zeszła niżej, aż ich twarze znalazły się na jednym poziomie, i pocałowała go. Przylgnęła do jego twarzy na sekundę dłużej, niż nakazywał rozsądek.

– Muszę iść. Mogę chociaż do ciebie zadzwonić?

Znów ją przytrzymał.

– Telefony zostawiają ślad. Zbyt ryzykowne.

Westchnęła, niemal zobaczyła, jak jej oddech owija się wokół jego szyi.

– Są szanse, że to szybko się skończy?

– Boże, mam nadzieję.

Gdyby znowu zaczęła go całować, nigdy by nie skończyła. Odwróciła się, popędziła schodami w górę, przebiegła po pokładzie. Przeszła przez burtę i wróciła do kajaka. Spojrzała jeszcze przez ramię. Pokład starej pogłębiarki był pusty.

50. Lacey

Słońce zniknęło za starą fabryką, a złote światło zaczęło blaknąć. Lacey siedziała na pokładzie okrętu Madge i Marlene w Skillions, myślała o łódeczkach-zabawkach, kształtach układanych z kamyków i szkiełek i o tym, czy nie zapędziła się w kozi róg, bo nie wspomniała o tych znaleziskach wcześniej.

A przecież nie było sposobu, żeby poinformować Tulloch teraz, nie wyjaśniając, dlaczego tak długo zachowywała milczenie. „Więc powiem ci to, czego nikt nie ma prawa wiedzieć. Nawet Dana".

Teraz trzy łódki-zabawki. Żółta, niebieska, czerwona. O co tu, do diabła, chodzi? Wypiła kolejny łyk dżinu mojito, którym sąsiadki ją poczęstowały, jak przyszła. Był zdecydowanie mocniejszy, niż twierdziły. Przed sobą widziała Theatre Arm, własną łódź kołyszącą się na cumie. Gdyby odwróciła głowę w prawo, od czego musiała się powstrzymywać co dwie sekundy, zobaczyłaby pogłębiarkę. Ale co tam. Postanowiła nie martwić się łódkami-zabawkami. Nie będzie zadręczać się drobnostkami. Nie dziś wieczorem.

– Lacey, co robisz jutro? Przyszłabyś na lunch ze mną i Aleksem?

Lacey uśmiechnęła się do starszej pani, która siedziała obok niej. Parę minut po tym, jak wróciła z pogłębiarki, pojawiła się Tessa w swojej małej ślicznej motorówce. Zaczęła się dobijać do burty jachtu Lacey i przekonywać, że te obrzydliwe stare lesbijki zaprosiły je obie na imprezkę i nie ma mowy, żeby wybrała się tam sama. Lacey w końcu zabrakło argumentów, zamknęła łódź i zeszła do starej zielarki. Obie dopłynęły na miejsce motorówką. Tessa została wciągnięta na pokład wielokrążkiem z uprzężą. Wszystko wskazywało na to, że nie jest tu po raz pierwszy. Madge i Marlene zaproponowały jej nawet wózek inwalidzki.

Impreza była mała, ale hałaśliwa. Trochę ponad dwadzieścia osób, zdaje się niemal wyłącznie z teatru, a wiele wyglądało tak, jakby przyszło prosto z przedstawienia. Wśród gości, ku zaskoczeniu Lacey, Eileen, żona Raya. Po samym sierżancie ani śladu. Trochę dalej na pokładzie nakręcany gramofon odtwarzał płytę Buddy Holly, mały chudy ktoś o nieokreślonej płci kołysał się w takt muzyki.

A Tessa właśnie zaprosiła ją na lunch.

– To naprawdę miłe – podziękowała Lacey. – Ale jutro jadę pociągiem do Durham.

– Długa podróż. Zajmie chyba cały dzień. Zostajesz tam na noc?

– Nie, zawsze wracam tego samego dnia. Cztery godziny tam, cztery z powrotem, godzina w rozmównicy dla gości.

Czekała na pytanie, ale nie padło. Tessa nie była tak całkiem pozbawiona taktu.

– Odwiedzam kobietę w więzieniu w Durham, w skrzydle pod specjalnym nadzorem – wyjaśniła Lacey sama z siebie. – W styczniu dostała dożywocie za zabójstwo.

– Ktoś ci bardzo bliski?

Lacey pokiwała głową.

Tessa zakręciła drinkiem, kostki lodu brzęknęły o szkło, poczekała, aż przestaną się kręcić.

– Wiesz, to nie twoja wina. To, co zrobiła.

Przebywanie z Tessą to jak gra w paintball z komandosami – nigdy nie wiadomo, kiedy nastąpi kolejne uderzenie, ale wiadomo, że jest nieuchronne i osiągnie cel. Lacey otworzyła usta, żeby powiedzieć, że oczywiście nie czuje się winna, że doskonale rozumie – każdy odpowiada za swoje czyny.

– Hm, właściwie to moja wina – wypaliła jednak. – Ale nie jeżdżę z powodu wyrzutów sumienia czy dla jakiejś złagodzonej pokuty. Jeżdżę, bo jak ją widzę, jestem szczęśliwa.

– To rodzina?

Lacey musiała sobie przypomnieć, że należy oddychać.
- Dlaczego tak pani sądzi?
- Widzę miłość w twoich oczach. I łzy.
Ach, teraz stanęła na troszkę bezpieczniejszym gruncie.
- Nigdy nie płaczę. - Uśmiechnęła się, a jednocześnie popatrzyła ze złością na Tessę.
Odpłaciła jej tym samym.
- Łzy mogą nie płynąć, ale wychodzi na jedno.
- Pijcie, moje panie. - Madge zakradła się do nich od tyłu. - Zostało wam sześć godzin do odpływu. Teraz jesteście tutaj uwięzione.

Mimo upału Madge była przebrana za gangstera z epoki prohibicji, miała garnitur w szerokie paski, czerwoną koszulę i szeroki krawat. Na krótkich włosach siedział jej filcowy kapelusz.

- Nie dawaj już Tessie alkoholu - poprosiła Lacey. - Odstawia mnie do domu. Nie mówiąc o tym, że sama płynie dalej.
- Później nurkujemy na golasa. - Madge patrzyła na Lacey takim wzrokiem, jaki ta widywała na twarzach pijanych facetów w pubach, do których zachodziła. - Zobaczymy, czy uda nam się złapać syrenę.

Tessa prychnęła.
- Jeśli to był seksualny eufemizm, marnujesz swój czas. Lacey jest zakochana. W mężczyźnie.

Madge wcisnęła się na ławkę obok Lacey.
- Trudno mi uwierzyć, że mieszkasz na rzece od śmierci starej królowej, a nie wiesz o syrenach. - Mówiła niewyraźnie, oczy miała przymglone.
- Nie wiem o syrenach - potwierdziła Lacey. - Ale przecież stara królowa umarła niedawno.
- Nie miała na myśli królowej matki - wyjaśniła Tessa. - Jej chodzi o tego włochatego aktora transwestytę z Duke przy Creek Road.
- To właściwie lokalna legenda. - Marlene podkradła się niezauważona. Z nią Eileen. - Piękna córka dokera zakochała się w piracie. Kiedy go powieszono nad Neckinger Creek,

z rozpaczy rzuciła się do wody, ale siła jej miłości sprawiła, że przeżyła i urósł jej ogon. Teraz jest skazana na wieczne pływanie po wodach rzeczki i Tamizy. Szuka swojej utraconej miłości.

Lacey nie mogła się powstrzymać, co i raz zerkała na pogłębiarkę stojącą zaledwie parę metrów od nich.

– Widziano ją wiele razy – ciągnęła Marlene.

– Tak, ale o tym zawsze opowiada facet, który zna faceta, który widział ją pewnego wieczoru, zazwyczaj po paru głębszych w Bird's Nest – wtrąciła się Eileen, a Marlene odeszła w stronę głównej kabiny, chwiejąc się na obcasach znacznie za wysokich jak na pokład łodzi.

– Nie gadaj. Nawet Ray ją widział. Sam mi to mówił. – Madge nachyliła się jeszcze bliżej do Lacey. – Pewnego wieczoru poszedł na ryby, jakieś dwadzieścia lat temu. Zobaczył syrenę. Siedziała na jednym z tych starych stosów drewna przy moście kolejowym.

Eileen roześmiała się cynicznie.

– Przeglądała się w macicy perłowej i czesała włosy?

– Kiedy podpłynął łódką, zanurkowała i zniknęła – dodała Madge.

– Był pijany.

– Ray nigdy nie wybrałby się na wodę pijany – zauważyła Lacey.

– Był pijany, kiedy opowiadał tę historię – upierała się Eileen. – Widział fokę.

Lacey zdała sobie sprawę, że Tessa umilkła.

– A pani ją widziała? – Tessa wzruszyła ramionami.

– Widywałam dziwne rzeczy. Zazwyczaj na rzeczce, czasem w głównym nurcie. Bardzo wcześnie rano albo późnym wieczorem. Czasem dostrzegam coś, co wygląda jak twarz, która na mnie patrzy.

Z jakiegoś powodu historia wydawała się bardziej prawdopodobna, bo opowiadała ją Tessa, zwariowana stara zielarka. Figlarne iskierki zupełnie zniknęły z jej oczu.

– Foki – oznajmiła Eileen. – Albo jakaś piłka unosi się na falach.

Tessa się uśmiechnęła.

Wróciła Marlene, niosła stary album fotograficzny. Podała go Lacey, już otwarty na wycinkach prasowych sprzed lat. Delfiny w Tamizie, foki w Tamizie, morświny, nawet mały wieloryb. Przez kilka minionych dekad, co jakiś czas większość stworzeń przepływających blisko ujścia Tamizy gubiło się i kończyło w sercu miasta. Niestety, raczej nie odnajdowały drogi z powrotem.

– Zejdź trochę niżej – powiedziała Marlene. – Proszę.

Pokazywała artykuł z „Illustrated Police News" z 1878 roku. „Syrena w Akwarium Westminsterskim", głosił tytuł. Artykuł opisywał nową atrakcję w Królewskim Akwarium: manata.

Manat, czytała Lacey, to zwierzę morskie z wybrzeży Ameryki Południowej. Uważa się, że jest podstawą legend o syrenie, pięknej istocie, kobiecie-rybie, która wabiła marynarzy ku śmierci na niebezpiecznych morzach.

– Znane są także jako krowy morskie – ciągnęła Marlene. – Ich długie przednie płetwy z odległości mogą wyglądać jak ręce. I mają szeroki silny ogon, podobno taki jak syreny. Ale wiesz, nie rozumiem, jak ktoś, kto coś takiego zobaczył, mógł się zakochać. Nawet po paru miesiącach na morzu i jednej, dwóch butelkach czegoś mocniejszego.

Dobra uwaga. Krowa morska była dużym, niezgrabnym stworem, nie miała nawet uroczgo pyszczka foki, choć trochę podobnego do ludzkiej twarzy.

– Występują w wodach Ameryki Południowej – podkreśliła Lacey. – I Florydy. Nie mogą żyć w Tamizie, prawda?

– Absolutna racja – przytaknęłą Marlene. – Ale Ray opowiada dziwne historie. Nie rób takiej miny, Eileen, ty też je słyszałaś. Tajemnicze ślady, ogromne ptaki znikające w ułamku sekundy. Raz na parę lat wspomina nawet o krokodylach. Zdarza się, że ludzie wypuszczają do rzeki swoich egzotycznych pupilów. Pewnie nie wszystkie zdychają.

– Jest za zimno – zadrwiła Eileen.

– Może mają szczęście – powiedziała Tessa. – Znajdą studzienkę ściekową przy ciepłych rurach. Zaszyją się, aż minie niesprzyjający czas.

– Prędzej uwierzyłabym w syrenę – uznała Lacey. – To ładna opowieść.

– Tak, kobieta zakochuje się w facecie, on okazuje się draniem, ona topi się i resztę wieczności spędza jako ryba. – Madge westchnęła głęboko. – Przecież to bajka. Kto chce dolewkę?

– Lacey, dlaczego tak bardzo pokochałaś rzekę? – zapytała Tessa, kiedy Madge i pozostałe odeszły. – Za każdym razem, kiedy się zamyślisz, przyglądasz się jej.

Lacey nie patrzyła na wodę, ale na kadłub porzuconej pogłębiarki, myślała, czy Mark słyszy muzykę, czy obserwuje je teraz. Mimo wszystko Tessa miała rację. Lacey naprawdę kochała rzekę.

– Zawsze uwielbiałam pływać. Kiedy byłam dzieckiem, pływałam w morzu. Mieszkaliśmy niedaleko brzegu.

– Tak, Shropshire jest znane ze swoich plaż.

Uświadomienie sobie własnego błędu podziałało jak fizyczny wstrząs. Lacey zupełnie zapomniała, że już mówiła Tessie, że pochodzi ze Shropshire. Po raz pierwszy w życiu strzeliła taką gafę.

– No dobrze, więc mieszkałaś z rodziną niedaleko plaży – podjęła uprzejmie Tessa. – Kontynuuj, kochana.

Lacey ulżyło. Teraz nie miała wyboru, musiała po prostu mówić.

– Hm, uczestniczyłam w zawodach pływackich w szkole. Wtedy chyba tylko to mi dobrze szło. A potem, jakiś rok temu, omal nie utonęłam w Tamizie.

Kobiety wróciły, stanęły wokół, żeby posłuchać. Wszyscy uwielbiają policyjne historie.

– Ścigaliśmy podejrzanego – ciągnęła Lacey. – Było wcześnie rano. Goniłam go do Vauxhall Bridge, a koledzy zachodzili go z innej strony. Myśleliśmy, że zapędziliśmy go w ślepą uliczkę. Ale on złapał mnie i pociągnął ze sobą za burtę. Droga na dół okazała się zaskakująco długa.

Odruchy przerażenia, skupione miny, oznaki zainteresowania.

– W ubranie miałam wszyty pakiet przetrwania i urządzenie namierzające, więc Wydział Rzeczny mnie wyciągnął. Uciekinier nie miał tyle szczęścia. Kilka dni później znaleziono jego ciało. Wiem, że to zabrzmi głupio, ale lubię myśleć, że rzeka się o mnie zatroszczyła.

– Czyli ty nigdy nie utoniesz – podsumowała Marlene. – To wodniacka legenda. Jeśli oszukasz śmierć w wodzie, rzeka traci moc i już cię nie skrzywdzi.

– Bzdury – prychnęła Tessa. – Oczywiście, że możesz utonąć. Nie waż się podejmować głupiego ryzyka.

Historia skończona, niektóre słuchaczki znowu się rozeszły. Eileen i Madge stanęły przy relingu, patrzyły w wodę.

– Lacey, próbowałam odgadnąć, w którym miesiącu się urodziłaś – zagadnęła Tessa po chwili. – Stawiam, że w maju, tak jak Alex i ja, więc twoim kwiatem urodzinowym byłaby konwalia.

Lacey się uśmiechnęła.

– Hm, chyba jednak nie, dopiero w sierpniu – próbowała dalej Tessa. – Więc może czerwiec. Albo lipiec. Raczej lipiec. Ostróżka.

– Urodziłam się w grudniu – powiedziała Lacey.

Kobieta zrobiła kwaśną minę.

– Goździk? Oj nie, kochana.

– Lacey na pewno wie, kiedy się urodziła, głupia flądro – krzyknęła przez ramię Madge. – Ktoś chce popluskać się na golasa?

– Eileen nie pochwala pływania w rzeczce. – Lacey uśmiechnęła się do sąsiadek. – Przycięła Rayowi płetwy.

– Tylko dlatego, że ten stetryczały drań jest za stary, żeby dać sobie radę z Tamizą – odparła Madge. – Poza tym, jak myślisz, kto pierwszy namówił Raya, żeby pływał na dziko? Nasza Eileen czuje się w wodzie jak ryba.

Sobota, 28 czerwca

51. Lacey

Dobra, daj mi chwilę, zastanowię się nad tym gównem – powiedziała Toc. – Wyciągnęłaś z Tamizy ciało kobiety i pomyślałaś, że to nielegalna imigrantka.
– Były powody.
– Tak, tak. Znalazłaś teczkę innej topielicy, wyciągniętej dwa miesiące temu. Może to były zwłoki nielegalnej imigrantki, a może nie... nie ma sposobu, żeby się dowiedzieć, więc założyłaś, że na dnie Tamizy jest ich znacznie więcej i namówiłaś swoich szefów, żeby zorganizowali międzywydziałowe, bardzo drogie poszukiwania, z których nic nie wynikło. Lacey, w najlepszym wypadku zwątpią w twoją opinię, w najgorszym skreślą cię jako świra.
– Już mi lepiej.
– Nie mówię tego, żebyś poczuła się lepiej. Jak na gliniarza, który żyje pod fałszywą tożsamością, jakoś marnie się ukrywasz.
Lacey rozejrzała się przestraszona.
– Może ogłosisz to przez megafon?
– Sądziłam, że wróciłaś do służby w mundurze, żeby odejść od najcięższych zbrodni. Robić swoje, być dobrym, porządnym psem.
– Tak było. Ja po prostu nie mogę...
Toc zrobiła minę, że się poddaje, że ma już dość.
– Wiem. Nigdy nie mogłaś. Okej, zobaczmy, co nam z tego wyjdzie. Daj mi ten notatnik.
Lacey przyniosła na salę widzeń notatnik i ołówek. Przesunęła je po stole. Toc narysowała dużą, niezgrabną jedynkę.
– Pierwszy problem. Masowy cmentarz etniczny na dnie Tamizy.

– Fajnie, że to cię bawi.
– Nawet jeśli masz rację, nic z tego nie będzie. Szukali. Nie znaleźli. Więc jeśli nie zamierzasz włożyć kombinezonu, wziąć fajki i zejść na dno, ta droga jest zamknięta. Zgadza się?

Lacey ogarnęło na chwilę wspomnienie, jak zanurkowała i zobaczyła unoszącego się w wodzie trupa.

– Zgadza się.
– Dalej, masz bandę przemycającą Tamizą młode kobiety. Trzymają je gdzieś w pobliżu Deptford Creek, ale nie na starej pogłębiarce, bo w jej ładowni znajduje się zupełnie inny skarb.

Lepiej nie odpowiadać, kiedy Toc jest w takim nastroju. Poczeka, aż jej minie.

– No, czy Tulloch Straszliwa szuka tego miejsca?
– Wysłała ludzi. Ale to duży obszar, a ona ma mało funkcjonariuszy. To zajmie sporo czasu.
– Może im powiesz, że już sprawdziłaś starą pogłębiarkę.
– Rany, o tym nie pomyślałam.
– No to masz farta, że zatrudniłaś mnie przy tej sprawie. Ale jest coś innego i musisz zostawić to Tulloch i jej zespołowi. Jeśli brakuje jej ludzi, masz wolną rękę, pracujesz w czasie wolnym. Sama nie przeszukasz całego południowego brzegu.
– Mówisz, jakbym była piątym kołem u wozu.
– Chcesz powiedzieć Tulloch, że widziałaś Joesbury'ego?
– Nie mogę. Obiecałam, że nikomu nie puszczę pary z ust. Wygadałam się tobie i już złamałam słowo.

Toc się rozpromieniła.

– Więc zamiast zwierzyć się zaufanemu starszemu oficerowi metropolitalnej, wypaplałaś to najbardziej osławionej seryjnej morderczyni w dwudziestym pierwszym wieku? Cudnie.
– Masz coś jeszcze na liście?

Toc narysowała grubą trójkę.

– Nadia Safi. Ktoś, kto może rzucić bardzo ostre światło na tę tajemnicę, ale nadal jest nieuchwytny. Tulloch też jej szuka?
– Cała metropolitalna jej szuka, ale ona najwyraźniej nie chce być znaleziona. Mam tu gdzieś jej zdjęcie. – Lacey sięgnęła do torby, znalazła fotografię Nadii Safi zrobioną

wkrótce po zatrzymaniu jej w ubiegłym roku. Toc przyjrzała się dziewczynie.
— Popatrz tylko na nią. To Pasztunka — oznajmiła.

52. Dana

Dana nie odrywała wzroku od monitora stojącego z pół metra od jej twarzy. Próbowała nadać jakiś sens masie szarej materii na ekranie. Leżała na plecach, kolana miała uniesione, różowy koc na gołych nogach. Koszmarnie niewygodnie.
— Już jest — powiedziała lekarka po wprowadzeniu próbnika w ciało Dany. — Teraz zaczniemy oglądać jajeczka.
Ja nie, pomyślała Dana.
Lekarka wskazała ekran.
— Okrągłe, czarne kształty. Dla kogoś, kto nie jest przyzwyczajony do ich widoku, wyglądają raczej jak dziury. O, to jest dobre. Zaraz zrobię pomiar.
Dana zdumiona patrzyła, jak lekarka zaznacza największą z czarnych dziur dwoma maleńkimi krzyżykami.
— Tak, to chyba to. Chociaż nigdy nie wiadomo. Jak przebadam panią jutro, obraz może być zupełnie inny. Najważniejsze, żeby wszystko było jak trzeba, a pani powinna jajeczkować za jakiś dzień. Używa pani testu owulacyjnego, prawda?
Dana trzymała w szafce w łazience parę opakowań, więc na tej podstawie powiedziała, że używa.
Kiedy będzie pani miała podniesiony poziom gonadotropiny FSH, musi pani do nas zadzwonić — mówiła dalej lekarka. Zarejestrujemy panią na następny dzień. To istotne, żeby pani przyszła w wyznaczonym terminie. Wiem, że to trudne dla was, kobiet pracujących, ale jajeczka nie czekają i jak wyjmiemy nasienie z pojemnika z płynnym azotem, nie możemy go tam włożyć z powrotem. Pani i tak będzie obciążona kosztami.

– Rozumiem.

– Proszę się ubrać, potem o tym porozmawiamy.

Dana wyszła zza parawanu, przed lekarką leżała na biurku otwarta teczka.

– Świetnie, laboratorium potwierdziło dawcę, którego pani wybrała. Spodoba się pani. Popatrzmy, absolwent ekonomii. Pracuje w finansach. Miłośnik sportu. Uzdolniony zawodnik rugby, lekkiej atletyki. To chyba dobry znak, kiedy są aktywni.

– Lubi zwierzęta?

Kobieta zamrugała.

– Słucham?

– Czy ma poczucie humoru?

Lekarka uśmiechnęła się ostrożnie.

– To dawcy decydują, ile informacji nam przekażą. Wiemy troszkę o tym, jak wygląda. Wzrost ponad przeciętną. Szczupła budowa ciała. Ciemne włosy, piwne oczy.

Żonaty? Ma już rodzinę? Dlaczego oddał nasienie? Skoro pracuje w finansach, to pewnie nie chodziło o pieniądze. Ten facet będzie miał ze mną dziecko. Jakże mogę tego nie wiedzieć?

– Widzi pani, odkąd odebrano dawcom anonimowość, ich liczba znacznie spadła – odparła lekarka. – Są miesiące, kiedy ich nie starcza, żeby obsłużyć nasze panie.

W podtekście: jesteś szczęściarą i powinnaś okazywać wdzięczność, pomyślała Dana. Gdzie jest Helen, kiedy jej potrzebuję?

53. Lacey

Że kim ona jest? – zapytała Lacey, patrząc na zdjęcie Nadii Safi.

– Pasztunką. Największa grupa etniczna Afganistanu, jakieś czterdzieści procent populacji. Ale w sąsiednich krajach też jest ich sporo.

Afganistan?

– Kiedy tu jechałam, dzwoniła do mnie Tulloch. Zrobili rekonstrukcję twarzy kobiety, którą znalazłam. Uważają, że mogła być z Iranu.

– Te dwa kraje ze sobą graniczą, więc w Iranie na pewno też mieszka trochę Pasztunów.

Lacey znów popatrzyła na zdjęcie na stole.

– Czy to ważne?

– Możliwe. Pasztuni są piękni w oczach Zachodu. Bardzo podobni do Europejczyków, jeśli idzie o budowę, ale z ciemniejszymi włosami i skórą. Często mają niebieskie oczy.

– Niebieskoocy Azjaci?

– Popatrz, ta dziewczyna ma bardzo jasne tęczówki. Niebieskawozielone. Na pewno nie czarne, tak jak zazwyczaj ludzie z tej części świata.

Lacey odwróciła fotografię w swoją stronę, wcześniej jakoś to pominęła, ale teraz jak Toc zwróciła jej na ten element uwagę, stwierdziła, że dziewczyna na zdjęciu rzeczywiście ma niezwykle jasne oczy.

– Mniej więcej dwadzieścia lat temu, w tygodniku „Time" na okładce pokazali słynne zdjęcie z afgańską dziewczyną – przypomniała Toc. – Miała zaledwie piętnaście lat, ale była naprawdę zdumiewająco piękna. Głównie przez te fantastyczne zielone oczy.

– Mieszkanki hostelu Armii Zbawienia, który odwiedziłam, wspominały o Afganistanie – mruknęła w zamyśleniu Lacey.

Toc ze smutkiem pokręciła głową.

– Jedno z najgorszych miejsc na świecie dla kobiety. Nie słyszałam o wielkiej fali imigrantek stamtąd, ale na pewno trudno się dziwić tym, które chcą uciec.

Wiedza o sytuacji na świecie w przypadku Lacey ograniczała się do tego, co podali w późnych wieczornych wiadomościach albo w weekendowych wydaniach gazet.

– Myślałam, że się poprawiło, odkąd talibowie się wycofali. Że tam jest nowa konstytucja, że kobiety mają prawa.

Toc wzruszyła ramieniem.

– Pewnie się poprawiło. Ale to względna sprawa. Większość nadal nie potrafi pisać ani czytać. Ich średnia długość życia wciąż jest najniższa na świecie. Więcej też kobiet umiera w czasie ciąży i porodu niż gdziekolwiek indziej, głównie dlatego, że są wydawane za mąż jako dzieci.

– Nie miałam pojęcia.

– Ludzie wiedzą to, z czym wygodniej im się żyje – Toc podniosła głos, jak zawsze gdy była pewna swego. – Nie mówię, że ich rząd nie próbuje zrobić czegoś pozytywnego, ale z dnia na dzień nie zmieni się społeczeństwa. Kobiety zazwyczaj zupełnie nie orientują się w swoich prawach, więc nie wiedzą, że mogą złożyć skargę, a jeśli nawet chcą to zrobić, nie są brane na serio. Połowa kobiet w afgańskich więzieniach została skazana za tak zwane przestępstwa przeciwko moralności.

– Czyli co? Zdrada? Swoboda seksualna? O to chodzi?

Toc popatrzyła z niedowierzaniem.

– Wątpię, czy by się na to odważyły. Najczęściej w grę wchodzi ucieczka przed brutalnym mężem albo przed molestowaniem seksualnym. Najbardziej cierpią kobiety na wsiach. Nie wolno im wychylać nosa z domu bez towarzystwa mężczyzny. Mniej niż połowa chodzi do szkoły. Zazwyczaj są zmuszane do zawierania małżeństwa w bardzo młodym wieku, często ze znacznie starszym mężczyzną.

Lacey pokręciła głową, z lekka przejęta grozą.

– A ty skąd o tym wszystkim wiesz?

– Czytam gazety. Oglądam telewizję. Tu mam mnóstwo czasu.

– Okej, zaczynam ogarniać. Można przypuszczać, że te kobiety rzucą się na każdą szansę lepszego życia?

– To nie takie proste. One nie mają pieniędzy, paszportów, połowa nie umie czytać. W świecie są bezbronne jak dzieci. Po prostu nie potrafią wyjechać z Afganistanu bez pomocy.

– Ale to całkiem prawdopodobne, że wiele z nich się skusi, jeśli ktoś zaproponuje im wsparcie... powiedzmy przewóz do bezpiecznego kraju, pomoc w zdobyciu pracy i miejsca do mieszkania?

– Tak – zgodziła się Toc. – Wyobrażam sobie, że mnóstwo wręcz rzuciłoby się na to.

Jakiś brzdąc podbiegł do ich stolika, a potem skręcił na środek sali. Matka dopędziła go i podniosła. Wracając do swojego stolika, spojrzała wściekle na Toc, która zrewanżowała się nienawistnym spojrzeniem, promiennie się przy tym uśmiechając.

– Spróbuję znaleźć Nadię Safi – powiedziała Lacey. – Ona mogłaby naprawdę dodać impetu śledztwu. Masz jakiś pomysł, gdzie szukać?

Toc rozparła się w krześle z zadowoloną miną.

– Myślałam, że jesteś mistrzem w śledzeniu młodych kobiet w Londynie. – Uśmiechnęła się jeszcze szerzej. – Tropiłaś mnie przez osiem miesięcy, pamiętasz? – Teraz Lacey rozparła się wygodnie i odwzajemniła uśmiech Toc.

– A co? Nie znalazłam?

54. Pari

Ostrzał był coraz bliżej, od ciężkiego huku wielkich armat trzęsły się ściany jej domu, pękały szyby. Widziała już światło dnia. Jeszcze parę trafień i mur runie. Będzie wolna. Trach, brzdęk, brzdęk.

Pari obudziła się w samą porę, żeby usłyszeć plusk. Coś wpadło do wody pod jej oknem. Leżała nieruchomo, bała się fali mdłości, które ostatnio obezwładniały ją na jawie.

Czy to ten śpiew? Ta stara ludowa piosenka, tuż przed hukiem, sprawiła, że przyśnił się jej ostrzał artyleryjski?

Znów go słychać. Ciche uderzenie, znacznie silniejsze w jej śnie, potem ostry grzechot metalu o szkło. I znów plusk. Ciekawość zwyciężyła, Pari wstała z łóżka.

W pokoju było ciemno. Tylko maleńkie odpryski księżycowego światła przenikały do środka. Nic nie słyszała, ale coś jej mówiło, że nie cały świat wokół niej jest pogrążony we śnie. Gdzieś niedaleko ludzie nie spali. Coś się działo.

Kiedy Pari przyłożyła twarz do okna, budynki po drugiej stronie rzeczki były prawie zupełnie czarne. Pocisk – mały, okrągły – leciał w jej stronę. Uderzył w ścianę pod spodem i znów spadł.

Stanęła na krześle, zobaczyła coś na wodzie w dole. Nie umiała dokładnie stwierdzić, co to jest – tylko kształty i ruch. Pocisk znów poleciał w górę, wpadł w uchylone okno tuż pod jej oknem. To klucze przytwierdzone do piłki. Pari widziała, jak wysuwa się mała dłoń i zamyka wokół kluczy.

Stała tak długo, aż zaczęły ją boleć plecy. Zeszła i usiadła na łóżku, nasłuchiwała, czekała.

Ruch uliczny gdzieś w oddali. Syrena. Krzyki, też bardzo daleko. Zwyczajne odgłosy Londynu. Potem cicho zamykane drzwi.

Nikt nie chodzi po nocy. Nie wolno. Strażniczka więzienia – Pari dawno już przestała inaczej o niej myśleć – ceniła swój sen. A to nie były drzwi wewnątrz domu. Pari znów stanęła na krześle, jeszcze raz wychyliła się z okna i popatrzyła w dół.

Nieokreślone kształty. Blade kolory na tle czarnej wody. Błysk skóry, wdzięcznie opadające długie włosy. Potem łagodne, rytmiczne pluskanie. Łódź odpływała spod budynku. Ktoś odchodził.

Pari wróciła do łóżka, ostrożnie położyła pulsującą głowę. Po raz pierwszy od wielu tygodni poczuła nadzieję.

Właśnie ktoś wyszedł.

Ktoś im pomaga.

55. Lacey

Co ja, do diabła, robię, złościła się w duchu Lacey, wysiadając z autobusu. Już nie była detektywem, dopiero co wypisano ją jako zdolną do służby i nie mogła brać udziału w tajnych operacjach. A do tego poziom jej zaufania do metropolitalnej drastycznie spadł. Może to potrzeba odreagowania czegoś? Nie mogła włożyć kombinezonu płetwonurka i zanurkować w Tamizie, nie mogła przeszukać ośmiokilometrowego fragmentu południowego brzegu, ale mogła znaleźć Nadię Safi.

Szybko zorientowała się w okolicy. Old Kent Road w Południowym Londynie miała złą sławę. Tylko na tym odcinku ulicy było ponad kilkanaście burdeli i salonów masażu, wiele z nich schowanych pod albo nad barami szybkiej obsługi. Zerknęła na swoje odbicie w wystawie sklepu, trochę bardziej naciągnęła chustę na twarz. Oczy w dół, poddańczy język ciała: wystraszona młoda kobieta w obcym kraju.

Kiedy wróciła do Londynu po wizycie u Toc, poszła prosto do solarium. Potem pofarbowała sobie włosy na ciemno. To nie była krzykliwa czerń, przechodząca w granat, która z daleka wyglądała na sztuczną, ale bardzo ciemny brąz. Na tle pociemniałej skóry, białka oczu i piwno-niebieskie źrenice wydawały się szczególnie eksponowane. Narysowała cienką czarną kreskę wokół oczu i przyciemniła wargi. W mrocznej ulicy, pod sztucznymi światłami budynków mogła ujść za Pasztunkę.

Najpierw poszła do zakładu z małą poczekalnią – ściany pomalowane na biało, plastikowe krzesła. W kąt wciśnięta zakurzona palemka. Na porysowanym stoliku kilka używanych kubków jednorazowych. Lacey podniosła wzrok i spojrzała w oczy blondynie za kontuarem, na oko po pięćdziesiątce.

Mów powoli. Dużo przerw, tak jakbyś szukała słów. Nie udawaj obcego akcentu.

– Może mi pani pomóc? Szukam siostry.

Pracownica zakładu pokręciła głową i zaciągnęła się papierosem. Lacey wyjęła z torby zdjęcie Nadii Safi i położyła je na blacie.

– Na imię ma Nadia. – Blondyna nawet nie spojrzała na fotografię. Przyglądała się Lacey z rozbawionym uśmieszkiem.

Lacey wiedziała, że kobiecie łatwiej przyjdzie rozpoznać jej farbowane włosy i sztuczną opaleniznę, więc szybko znów sięgnęła do torby. – Proszę. – Położyła na blacie kawałek papieru i wzięła zdjęcie Nadii. – Mam telefon. Gdyby pani znała kogoś, kto widział Nadię, proszę?

Kiedy już wychodziła, w szklanych drzwiach zobaczyła, jak pracownica mnie papierek i rzuca go na podłogę. Czasem się wygrywa, znacznie częściej przegrywa. Już to robiła, całe miesiące swojego życia przeznaczyła na szukanie w Londynie dziewczyny, która nie chciała, żeby ją znaleziono. To jak wędkowanie. Rozsypiesz robaki w wodzie, a wcześniej czy później jakaś ryba się złapie.

W drugim miejscu – zamaskowanym jako salon masażu – zastała starszego faceta za kontuarem i dwie kobiety w poczekalni. Po ich ubraniach i wyglądzie domyśliła się, że to robotnicy.

– Wracaj do domu, kochana – usłyszała, kiedy pokazała im zdjęcie. – To nie miejsce, w którym można się włóczyć wieczorami.

Dalej. Bar z kebabem. Za ladą młody Azjata.

– Nigdy jej nie widziałem. – Akcent zdradził, że to Brytyjczyk urodzony i wychowany w Londynie. – Skąd jesteś?

– Kunduz. – Lacey wymieniła nazwę prowincji na północy Afganistanu, blisko tadżyckiej granicy. – To moja siostra – powtórzyła, wskazując na fotografię.

– Masz papiery?

Drgnęła, opuściła wzrok.

– Nie chcę kłopotów. Po prostu to dla mnie ważne, czy z nią w porządku.

– Jak się tu dostałaś?

Cofnęła się, bliżej drzwi.

– Jechałyśmy razem. W Calais nas rozdzielili.

– Masz gdzie spać? – W oczach pojawiła mu się chciwość.

Czas stąd iść. Lacey wyjęła kartkę ze swoim numerem telefonu, podreptała do lady i zostawiła. Drzwi zabrzęczały, kiedy wychodziła na ulicę.

– Jak na Afgankę mówisz bardzo dobrze po angielsku.
– Chodziłam do szkoły. – Lacey trzymała oczy wbite w zakurzoną podłogę. – Miałam szczęście.

Mężczyzna, który opierał się o tani plastikowy bar, pochodził z Indii Zachodnich, był w średnim wieku i miał nadwagę.

– Potrzebne ci miejsce do spania? – zapytał. – Jakieś pieniądze?

Tak było wszędzie. Albo chcieli ją zwerbować, albo robili co mogli, żeby jej nie widzieć.

– Ja tylko chcę znaleźć siostrę. – Położyła przed nim karteczkę z numerem. Wyciągnął rękę, próbował złapać ją za dłoń.

– Szukamy tutaj ładnych dziewczyn. Chcesz pracę? Stałą pracę.

Odsunęła się od kontuaru.

– Gdyby przyszedł panu na myśl ktoś, kto mógł ją widzieć, zadzwoni do mnie, proszę.

O trzeciej nad ranem miała dość. Poprzednio kiedy tak rozpytywała, była dziesięć lat młodsza i szukała kogoś, na kim jej zależało. A Nadia? To tylko imię, zdjęcie i wilgotne wspomnienie.

Zadzwonił jej telefon. Nie jej stały, ten zostawiła na łodzi. To była tania komórka, którą niedawno kupiła. Serce zaczęło jej nagle bić głośno i szybko, zapomniała o zmęczeniu.

– Halo?
– Wiem, gdzie ona jest.

Zielona podświetlona tablica reklamowała „egzotyczne dziewczęta", czerwony neon pod nim głosił „Peep show". Kolejne szyldy, tak jakby przeznaczenie przybytku nie było wystarczająco jasne, polecały taniec na rurze i striptiz. Kiedy Lacey podeszła, gruby bramkarz wpuścił trzech facetów w garniturach, dwóch Japończyków i ich brytyjskiego przewodnika. Głos z domofonu powiedział jej, żeby weszła od tyłu.

Szybko zajrzała do torby, żeby sprawdzić, czy przeszedł SMS, który wysłała na swój telefon na łodzi. Napisała wyraźnie, dokąd i dlaczego idzie. Gdyby coś się jej stało, wcześniej czy później sprawdzono by komórkę. Słaba polisa ubezpieczeniowa, ale zawsze lepsze to niż nic.

W zaułku, którym miała iść, było bardzo ciemno. Ledwie widziała jego koniec. Znowu wyjęła komórkę i wystukała 112.

– Centrum powiadamiania ratunkowego.

– Właśnie widziałam dziewczynę ciągniętą do klubu ze striptizem przy Argyle Street – powiedziała. – Tuż obok Old Kent Road. Było z nią trzech mężczyzn. Chyba ją zmuszali, myślę, że potrzebuje pomocy.

Niecałą minutę później ruszyła zaułkiem. Średni czas reakcji policji w tej części Londynu o tej porze nocy wynosi od kwadransa do dwudziestu minut. Do przypadku prawdopodobnego uprowadzenia posterunkowi, którzy wezmą udział w interwencji, podejdą ostrożnie. Nie wpadną bez wsparcia do klubu ze striptizem. Rozejrzą się, pogadają z bramkarzen, poczekają na posiłki. Siedemnaście po trzeciej. Miała czas.

Na końcu zaułka czekał na nią w otwartych drzwiach ciemnoskóry, ciemnooki mężczyzna.

– Gdzie Nadia? – zapytała z odległości dwóch metrów.

– Musisz wejść.

Piętnaście, dwadzieścia minut. Nadal ryzykownie.

– Jest tutaj? – Spodziewano się, że będzie wystraszona. Trzeba okazać strach, żeby ich przekonać. Krok do przodu. Rzut okiem na podwórko za drzwiami. W tej chwili wyglądała pewnie bardzo przekonywająco. – Wolę nie wchodzić.

– Twoja sprawa. Chcesz siostrę czy nie?

Podeszła na wyciągnięcie ręki. Wtedy facet chwycił ją za ramię i wepchnął do środka. Drzwi zamknęły się za nimi na zatrzask. Cholera!

Podwórko z trzech stron otaczały wysokie mury, a z czwartej strony stał wąski dwupiętrowy dom. Zalatywało indyjskim jedzeniem, stęchłym piwem i jeszcze bardziej stęchłą uryną. Mężczyzna popchnął ją w stronę drzwi.

Brudna kuchnia. Co najmniej kilkanaście butelek mleka z zawartością w różnych stadiach żółci i zepsucia. Pudło na śmieci, z którego wylewały się puszki po piwie. Na blacie stos ulotek w języku urdu. Z wnętrza domu docierało do niej monotonne bębnienie tandetnej europejskiej muzyki. Kolejnych trzech mężczyzn w kuchni, dwóch białych, jeden Azjata.

– Sprawdź jej torbę – rzucił ten, którego spotkała w zaułku.

Lacey ściągnięto z ramienia torbę, zawartość została wysypana na blat obok niej. Ale spędziła dość czasu z Joesburym, pracując pod przykryciem, żeby wiedzieć, że nie wolno ze sobą nosić niczego, co mogłoby człowieka wydać. Miała więc tylko telefon, parasolkę, parę tanich kosmetyków, bilet autobusowy i kilka monet.

– Kim jesteś?

Oczy opuszczone. Przerażona nielegalna imigrantka. Mężczyzna, który się do niej zwrócił, starszy z dwóch białych, podszedł i złapał ją pod brodę.

– Pytałem, jak się nazywasz?

– Laila.

Próbowała znów opuścić wzrok. Mocno trzymał.

Spokojnie. Pamiętaj, że już to robiłaś.

– Laila i co dalej?

– Po prostu Laila. Proszę, chcę tylko siostrę. – Popatrzyła błagalnie na tego, który ją przyprowadził. – Mówiłeś, że wiesz, gdzie ona jest?

Odezwał się drugi Azjata.

– Muzułmanki nie chodzą same po ulicach o tej porze. Kim jesteś, jakąś dziwką?

– To moja siostra. Ma tylko mnie.

– Skąd jesteś?

Spojrzała na mężczyzn, którzy przed nią stali. Dwóch pewnie z południowej Azji. Nie wolno jej wpaść w panikę. W tym regionie jest sporo języków i dialektów. Na bank nie znają wszystkich.

– Kazali nie mówić – odparła. – Nie chcę wracać. Chcę tylko Nadii.

– A jeśli znamy Nadię dobrze i powiedziała nam, że nie ma siostry? – To ten drugi biały, młodszy z dwóch, w brązowej skórzanej kurtce i ciasnej wełnianej czapce na ciemnych włosach.

– Jeśli tak powiedziała, to po to, żeby mnie chronić. Jest tutaj?

– Poczekaj.

Starszy biały odwrócił się i wyszedł z pomieszczenia. Co najmniej dziesięć minut, zanim dotrze do niej pomoc. Za osiem minut powinna się stąd wynieść albo zaryzykować, że ją uwiężą. Cholera, źle idzie.

– Chcę się zobaczyć z siostrą albo już pójdę – powiedziała do mężczyzny, który ją tu przyprowadził, a teraz stał oparty o drzwi i najwyraźniej pilnował wyjścia.

Wyprostował się, nie zamierzał ot tak puścić jej wolno.

– Na górę z nią. – Wrócił szef.

Dwaj pozostali wyciągnęli do niej ręce.

– Nie!

Oparła się o jakiś blat. Może się go złapać i kopnąć obiema nogami. Z jednym bandziorem dałaby sobie radę. Z czterema nie miała szans.

– Myślicie, że jestem sama? Mój przyjaciel zadzwoni na policję, jeśli nie wyjdę stąd za dwie minuty.

Złapali ją i wypchnęli z kuchni do wąskiego korytarza. O cholera. Znalazła się sama w klubie ze striptizem, który prawdopodobnie był też burdelem. Trzymało ją trzech facetów, a muzyka dudniła niemiłosiernie – policjanci nie usłyszą krzyku.

Brudne schody, na nich stary, wytarty dywan. Rozbita żarówka na suficie. Na pierwszym piętrze czekał inny oprych. Otworzył drzwi na końcu korytarza i wepchnął Lacey do środka.

Gość za biurkiem, tuż po sześćdziesiątce, miał gęste siwiejące włosy, wielki zakrzywiony nos i ciemnobrązowe oczy. Kolor skóry wskazywał, że facet pochodzi z mieszanego małżeństwa albo bardzo lubi letnie wakacje.

Drzwi zamknęły się z trzaskiem, a hałaśliwa muzyka przestała razić uszy. Puścili ją, stała w kręgu wrogich spojrzeń, jak schwytane zwierzę. Musi się trzymać. Policja zaraz nadjedzie.

– Masz trzydzieści sekund, żeby mnie przekonać, że jesteś z kraju Bongo-Bongo, albo coś z tobą zrobię – odezwał się Haczykowaty Nos o okrutnych oczach. Spojrzał na stojącego za nią człowieka w brązowej kurtce. – Znasz ją, Beenie?

Ktoś szarpnął Lacey i obrócił tak, żeby stanęła przodem do niego.

– Nie. – Beenie nie spuszczał z niej wzroku, kręcąc głową. – Tamtą bym zapamiętał. – Obrzucił ją wzrokiem od stóp do głów.

– Może to któraś z twoich?

Beenie uśmiechnął się krzywo.

– Niemożliwe. Żadnej policjantce nie pozwolono by tu przyjść w nocy bez wsparcia. A jeśli ma ze sobą ludzi, już by wkroczyli.

„Któraś z twoich?" Beenie to glina. Po jaką cholerę tutaj wlazła? Jeden z mężczyzn podszedł do okna i wyjrzał. Jeśli zobaczył coś niepokojącego, nie wspomniał o tym.

– No, to jak nie jest psem, to kim, do kurwy nędzy?

– Moim zdaniem ktoś ją wynajął jako prywatnego detektywa – odparł Beenie. – Może dziewczyna, której niby szuka, ma jednak jakąś rodzinę. – Odwrócił się do goryla. – Przeszukałeś ją?

– W torbie nic szczególnego.

– Nie pytałem, kurwa, o jakieś drobiazgi, pytałem, czy ją przeszukałeś?

Bramkarz pokręcił głową.

– No, to chyba twoja szczęśliwa noc.

Lacey stała, bierna, obojętna, tak jakby przechodziła przez kontrolę na lotnisku. Męskie ręce przesuwały się po jej ciele. Po plecach, ramionach, nogach. Wszędzie.

Nic.

Haczykowaty Nos tracił cierpliwość. Wstał, nachylił się nad biurkiem w jej stronę.

– Dobra, dość tego pieprzenia. Co tutaj robisz?

Przyszedł chyba czas, żeby przestać udawać uległą. Beenie poddał jej pomysł, może trzeba by z tego skorzystać.

– Szukam Nadii Safi – powiedziała. – Czy to naprawdę różnica: siostra, nie siostra? Są ludzie, którzy się o nią niepokoją, płacą mi za to. Jeśli jej nie widziałeś, to po prostu powiedz i zostawię was w spokoju.

– Dla kogo pracujesz?

– Dla siebie.

Haczykowaty Nos znowu usiadł.

– No, to co z nią robimy?

– Umiesz tańczyć, maleńka? – spytał biały, który ją tutaj przyprowadził.

– Na górze jest wolny pokój – wtrącił się jeden z Azjatów. – Rich, chcesz ją pierwszy wypróbować?

Rich, koleś za biurkiem, wyglądał, jakby rozważał tę opcję. Beenie zajmował się swoimi paznokciami, udawał całkowitą obojętność. Podniósł wzrok.

– Przepraszam, chłopaki, nie możecie jej tu zatrzymać. Na pewno nie pracuje sama, cokolwiek by wam gadała. Ma ludzi, którzy przyjdą jej szukać. Teraz lepiej nie zwracajcie na siebie uwagi.

– I co dalej?

– Niech idzie.

– Tak po prostu?

– Pokaż jej album rodzinny. Wygląda na laskę, która ceni swoją twarz.

Rich skrzywił się, patrząc przez sekundę na Lacey, i sięgnął do szuflady biurka. Wyjął tandetny album fotograficzny i kiwnął, żeby podeszła bliżej.

Na pierwszej stronie zdjęcie kobiety, twarz i szyja zeszpecone bliznami. Ciało zastygłe w grudkach i wgłębieniach, podobne do powierzchni Księżyca.

– Kwas – powiedział Rich. – Niezdara strąciła na siebie butlę, kiedy próbowała uciec. W końcu z niej zrezygnowaliśmy. – Odwrócił stronę. Kolejne przerażające obrażenia. – Głupia dziewucha, sama się podpaliła. Trzeba ostrożnie obchodzić się z ogniem w sari. Szczególnie tanim. Te nylony są takie łatwopalne. – Kolejna strona. – Odcięła sobie nos. Uwierzyłabyś?

— Dotarło do mnie — przerwała mu Lacey.

Rich ją zignorował. Znów odwrócił stronę. Kobieta, której z obu stron rozcięto usta, tworząc potworną karykaturę uśmiechu. Lacey zamknęła oczy. Wtedy zadzwonił telefon. Rich odebrał.

— Na dworze stoi radiowóz — poinformował chwilę później. — Dwaj gliniarze bardzo uważnie obserwują dom.

— Muszę się stąd wynosić — rzucił Beenie. — Pozbędę się jej. Samochód mam na tyłach.

Szybko wyszli z budynku. Beenie ciągnął Lacey za rękę. Po schodach w dół, korytarzem — w chwili, gdy ktoś zaczął się dobijać do drzwi od przodu — potem na podwórko i do zaułka. Beenie zaprowadził ją do ciemnego sedana zaparkowanego kilka metrów dalej. Wskoczył za kierownicę i już ruszał, zanim Lacey zdążyła usiąść. Dotarli do końca zaułka, skręcili w ulicę i szybko przejechali obok klubu. Na zewnątrz stały dwa radiowozy, funkcjonariusze rozmawiali z bramkarzem.

Kiedy jechali Old Kent Road, Lacey przyglądała się oczom Beeniego w lusterku wstecznym. Na sekundę podniósł wzrok, ale minę miał nieodgadnioną. Powiedział: „Pozbędę się jej". Jak się pozbędzie? Ulica robiła się coraz spokojniejsza, zostawili za sobą większość świateł. Zwalniali. Beenie pokazał ręką i stanął. Lacey odwróciła się, żeby zobaczyć, gdzie są.

Przed całonocną bazą taksówkową. Wsadzi ją do taryfy?

Niecałą minutę później siedziała w samochodzie śmierdzącym papierosami i tanim odświeżaczem powietrza. Beenie nachylił się i wręczył dwudziestofuntowy banknot kierowcy, z którym przywitał się po imieniu.

— Ona ci powie, dokąd chce się dostać — wycedził. Potem zwrócił się do Lacey. — Jak cię znowu zobaczymy w tej okolicy, kotku, to nie będzie podwózki do domu. Dotarło?

Niedziela, 29 czerwca

56. Pari

Jak się wydostała? Jak one, do cholery, stąd się wydostają?
– Nie patrz na mnie.
Pari czuła się tak źle, że nie chciała się budzić, sen był czasem jedynym sposobem, żeby odepchnąć ból. Nawet wtedy nie odchodził zupełnie, zawsze wnikał w jej sny, przez niego stawały się mroczne.
– A na kogo mam patrzeć? Kto inny tu był przez całą noc?
– Co ty gadasz? Myślisz, że ja je wypuszczam?
Mówili za szybko, żeby Pari wychwyciła więcej niż parę słów, ale było jasne, że się boją. Ludzie, którzy opiekowali się tym miejscem, nigdy nie podnosili głosu.
– Hm, ktoś to robi. On się wścieknie.
– Więc musi coś z tym zrobić.
– Niby co?
– Zapytaj go. To jego sprawa.
Pari otworzyła oczy. W pokoju już nie było ciemno. Świtało.
– Jasne, ty mu to powiedz, dobra?
– Ale jak się wydostają?
– To już dziewiąta, którą straciliśmy. Dziewiąta, która po prostu wyszła tylnymi drzwiami. Same tego nie robią.
Nie robią, pomyślała Pari. Ktoś nam pomaga. Wkrótce przyjdzie moja kolej.

57. Lacey

Przypływ ustąpił, jacht osiadł w błocie i Lacey przestała widzieć pokład starej pogłębiarki. Nie wiedziała, jak długo już siedzi i patrzy na wodę. Przespała prawie cały ranek, a po południu starała się, raczej bezskutecznie, znaleźć sobie jakieś użyteczne zajęcie. To miał być jeden z tych straconych dni. Im szybciej się skończy, tym lepiej.

Niech Bóg ma ją w swojej opiece, gdyby do Joesbury'ego dotarło, co robiła w nocy.

Cichutki odgłos za plecami i Lacey zorientowała się, że nie jest sama. Eileen weszła do kokpitu sąsiedniego żaglowca, usiadła i zaczęła się jej przyglądać. Ale kiedy Lacey uśmiechnęła się i otworzyła usta, żeby coś powiedzieć, przestała być pewna, że starsza kobieta patrzy na nią. Patrzyła w jej stronę, ale nie na nią. Eileen była zatopiona w myślach.

Pod pokładem zadzwonił telefon. Lacey wstała i zsunęła się po schodach. Ale jej komórka leżała na stole zupełnie cicha. Dzwonek dobiegał z torby, którą miała ze sobą poprzedniej nocy na Old Kent Road. Numer się nie wyświetlił.

– Halo?

Milczenie po drugiej stronie, przez właz od sterburty Lacey nadal widziała Eileen. Dziś było w niej coś dziwnego. Miała na sobie sukienkę koloru oceanu, włosy rozpuszczone. Na twardej twarzy makijaż. Dodawał jej blasku i przywoływał wspomnienie kobiety, którą Ray poślubił przed laty. W dopasowanej sukience nie wyglądała potężnie. Tak naprawdę była bardzo kształtna. Nadal milczenie, potem...

– Dlaczego mnie szukasz?

Kobiecy głos, łamana angielszczyzna. Ciężki akcent.

– Nadia? – Lacey odwróciła się, żeby niezwykły widok wspaniałej Eileen nie rozpraszał jej.

– Nie jesteś moją siostrą. Dlaczego mówisz ludziom, że jesteś moją siostrą? Czego chcesz?

– Chciałabym się z tobą spotkać. Możemy porozmawiać?

– Nie mam nic do powiedzenia.

To po co dzwoni?

– Przyjdę sama – przekonywała Lacey. – Tylko porozmawiamy. Obiecuję. Nie bój się.

Milczenie. Czy to w ogóle Nadia Safi? To mógł być ktokolwiek. Spojrzała za siebie przez właz. Eileen teraz czesała włosy, nadal miała nieobecny wyraz twarzy. Długie włosy sięgały jej do ramion. Siwe, ale nadal miękkie. Nie suche, jak to często u starych ludzi.

– Gdzie teraz jesteś? – Lacey mówiła cicho, wiedziała, że Eileen może ją usłyszeć. – Przyjdę i cię znajdę.

– Dlaczego?

– Chyba możesz mi pomóc. Może ja pomogę tobie. – Lacey wstrzymała oddech. – Kensington Gardens. Przy posągu chłopca. Za godzinę.

58. Nadia

W parku było pełno ludzi. Furgonetka z lodami wydzielała więcej gorąca niż sprzedawany z niej produkt dawał ulgi. Psy i dzieci biegały, dorośli próbowali za nimi nadążyć. Kuglarz wyglądał tak, jakby miał się rozpuścić, niesamowicie się pocił.

Nadia szła przez Włoskie Ogrody, na północnym skraju Serpentyny. Przez siatkę przed oczami kolory kwiatów były stłumione i przygaszone. W jej kraju nosiło się jasnoniebieskie burki, niby niewygodne, ale nie mogło być niczego gorszego na taki upał jak ta gorąca, dusząca czerń.

Obejrzała się za siebie. Fazil stał przy bramie, jeden z jego synów dalej, w głębi parku; jeszcze jeden powinien być bliżej niej. To ich pomysł, spotkać się z kobietą z ostatniej nocy, żeby dowiedzieć się, kim jest, czego chce. Nadia szła wzdłuż brzegu, po popękanej, suchej ziemi. Rękami poruszała czarne fałdy, żeby choć trochę powietrza dotarło do twarzy. Posąg Piotrusia Pana znajdował się przed nią.

Wokół niego ludzie. Jakiś mężczyzna rozmawia skupiony przez komórkę. Matka wyciera lody z koszuli brzdąca. Inna kobieta patrzy na zachód, w stronę pałacu. Młoda, sądząc po jej kształtach i postawie. Długie ciemne włosy luźno opadają jej na plecy. U jej stóp leży rower. Jest ubrana w bluzkę w biało-zielone paski. Wspomniała przez telefon, że taką włoży. To ona przeszukiwała Old Kent Road, twierdząc, że jest siostrą Nadii.

Jakby którejś z jej sióstr przyszło do głowy coś równie lekkomyślnego. Jakby którąś z sióstr Nadia cokolwiek obchodziła.

Odwróciła się, spojrzała prosto na Nadię, w jej twarzy nie widać było wyrazu rozpoznania. Fazil miał rację, żeby się tutaj umówić. Wokół mnóstwo kobiet w czerni. Spacerowały, siedziały i rozmawiały, pchały wózki dziecięce i tylko po rękach dało się poznać, że w środku jest człowiek.

Kobieta w bluzce w paski znowu się odwróciła, obracała się powoli dookoła. Nadia zboczyła na trawę, żeby nie było słychać jej kroków. Kiedy podeszła dostatecznie blisko, wypowiedziała imię, które usłyszała przez telefon.

– Lacey?

Kobieta się odwróciła. Nadia cofnęła się wystraszona. To straszna pomyłka. Musi stąd odejść.

– Nadia, to ty?

Nadia ruszyła pospiesznie w stronę bramy. Kroki z tyłu mówiły, że ktoś za nią idzie. Potem Angielka wyskoczyła z przodu, żeby ją zatrzymać.

– Wiem, że to ty.

– Jesteś z policji – wymamrotała Nadia. Jak mogła być taka głupia? Jak to się stało, że Fazil się nie domyślił?

Lacey podniosła obie ręce.

– Przyszłam sama. Nikt nie wie o naszym spotkaniu.

Czy mówi prawdę? Nie da się sprawdzić. Nadia odwróciła głowę, przeklinała siatkę, która tak ograniczała jej pole widzenia. Zobaczyła Fazila, który całkowicie przestałby ją ochraniać, gdyby wiedział, że ona rozmawia z policjantką.

– Byłaś na rzece. Tamtej nocy, w ubiegłym roku, kiedy łódź się przewróciła.

Lacey skinęła głową.

– Ratowałaś mnie. Ty, a nie któryś z mężczyzn.
– Byli po drugiej stronie łodzi. Nie widzieli cię.
– Myślisz, że skoczyliby do wody po kogoś takiego jak ja?
– No, zdziwiłabyś się. A ja byłam przywiązana do łodzi. Nic mi nie groziło.
– Groziło. Próbowałam stanąć ci na głowie, żeby się wydostać.

Policjantka uśmiechnęła się, pokazując małe zęby, koloru świeżej śmietany.

– Muszę ci zadać kilka pytań – mówiła teraz. – Możemy na chwilę usiąść?

Głos Nadii zmienił się w szept.

– Obserwują nas.

Policjantka nie rozglądała się, w ogóle nie zareagowała w żaden widoczny sposób.

– Kto? Kto nas obserwuje?
– Muszę iść. Nie mogą się dowiedzieć, że jesteś z policji.

Lacey patrzyła Nadii prosto w oczy, tak jakby siatka przed nimi nie istniała.

– Chodź ze mną. Zapewnię ci bezpieczeństwo. Chodź, będziesz zeznawać. Zaopiekujemy się tobą.

Czy ona naprawdę myśli, że to takie łatwe?

– Moją rodziną też się zaopiekujecie? Tysiące kilometrów stąd. Im też zapewnicie bezpieczeństwo?

Lacey była zbyt uczciwa, żeby składać obietnice bez pokrycia. Odsunęła się i pokręciła głową, podkreślając ten ruch.

– Powiedz im, że nie jesteś tą, której szukam. Powiedz, że jestem prywatnym detektywem, oni wiedzą, co to znaczy, i że się pomyliłam. Powiedz, że już ci dam spokój. Potem do mnie zadzwoń. Porozmawiamy, jak będziesz sama.

Nadia powoli podniosła welon. Przytrzymała jego skraje przy twarzy, żeby tylko Lacey mogła ją zobaczyć. Od tamtej październikowej nocy policjantka ufarbowała sobie włosy. Nadia wiedziała, że nawet ociekające wodą nie były tak ciemne. Skóra też pociemniała, jakby kobieta całe miesiące spędziła na słońcu. Tylko oczy pozostały te same.

– Będziesz chciała się ze mną spotkać – powiedziała. – Pamiętaj, nie jestem tą, której szukasz. Dziękuję za uratowanie mi życia.

Opuściła welon i odeszła. Nie oglądała się.

59. Dana

Szefowo, zgubiliśmy ją.

– Żartujesz. – Dziewczyna przyszła do nich z własnej woli, spotkała się z jedną z nich, a teraz ją zgubili? Dana odwróciła się, przeszukała wzrokiem Bayswater Road. Tą drogą z centrum handlowego nie wychodziła żadna kobieta w burce. Dalej, przy wejściu do parku, dostrzegła Lacey, która przez pewien czas szła za Nadią; trzymała się w pewnej odległości, wierząc, że koledzy nie stracą dziewczyny z oczu. – Jesteś pewien? – zapytała przez radio.

– Wiesz, ile jest kobiet w burkach u Whiteleysa o tej porze roku? – wysapał zdyszany Stenning.

– Szukajcie dalej. – W mniej niż godzinę Danie udało się ściągnąć z całego Londynu jedynie Stenninga i Mizon. We dwoje nie zdołali obstawić wszystkich wyjść. – Nie możemy jej zgubić. Jedyne, co mamy, to ona.

Już mówiąc to, Dana wiedziała, że sprawa jest beznadziejna. Nadia zniknęła.

60. Lacey

O czym dumasz?

Lacey aż podskoczyła. Ray był w kokpicie swojej łodzi, palił, obok niego stała otwarta puszka piwa. Słyszała, jak gdzieś na dole Eileen nuci pod nosem, cicho i niemelodyjnie. W końcu nie wyszli nigdzie na wieczór. Myślała, czy Eileen nadal ma na sobie sukienkę morskiego koloru i co, u diabła, opętało tę kobietę, że się tak wystroiła bez okazji.

– Nie zauważyłam cię, zaczaiłeś się w cieniu – Lacey podeszła po pokładzie jego łodzi od portburty.

Wydmuchnął dym do góry.

– Za gorąco na dole.

Tego wieczoru nad rzeczką prawie wcale nie było wiatru, dym zawisnął nad głową Raya, prawie tak jak w zamkniętej przestrzeni. Lacey zobaczyła, jak Eileen czesze się przed lustrem też z piwem pod ręką.

– Pracowałaś dzisiaj? – zapytał.

– Szukałam wiatru w polu – odparła Lacey. Silnego, czarnego, skłębionego powiewu, który jej się wymknął. A jutro będzie musiała wytłumaczyć się przed Tulloch ze swojego nieformalnego tajnego śledztwa przy Old Kent Road.

Zmogło ją zmęczenie, pożegnała się z Rayem, otworzyła właz i zeszła na dół. W kabinie upał, tak jak się spodziewała. Zapowiadała się długa, spocona noc. Zdjęła buty i poszła do sypialni. Kabina była tak mała, że od drzwi dało się ogarnąć wszystko wzrokiem, i tak wysprzątana, że zaraz się widziało, że coś jest nie na swoim miejscu.

Kraby.

Trzy, na jej łóżku. Wszystkie żywe. Dwa nieruchome, lśniące brązem na tle prostej białej koperty kołdry, jeden poruszał się powoli i niezgrabnie po poduszce. Lacey patrzyła na nie przez sekundę, nie chciała uwierzyć własnym oczom. Długie patykowate odnóża i przerośnięte szczypce na jej czystej pościeli wyglądały surrealistycznie. Wyszła z kabiny, wzięła z kuchni głębokie naczynie i kleszcze i wróciła.

– Kraby – powiedziała sekundę później do Raya, kiedy znów stanęła w kokpicie.

– Widzę.

– Na moim łóżku.

Strzepnął za burtę popiół z papierosa.
– Dziwne.
Lacey wychyliła się za rufę, odwróciła naczynie i patrzyła, jak stworzonka uciekają.
– Jak się tam dostały? – zapytał Ray, kiedy znów się wyprostowała.
– Nie mam pojęcia. Włazy do kabiny zostawiłam otwarte, ale kraby nie wejdą po gładkim kadłubie, prawda?
– Nigdy o tym nie słyszałem. To wełnistorękie?
Lacey przytaknęła. Z tego, co wiedziała, tylko takie mieszkają w Tamizie.
– Mnóstwo ich w rzece.
– Ray, byłeś tutaj cały wieczór?
Kiwnął głową.
– Nikt obok nie przechodził. Masz ich więcej na dole?
– Nie zuważyłam. Może gdzieś jest dziura i tamtędy włażą do środka.
– Jeśli jest dziura, znajdziesz ją podczas przypływu.
– Prawda. Krzyknę do ciebie, jak będę musiała czerpać wodę. Dobranoc.
Lacey znów zeszła pod pokład. Nie chciała przyznać, nawet przed samą sobą, że się niepokoi. Na skali od jednego do dziesięciu obecność krabów wełnistorękich trudno nazwać stresującą. Ale same się tu nie dostały. Więc powinna zadzwonić do Tulloch i zgłosić trzech intruzów z gatunku skorupiaków? Czy chce się stać w Wapping obiektem żartów związanych z krabami na najbliższe pół roku? Lepiej cicho siedzieć. Ray i Eileen usłyszą, jak wrzaśnie.

Łódź kołysała się i podskakiwała w nierównym, nieregularnym, ale dziwnie uspokajającym rytmie. Powietrze nad rzeczką wypełniały dźwięki. Przypływowa część Londynu przypominała, że trochę wiatru to norma, maszty i wysokościowce wzdychały i świszczały. Droga A2 warczała przejeżdżającym od czasu do czasu samochodem, a nocny ptak użalał się na brak połowu. W kabinie było cicho.

Lacey wierciła się, z gorąca nie mogła zasnąć. Między piersiami i na karku zgromadził się jej pot. Chwyciła poduszkę, odwróciła ją, skopała kołdrę jeszcze dalej w dół łóżka. Przy zamkniętych włazach zaduch był nie do wytrzymania, ale po tej małej niespodziance nie chciała narażać się na inwazję żywiołów. Znów się odwróciła, a ciemność w jej głowie zgęstniała.

Jechała na rowerze długim ciemnym tunelem, trochę rzeczką, trochę tunelem dla pieszych w Greenwich, a trochę czymś, co jest tylko we śnie. Wzdłuż drogi stały tłumy zakwefionych kobiet.

Swędziała ją głowa. Sięgnęła ręką, podrapała się, odwróciła.

Joesbury patrzył na nią. Opuściła głowę, zamknęła oczy. Czekała na chwilę, kiedy jego wargi dotkną jej warg. Znowu jego oczy, poza łodzią. Patrzą przez okno kabiny.

Lacey otwiera oczy, widzi właz – czarny i pusty. Zaciska powieki.

Jest w wodzie, płynie szybko, donikąd, jak to we śnie. Kobieta w czarczafie jest za nią, z każdym uderzeniem ramion coraz bliżej, jej długie chusty mkną po wodzie, sięgają, owijają, ciągną. Te woalki, takie długie i lekkie, tak śmiercionośne, opływają jej ciało, głaszczą, łaskoczą.

Łaskoczą w stopę.

Jawa nadchodzi niespodziewanie, Lacey usiadła, krzyknęła zdezorientowana. Zaczęła mocno kopać i stworzenie, które łaziło jej po stopie, spadło na podłogę. Słyszała je – klap, klap, klap – jak drepce po wypolerowanych drewnianych deskach.

Znalazła włącznik lampki nocnej, potem zwinęła się na łóżku w kulkę. Miała wrażenie, że te stworzenia są wszędzie.

Nie. Przejechała ręką po głowie, po ramionach; uklękła na łóżku, skręciła się w jedną, potem w drugą stronę. Zwinęła kołdrę w kłąb i rzuciła ją o ścianę kabiny. Dopiero wtedy nachyliła się przez krawędź łóżka, żeby znaleźć kraba, którego strąciła na podłogę.

Był wielki, kadłub miał w poprzek ponad siedem centymetrów, odnóża rozpościerały się na dwadzieścia. Do prawej tylnej nogi przykleił się wodorost, a jedna para szczypiec była znacznie większa niż druga. Pełzał po niej, kiedy spała.

Musi powstrzymać drżenie. To tylko krab. Nie skrzywdzi jej, może jedynie nieprzyjemnie uszczypnąć. Rozejrzała się. Włazy, po jednym z obu stron kabiny, zamknięte, podobnie ten większy, nad jej głową. Krab musiał przybyć wcześniej, razem z innymi, schować się i wyjść, kiedy zrobiło się ciemno i bezpiecznie.

Boże, ale gigant, największy ze wszystkich czterech. A ona przeszukała każdy centymetr kwadratowy łodzi. Nie, ten stwór nie mógł się nigdzie ukryć.

Potem przypomniała sobie. Dużego włazu nad głową nie da się otworzyć z zewnątrz, ale te mniejsze, boczne już można.

Klap, klap, klap. Krab próbuje się wspiąć.

To śmieszne bać się krabów. Cały czas pływa między takimi stworzeniami. Kraby nigdy jej nie przeszkadzały, nawet lubiła ich komiczne małe kroczki. A teraz ten jeden – znów zaryzykowała i wyjrzała za skraj łóżka. W sposobie, w jaki powtarzał próby wspięcia się na gładkie drewno łóżka, było niemal coś drapieżnego.

Jezu, gdzie jest mężczyzna jej życia, kiedy go potrzebuje?

Zanim zdążyła zmienić zamiar, przerzuciła nogi przez ramę, podniosła kraba i nachyliła się w stronę włazu od portburty, żeby go otworzyć.

Skorupiak zamachał odnóżami, sięgał szczypcami w jej stronę. Lacey wystawiła rękę i rzuciła go na pokład. Zamknęła właz i mocno zabezpieczyła.

– Lacey.

Cichy głos był taki bliski, że przez sekundę myślała, że ktoś jest z nią w kabinie.

– Lay…cee.

Nie, na zewnątrz. Prawie na pewno na łodzi – za blisko, żeby mógł być gdzie indziej. Wyłączyła światło.

Klap, klap, klap. Stuk, stuk, stuk. Krab biegł po pokładzie. Przerwa, potem plusk. Znów znalazł się w wodzie, tam gdzie powinien.

Lacey wymacała półkę biegnącą wzdłuż ścian kabiny i znalazła zegarek. Trzecia czterdzieści siedem nad ranem. Wkrótce nadejdzie świt. Ale nie tak szybko.

Kto mógł być na pokładzie przed czwartą rano? Nie rozpoznawała głosu, nie potrafiła nawet powiedzieć, czy to głos męski, czy kobiecy. Niski, chrapliwy.

Stukanie. Tym razem nie krab, przecież już zanurkował w wodzie, poza tym ten odgłos zdawał się cięższy, bardziej przemyślany, tak jak stukanie do drzwi.

Stuk, stuk, stuk. Ktoś stukał w burtę. Lacey wzięła komórkę. Ray, na którego bezsenności można polegać, odpowiedział po drugim dzwonku.

– Co się stało? – Mówił cicho, chociaż twierdził, że on i Eileen sypiają w różnych kabinach, on a rufie, ona na dziobie.

– Ktoś łazi po mojej łodzi.

Nie pytał, czy jest pewna, nie mówił, że się jej przyśniło. Powiedział, żeby dała mu minutę i się rozłączył. Lacey wiedziała, że ktoś z zewnątrz niczego nie zobaczy, bo w kabinie jest ciemno. Wstała, znalazła trampki i włożyła lekki sweter. Poszła do głównej kabiny, skąd mogła usłyszeć, jak Ray otwiera właz na swojej łodzi. To samo zrobiła u siebie.

Stanęła w kokpicie, rozejrzała się. Stukanie dochodziło od portburty, ale na pokładzie nikogo. Ukryć się też nie było gdzie.

– **Kogoś zdenerwowałaś?** – zapytał Ray, kiedy opowiedziała mu o wszystkim.

Od czego zacząć?

– Nikt nie wie, gdzie mieszkam.

– Akurat. Nigdy nie rób takich założeń. To niemądre – stwierdził. – Zawsze mnie zaskakuje, ilu ludzi wie, gdzie mieszkam. Twoje łóżko jest pod włazem od strony portburty, prawda?

Lacey przytaknęła.

– Gdyby kraba wrzucono z drugiej strony, słyszałabyś stukanie o podłogę.

– Chyba tak. – To znaczy, że intruz wszedł od rzeki.

– Czułaś, jak łódź się kołysze? Słyszałaś kroki?
– Nie. Tylko głos. I stukanie.
Ray już był na jej łodzi. Przeszedł na pokład od portburty i oświetlił wodę latarką.
– Myślisz, że wślizgnęli się przez burtę? – Lacey oglądała się za siebie co sekundę.
Ray przejechał promieniem wzdłuż łodzi, od dziobu do rufy.
– Może się rozejrzymy? – zaproponował.

Pięć minut później Lacey siedziała przycupnięta na dziobie motorówki Raya, płynęli wokół skupiska domów na łodziach. Ray nie włączył silnika, zdali się na siłę mięśni. Jedyny odgłos to kapanie wody z unoszonych wioseł i lekki plusk przy ich zanurzaniu. Zresztą był zagłuszany, bo fale uderzały o kadłub, wiatr świszczał w masztach, a z rzadka dobiegał też odległy warkot przejeżdżającego samochodu.

Lacey nie przestawała drżeć, mimo swetra i ciepłej pogody. Wcześniej nieraz pływała nocą po rzece, ale zawsze w bezpiecznych warunkach, policyjną motorówką. Teraz było zupełnie inaczej. Tak nisko nad wodą, tak blisko atramentowej czerni, tyle słonego, oleistego zapachu, który unosi się jak para z gorącego rondla. Tak bardzo narażona na coś, co tu się czai.

Pewność siebie najbardziej odbierał fakt, że Ray przyjął bez słowa sprzeciwu, że miała rację. I to, że nawet przez chwilę nie pomyślał o przeszukaniu nabrzeża. Natychmiast wkroczyli do akcji. Kogo lub co spodziewał się znaleźć – to inna sprawa.

Nie tak dawno Joesbury narysował cukrem serce w jej kabinie. Następnego dnia ktoś to skopiował za pomocą muszelek i kamyków, a na dobitkę dorzucił płócienną torbę z krabami. Trzy razy podrzucono jej łódki-zabawki. Ktoś ją obserwował. Zabawiał się. Ktoś, kto wróci. Ktoś, kto teraz tam gdzieś jest.

Dotarli do miejsca, w którym rzeczka styka się z betonem, pod Church Street. Ray wprowadził łódź pod sklepienie mostu – mrok zgęstniał. Woda siąpiła ze stalowych płyt na górze, kapała nienaturalnie głośno. Na brzegu coś szybko przebiegło, wystraszyli jakieś zwierzę. Potem wydostali się spod mostu i bez przeszkód popłynęli dalej.

Wszędzie wokół coś się ruszało. Woda pluskała o brzeg i wracała w kroplach do rzeki. Wiatr poruszał liśćmi i gałęziami. Staczały się cząsteczki mułu i kurzu. A co chwila jakieś stworzenie – szczur, mysz, znów jakiś przeklęty krab – pierzchało z pola widzenia i kryło się w błocie.

Nagły dźwięk nad nimi sprawił, że oboje podskoczyli. Górą przelatywał duży ptak. Zbyt baryłkowaty jak na mewę, leciał nisko i szybko, skrzydłami owionął twarz Lacey. Machnęła latarką do góry, znów ją opuściła i przejechała po wodzie przed łodzią.

Wpatrywały się w nią czyjeś oczy, niecałe piętnaście metrów dalej.

Lacey mocniej ścisnęła latarkę, wycelowała promień w mały, okrągły kształt. Głowa. Ludzka? Możliwe. Co do oczu nie było jednak wątpliwości. Wielkie i błyszczące, odbijały światło latarki. Wąska głowa, a wokół niej pływają... chyba włosy. A może to tylko gra światła.

– Ray. – Łódź podpływała coraz bliżej z każdym uderzeniem wioseł. – Przestań wiosłować. Odwróć się.

Zrobił, co kazała. Oboje przyglądali się nieruchomej głowie w wodzie. W tych wielkich jasnych oczach było coś niemal hipnotyzującego.

Ptak wrócił, przeleciał z piskiem tuż nad nimi, czar prysnął. Głowa zniknęła. Lacey pochyliła się do przodu, próbowała znowu ją odnaleźć.

– Uspokój się – warknął Ray, wyraźnie wytrącony z równowagi. – Nie nakręcajmy się, dobra?

– Ray, gdzie to...?

– Spokojnie. I cicho!

Lacey opanowała się i zaczęła omiatać rzeczkę światłem, od wału do wału. Serce biło jej szybko i mocno, aż bała się, że rozkołysze łódź. Musi nad tym jakoś zapanować. Promień światła z latarki, bardzo silny, dosięgał obu brzegów, ale teraz znajdowali się w głównym nurcie i prąd wody był trudny do przewidzenia. I znacznie szybszy.

– Chyba po wszystkim – mruknął Ray.

Unikał jej wzroku, zawracając łódź. Zaczął wiosłować w stronę mariny. Powrót zajmie im parę minut. Lacey jeszcze raz się odwróciła. Nie ma mowy, żeby siedziała plecami do rzeczki. Nawet przez sekundę.

Łódź Bradburych była dwa razy większa od łodzi Lacey, ale w przeciwieństwie do jej jachtu – mało komfortowa. Główna kabina, owszem przestronna, ale szare ściany to metal kadłuba. Czuć było tytoń, smażoną cebulę i stęchłą wodę z zęz.

Ray szukał czegoś w wolno stojącym kredensie. Żaden z mebli, które widziała, nie został zaprojektowany dla łodzi. Ot, zwyczajne meble domowe albo biurowe. Nie pasowały do siebie, nadawały wnętrzu wygląd pływającego sklepu meblowego. Ray wyprostował się i postawił przed nią, na stole butelkę i dwie szklanki.

– Wypij – powiedział.

Lacey z wdzięcznością przyjęła szklankę. Powąchała i łyknęła. Rum. Ray – prawdziwy wodniak. To oczywistość, że pije rum.

– Nie obudzimy Eileen? – zapytała po cichu.

– Koniec świata nie obudzi Eileen. – Przyciągnął swoją szklankę. Butelka stała między nimi jak w scenie z filmu o piratach.

– Widziałeś, prawda?

Ray nie odrywał od niej wzroku. Tylko opuścił i znów podniósł głowę. Widział.

– Co to było, do diabła?

Podniósł szklankę do ust tak, jakby chciał wypić zawartość jednym haustem, ale kiedy ją odstawił z powrotem, okazało się, że ubyło bardzo mało. Lacey poszła za jego przykładem, potrzymała alkohol na języku, póki nie zaczął jej palić.

– Co o tym myślę? Foka.
– To nie wyglądało jak foka. Raczej jak głowa człowieka. Rety, słyszałam gadkę o syrenie z rzeczki. Wtedy myślałam, że to pijackie opowieści wędkarzy. Po dzisiejszej nocy nie jestem już taka pewna.
– W ujściu są foki. Nie tyle, co kiedyś, ale czasem zapuszczają się nawet tak daleko.
Nalała sobie jeszcze jedną porcję rumu.
– Foki mają bardzo ludzkie twarze, Lacey. Wielkie oczy, śliczne małe noski.
– Wątpię, żeby foka naniosła mi krabów do łodzi. Albo żeby stukała w burtę. Albo wołała „Lacey".
Nie odpowiedział.
– Musimy to zgłosić – stwierdziła.
Ray skręcił papierosa i lekko postukał nim o blat stołu.
– Najpierw lepiej przespać się z tą myślą. Z tego, co słyszałem, nie jesteś teraz ulubienicą miesiąca w Wapping. Myślisz, że jak zareagują twoi szefowie, kiedy powiesz, że widziałaś syrenę?
Lacey dopiła drugiego drinka.
– No, wracaj do łóżka – ponaglił ją. – Ja już nie będę się kładł, zawsze lubiłem wschody słońca. Postaram się, żeby nic ci nie przeszkadzało.

61. Pływak

Pływak przyglądał się z rzcczki światłom na łodzi. Za oknami kabiny widać było ruch, ciemniejsze kształty na tle blasku lamp. Gdyby podpłynąć bliżej, można by usłyszeć, co mówią. Bliżej, jeszcze bliżej, żeby dotknąć. Między łodziami. Ryzykowne, ale niekiedy...

Czas uciekał. Wkrótce ma zginąć kolejna dziewczyna. Kolejna z tych długonogich piękności o gładkiej skórze.

Podniesiony głos w kabinie. Lacey. Imię jak kwiat. Lacey jest najpiękniejsza z nich wszystkich.

One, te inne dziewczyny, nie potrafiły pływać. Całe to machanie, wrzeszczenie, rzucanie się. Łatwy łup. Krzyczały i tonęły, woda zalewała im przełyk i po sprawie. Ale nie Lacey. Lacey jest silna. Szybka. Stworzona do wody. Lacey by walczyła. Albo uciekała. Tak czy inaczej, z nią łatwo by nie poszło.

Lacey jest wyjątkowa.

Poniedziałek, 30 czerwca

62. Lacey

Lacey obudziła się o świcie. Przez chwilę była zdezorientowana, potem przypomniała sobie, że skuliła się w kabinie na rufie, bo dwa małe włazy kabiny nie dawały się otworzyć z zewnątrz. Owinęła się w kołdrę, było jest strasznie gorąco, ale przynajmniej pospała sobie.

Tap, tap, tap.

Wróciło. To, co obudziło ją w nocy, wróciło. Usiadła, uderzyła głową w niski sufit. Pukanie dochodziło od głównego włazu.

– Lacey.

Głos Raya. Przy włazie, podekscytowany.

– Lacey, wchodzę. – Pokrywa włazu zaczęła się odsuwać.

Lacey stanęła, nogi nadal miała zmęczone. Kiedy otworzyła drzwi kabiny, zobaczyła opaloną, pomarszczoną twarz sierżanta. Zmarszczki jakby mu się wygładziły, kiedy ją zobaczył. Odetchnął z ulgą

– Dzięki Bogu. – Wyciągnął rękę. – Chodź, skarbie. Wynosimy się stąd.

Lacey, nadal oszołomiona, rozejrzała się.

– Co? Co się stało?

– Chcę, żebyś zeszła z łodzi. Natychmiast.

Łódź wyglądała zwyczajnie. Żadnego pożaru. Szybko sprawdziła podłogę. Żadnej wody.

Żadnych krabów.

– Wezmę tylko…

– Nie!

Już szła do swojej kabiny po ubranie, już była w połowie drogi. I zobaczyła, że pomieszczenie, w którym zazwyczaj sypiała, jest jakieś inne, że z włazu od strony dziobu nie wpada tyle światła, ile powinno.

– Ray, przerażasz mnie.

Nagląco machnął rękami: na pokład, już!

– Trzymaj się blisko mnie, pójdziemy na moją łódź – polecił. – I patrz po nogi. – Odgłos, który wymknął się jej z ust, zabrzmiał jak skomlenie.

– Dopiero teraz jest dość światła, żeby to zobaczyć – powiedział.

Weszła po schodach do kokpitu, nie spuszczała wzroku z Raya.

– Musiało tutaj być prawie całą noc – ciągnął. – Może powiesili, kiedy pływaliśmy po rzece.

To było za nią. Cokolwiek to było, Ray nie chciał, żeby to zobaczyła.

Na rufie wszystko wydawało się w porządku. To coś wisiało na dziobie, nad sypialnianą kabiną.

– Postaraj się nie krzyczeć – poprosił Ray, tak jakby Lacey w ogóle mogła coś z siebie wydusić. – Policja już jedzie. Wolałbym, żeby ludzie tego nie zobaczyli.

Stanęli na pokładzie od sterburty. Łódź Raya była o duży krok od nich. Nadal wiało lekkim chłodem. Słońce jeszcze się nie pokazało.

Ray wyciągnął rękę, Lacey ujęła ją i przeszła z łodzi na łódź. Kiedy znalazła się na drugim pokładzie, odwróciła się.

Pierwszą rzeczą, którą zauważyła, były zwłoki owinięte w płótno – zwisały z jej masztu. Jeden z fałów przyczepiono do sznura owiniętego wokół szyi trupa i go podciągnięto. Stopy ledwo dotykały włazu na portburcie. Potem zobaczyła kraby. Dziesiątki krabów właziło po nogach trupa, biegało po łodzi, buszowało jak po swoim domu.

63. Dana

Lacey, na razie musimy poszukać ci jakiegoś innego lokum. Wieczorem możesz przyjść do mnie. Potem znajdziemy coś na dłużej.

W małej, eklektycznie umeblowanej kabinie na łodzi Bradburych zapadła cisza.

Dana nastawiła się na walkę.

– Nie możesz tutaj zostać. Nawet ty musisz to zrozumieć. Wiadomo, że to nie przypadek. Ktoś, kto zabija te kobiety, ma cię na celowniku. No i jak sobie sama z tym poradzisz?

Lacey westchnęła, wstała zza stołu i omal nie strąciła kubka z kawą. Podeszła do iluminatora, wyjrzała na zewnątrz. Przez jej ramię Dana zobaczyła żółty jacht. Ciało zostało usunięte. Po łodzi kręcili się kryminalistycy. Wszędzie było ich pełno, tak jak niedawno krabów. Miną dni, może tygodnie, zanim znów pozwolą Lacey tutaj zamieszkać.

– I dlaczego, dlaczego nie powiedziałaś mi wcześniej o tych łódkach-zabawkach? To trwa już dobrze ponad tydzień.

W kambuzie Ray i Eileen rozmawiali po cichu. Eileen, nadal w purpurowym szlafroku, odwróciła się do nich.

– Lucy, możesz z nami zostać. Mamy mnóstwo miejsca.

– Chyba nie – odpowiedziała Dana. – To ładnie z waszej strony, ale nie byłoby w porządku, gdybyście to wy musieli dbać o bezpieczeństwo Lacey.

– Pływak, którego oboje widzieli ostatniej nocy, prędzej wróci, jeśli Lacey nadal będzie tu mieszkać – zauważyła Eileen.

Ray i Lacey wymienili spojrzenia. Czego jej nie powiedzieli? Tak jakby ta cała historia nie była już wystarczająco głupia i pokręcona. Ktoś puka w burtę łodzi Lacey po nocy. We dwoje z sierżantem wypływają na rzeczkę, żeby sprawdzić. W wodzie zauważają coś, co może być foką, ale żadne z nich nie jest tego pewne. Aha, i kraby. Mnóstwo krabów.

– Zgadza się – przyznała Lacey. – Po swojej łodzi chodziłabym za dnia, jak kryminalistycy skończą, a w nocy sypiałabym tutaj.

Dana zastanowiła się nad tym. Może wysłać detektywów. A Wydział Rzeczny zwiększy częstotliwość patroli na rzecce.

– Zobaczymy – odezwała się wreszcie. – Poczekajmy na wyniki sekcji.

64. Dana

Wreszcie policja rzeczna dała mi jedną, przy której jeszcze nie majstrowali. – Kaytes naciągnął rękawice i obrzucił wzrokiem sześcioro policjantów. – Spora gromadka w kostnicy. Przyszliśmy zobaczyć, jak to się robi, co?

Dana spojrzała na drugą stronę pomieszczenia, gdzie stali obok siebie David Cook i Lacey. Oboje milczeli, wpatrywali się w zwłoki, nie zwracali uwagi na żarciki patologa.

– Dziś rano ściągnięto ją z łodzi Lacey – poinformowała Dana. – Oficjalnie znaleziono ją w wodzie, zabrano na komendę w Wapping, zważono, zmierzono, sfotografowano i wprowadzono do systemu. Zażądałam, żeby nie przeprowadzano badania, zanim przywiezie się ją tutaj.

– Ją? – Kaytes puścił oko. – Wiesz coś, czego ja nie wiem?

– To kobieta. – Lacey przelotnie zerknęła na Kaytesa. – Gdzieś z Bliskiego Wschodu albo z południowej Azji. Z całym szacunkiem, doktorze, ale o tym wiemy wszyscy.

Mizon, która stała blisko Lacey, pokiwała głową. Ani Anderson, ani Stenning, ani Cook nie pokazali po sobie, że się nie zgadzają.

– Tak, hm, pewnie masz rację – mruknął Kaytes. – W porządku, przyjrzyjmy się temu dokładnie. Możecie mi mówić, co o tym myślicie, ludziska, ale życzę sobie rozważnych opinii, a nie histerycznych przypuszczeń. Jasne, policjo rzeczna?

Lacey kolejny raz się nie uniosła, podeszła tylko bliżej i nadal uważnie przyglądała się zwłokom. Inni poszli w ślad za nią. Dana na końcu.

Szczupła postać leżała wciąż owinięta w płócienną tkaninę, poplamioną na brązowo rzecznym szlamem. Gdzieniegdzie przyczepione algi nadawały materiałowi matowy, zielonkawy blask, a wodna flora już na dobre zadomowiła się na zwłokach. Poszarpane dziury ziały wokół twarzy i szyi. Więcej ich było na brzuchu. Dana poczuła przypływ ekscytacji. To ciało nie leżało długo w rzece. To ciało więcej im powie. Mogą być na nim odciski palców, organy wewnętrzne pewnie są zachowane, wszelkie rany widać wyraźnie. Dowiedzą się, czy była w ciąży.

– W porządku. – Kaytes zwrócił się do swoich koleżanek Max i Jac. – Przyjrzyjmy się jak należy, co? Kto ma nożyczki?

Dwie panie technik laboratoryjne zaczęły usuwać płócienne opakowanie. Znalazły węzły przy szyi, w talii i przy stopach. Kiedy już wszystko odwiązały, włączył się Kaytes, podniósł głowę, ramiona, biodra i nogi trupa, a pomocnice odwinęły bandaże i starannie je zapakowały. Całun pod spodem okazał się dużą kwadratową płachtą, pokaźne fragmenty tkaniny nadal były białe. Na skinienie Kaytesa Max znalazła luźny koniec pod lewym bokiem zwłok i go uniosła. Kobieta pod całunem została obnażona.

– Wygląda jak Sahar – stwierdziła Mizon. Miała na myśli dziewczynę, którą Lacey znalazła w rzece trochę ponad tydzień wcześniej.

– Wygląda jak Nadia – uznała Lacey.

Wygląda jak one obie, pomyślała Dana. Rysy twarzy martwej kobiety były mocne i regularne. Wysokie czoło, wyrazisty nos. Oczy miała otwarte, wielkie i jasne. Około dwudziestki, domyślała się Dana. Piersi wysokie i małe, biodra wąskie, talia szczupła. Nogi długie i lekko chudawe. Ciemny trójkąt włosów łonowych nieprzycięty ani ogolony. Na łydkach i przedramionach delikatne ciemne włoski. Włosy na głowie ciemne i bardzo długie.

– Nie została zakłuta ani zastrzelona – oznajmił Stenning. – Zresztą prawie w ogóle nie widać na niej żadnych śladów.

– I tak musimy ją odwrócić – powiedział Kaytes. – Ale wydaje mi się, że masz rację. Jac, włącz lampę, dobra?

Silne światło oświetliło popiersie kobiety, wszyscy zbliżyli się o krok, dwa kroki do wezgłowia stołu na kółkach. Kaytes wziął grzebień chirurgiczny. Zaczął nim rozczesywać włosy denatki, ostrożnie rozdzielając je centymetr po centymetrze.

– Żadnych widocznych urazów czaszki. Dobra, obracamy. – Razem z dwiema asystentkami, z wprawą wynikającą z długiej praktyki, podsunął ręce pod zwłoki i przełożył je plecami do góry.

– Pete ma rację – odezwał się Anderson. – Żadnych śladów po uderzeniu tępym narzędziem.

– Ale utonąć, też nie utonęła – włączyła się Lacey. – Była opakowana jak prezent. Musiała być martwa albo przynajmniej unieruchomiona, zanim jej to zrobili.

Kaytes znalazł szkło powiększające i przyglądał się czemuś na szyi kobiety. Potem przeszedł w dół zwłok, aż znalazł się na wysokości ich lewej dłoni. Skóra wyglądała tam jak cienka rękawiczka, która zaraz się zsunie. Patolog zmarszczył brwi i nachylił się, żeby obejrzeć drugą rękę.

– Uduszono ją? – zapytała Dana. – Czy sama się jakoś udusiła?

Kaytes uśmiechnął się lekko.

– Możliwe. Dziewczyny, teraz z powrotem przodem. Zobaczcie – powiedział kilka sekund później, kiedy kobieta znów na nich patrzyła. – Widzicie te ślady nad obojczykiem?

– Wyglądają, jakby coś owinięto wokół jej szyi – stwierdził Anderson. – Więc uduszenie?

– Niewykluczone. Ślad prowadzi na tył szyi i według mnie nie wygląda na ranę pośmiertną. I są ślady na obu dłoniach, to chyba rany obronne. Dziewczyny, musimy bardzo ostrożnie podchodzić do rąk. Może nam się uda znaleźć DNA sprawcy pod paznokciami.

– **To Pasztunki.** – Lacey otuliła oburącz kubek z kawą, tak jakby chciała ogrzać dłonie. – Nie wiemy tego teraz na pewno, ale widzę jasne oczy Sahar. Nadia ma takie. Ta też. Piękna dziewczyna z Afganistanu albo z pobliskiego kraju.

Zespół, a wraz z nim David Cook i Lacey, wrócił do komisariatu w Lewisham. Sekcja miała trwać jeszcze parę godzin. Zostawili przy niej Kaytesa z jego zespołem.

– Naprawdę musimy porozmawiać z tą Nadią Safi – powiedziała Dana. – Bez względu na to, czy ma z tym coś wspólnego. Na razie jest naszym jedynym tropem. I dlatego znów wchodzisz do zespołu, Lacey. Tylko ty nas z nią wiążesz.

Lacey ostro popatrzyła na Cooka, a ten skinął głową.

– Zgodziłem się – przytaknął. – Znajdziemy dla ciebie zastępstwo, póki to się nie skończy. Na marginesie, mam nadzieję, że długo to nie potrwa. Przed nami parę pracowitych miesięcy.

Dana zobaczyła błysk w oczach Lacey. Chociaż dziewczyna tak bardzo pragnęła wrócić do służby w mundurze, zależało jej na udziale w tej sprawie. Chciała ją rozwiązać. Nadal czuła się detektywem, choćby nie wiem jak próbowała udawać, że jest inaczej.

W tej chwili drzwi otworzyły się i weszła Mizon.

– Przyszedł raport daktyloskopijny – oświadczyła. – Trzy różne zestawy odcisków na tych łódkach-zabawkach, w tym pani na żółtej i Lacey na wszystkich trzech. Ale najważniejsze, że bardzo wyraźny odcisk znaleziony na wciągarce łodzi Lacey dokładnie pasuje do trzeciego zestawu.

Dana wyprostowała się na krześle, zobaczyła, że inni też się napinają.

– Na wyciągarce, którą posłużono się, żeby wwindować zwłoki na maszt?

– Właśnie na tej. Nie ulega wątpliwości, że sprawca jest osobiście zainteresowany Lacey i od jakiegoś czasu składa jej wizyty. Niestety, jego odcisków palców nie ma w systemie, więc nie sprawdzimy kto to.

– A co na temat ostatniej ofiary?

Mizon pokręciła głową.

– Przykro mi, szefowo. Jej odcisków palców też nie ma w bazie.

Wokół stołu rozległy się pełne irytacji sapnięcia.

– Tak łatwo nie może być, co? – prychnęła Dana. W tej chwili zaczął dzwonić jej telefon.

Kaytes. Chciał, żeby znowu przyszli.

Anatomopatolog wprowadził ich do małego pokoju bez okien, cuchnącego zwietrzałą kawą i środkiem czyszczącym. Nie usiadł, tylko stanął przy końcu stołu.

– Nie była w ciąży. Teraz ani nigdy wcześniej. Macica mała, jak to u młodej kobiety, która dopiero zacznie brudny proces rodzenia dzieci.

Dana wyciągnęła krzesło i oparła się o nie. Kolejny trop się ulotnił.

– Brakowało jakichś ważnych organów? – zapytała Mizon.

– Wszystkie na swoim miejscu i w doskonałym stanie. Specjalnie sprawdziłem nerki.

Kolejny trop szlag trafił. Dana usiadła.

– Nie sądzę, żeby ją uduszono – ciągnął Kaytes. – Kość gnykowa jest nieuszkodzona. Musimy jeszcze zaczekać na wyniki badań toksykologicznych, ale nie ma śladów najczęściej spotykanych trucizn.

– Więc jak umarła?

– Możliwe, że nigdy się nie dowiemy. Stawiam na to, że się utopiła.

– Niemożliwe – zareagowała natychmiast Lacey.

– Miło widzieć, że umysły macie otwarte, policjo rzeczna.

– Otwarte czy nie, zgadzam się z Lacey – wypalił ostro Anderson. – Chyba że oszołomiono ją narkotykiem, żeby się nie ruszała, a potem związano.

– Przeciwnie, myślę, że mocno się broniła. Na dłoniach i przedramionach są rany, zadrapania i lekkie siniaki. Takie, które mogą powstać w ciągu kilku minut, bo chyba zostały jej wtedy minuty. Jest też mała ranka na głowie, tuż nad szyją. I ślad na szyi, który wszyscy widzieliście. To mi mówi, że jakoś, może przywiązaną za szyję, trzymano ją pod wodą, dopóki nie utonęła.

— Ma wodę w płucach? — dopytywał Stenning.

Doktor pokiwał głową.

— Ma. I to jest woda z Tamizy. Słodko-słona mieszanka, którą łatwo rozpoznać. Ale to niczego nie dowodzi. Jeśli zwłoki są dłuższy czas pod powierzchnią, woda może wsączyć się sama do płuc i żołądka. — Kaytes przeciągnął się, podłożył dłonie pod głowę i wygiął plecy. Zbliżał się wykład. — Jak wiecie, zazwyczaj możemy uznać, że śmierć nastąpiła przez utopienie, jeśli ktoś widział, jak to się stało, albo kiedy udało nam się wykluczyć wszystko inne. Jeżeli raporty toksykologiczne niczego nie wykażą, to mój wniosek będzie taki, że ta młoda kobieta umarła, bo najprawdopodobniej przemocą zanurzono ją w Tamizie.

— Potem została wyciągnięta, owinięta całunem, obciążona i z powrotem wrzucona do rzeki gdzieś w okolicach Deptford Creek — dokończyła Dana.

— Wydaje mi się to racjonalne — zgodził się Kaytes.

— Wydaje mi się to mocno dziwaczne — skontrował Anderson.

— Ale wszyscy na pewno jesteście ciekawi — ciągnął niezrażony Kaytes — czy kobieta przywieziona dziś rano oraz ta, którą policja rzeczna wydobyła z Tamizy w ubiegłym tygodniu, i ta znaleziona przy South Dock Marina posiadają wystarczającą liczbę wspólnych cech, żeby stać się przedmiotem jednego śledztwa. W skrócie: czy mamy trzy niepowiązane śmierci, czy też jest między nimi związek stworzony przez identyczne okoliczności? Zgadza się?

— Oczywiście — przytaknęła Dana. — Już wiemy, że znajdowały się mniej więcej na tym samym odcinku rzeki. Wiemy, że dwie ostatnie raczej zostały obciążone, bo stan zwłok wskazuje, że zanadto się nie ruszały.

— Wiemy też, że mówimy o czasie krótszym niż rok — dorzuciła Lacey.

Kaytes pokiwał głową.

– Bardzo prawdopodobne, policjo rzeczna. Tak jest. Wszystkie poniżej trzydziestki. Posunąłbym się nawet do stwierdzenia, że poniżej dwudziestego piątego roku życia. Wszystkie trzy miały długie czarne włosy, co wskazywałoby na pochodzenie bliskowschodnie albo azjatyckie. Żadna nie przechodziła zaawansowanych zabiegów stomatologicznych.

– Żadnych oczywistych przyczyn śmierci poza tymi, o których właśnie pan nam powiedział? – zapytał Anderson.

– Nie ma śladów, że któraś z nich została zastrzelona, zasztyletowana albo uderzona w głowę tępym narzędziem. Uduszenie nie wchodzi w grę, bo u każdej z nich kość gnykowa jest nieuszkodzona. Raport z sekcji zwłok tej najwcześniejszej nie wskazuje, że zażywała jakieś trujące substancje. Nie chcę wychodzić przed własne wnioski, ale wygląda na to, że te dziewczyny przemocą utopiono.

– Ale rozstrzygającym argumentem są całuny, prawda? – powiedziała Mizon. – Fakt, że dwie, a prawdopodobnie trzy, były owinięte w całun nie jest przypadkowy.

– Tak myślę – potwierdził Kaytes. – Panie, panowie, macie do czynienia z niezwykłym seryjnym zabójcą. Takim, który lubi swoją mokrą robotę. Bardzo mokrą.

65. Lacey

To nadal wariactwo – wykłócał się Anderson. Robił to przez prawie całe popołudnie. – Mówimy o wielkiej operacji. Najpierw trzeba wyszukać te piękne Afganki o niebieskich oczach. Potem przekupić je, żeby zostawiły swoje domy i z nieznajomymi facetami przejechały tysiące kilometrów przez wielkie masy lądu, w tym całą długość Europy. No i trzeba jakoś przeszmuglować je do Wielkiej Brytanii.

– Nie „jakoś", sierżancie – Lacey zauważyła, że zaskakująco łatwo wracała do swojej roli w posterunku w Lewisham. – Dokładnie wiemy jak. Przypływają statkiem do Tilbury, tam są wyładowywane, a następnie małą łódką wiezione Tamizą. Z upływem dnia Anderson robił się coraz bardziej czerwony. Westchnął.

– Myliłem się, przyznaję. Mamy jakieś pojęcie o ostatnich kilkudziesięciu kilometrach z kilku tysięcy kilometrów podróży. Aż kipi u nas od informacji. Zaczynam się zastanawiać, jak dawaliśmy sobie radę bez ciebie, Lacey. Ale wracam do sprawy, to wszystko pachnie dużym biznesem. Nikt nie robiłby sobie tyle zachodu, gdyby nie szła za tym gruba forsa.

– Sierżancie, nikt nie mówi, że nie masz racji – starała się uspokoić go Mizon. – Ale to przedsięwzięcie finansowe powoduje, czy to z założenia, czy przez przypadek, że niektóre z tych kobiet giną.

– I tu wpadamy w Matrix – parsknął Anderson. – Bo nie tylko je wyrzucają. Owijają je jak mumie egipskie. To mi podpowiada, że w tym jest jakiś rytuał, coś nienormalnego.

– Bo przemycanie kobiet przez całą kulę ziemską i trzymanie ich w niewoli jest normalne, tak? – zakpiła Mizon.

– Źle się wyraziłem. Chodzi o to, że nie ma w tym logiki. Pieniędzy. W tym, jak pozbywają się tych kobiet. I weźmy jeszcze prześladowcę Lacey. To wszystko jest mocno porąbane.

Nikt się nie sprzeciwił.

– Hm, cieszę się, że co do tego mamy jasność – skwitował Stenning. – Poczekajcie... – Wskazał telewizor włączony z przyciszonym głosem.

Wszyscy odwrócili się w stronę ekranu. Właśnie zaczęły się wieczorne wiadomości i głównym tematem było znalezienie zwłok na łodzi Lacey. Reporter mówił do kamery przed Nowym Scotland Yardem.

„Policja metropolitalna potwierdziła, że śmierć kobiety znalezionej dziś rano w Deptford Creek jest nie tylko podejrzana, ale że może być powiązana z podobnymi historiami, które zdarzyły się w Londynie w ciągu ostatnich dwunastu miesięcy".

Przełączono obraz na salę konferencyjną w środku. Detektyw inspektor Tulloch, generalny inspektor Cook i detektyw superintendent Weaver siedzieli za stołem przed reporterami.

„Uważamy, że te młode kobiety były sprowadzane z Bliskiego Wschodu". Tulloch przebrała się na konferencję prasową. Miała na sobie szaroperłowy kostium i ciemnoróżową bluzkę. „Podstępem nakłoniono je do opuszczenia domów, prawdopodobnie obiecując nowe, lepsze życie na Zachodzie. Przywieziono je nielegalnie do kraju i trzymano w niewoli. Potem stało się z nimi coś strasznego. W ciągu ostatniego roku zginęły w ten sposób trzy kobiety. Ofiar może być znacznie więcej. Niewykluczone, że młodym kobietom grozi niebezpieczeństwo nawet teraz. Jeśli ktoś wie o czymś, co by nam pomogło, prosimy, żeby się z nami skontaktował".

– Ma naturalny autorytet, prawda? – Mizon szturchnęła Lacey w ramię.

– Ma. Ile autorytetu dodają jej ciuchy?

– Pomagają. Ale chyba przede wszystkim wie, że zawsze jest najbardziej rozgarniętą osobą w sali.

Zadzwonił telefon w torbie Lacey. Obie spojrzały na siebie. Potem Mizon popatrzyła na komórkę, którą Lacey zazwyczaj nosi przy sobie; leżała nieruchoma i cicha na biurku między nimi. Mieli nadzieję, że konferencja prasowa wygoni Nadię Safi z kryjówki, zachęci do ponownego kontaktu z Lacey. Po prostu się nie spodziewali, że to stanie się tak szybko.

Lacey, świadoma, że wokół niej zapadła cisza, wyjęła telefon. Na ekraniku wyświetliło się „Numer zastrzeżony". Tak jak ostatnim razem, kiedy dzwoniła Nadia.

– Halo?

– Chcesz jeszcze ze mną rozmawiać?

– Oczywiście. – Lacey skinęła głową do kolegów. – Wszystko w porządku?

Nadia wahała się tylko przez chwilę.
- W porządku. Oglądałam właśnie wiadomości. To prawda? Zabito te trzy dziewczyny?
- Co najmniej trzy. Coś strasznego dzieje się z młodymi kobietami, takimi jak ty. Możesz nam pomóc?
- Tak. Myślę, że tak.

66. Lacey

Park Greenwich omdlewał, ciężki od letniego upału i ponad pięciuset lat historii. Łodyżki na ozdobnych rabatach ledwie podtrzymywały kwiaty.

W stroju do biegania, bo co mogło być mniej podejrzanego w parku Greenwich, niż jogger, Lacey biegła na szczyt granicznego wzgórza. Gdy zbocze wyrównało się, zwolniła, żeby złapać oddech i pozwolić się ochłodzić słabemu wietrzykowi.

Nadia nie nosiła już burki, ale tradycyjny muzułmański salwar kamiz* i chustę na ciemnych włosach. Czekała na stopniach pomnika generała Wolfe'a. Wydawała się wyższa, niż zapamiętała Lacey.

W parku poniżej i wokół nich było tłoczno. Gdzie tylko Lacey spojrzała, ludzie spacerowali z psami, bawili się z dziećmi, rzucali do siebie piłki albo po prostu leniuchowali na kocach. Nadia prosiła ją, żeby przyszła sama, i obiecała, że też tak zrobi, ale na otwartej zatłoczonej przestrzeni nie dało się tego sprawdzić.

Lacey oczywiście nie dotrzymała słowa – na pewno by jej na to nie pozwolono – i w parku roiło się od tajniaków. Po drodze pod górę minęła Stenninga i Mizon. Leżeli na trawie i pili z puszki dietetyczną colę.

---
* Salwar – workowate, zwężone na dole spodnie, kamiz – luźna tunika.

W furgonetce operacyjnej na pobliskiej ulicy słuchano każdego słowa przekazanego za pośrednictwem podsłuchu w jej kamizelce do biegania. Lacey zatrzymała się parę kroków od Nadii i celowo upuściła bidon, który miała z sobą. Potoczył się w stronę dziewczyny, a ta nachyliła się, podniosła go i oddała właścicielce.

– Dziękuję. – Lacey starannie włożyła go za pasek na ramieniu. Teraz mieli odciski palców, żeby je porównać z tymi w systemie. Wkrótce będą wiedzieli z całą pewnością, czy to ta sama osoba, którą zatrzymali w październiku.

Jakby żadna z nich nie wiedziała, od czego zacząć, odwróciły się, żeby podziwiać widoki: średniowieczny rezerwat myśliwski zwierzyny płowej, pod nim warstwa białego stiuku, chwała regencji, dalej srebro miejskiej rzeki zwieńczonej drapaczami chmur z XXI wieku.

– Tu, na górze, przynajmniej jest trochę powietrza – powiedziała Lacey w stronę biurowca w Canary Wharf.

Nadia nadal patrzyła przed siebie. Wyglądała na starszą niż w rzeczywistości, miała cienkie zmarszczki, tak jak każdy, kto spędza dużo czasu na słońcu.

– Powinnyśmy chodzić. – Nadia gwałtownie się odwróciła i odeszła. – Tak bezpieczniej.

Lacey poczuła chłód, który nie miał nic wspólnego z ruchem powietrza. Wyrównała krok z Nadią, skierowały się na wschód. O co najpierw zapytać?

W furgonetce Tulloch milczała, co nie było w jej stylu.

Obie kobiety przeszły pod krótkim sklepieniem koron drzew i nagle przestrzeń wokół nich wypełniła się dźwiękami. Liście szeleściły, ptaki trajkotały i biły się, wiewiórki ciężko truchtały.

– Potrzebujesz pomocy? – zaczęła Lacey. – Wiem, że jesteś tutaj nielegalnie, ale jeśli padłaś ofiarą przestępstwa, są ludzie, którzy ci pomogą.

– Zapytaj mnie o to później – odparła Nadia. – Co chcesz wiedzieć?

– Skąd jesteś?

Milczenie.

– Myślę, że z Afganistanu – ciągnęła Lacey. – Że tam, u ciebie, ktoś zaproponował ci pomoc w przedostaniu się do Zjednoczonego Królestwa. Mówił, że czeka na ciebie praca, że możesz nieźle zarobić i wysłać pieniądze rodzinie. Powiedz, jeśli się mylę.

Nadia, omijając wzrokiem Lacey, patrzyła na prawo, na drzewo o tak grubym pniu, że musiało być wiekowe jak sam park.

– Takie stare drzewa. Jak się nazywają?

Lacey nie musiała sprawdzać.

– Dęby. Większość tutaj to dęby. To bardzo stary park.

– W moim kraju też mamy stare drzewa. – Nadia przyspieszyła kroku. Nie zaprzeczyła, że jest z Afganistanu. To ważne.

– Sądzę, że wybrali cię, bo masz jasną skórę, jasne oczy i jesteś piękna. Myślę, że nie jesteś pierwsza i nie będziesz ostatnia. Chociaż to może trochę się zmieni, bo niektóre kobiety takie jak ty, sprowadzone do tego kraju, zostały zabite.

Lacey czekała, dawała Nadii czas. Ścieżka doprowadziła je do obalonego pnia najstarszego drzewa w parku, jedynego, które zasłużyło sobie na ochronną barierkę. Pusta skorupa Dębu Królowej Elżbiety.

Nadia patrzyła na tablicę ustawioną przed zabytkiem.

– Co tu jest napisane?

– Że Henryk VIII spotykał się pod tym drzewem z Anną Boleyn – powiedziała Lacey, zanim zrozumiała, że to raczej nic nie mówi dziewczynie. – Henryk to bardzo słynny król Anglii. Był żonaty, ale zakochał się w młodej Angielce Annie. Nic go nie powstrzymało, uczynił z niej królową, ale jak nie dała mu syna, zwrócił się przeciwko niej. Została ścięta, kiedy miała zaledwie trzydzieści pięć lat.

– A córkę miała?

– Tak. Elżbietę. I ona została bardzo wielką królową.

– Ja miałam trzy córki.

– Gdzie one są?

– Z ich ojcem. Nie widziałam ich od trzech lat. – Nadia znowu odwróciła się w stronę obalonego drzewa. – Zabił ją?

Była królową, a on ją zabił? Myślałam, że w tym kraju jest inaczej.

Lacey otworzyła usta, żeby wyjaśnić, że Henryk i Anna żyli pięćset lat temu, ale zrozumiała, że dla kobiety, która straciła troje dzieci, pół tysiąca lat to szczegół.

– Co się z tobą stało? – powiedziała zamiast tego.

Nadia szczelniej okryła głowę chustą.

– Wyszłam za mąż, akurat skończyłam wtedy piętnaście lat. Za najstarszego syna urzędnika rządowego. To było ważne małżeństwo. Mówiono mi, jakie mam szczęście. Chyba nawet w to uwierzyłam. W tak młodym wieku niewiele się myśli. Jedyne czego chcesz, to mieć dobrego, łaskawego męża, mnóstwo zdrowych dzieci, zyskać szacunek rodziny męża. Z tobą też tak było?

Nie, jako piętnastolatka Lacey myślała o tym, żeby ukraść samochód, pojeździć nim szybko w nocy po pustym parkingu, potem podpalić przy magazynach w rodzinnym mieście. Myślała o chłopcach z żelem na włosach i głodnych oczach. O kłamstwach, którymi uraczy rodziny zastępcze, a bardzo rzadko o tym, co z nią będzie, kiedy stanie się za stara na opiekę ze strony gminy. Ta kobieta i ona zapewne nie znajdą wiele wspólnego.

– Dziewczyny są chyba takie same na całym świecie – skwitowała.

– Moja pierwsza córka urodziła się niecały rok później. – Nadia wyciągnęła rękę i jakby bezwiednie oderwała główkę wysokiego kwiatu podobnego do stokrotki. Zaczęła obrywać płatki i rzucać je na ziemię. Miała zaskakująco duże dłonie, zgrubiałe i ogorzałe. – Druga trochę ponad rok później. Trzecia prawie dwa lata później. Trzy piękne, zdrowe dziewczyny. Pozwolono mi dokończyć karmić najmłodszą, a potem on rozwiódł się ze mną i odesłał mnie do mojej rodziny.

– Za to, że urodziłaś dziewczynki? Czy synowie naprawdę są tacy ważni?

Nadia zmięła resztki kwiatu w dłoni.

– W ogóle nie znasz mojego kraju. Rodzina bez synów nie ma zabezpieczenia, nie ma przyszłości. Rodzina bez synów jest niczym. Kobieta bez synów jest gorsza niż nic.
– Ale byliście młodzi. Ile mieliście lat? Po dwadzieścia? Nie więcej. To jasne, że mogliście płodzić zdrowe dzieci. Dlaczego po prostu nie popróbowaliście jeszcze raz?
Nadia znów przyspieszyła kroku.
– Bo moja teściowa chciała się mnie pozbyć. Jest taki zwyczaj. Jak dziewczyna wychodzi za mąż, matka daje jej chusteczkę. Często haftowaną, często z koronkami. To bardzo ważne. Ale nie powiedziano mi, co z tym zrobić. Tamtej nocy, kiedy byłam razem ze swoim mężem, szukał dowodu, że jestem dziewicą.
Lacey zastanowiła się przez chwilę.
– Szukał krwi?
Nadia skinęła głową.
– A krwi nie było. Prześcieradła czyste. Myśleli, że następnego dnia, rozumiesz, zaniesie chusteczkę do moich jako dowód, że dali mu nieskalaną narzeczoną. A ja nie włożyłam chusteczki między nogi, żeby zebrać krew. Więc nie mógł tego zrobić. Byłam zhańbiona. Ta wiadomość załamała moją rodzinę, a rodzina męża straciła dla mnie wszelki szacunek. – Odwróciła się, w jej zimnych, srebrnych oczach przez sekundę lśniła taka furia, że Lacey omal się nie odsunęła. – Miałam piętnaście lat. Nigdy sama nie wychodziłam z domu. Nosiłam burkę od pierwszej miesiączki. Jak mogłam nie być dziewicą?
– Nie każda kobieta krwawi, kiedy traci dziewictwo – zauważyła Lacey.
– Gdybym wiedziała, po co ta chusteczka, jaka jest ważna, zabrałabym nóż do łóżka. Po kryjomu bym się zacięła. Zrobiłabym wszystko, żeby pokazała się krew. Całe moje życie od tego zależało, a matka nawet mi nie powiedziała, po co to jest.
– Ale zostaliście ze sobą. Urodziły wam się dzieci.
– Gdybym miała synów, może by mi przebaczono. Ale teściowa w każdej dziewczynce widziała znak, że Bóg przeklął mnie za nieczystość. Wmówiła mojemu mężowi, że nigdy

nie doczeka się synów, jak będę jego żoną. Więc odesłał mnie do mojej rodziny. Wziął sobie nową żonę. W ciągu roku dała mu syna.

– A twoje córki zostały z nim?

– W islamie dzieci należą do ojca. Ale nigdy nie zaznają szczęścia. Nie będą miały tak dobrego jedzenia ani nowych ubrań, jak dzieci jego nowej żony. Kiedy osiągną odpowiedni wiek, zostaną wydane za mało ważnych mężczyzn i nie będą się cieszyły poważaniem w rodzinach mężów. Nikt ich nie pokocha. I oto jestem, po drugiej stronie świata, a moja miłość powoli mnie zabija.

Wreszcie Nadia odwróciła się, żeby spojrzeć na Lacey. Była piękną kobietą, widać, że inteligentną, ale zmiażdżoną przez obyczaj, w którym się urodziła.

– Trochę ponad tydzień temu wyłowiliśmy z Tamizy ciało pewnej dziewczyny... – Lacey wyczuła okazję. – Dziś rano znaleźliśmy inną młodą kobietę, taką jak tamta. Nie potrafimy ich zidentyfikować, dlatego pomyślałam, że przybyły tutaj nielegalnie. Pewnej nocy podczas patrolu omal nie złapaliśmy grupki płynącej Tamizą w małej nieoświetlonej łodzi, tak jak było z tobą. Dwie dziewczyny i jeden z mężczyzn uciekli. Miałam nadzieję, że może powiesz mi, co się dzieje.

Nadia znów ruszyła, Lacey poszła za nią. Ścieżka prowadziła w dół, Lacey poczuła zapach róż, suchej ziemi i gorącej kory. Aromaty parku wisiały tuż nad gruntem, jak poranna mgła.

– Skąd wiedziałaś, że cię szukam? – podjęła Lacey. – Kto dał ci mój numer?

Nadia milczała.

– Mężczyźni, którzy cię tutaj przywieźli? Nie chcę cię na nic narażać, Nadio. Słuchaj, chodź teraz ze mną. Mogę ci zapewnić bezpieczeństwo.

Pokręciła głową.

– Nie wiem, czy mieli z tym coś wspólnego. Nie powiedzieli. Ale nie mogę po prostu zniknąć. Nie mogę, bo skrzywdzą moje córki.

Oczywiście. W ten sposób sprawują kontrolę nad tymi kobietami. Groźby pod adresem rodzin zostawionych w kraju. Czy realne? To bez znaczenia; ważne tylko, że kobiety w to wierzyły.

Trzask w uchu Lacey oznaczał, że inspektor Tulloch traci cierpliwość.

– Więc powiedz mi, co możesz – poprosiła łagodnie Lacey. – Zacznij od tego, co się stało, kiedy wyszłaś z hostelu.

– Zabrano mnie do domu. To był bardzo duży dom, ale w środku widziałam jedynie mój pokój. Długo mnie tam trzymali. Chyba kilka miesięcy, chociaż... trochę straciłam poczucie czasu.

Lacey usłyszała, jak Dana wstrzymuje oddech.

– I co się wtedy z tobą działo?

– Nic. Mówili, że muszę poczekać, póki nie załatwią papierów. I póki nie znajdą mi pracy. Więc czekałam. Jadłam, co dawali, oglądałam telewizję, dużo spałam. Nudno było.

Tego nie spodziewali się usłyszeć.

– Nie skrzywdzili cię jakoś? Nie kazali ci robić czegoś, czego nie chciałaś?

Pokręciła głową.

– Wiem, co się często dzieje z dziewczynami takimi jak ja. Wiem, co ryzykowałam. Ale mnie się poszczęściło.

– Czy w domu były inne kobiety?

– Chyba tak, nie widziałam. Od czasu do czasu słyszałam tylko głosy. Czasami ktoś krzyczał. Nie wiem, czy wszystkie tak cierpliwie czekały jak ja.

– Byłaś tam uwięziona? Inne kobiety też?

– Raczej tak. Pewnego dnia powiedziałam, że chcę wyjść. Nie pozwolili. Kazali czekać, aż załatwią papiery, inaczej będę odesłana do domu. Ale nie traktowali mnie źle. Jak zachorowałam, zajęli się mną. Miałam lekarzy, pielęgniarki, lekarstwa.

– Byłaś chora?

– Tak, parę miesięcy po przyjeździe. Powiedzieli, że to opóźni moje wyjście. Że w takim stanie nikt mnie nie zatrudni.

Słuchawka znów zaczęła trzeszczeć, ale Lacey już była gotowa.

– Na co zachorowałaś?

Nadia wyglądała na zaskoczoną.

– Nie jestem pewna. Ale podobno to się bardzo często zdarza dziewczynom z mojej części świata. Twierdzili, że po prostu nie jestem przyzwyczajona do angielskiego jedzenia i angielskiej wody. Do angielskich bakterii. Chyba mieli rację. Poprawiło mi się. A potem stamtąd wyszłam.

– Lacey, spróbuj jeszcze bardziej wypytać, gdzie ją trzymali – szepnął jej do ucha głos Dany Tulloch.

– Było ciemno, jak mnie tam przywieźli – odparła Nadia, gdy Lacey o to zapytała. – Tak samo, kiedy stamtąd odchodziłam. Wiem tylko, że to gdzieś w Londynie. Wysokie, duże domy. Nie znalazłabym ich drugi raz.

– Miałaś okno w tym pokoju?

– Tak, ale szyba była... zachmurzona?

– Nieprzezroczysta – podsunęła Lacey. – Przepuszczała światło, ale niczego nie mogłaś zobaczyć. Często używamy ich w łazienkach.

– Tak, właśnie, jak szyba w łazience. Wiedziałam, że w pobliżu są inne budynki. I że jestem blisko rzeki. Można się zorientować, prawda, że gdzieś w pobliżu płynie woda? Ten zapach w powietrzu... I łodzie wydają inny odgłos niż samochody.

– Przywieźli cię tam wodą?

Twarz Nadii spochmurniała. Głowa opadła jej i uniosła się na znak potwierdzenia.

– Tak. Ale jeśli chcesz, żebym przypomniała sobie podróż, to naprawdę nie potrafię.

– Cokolwiek, co pamiętasz...

– Przepraszam, ale musisz zrozumieć, jak bardzo boję się wody. Po tym, co się stało tamtej nocy, kiedy wyciągnęłaś mnie z rzeki, nie mogę myśleć o wodzie. Wariuję.

– Nic dziwnego. To było straszne doświadczenie.

– Ale dla mnie nie pierwsze. Nie po raz pierwszy omal nie utonęłam.

Lacey czekała. Nadia jakby chciała powiedzieć więcej, ale pokręciła głową.

– Minęło wiele lat. Szczegóły nie są ważne. Ale dlatego woda mnie przeraża. Wiem, że zawieźli mnie do tego domu wodą i wywieźli wodą. Ale za każdym razem byłam taka przerażona, że tylko patrzyłam pod nogi, a chustę owinęłam wokół głowy.

Lacey się rozczarowała. Możliwe, że przewozili dziewczyny wodą, żeby je zdezorientować, żeby nie mogły odtworzyć drogi. Jeśli tak, to w przypadku Nadii z pewnością im się udało.

– Nie patrzyłaś, dokąd cię wiozą?

Pokręciła głową.

– Nie. Na pewno widziałam parę rzeczy, ale kiedy to się skończyło, robiłam wszystko, żeby zapomnieć.

– Rozumiem, naprawdę rozumiem. Ale cokolwiek zapamiętałaś, może okazać się bardzo przydatne.

– Było coś... Coś, co zawsze mnie dziwiło.

– Co takiego?

– Tam była kobieta. Chyba na zewnątrz. Słyszałam ją przez okno.

– Co robiła?

– Śpiewała. Śpiewała dla nas.

67. Dana

Duży dom w Blackheath, szefowo. – Barrett właśnie wrócił. Śledził Nadię do miejsca, gdzie mieszkała. – Na prywatnej działce, ze zdalnie otwieranymi bramami.

– Dobrze, oto jakie mamy możliwości – podjęła Dana. – Możemy sprowadzić tutaj Nadię, wziąć za nią odpowiedzialność, ale jeśli nie powie nam niczego więcej o ludziach, którzy ją tutaj sprowadzili, albo o miejscu, w którym ją przetrzymywano, narazimy jej rodzinę na niebezpieczeństwo bez dostatecznego powodu. Możemy też przyprowadzić jej aktualnych pracodawców, sprawdzić, czy uda nam się znaleźć tych, którzy dostarczają im nielegalnych pracowników, ale znowu ryzykujemy, że gang się spłoszy, a my zyskamy niewiele. Albo zachowamy Nadię jako kontakt. Teraz dała Lacey swój numer, więc przynajmniej możemy się z nią skontaktować, jeśli zajdzie potrzeba.

– Naprawdę myślę, że powiedziała nam wszystko, co teraz wie – włączyła się Lacey.

– Właśnie – podchwyciła Dana. – Teraz. Ale może zobaczy kogoś z bandy w tym domu. Albo wyjdzie coś innego. Lacey, i bardzo bym chciała, żeby dała ci próbkę swoich włosów.

– Próbkę włosów?

– Tak. Zobaczymy, jakie lekarstwa brała w domu nad rzeką. Czy ktoś słyszał, żeby prawdziwy lekarz mówił o angielskich bakteriach?

Zapadła cisza, każdy się zastanawiał.

– Niewykluczone, że próbowali używać języka zrozumiałego dla nowej imigrantki – podsunęła Mizon.

– Oczywiście – przyznała Dana. – Ale co to za lekarze i pielęgniarki? Dzisiaj nikt nie składa wizyt domowych, chyba że pacjent jest trzy ćwierci do śmierci. I jakim cudem nie wypytywali o te dziewczyny w areszcie domowym?

– To nie byli prawdziwi lekarze?

– To mógł być ktokolwiek i wciskać jej cokolwiek – podsumowała Dana. – Wszystkim dziewczynom w tym domu. Lacey, poprosisz ją o próbkę włosów? Niech prześle pocztą, jeśli obawia się znowu z tobą spotkać.

Lacey kiwnęła głową. Dana popatrzyła na swój telefon.

– To policjant z prewencji – powiedziała. – Przeszukiwanie Deptford Creek i okolic zaczyna się jutro o świcie. Jeśli ktoś ukrywa się w okolicach rzeczki, znajdziemy go.

68. Lacey

O szóstej wieczorem słońce straciło sporo ze swojej siły, ale ziemia oddawała upał wchłonięty za dnia. Nawet na łodzi Raya i Eileen – choć korzystała z dobrodziejstwa wietrzyka nad rzeczką – było nieznośnie gorąco. Z wielką ulgą Lacey zsiadła z roweru i wstąpiła w zielony cień ogrodu Sayes Court.

Okrągły stolik z kutego żelaza, do którego ją zaprowadzono, stał na wysokim podeście przy domu. Okoliczne budynki zasłaniały widok na rzekę, ale Lacey widziała korony drzew w sadzie po drugiej stronie rzeczki. Maleńkie jabłka, gruszki i śliwki, jeszcze zielone jak miniaturowe winogrona rosnące nad głową.

– Gotowa, żeby wyznać nam, co cię trapi? – Tessa posłała Lacey to dziwne spojrzenie z ukosa. W zasadzie rzuciła je jak grant ręczny. Zawsze tak robiła po tym, gdy zadała jej trudne pytanie.

– Niech pani jej powie, żeby zajmowała się swoimi sprawami. – Alex nadchodził od strony domu, z dużą tacą. – Nigdy nie wiadomo, jak to na panią zadziała.

– Myślę, że dla lekarza sprawy innych ludzi nieuchronnie stają się jego sprawami. – Lacey uśmiechnęła się do Tessy. – Podobnie jest w policji. A potem w sytuacjach towarzyskich trochę trudno się wyłączyć.

– Jeśli to próba uprzejmego zrugania mojej siostry, to nic z tego. – Alex postawił tacę na stole. – Jest zbyt bezczelna, żeby odegnać ją subtelnościami. Proszę się częstować. Niestety wszystko zimne. Oboje pracowaliśmy cały dzień, ale chleb jest bardzo świeży, a brie wygląda tak, jakby zamierzał uciec z talerza.

– Wygląda świetnie. To bardzo uprzejme z państwa strony, że mnie zaprosiliście. A co to jest, co pijemy?

Na stole stała nieotwarta butelka chablis, krople kondensacyjne spływały po niej jak deszcz po szybie, ale Tessa zmieszała jeden ze swoich kordiałów i, ponieważ wieczór był upalny, zaczęli od niego.

– Jeżyna – odparła gospodyni. – Z odrobiną serum prawdy. A w ogóle przy okazji proponuję, żebyśmy wszyscy mówili sobie na ty.

– Oczywiście – przystała chętnie Lacey.

– Zajadaj. – Alex podał jej talerz. – A na moją siostrę po prostu nie zwracaj większej uwagi. Chociaż muszę przyznać, że zaciekawił mnie dzisiejszy incydent na Deptford Creek.

– Widziałeś to w wiadomościach?

– Tessa wypłynęła tą swoją łódką wiosłową i zobaczyła policję na rzece. Zdziwiło mnie, że żaden z waszych jej nie sprawdził. Zadzwoniła do mnie i przez resztę dnia uważałem, żeby nie przegapić lokalnych wiadomości.

– Więc wiesz, że znaleźliśmy ciało. Nie pierwsze takie. Trochę ponad tydzień temu było inne, trafiłam na nie podczas pływania.

– Ty pływasz? W Tamizie? – Alex wyglądał naprawdę na wstrząśniętego.

– Pływałam – przyznała Lacey. – Od tamtego czasu już nie wchodzę do rzeki. I chyba całkowicie z tego zrezygnuję.

– Tak, zrezygnuj, proszę. Nikt nie powinien pływać w Tamizie. Można się zatruć. To pewnie przytrafiło się tym dwóm biedaczkom, które znalazłaś z kolegami.

Gdyby tylko. Lacey nachyliła się i położyła na swoim talerzu chleb, ser i kurczę na zimno. Kiedy się wyprostowała, Tessa patrzyła z wściekłością.

– Co?

Stara kobieta utkwiła wzrok w drewnianej żłobionej misie z mieszanką sałat.

– Ale ze mnie idiotka. – Lacey znów się nachyliła. – To dzieło sztuki, Tesso. – Sałata była posypana kwiatami, maleńkimi pomidorkami koktajlowymi i małymi klejnotami owoców i jagód. – Za ładnie wygląda, żeby to jeść.

– Bez przesady. – Gospodyni przyglądała się ze ściągniętymi ustami, póki Lacey nie załadowała sobie talerza i nie zaczęła wkładać listków do buzi.

– Byłaby z ciebie dobra mama. – Lacey zastanawiała się, ile zieleniny będzie musiała w siebie wtłoczyć, zanim rozsmaruje cieknący ser po chlebie, który wyglądał tak, jakby upieczono go z orzechami włoskimi. – Oczywiście, może już nią jesteś. Nie powinnam niczego zakładać.

Cisza spłynęła jak letni deszczyk. Wiatr znad wody zmienił kierunek. Nie słyszała zwyczajnych odgłosów z rzeki: łodzi i wodnego ptactwa. Zamiast tego rozlegał się łagodny, niemal muzykalny szmer, jakby płynącej wody.

– Czy słyszę fontannę? – zapytała, kiedy milczenie zrobiło się niezręczne.

– Tak, dochodzi sprzed domu, od stawu Tessy z rybkami koi – wyjaśnił Alex. – Hoduje tam niezły zbiór. I żeby podjąć poruszony przez ciebie temat, żadne z nas nie ma dzieci.

Uśmiech nie opuszczał twarzy Lacey.

– Ożeniłem się wkrótce po tym, jak przyjechaliśmy do tego kraju – kontynuował. – Związek nie potrwał długo, a ja nie miałem ochoty próbować ponownie.

– Rozumiesz, między bliźniętami istnieje szczególna więź – dodała Tessa. – Zwłaszcza identycznymi. Bliskość, w którą, jak sądzę, trudno się wepchnąć. Żona Aleksa musiała się czuć jak intruz.

Lacey miała na końcu języka pytanie, czy we troje mieszkali w tym domu, a jeśli tak, które z nich naprawdę – szczerze – uważało, że to dobry pomysł.

– Ale wy nie jesteście identyczni – zauważyła. – Identyczne bliźnięta muszą być tej samej płci.

– Oczywiście. To była tylko ogólna uwaga mojej siostry. A twoja rodzina, Lacey? Gdzie jest?

Właśnie dlatego z nikim się nie przyjaźniła. Przyjaciele zadają pytania, na które trudno odpowiedzieć. Ukradkiem zerknęła na Tessę – stara skupiła się na zawartości swojej szklanki, ale uszy aż jej chodziły.

– Cóż... nie mam rodziny.

Tessa podniosła wzrok.

– Każdy ma rodzinę. Nawet my, chociaż szanse, że ją kiedykolwiek zobaczymy, są bardzo nikłe.

– Zabrano mnie do przybranych rodziców, kiedy byłam bardzo mała. Jak podrosłam, straciłam z nimi kontakt, a o tych biologicznych nie wiem nic. Obawiam się, że jestem sama.

– Dopóki się nie ożenisz i nie założysz własnej rodziny – powiedział Alex. – Myślę sobie, że to już niedługo.

– Otóż to. Jak się miewa ten twój młody człowiek? – zapytała Tessa. – Trochę lepiej się zachowuje, co?

Lacey uśmiechnęła się cierpliwie.

– Och, z czasem wszystko nam powiesz. Zawsze tak jest.

– Zawsze?

– Moja siostra ma ulubione zajęcie. Zazwyczaj chodzi o pacjentów, choć to dotyczy też innych ludzi. Nie spocznie, póki nie wykończy ich fizycznie i duchowo swoją mieszanką ziółek, nalewek i nieustępliwym wtykaniem nosa w ich życie prywatne.

– Ostrzeżenie dotarło. Ale młody człowiek, o którego chodzi, ma mnóstwo pracy. Na razie wybył i aż sama się dziwię, jak bardzo za nim tęsknię.

– Wróci – pocieszył ją Alex. – Chyba że jest skończonym durniem.

Lacey się uśmiechnęła. W ciągu ostatnich paru tygodni Alex nabrał zwyczaju prawienia jej subtelnych komplementów. Najczęściej komplementy ze strony mężczyzn oznaczają zainteresowanie seksualne, którego zawsze starannie się wystrzegała, ale jeśli idzie o Aleksa, nigdy tego nie czuła. On w ten sposób okazywał raczej szacunek. Mówił do niej niemal po ojcowsku – tak, to jedyne odpowiednie słowo. To było dla niej nowe doświadczenie – niekwestionowane, bezwarunkowe uznanie ze strony starszego mężczyzny.

– Ale to nie wszystko, prawda? – Tessa nie odpuszczała. – Twój smutek sięga głębiej niż tylko tęsknota za tym młodzieńcem.

– Byłam detektywem – wyznała Lacey. – Jeszcze parę miesięcy temu. Pragnęłam tego niemal od dzieciństwa. Ale teraz, latem ubiegłego roku, miałam bardzo trudną sprawę. Ugrzęzłam w niej. Potem wysłano mnie do innej pracy. To miała być rutynowa obserwacja, ale okazało się, że to zupełnie coś innego. Omal nie zginęłam. – Popatrzyła na Tessę, potem na jej brata. Dwie pary ciemnoniebieskich oczu wpatrywały się w nią uważnie. Dobrzy z nich słuchacze. Za dobrzy. – Wróciłam do Londynu z myślą, żeby odejść z policji. Byłam wykończona. A ostatnia rzecz, jakiej potrzebowałam, to kolejna trudna sprawa. I oczywiście taką dostałam.

– Nie pracowałaś chyba przy zabójstwach z Południowego Wybrzeża, co? – zapytał Alex. Lacey pokiwała głową. – Boże mój. Były szczególnie przerażające.

– Tak bym to ujęła – zgodziła się Lacey. – Więc zrezygnowałam z pracy detektywa i znów włożyłam mundur. Chciałam jedynie patrolować, strzec prawa i porządku na rzece, dbać o bezpieczny Londyn. Wiem, że to może marnie brzmi, ale tylko na to mogę się teraz zdobyć.

– I co poszło nie tak?

– Znalazłam ciało. Przed tygodniem. I takie moje szczęście, że to ani samobójstwo, ani wypadek. Coś znacznie gorszego. Potem, dzisiaj rano, pojawiły się kolejne zwłoki, prawie na moim progu.

– Ale przecież ty nie będziesz się tym zajmowała – wtrąciła się oburzona Tessa. – Teraz zabierze się do tego wydział detektywistyczny, oddział specjalny albo lotna brygada?

– Nie będzie nagród za odpowiedź, kto czerpie wiedzę o policji z telewizji – zakpił Alex.

– Zajmuje się tym Główny Zespół Dochodzeniowy z Lewisham – wyjaśniła Lacey. – Ale zostałam do nich dołączona, bo czy mi się to podoba, czy nie, już jestem w tę sprawę wmieszana.

– I to jest właśnie ten problem?

Lacey skinęła głową.

– Nie mogę się wmieszać i nie mogę się nie wmieszać. Strasznie się pochrzaniło. Przepraszam, że tak się wyżalam, to zupełnie nie w moim stylu. – Popatrzyła wymownie na dzbanek z nalewką. – Nie żartowałaś z tym serum prawdy, co?

– Jesteś znacznie silniejsza, niż ci się wydaje – powiedziała Tessa bez wahania. – Niemowlęta urodzone w środku lata zawsze takie są.

– Urodziłam się w grudniu – przypomniała jej Lacey. – Przecież już o tym rozmawialiśmy.

– Mniejsza o to. Najważniejsze, że nie jesteś zdana na siebie. W każdym razie już nie. Wiesz, masz rację. Byłaby ze mnie bardzo dobra mama.

– Czasem moja siostra przekracza granice dowcipu. – Alex pokręcił głową. Potem szybko, prawie ukradkiem poklepał Lacey po dłoni. – A czasem jej przeczucia są całkowicie trafione.

69. Dana

No i jak poszło?

Dana podniosła wzrok. Spojrzała w odbicie oczu Helen w szybie. Nagle zrobiło się jej duszno z gorąca, uchyliła okno. Ruch sprawił, że koszula nocna zafalowała. Dana czekała, aż wiatr ją ochłodzi. Wiatru nie było. Na dworze powietrze stało nieruchome i ciężkie.

– Leżałam na plecach w małym pomieszczeniu, z rozłożonymi nogami, a jakaś lekarka wstrzyknęła mi do macicy spermę zupełnie nieznajomego człowieka – odpowiedziała. – Kiedy myślę o tym zbyt dokładnie, czuję lekką fizyczną odrazę.

Zmarszczka między brwiami Helen pogłębiła się. Dana zobaczyła ją z odległości pół metra, odbitą w szybie, jak krótką pionową bliznę na twarzy partnerki.

– Bolało?

– Trochę. Wyobrażam sobie, że daleko temu do porodu.

Helen przysuwała się, powoli, jakby bała się zbliżyć za szybko, zbyt nagle. To nie w jej stylu, ta niespodziewana niepewność.

– Duża sprawa na pewno pomoże ci oderwać myśli od tego na następne kilka tygodni.

Dana zobaczyła małego brązowego ptaszka na krzaku bzu w sąsiednim ogrodzie. Zaczął śpiewać przeszywającą, słodką pieśń lata. Śmieszne, na tle jednego z największych, najbardziej zabieganych miast na świecie, na tle warczących samochodów, klaksonów, ludzkich krzyków, te trele maleńkiego ptaszka były najczystszymi z dźwięków, które słyszała.

– Tylko że nie mogę przestać myśleć, że właśnie w tej sprawie chodzi o ciążę – odparła. – Lacey i inni podejrzewają jakąś odnogę handlu ludźmi, ale ja nie jestem tego aż tak pewna.

– Ani śladu tego hormonu, jak on tam się nazywa, w kobiecie, którą znalazłaś dziś rano – przypomniała jej Helen.

To drozd śpiewak. Mniejszy od kosa, z kremowożółtymi piórkami na piersi, pokrapiany na szaro. Teraz jakby śpiewał właśnie do niej.

Wzrok Helen zszedł w dół, pod talię Dany i niżej, gdzie kończyła się koszula nocna.

– Przynieść ci drinka?

– Nie powinnam. – Dana instynktownie dotknęła ręką brzucha.

Helen uniosła brwi.

– Nie sądzisz, że trochę za wcześnie udawać ciężarną?

Dana nagle, nie wiadomo dlaczego rozzłościła się. Podeszła bliżej do okna i spojrzała w dół, na ogród. Drozda już nie było. Teraz tylko odgłosy ruchu ulicznego, samolotu nad głowami, sąsiedzkiej kłótni. Ale nic nie brzmiało tak głośno jak hałas w jej głowie.

– Zbyt czule to się nie zachowałaś.

Helen też poszła do okna, stała tuż za nią. Dana opuściła wzrok.

– Po prostu w mojej oschłej szkockiej naturze nie leży dzielenie skóry na niedźwiedziu.

Helen nie używała perfum, a jednak zapach jej skóry kazał Danie myśleć o letnich porankach.

– Gniewasz się na mnie? – Oddech Helen łaskotał ucho Dany.
– Tak.
– Dlaczego?
Dana wzięła głęboki wdech.
– Bo musiałam wydać setki funtów i błagać o pomoc kogoś zupełnie nieznajomego, którego nic a nic nie obchodzę, nie mówiąc o cierpieniu niewypowiedzianego upokorzenia, tylko dlatego, żeby dostać to, co każda kobieta na tej cholernej planecie uważa za oczywistość. Jestem na ciebie zła, bo nie masz jaj.

Usłyszała za sobą wciągane i powoli wypuszczane powietrze.

– Przychodzi mi na myśl kilku facetów z komendy w Dundee, którzy by się z tym nie zgodzili.

Dana nadal nie podnosiła, nie mogła podnieść, wzroku. Nawet nie sądziła, że może w niej być tyle gniewu.

– Mówi się, że dzieci powinny powstawać z miłości. Nasze, jeśli nam się poszczęści i w ogóle przyjdą na świat, zostaną poczęte ze strzykawki.

Skądś nadleciał wiatr. Wślizgnął się pod koszulę Dany, pogłaskał ją po skórze.

– Żaden mężczyzna nie kochał nigdy swojej żony bardziej, niż ja ciebie kocham – powiedziała Helen. – Reszta to tylko szczegóły.

Wiatr chłodził Danę, poczuła, że się uspokaja. To tylko upał. Upał i zdenerwowanie sprawą, o której myślała, że jej nigdy nie rozwiąże. Czuła, jak ustępuje napięcie ciała, rozsypuje się niczym wieża z klocków. Czy to Helen się zbliżyła, czy Dana odchyliła. Czuła ciepło ciała partnerki przez bawełnę koszuli. To było dobre. Chłód wiatru, ciepło Helen i coś pośredniego, może – tylko może – początek czegoś nowego i niewiarygodnie szczególnego. Mniejsza, jaką niepospolitą drogę to wybrało, żeby tu dojść.

– Chcesz wziąć ślub? – zapytała Helen, przejeżdżając palcami po szyi Dany.

Dana wstrzymała oddech, powtórzyła te słowa w myśli, upewniła się, że naprawdę je usłyszała. W gardle narastał jej chichot.

– Oświadczasz się?

– Hm, ktoś musi z ciebie zrobić przyzwoitą kobietę.

Koszula opadła. Palce Helen przesuwały się powoli po jej prawym ramieniu. Natychmiast pojawiła się gęsia skórka. Dana wiedziała, że Helen to uwielbia, ubóstwia, jak małe czarne włoski stają dęba. Czasem przesuwała dłonie nad ciałem Dany tak blisko, żeby dotykać włosków. Czasem uprawiała z nią seks bardzo długo i dopiero potem naprawdę jej dotykała. Była osiem centymetrów wyższa od Dany, to wystarczało, żeby musiała pochylić głowę, kiedy chciała pocałować ją z boku w szyję.

– Tak. – Dana zamknęła oczy. – Pobierzmy się.

70. Lacey

Lacey powiedziała Aleksowi dobranoc i w towarzystwie Tessy przeszła do drzwi frontowych, skąd wąska ścieżka prowadziła przez mały, zadbany ogród do wysokiej metalowej bramy, osadzonej w ceglanym murze, który otaczał posiadłość. Opadająca temperatura wzmocniła zapachy ogrodu: głęboki, uderzający do głowy aromat staromodnych róż i silną słodycz jaśminu. Tessa gawędziła. Jak zwykle była to mieszanka miejscowych plotek, folkloru i nonsensów. Mówiła o roślinach. Nagle zatrzymała wózek tuż przed rowerem Lacey.

– O, tutaj! – Pokazywała na koniec grządki, na wysokie, szpiczaste kolumny rosnące pod murem. – Rozkwitają na twoją cześć. Czyż nie są piękne?

Lacey popatrzyła na piki niebieskich, liliowych i białych kwiatów – stały dumnie pośród masy zieleniny i koloru.

– To *delphinium*, prawda? – Uśmiechnęła się na widok zagadkowego spojrzenia Tessy. – Lubię kwiaty. Kiedy mieszkałam w Kennington, często włóczyłam się po kwietnym targu.

Tessa uprzejmie zrobiła zachwyconą minę.

– Znasz ich pospolitą nazwę?

Lacey nie znała, ale zaryzykowała zgadywankę.

– Czy to nie przypadkiem ostróżka? Dobranoc, Tesso. Dziękuję za wspaniały wieczór.

Nachyliła się, żeby pocałować gospodynię w policzek, robiła to po raz pierwszy. Tessa jednak w ostatniej chwili się odsunęła.

– Przeczytałam o tej kobiecie w więzieniu w Durham, o której mi, kochana, opowiadałaś. Nie chciałam być wścibska, ale przypomniałam sobie tę sprawę i mnie zaciekawiła.

– To tylko informacje podane do wiadomości publicznej. – Lacey wyprostowała się i cofnęła o krok. Poczuła nagły ucisk w piersi.

– Smutna historia. Tamte biedne dziewczyny... Dlaczego?

– My za bardzo nie wnikamy dlaczego. – Lacey podniosła rower, włączyła oba światła, chociaż jeszcze nie zrobiło się tak ciemno, żeby były potrzebne. Nachyliła się, żeby sprawdzić koła, chociaż wiedziała, że są w porządku. – Zostawiamy to obronie.

– A jednak ja jestem z tych, którzy pytają „dlaczego?". I to bardzo ciekawe, co zmieniło całkowicie normalną dziewczynę w zabójcę. – Tessa oddaliła się, jej wózek zachrzęścił na żwirze.

Lacey poczuła ulgę, jednak ta szybko minęła.

Koła wózka inwalidzkiego przestały się obracać.

– W niedzielnych gazetach zamieszczono szczególnie wnikliwy artykuł. Nie wiem, czy go przeczytałaś. Dwie siostry, wychowane w rodzinie zastępczej, pewnego wieczoru padły ofiarą koszmarnej napaści... – Ustawiła się na ścieżce dokładnie naprzeciwko Lacey. Nie można było jej wyminąć. – Według tekstu, młodsza z sióstr, Catherine, całkowicie się wykoleiła, uciekła z domu, mieszkała na ulicach, potem zginęła w wypadku na rzece. Mieszkała na łodzi, niedaleko od miejsca, w którym teraz ty mieszkasz. Cóż za zbieg okoliczności, pomyślałam.

Lacey próbowała podnieść wzrok, ale spojrzała tylko na niebieskie i liliowe szpiczaste kolumny kwiatów.

– Starsza nie potrafiła przeboleć śmierci siostry. – Tessa ciągnęła nieubłaganie. – Latami obmyślała zemstę. Zmieniła się w zabójcę, stworzyła misterny śmiercionośny plan i wdrożyła go w życie. Zabiła cztery kobiety, prawie się jej udało z piątą, ale została złapana. Czy to tak mniej więcej wygląda?

– Poznałam Victorię Llewellyn parę lat temu. – Lacey wreszcie odzyskała głos. – Przez jakiś czas byłyśmy przyjaciółkami. Dlatego udało mi się ją namierzyć, przekonać, żeby się poddała. Dlatego utrzymuję z nią kontakt.

– Tak, zrozumiałam, że to ty byłaś bezimienną policjantką, która odegrała ogromną rolę w jej zatrzymaniu. I pewnie bym na tym poprzestała, gdyby nie wyraźne zdjęcie zamieszczone przy tekście. Moja droga, podobieństwo jest niezaprzeczalne.

Lacey patrzyła, jak silna, brązowa dłoń Tessy wyciąga się i odłamuje kolumnę ciemnoniebieskich kwiatów. Oparła ręce na kolanach i zaczęła kręcić łodygę w palcach, a Lacey przez chwilę zastanawiała się, czy zdoła jeszcze kiedyś wąchać kwiaty ogrodowe bez odruchu wymiotnego.

– Po prostu nie rozumiem, dlaczego nikt tego nie zauważył. Ale jak to Alex mawia: nie wszyscy widzą to, co ja widzę.

Zaskoczenie sprawiło, że Lacey znów była w stanie nawiązać kontakt wzrokowy.

– Rozmawiałaś o tym z Aleksem?

Lśniące oczy Tessy na chwilę zmatowiały.

– Nie. Ostatnio Alex i ja mamy więcej tajemnic przed sobą, niż kiedyś myślałam, że to możliwe. Zresztą nieważne. Dlatego tak się ubierasz, prawda? Ukrywasz się pod tymi wstrętnymi workowatymi ciuchami. Czy zakładasz okulary przeciwsłoneczne, kiedy idziesz do niej na wizytę, żeby nikt nie zauważył, że macie identyczne oczy.

Musiała to skończyć, raz na zawsze.

– Ależ ty masz wyobraźnię, Tesso. To niezwykle zajmująca teoria, jednak Catherine Llewellyn nie żyje.

– Oczywiście, bardzo mądrze. Ale ktoś, kto pływa tak jak ty, nie miałby problemu z przeżyciem wypadku na rzece.

– Nie jestem Catherine Llewellyn. – Nie widząc innej możliwości, Lacey podniosła wysoko rower, weszła w grządkę kwiatów i okrążyła Tessę. Cierń róży zadrapał jej gołą nogę. Nie zwróciła na to uwagi, postawiła rower i poprowadziła go żwirowaną ścieżką. Robiła przy tym więcej hałasu niż trzeba.

– Kochana, wiem, że nie jesteś Catherine Llewellyn. Widzisz, pogrzebałam trochę głębiej. Znalazłam dzień urodzin tej dziewczyny. Catherine była noworodkiem walentynkowym, przyszła na świat czternastego lutego. – Tessa musiała teraz podnieść głos, bo Lacey dotarła prawie do furtki. – Z kolei Victoria, jak myślisz, kiedy się urodziła?

Lacey była już przy furtce. Otworzyła ją jedną ręką.

– Dziewiątego lipca. – Głos Tessy pełz ku Lacey jak czułki trującej rośliny. – Połowa lata. Kwiatem na jej urodziny jest ostróżka.

Wtorek, 1 lipca

71. Lacey i pływak

Joesbury zniknął. Kabina, w której sypiał, stała pusta, ani śladu, ani nawet resztki zapachu, że kiedykolwiek tutaj wszedł. Rozczarowanie byłoby prawdziwą głupotą; to bardzo dobrze, że się ulotnił. Do jutra wieczorem Deptford Creek zaroi się od policjantów w cywilu. Rano metropolitalna rozpocznie systematyczne przeszukiwanie wszystkich posiadłości nad rzeczką. Lacey wyłączyła latarkę, przyświecało jej słabe światło gwiazd, kiedy wracała na pokład.

Przez chwilę stała w cieniu sterówki. Tam, przy Theatre Arm, wszystko wyglądało spokojnie. W głównej kabinie Raya i Eileen siedział mundurowy, drugi na łodzi Lacey. Nie tak łatwo było wypełznąć z włazu nad jej wypożyczoną pryczą, bezszelestnie przejść po pokładzie i zejść do kajaka, i w każdej chwili być gotową na ucieczkę. Na podwórzu też kręcili się gliniarze, ale ubrała się na czarno i była zupełnie pewna, że nikt jej nie zobaczył. Ryzyko się opłaciło. Tyle że Joesbury już nawiał.

Nagle osłabła, opadła na pokład pogłębiarki i przyłożyła bolącą głowę do zimnego metalu ściany sterówki. Po prostu nie pozwalała sobie na myśl o tym, jak bardzo chce zobaczyć się z Joesburym, dopóki nie odkryła, że nie da się o tym nie myśleć, i teraz drżenie, które udawało się jej utrzymać na wodzy, odkąd opuściła Sayes Court, znów ją dopadło. Od tak dawna podejrzewała, że Joesbury to jej fatum, że wyciągnie na powierzchnię jej tajemnice i zniszczy starannie zbudowane życie. Jak mogła nie zauważyć prawdziwego niebezpieczeństwa?

Musiała wracać. Wstała i poszła w stronę rufy pogłębiarki. Rzeka tego wieczoru była inna. Miała swoje nastroje, jak to Tamiza, jak każde żywe stworzenie. Lacey znalazła tylko jedno słowo na określenie tego nastroju: krnąbrność. Mniejsze prądy były nieregularne, to jedno. Utworzyło się ich więcej, niektóre powstały jakby zupełnie wbrew przypływowi. W pewnym miejscu, podczas drogi w tę stronę czuła, że jest spychana w dół rzeki. Bliżej brzegu kotłowały się małe wiry.

Światło. Nagły rozbłysk promienia latarki w poprzek kanału, trochę poniżej rozdzielnika prądu. Lacey zamarła w pół kroku. To mogło być odbicie światła z łodzi na głównej rzece w stalowych płytach nabrzeżnego wału. Ale jak na to wydawało się zbyt jasne... Znowu jest. Na pewno latarka. Nie dosięgnie jej tutaj, ale mimo to Lacey się nie ruszała. Świeciło na poziomie wody, raczej w łodzi.

Kiedy znowu znalazła się w kajaku, pozwoliła, żeby małe, zrzędliwe fale mocno uderzały o kadłub. Musiała zdecydować, co robić. Miała telefon komórkowy, radiostację policyjną, aparat fotograficzny i lornetkę w małym wodoodpornym pakiecie na plecach. Światło na rzece, o tej porze? To chyba warto sprawdzić? Może podpłynąć troszkę bliżej?

Rozwiązała linę i zaczęła wiosłować, trzymając się blisko brzegu. Przy Dowell's Wharf w małej zatoczce było schronienie z pierścieniem cumowniczym. Zatrzymała wiosłem kajak i przymocowała do metalowego kółka.

Wały w tym miejscu były najwyższe, wznosiły się wiele metrów nad nią, blokując całe światło. Z drugiej strony, chroniły ją przed wiatrem i silniejszymi falami. Woda płynęła tutaj wolniej, w porównaniu z szybkim nurtem w głównym kanale w ogóle jakby stała. Dobre miejsce, żeby się zaczaić.

Pływak popatrzył w stronę łodzi. Była teraz blisko, za blisko, żeby ryzykować i znów włączyć latarkę.

Czy Lacey to widziała? Jasne, że tak, bo inaczej wróciłaby do mariny, a nie ukrywała się w zatoczce, ledwie widocznej na tle ciemnego brzegu. Och, przecież jest rzecznym stworzeniem, czy pływała wpław, czy tym swoim kajakiem. Poruszała się cicho i szybko.

Nic więcej nie da się zrobić. Lacey zobaczy łódź albo jej nie zobaczy. Jeśli zobaczy, popłynie za nią.

Pływak zaczął intensywnie oddychać, wprowadzał w płuca coraz więcej tlenu, zbliżał się do punktu hiperwentylacji. Wiedział, że czeka go szybkie, forsowne pływanie, postanowił być gotowy.

Wokół Lacey rozbrzmiewały dźwięki, nieustające brzęczenie Londynu, ale po kilku sekundach zaskakująco łatwo udało się je wyłączyć, żeby posłuchać odgłosów rzeki. Niskie, ciągłe marudzenie wody między wysokimi, twardymi wałami, wirowanie, pluskanie, zasysanie prądu uderzającego o cegły. Chlupot maleńkich fal o kadłub kajaka. I bieganina stworzeń wokół niej. Jedno z nich omyłkowo wzięło gładką burtę kajaka za wał rzeczny, wspięło się i z chrobotem zaczęło iść w jej stronę. Strąciła je wiosłem do wody. Pewnie minie sporo czasu, zanim poczuje się spokojna w towarzystwie krabów wełnistorękich.

Powoli podniosła lornetkę i natychmiast zobaczyła łódź. Małą, drewnianą, z niedużym silnikiem zaburtowym. Dwoje, może troje pasażerów. Woda nie ruszała się wokół silnika. Mężczyzna na rufie patrzył na Tamizę, drugi, na dziobie, trzymał się wału, żeby utrzymać łódkę w miejscu. Trzeci pasażer siedział pośrodku, z chustą owiniętą wokół głowy.

Lacey prawie nie śmiała się ruszyć, mimo to, najostrożniej jak mogła, sięgnęła do torby i wystukała wiadomość w telefonie:

„Wsparcie. Pilnie. Gdzie jesteście?"

Jej zespół powinien mieć teraz służbę na rzece. Finn Turner zawsze trzymał komórkę pod ręką, na wypadek gdyby któraś z jego licznych dziewczyn chciała się skontaktować.

Przyszła odpowiedź:

„Niedaleko od ciebie. Co się stało?"

Mała łódka się poruszyła.

„Nielegalni imigranci. Chyba. W Deptford Creek. Dwóch mężczyzn, jedna kobieta. Mała motorówka, płynie w kierunku Tamizy. Przechwycicie?"

To powinno wystarczyć. Lacey odwiązała kajak i zaczęła płynąć za podejrzanymi. Łódka, dziesięć metrów przed nią, zniknęła za zakrętem. Lacey mocno wiosłowała i po sekundzie minęła to samo zakole. Łódka zniknęła.

Ani śladu kolegów. Brak informacji w telefonie.

Lacey gnała w stronę ujścia rzeczki, tuż przy lewym brzegu. Wpłynęła na Tamizę i mimo całego swojego doświadczenia musiała ostro walczyć, żeby nie wpaść w panikę.

Przypływ popchnął ją mocno w stronę miasta, w ciemności rzeka wydawała się znacznie szersza, ledwie widziało się północny brzeg. Ale tam była łódka, jakieś piętnaście metrów z przodu. Teraz wszystko zależało od mięśni. Głowa w dół i za wiosło.

Znów włączyli silnik, płynęli jednak wolno, przytuleni do linii brzegu: wchodzili w cień i wychodzili z niego. Pewnie nie poruszali się dużo szybciej od niej, tylko że ona zaraz się zmęczy. Gdzie, do diabła, są Fred i Finn?

Wtedy, prawie znikąd, dobiegł odgłos silników, tak donośny, tak bliski, aż myślała, że ją przejadą. Duża łódź płynęła prosto na nią, światła lśniły jak latarnie morskie. Lacey chwyciła latarkę, włączyła ją i zaczęła ostro wiosłować, żeby zejść z kursu łodzi.

– Stać. Policja metropolitalna. – Głos sierżanta. Łódź znajdowała się prawie na jej wysokości, zobaczyła Freda na mostku, a wysoką, chudą sylwetkę Turnera na portburcie.

Drugi policjant w kokpicie. Kiedy łódź zrównała się z nią, Turner chwilę patrzył na kajak. Potem popłynęli dalej, doganiali małą motorówkę.

– Wyłączcie silnik i czekajcie, aż do was dopłyniemy. Nie próbujcie uciekać.

Do Lacey dotarła fala wywołana przez łódź policyjną, uniosła kajak i obróciła go. Zawzięcie wiosłowała, żeby znowu wejść na kurs, ale uderzyła ją kolejna fala i omal nie przewróciła. Telefon spadł na dno kajaka. Łódź policyjna przed nią oświetlała rzekę. Zobaczyli przemytników, doganiali ich bez trudu. Zajmą się Lacey, jak tylko uporają się z tamtymi, ale nie teraz.

Dobra, co robić? Raczej nie miała ochoty wpływać do South Dock Marina. Tam jednak mogła odpocząć i bezpiecznie poczekać. Powiosłowała i schowała się na zawietrznej najbliższego jachtu, dwunastometrowego moody. Potem wygrzebała radiostację.

– Posterunkowa Flint prosi o szybkie wsparcie – wydusiła z siebie, a ułamek sekundy później świat wywrócił się do góry nogami.

To było to, pływak wiedział. To był ten moment. Taka szansa się nie powtórzy. Lacey pod wodą. Trzeba ją szybko odszukać, zanim zdąży się opanować. Teraz liczy się szybkość i odwaga. Lacey jest silna i szybka. Pływak musi być silniejszy.

Lacey była pod wodą, uwięziona w kajaku. Zacisnęła usta i przerzuciła ciało na bok.

Kajak się nie poruszył. Utknęła głową w dół. Co się, do diabła, stało? Jeszcze raz przechyliła się na bok. Musi się wydostać. Nadal trzymała wiosło. Przełożyła je do prawej ręki, a lewą się odepchnęła.

Przez sekundę, jak wyskoczyła na powierzchnię, była w stanie tylko łykać powietrze i wypluwać wodę. Kajak dryfował tuż poza jej zasięgiem, nadal leżał do góry dnem. Nikogo wokół.

Ściskając wiosło, zaczęła płynąć w stronę kajaka, ale kiedy po niego sięgnęła, gładki kadłub z włókna szklanego się odsunął.

Potem coś zaczęło ciągnąć ją w dół. W jednej chwili zanurzyła się bez powietrza w płucach. Kopnięciami uwolniła się, ale natychmiast została złapana za ramiona.

Włączył się instynkt przetrwania. Kręciła się, waliła wiosłem i pięścią. Kamizelka ratunkowa wypychała ją na powierzchnię, ciężar, który przyczepił się do jej nóg, próbował ściągnąć ją coraz niżej. W wodzie pojawiło się światło. Latarka wypadła z kajaka i opadała, oświetlając dno rzeki rojące się od krabów.

Ciała owinięte w płótno na dnie mariny.

Znowu wyrwała się na powierzchnię, przygotowywała do odparcia kolejnego ataku. Nic. Żadnej twarzy patrzącej na nią z dołu. Żadnych żylastych ramion, które chcą ją chwycić. Była, chyba, zupełnie sama.

Z głównej rzeki dobiegł ją odgłos silnika. Jeśli ludzie z Wydziału Rzecznego szukali jej, to nie pomyślą, żeby tutaj wpłynąć, a ona już nie miała telefonu ani radiostacji. Warkot się oddalał.

Bez namysłu zostawiła wiosło i szybkim kraulem ruszyła w stronę Tamizy. Kajak zniknął. Miała na sobie tylko kamizelkę ratunkową, która utrzymywała ją na wodzie, ale nie wyobrażała sobie, że zostanie tam, gdzie coś ją zaatakowało. Poszuka ratunku na rzece.

Jak długo była w wodzie? Pięć minut? Godzinę? Raz oszukała rzekę, to znaczy, że już nie utonie. Bzdura, powiedziała Tessa, oczywiście, że możesz utonąć, nie ryzykuj głupio.

Robiło się jej coraz zimniej, zwalniała. Przestawała już czuć drętwiejące stopy i koniuszki palców. Kamizelka ratunkowa utrzymywała jej głowę nad wodą, ale fale uderzały ją w twarz i co kilka sekund znów nurkowała.

W polu widzenia miała ogromny, okrągły kraniec lądowiska, który znaczy wejście do rzeczki, w świetle księżyca lśnił jak latarnia morska. Wyglądał niczym prehistoryczna świątynia, krąg drewnianych monumentów wyrastających z wody. Dlaczego nagle tak trudno się skoncentrować? Dlaczego myśli się rozpływają, rozpraszają w przypadkowych kierunkach?

Łódź policyjna wracała. Nie sposób pomylić tego wysokiego warkotu. Tym razem jej szukają, na pewno. Płynęła powoli, nieustępliwie, reflektor na dziobie omiatał wodę w lewo i w prawo.

Promień zatrzymał się na jej twarzy, oślepił ją, ale teraz mogła myśleć tylko o tym, żeby wydostać się z wody. Łódź podpłynęła bliżej. Kamizelka ratunkowa zacisnęła się jej na piersi, Lacey poczuła, że ją wyciągają. Woda zostawała w dole, kipiała, wirowała. Sekundę później Lacey znalazła się na twardym zimnym pokładzie łodzi. Wiedziała tylko to, że dobrze jest swobodnie oddychać i że człowiek, który ją trzyma, jest ciepły.

– Sierżancie, patrz! – Głos Finna Turnera był pełen radości. – Złowiłem syrenę.

72. Dana

Nurkowie wrócili na górę – poinformował Danę główny inspektor Cook, odkładając telefon. – Są całkowicie przekonani, że leżą tam dwa ciała. Owinięte tak jak te, które znaleźliśmy, i obciążone przy szyi, w pasie i w kostkach.

Dwie godziny po zatrzymaniu dwóch podejrzanych o handel ludźmi i ich jednoosobowego towaru, dwie i pół godziny po gorączkowych poszukiwaniach ciała cholernej policjantki Flint (żywego czy martwego, a szczerze, oba wyniki byłyby dobre), Dana zebrała swój zespół na komisariacie. Wydział specjalny do zwalczania handlu ludźmi został poinformowany i zgodził się, żeby tymczasowo objęła dowództwo operacyjne.

Jeszcze dwa trupy. Razem z jednym znalezionym przez Lacey, drugim u Lacey i jednym wyciągniętym z rzeki parę tygodni wcześniej, miała pięć martwych kobiet.

Wkrótce zacznie świtać. Dno mariny przeszukiwano w ciemnościach. Teraz mogło się okazać, że to nie najgorszy pomysł.

– Są pewni?

– Co? – Przysłonięte powiekami oczy Cooka wyglądały na bardziej zaspane niż zwykle.

– Czy śpieszą się dokądś?

– Naprawdę wolę nie wiedzieć, o co ci chodzi – mruknął Cook. – I daleko mi do tego, żeby przypominać ci o twoich obowiązkach, ale czy nie powinnaś otoczyć mariny kordonem i zacząć przeszukiwać wszystkie łodzie po kolei?

Pewnie powinna. Tak należałoby zrobić według przepisów, a w przypadku wątpliwości zawsze postępuje się według przepisów. Tylko że...

Dana odwróciła się do Lacey, która cichutko siedziała w kącie pokoju. Ubrała się w pożyczone ciuchy, a wyschnięte włosy wyglądały jak długie, cienkie czułki. Udało się jej skołować laptop, była skupiona na ekranie. Dana podniosła głos.

– W porządku, dzięki posterunkowej Flint i jej niezawodnemu lekceważeniu zasad, udało nam się znaleźć skład zwłok. Nie trzeba dodawać, że odkryliśmy też centrum operacji.

– Nie nadążam – wycedził Cook. – I mam nadzieję, że zdajesz sobie sprawę z limitu czasu, do którego mogę pozostawić dwa trupy obijające się po South Dock Marina.

Dana znowu spojrzała na zegarek. Czas jakby przyspieszył.

– Dave, podejrzani, których twoi policjanci zatrzymali dziś w nocy... dzięki posterunkowej Flint i jej niezatwierdzonej przez zwierzchników zasadzce... nie mogli płynąć w stronę mariny. Kto ukrywa ciała parę metrów od miejsca zabójstwa?

– Fred i Rosemary Westowie – powiedział Barrertt.

– Tak, dziękuję, Tom. Ale skoro masz jacht, czy to prawdopodobne, że wyrzucasz ciało przez burtę w marinie? Tego byś nie zrobił. Zabrałbyś je na środek nurtu albo bliżej ujścia. Nie jestem pewna, czy nasz gang ma jakieś rzeczywiste powiązania z mariną, inne niż wykorzystywanie jej do magazynowania zwłok.

– No i to – dodała Lacey – że każdy, kto ma choć trochę rozumu, wiedziałby, że wokół mariny znajdują się kamery nadzoru. I że wszyscy właściciele miejsc postoju jachtów są znani i zarejestrowani. To po prostu za duże ryzyko.

– Nie każdy jest taki ostrożny, Lacey, ale przyjmuję twoją uwagę.

– Myślę, że przewożą ciała małą łódką. Czymś, co może się przemknąć obok kamer przy wejściu od rzeki. Łódka może nie mieć związku z South Dock Marina.

– Hm, to chyba brzmi sensownie – przyznał zrzędliwie Cook. – Jeśli korzystają z małej łódki, może takiej z silniczkiem, nie ryzykowaliby wypływania na środek rzeki.

– Przypływ jest za silny, a niebezpieczeństwo, że prąd rzuci na główny kanał żeglugowy za duże.

– A zatem, jeśli nie mogą pozbyć się ciał na środku rzeki, co byłoby dla nich idealnym miejscem, potrzebują innego obszaru głębokiej wody, wolnego od przypływów i odpływów – podsumował Cook.

Lacey się wyprostowała.

– Marin.

Cook przetarł oczy. Kiepsko się czuł, bo wyciągnięto go z łóżka w środku nocy.

– Boże dopomóż nam, gdybyśmy mieli przeszukiwać wszystkie doki i mariny w mieście.

– Nie sądzę, żeby to było konieczne, sir. Mała łódka, pamięta pan? One nie służą dalekim wyprawom. I jeszcze coś. Popatrzcie, co znalazłam. – Odwróciła laptop ekranem do grupy.

Patrzyli na stronę z publikacją przyrodniczą, artykuł o chińskich krabach wełnistorękich.

– To z „Ecologist". One są chyba szczególnie natarczywe w okolicach marin. Może to resztki jedzenia wyrzucane z łodzi zwabiają na żer te wszędobylskie stworzonka. Tak czy inaczej, są nieznośnym problemem w South Dock Marina. Myślę, że sprawa z krabami to część gry, w którą bawi się mój prześladowca. Wiecie, rzuca nam w twarz trop i patrzy, ile będziemy to rozpracować. Weźmy te łódki-zabawki. Gdzie się znajdzie dużo łodzi razem? W marinie.

Wszyscy wokół kiwali głowami.

– Myślę, że pozbywają się ciał w South Dock Marina, a miejsce przetrzymywania kobiet jest gdzieś niedaleko – ciągnęła. – Zbliżamy się do końca.

– I w tym problem – odezwała się Dana. – Jak wyjdzie na jaw, że znaleźliśmy kolejne dwa ciała i zatrzymaliśmy dziś w nocy trzy osoby w łódce, operacja albo padnie, albo posunie się naprzód. Nigdy się nie dowiemy, kto to robi.

Cook ciężko usiadł.

– Nic z tego, Dano. Widziano nas tam dziś w nocy. Ludzie zaczną zadawać pytania. Ledwo się obejrzymy, zwali się na nas prasa. I to zanim dobierzemy się do faktu, że zaatakowano tam Lacey i ledwie uszła z życiem.

– Więcej szczęścia niż kompetencji operacyjnych – parsknęła Dana.

Lacey posłała jej lekki uśmiech.

– Moim zdaniem...

Otworzyły się drzwi, do sali weszli Stenning i Anderson.

– Dziewczyna nadal milczy – oświadczył Anderson. – Tłumacz próbował w dwóch głównych afgańskich językach i paru dialektach, ale nic z niej nie wydobył. Jutro możemy dalej spróbować, ale szczerze, to ona może być z dowolnego kraju na Bliskim Wschodzie.

– Jest Pasztunką. – Lacey znowu podniosła zdjęcie. – Tak jak inne. – Dana pokiwała głową. Nawet standardowa policyjna fotografia nie przytłumiła piękna tej dziewczyny. Niezwykła uroda, jasna, prawie europejska cera, świetliste niebieskie oczy i ciemnobrązowe włosy.

– Podobna do ciebie z tym twoim bollywoodzkim makijażem. – Mizon obróciła zdjęcie w stronę Lacey.

– Obaj mężczyźni też jeszcze nie wydusili z siebie ani słowa – dodał Stenning. – Chociaż trochę znają angielski. I widać, że się boją.

– Jak sądzisz, będą mówić? – zapytał Cook.

– Pewnie tak. Ale nie widzę w nich głównych graczy. Może zdradzą nam, dokąd wieźli dziewczynę, ale poza tym...

– Zawsze coś – odparł Anderson. – Dostaniemy nakaz i wejdziemy wcześnie rano. No i zobaczymy. Ale musimy się pospieszyć. Jak tylko się wyda, że zwinęliśmy tych facetów, gang zacznie zacierać ślady.

– Chyba że Nadia mówiła prawdę, że kiedy była u tych ludzi, nie popełniono wobec niej żadnego przestępstwa – powiedziała Lacey. – Opiekowali się nią, dali ładny pokój,

dużo jedzenia, opiekę lekarską, jak zachorowała, a potem obiecaną pracę.
– Najwyżej wyjdziemy z pustymi rękami i tyle. – Dana wzruszyła ramionami. – Może będzie parę drobniejszych wyroków za przemycanie ludzi. Operacja pójdzie w inną stronę i nigdy się nie dowiemy, co tam się działo.
– Przemycanie ludzi trudno nazwać drobnym przestępstwem. – Cook wyglądał na obrażonego.
– Ale to nie zabójstwo – odwarknęła Dana. – Lacey ma rację. Nie zbliżyliśmy się do tego, co robią tym kobietom i dlaczego niektóre z nich umierają.
– Szkoda że nie możemy ich puścić, a jej wrzepić podsłuchu – stwierdził Stenning.
– Tak, to by zadziałało. – Anderson stłumił ziewnięcie.
– Może. – Mizon nadal wpatrywała się w zdjęcie zatrzymanej. – Jak myślicie, ile ona ma lat?
– Trudno powiedzieć. – Stenning nachylił się koleżance przez ramię. – Nastolatka, a może zaraz po dwudziestce.
– Około metra sześćdziesięciu wzrostu, zgadza się? – zapytała Mizon. – Waży jakieś pięćdziesiąt cztery kilogramy?
– O co ci chodzi Gayle? – Dana zmarszczyła brwi.
– Ktoś, kto zabrał ją z Afganistanu czy skądś tam, nie przesyłałby fotografii, prawda? – Nie chciałby zostawić papierowego śladu. Założę się, że temu, kto na nią czekał, powiedziano, że to młoda, ładna dziewczyna o ciemnych włosach i jasnych oczach.
– Jeśli proponujesz, żebyśmy kogoś podstawili na wabia, to niestety nie zdążymy tego zorganizować – odparła Dana. – Mogę dziś wieczorem porozmawiać z SWK10, ale szanse, że będą mieli do dyspozycji młodą policjantkę azjatyckiego pochodzenia, są praktyczne żadne.
– Więc uważasz, że szybko nie znajdziemy młodej, ciemnowłosej funkcjonariuszki o jasnych oczach, z doświadczeniem w pracy tajniaka?
Nagle wszyscy odwrócili głowy w stronę Lacey.

73. Lacey

Lacey odniosła wrażenie, że jest w sali jedyną osobą, która może zachować spokój i się nie odzywać. Wszyscy inni nerwowo się kręcili, mówili za szybko, za głośno, jeden przez drugiego. Tulloch wstała, chodziła od ściany do ściany tak jak zawsze, kiedy była zdenerwowana.

– Nie zaryzykuję życia policjanta w niedorobionej, źle pomyślanej, lekkomyślnej operacji – oświadczyła. – Koniec dyskusji.

– Z całym szacunkiem, szefowo – nie dawała za wygraną Mizon – ale nic złego się nie stanie, jeśli rozważymy wszelkie scenariusze. Lacey może udawać jedną z tych kobiet. Już to robiła. Tamtego wieczoru przekonała połowę mieszkańców Old Kent Road. Jeśli pan Cook da nam dobę, zanim wyciągnie te ciała, to może wystarczy.

Oczywiście, pomyślała Lacey. Więc nie wystarczy, że po drodze natykała się na trupy. Nie wystarczy, że ktoś chciał, żeby była następna. Śmieszne, ale do tej pory nie potrafiła tego zauważyć.

Tulloch stała oparta o ścianę z założonymi rękami, patrzyła gniewnym wzrokiem.

Głos zabrał Anderson.

– Nie żebym popierał plan Gayle, ale SWK10 mógłby dać nam sprzęt do inwigilacji. Non stop wiedzielibyśmy, gdzie ona jest. Jak tylko zaczęłoby się z nią dziać coś złego, wyciągnęlibyśmy ją.

Cook podniósł rękę, żeby zwrócić na siebie uwagę.

– Kategorycznie się nie zgadzam. Lacey jest moją podwładną i w ostatecznym rozrachunku to ja za nią odpowiadam. Ale tylko tak, żeby wziąć udział w tej kłótni, powiem, że moglibyśmy wysłać na rzekę policjantów w nieoznakowanych łodziach. Trzymać się parę sekund od niej przez cały czas, jak tam będzie. Nie mówię, że uważam to za rozsądne. To zbyt nierozważne.

Lacey zrozumiała, że pozwolą jej to zrobić. Teraz to tylko gadanie. Zachowywanie pozorów. Ale jak dojdzie co do czego, nie będą mieli wyboru.

– Właśnie – parsknęła Tulloch. – A jak nakłonimy tych dwóch do współpracy?

– Zaproponujemy im układ – podsunęła Mizon. – Teraz zadzwonią do tego, z kim mieli umówione spotkanie, poinformują, że mają opóźnienie i że spróbują dotrzeć nazajutrz. A jutro wieczorem z bliską, ale dyskretną eskortą policyjną zabiorą Lacey i ją przekażą. Potem wrócą do aresztu na czas operacji. W zamian za współpracę i zeznania zostaną łagodniej potraktowani.

– Wystarczy, że mrugną albo przekażą karteczkę i Lacey wyląduje na dnie Tamizy – skontrowała Tulloch.

Tak jakby tam jeszcze nie była. Cześć, rzeko, wygląda na to, że w końcu twoja wygrana.

– Niech tylko mrugną albo cokolwiek przekażą, wycofujemy ją stamtąd – spierała się Mizon. – Hm, będziemy niemal deptać jej po piętach. Słuchajcie, nie twierdzę, że to idealne rozwiązanie, ale może to nasza jedyna szansa.

Na chwilę zapadła cisza, jakby na zamówienie Mizon.

– Gayle ma rację – odezwała się Lacey. – To nasza jedyna szansa. Wszyscy o tym wiecie, po prostu nie chcecie poprosić, żebym to zrobiła.

– Mówisz paszto? – Tulloch uniosła brwi. – Albo dari?

– W Afganistanie jest ze czterdzieści dialektów – odparła Lacey. – Raczej niemożliwe, żeby ci, którzy mnie odbiorą, mówili płynnie we wszystkich. Zrozumcie, ja was nie przekonuję, że dobry pomysł.

– Cóż, cieszę się, że zgadzamy się przynajmniej co do tego jednego – burknęła Tulloch. – Bo nawet jak wy, durnie, namówicie mnie na to, Weaver nigdy się nie zgodzi.

– Mogę z nią porozmawiać? Z tą dziewczyną, którą zdjęliśmy dziś wieczorem? Mogę z nią trochę pobyć?

– Po co? Żeby opracować sobie przykrywkową historyjkę? To się nie uda, Lacey.

– Chciałabym porozmawiać z nią bez tłumacza i adwokata, tylko ona i ja.
– Nie. To całkowicie sprzeczne z przepisami.
Lacey westchnęła.
– Przecież ona nie zażądała adwokata i nawet nie chciała gadać z tłumaczem. Nie ma powodu, żebyśmy nie mogli poprosić, żeby wyszedł. Niech Gayle ze mną pójdzie, jeśli już samej mi nie wolno.
– Lacey...
– Wiem. Wszyscy uważamy, że to zły pomysł. Więc musimy sprawdzić wszystko, co się da, póki na to czas.
– Och, rób do cholery, co chcesz. Poddaję się.

– Sądzę, że mnie rozumiesz.
Gayle miała rację, pomyślała Lacey. Ona i dziewczyna po drugiej stronie stołu naprawdę wyglądały podobnie. Dziewczyna była chyba młodsza, ale czas spędzony na polu, w ekstremalnych temperaturach, wyostrzył jej rysy. Włosy miała grube, ciemnobrązowe, pięknie zarysowane brwi, a oczy koloru mocno dojrzałych chabrów.
Przenieśli ją do pokoju rodzinnego, większego niż pokoje przesłuchań. Tutaj rozmawiali zazwyczaj z dziećmi albo z poszkodowanymi.
– Przypuszczam, że jesteś z Afganistanu. – Dziewczyna cały czas patrzyła na Lacey bez zmrużenia oka. – I że obiecali ci tu pracę. Niańki albo pomocy domowej u bogatych kobiet z Zachodu. Spodziewałaś się, że będziesz mogła wysyłać rodzinie pieniądze. Więc musisz znać trochę angielski, bo inaczej nawet do głowy by ci nie przyszło, żeby tutaj przyjechać.
Lacey czekała na jakąś reakcję. Tamta opuściła wzrok na kubek z kawą. Lacey zerknęła w bok, Gayle kiwnęła z aprobatą.
– Podróż zajęła ci dużo czasu – podjęła Lacey po chwili. – Było niewygodnie, pewnie nawet się bałaś. Chyba zaczęłaś się zastanawiać, czy nie popełniłaś błędu, ale powiedzieli ci, że już za późno, żeby się wycofać. Według mnie, mężczyźni, którzy cię tu przywieźli, wymieniali się. Przestali namawiać,

zaczęli grozić. Powiedzieli, że nie masz wyboru. Że ucierpi twoja rodzina, jak zaczniesz sprawiać problemy. Teraz na pewno też jesteś wystraszona.

Lacey znów czekała, szukała czegoś, czegokolwiek w tych chabrowych oczach. Dobrze, czas trochę podnieść poprzeczkę. Otworzyła teczkę leżącą przed nią i odwróciła do dziewczyny, żeby ta mogła obejrzeć zdjęcie Nadii Safi.

– Chcę, żebyś zrozumiała, że masz ogromne szczęście.

Niebieskie oczy spojrzały w dół, dziewczyna straciła zainteresowanie. Najwyraźniej nigdy nie widziała Nadii.

– To Nadia Safi – wyjaśniła Lacey. – Ona też miała mnóstwo szczęścia. Przyjechała do Anglii latem ubiegłego roku. Z Afganistanu, tak jak ty. Pracuje w Londynie, u jakiejś rodziny. Oczywiście, w każdej chwili może zostać odesłana, bo nadal jest tutaj nielegalnie. Dostała jedzenie, mieszkanie. Farciara.

Dziewczyna wyglądała teraz na znudzoną. Lacey znowu otworzyła teczkę i wyjęła dwie fotografie. Położyła je na stole wizerunkiem do dołu. Odwróciła pierwszą.

– Nazywamy tę dziewczynę Sahar. Myślimy, że tak wyglądała, kiedy żyła. – Odwróciła drugą fotografię. – A tak wyglądała, kiedy wyciągnęliśmy ją z rzeki. Jej nie dopisało szczęście.

Dziewczyna szybko spojrzała na zdjęcie. Wyraz szoku na jej twarzy był prawdziwy. Teraz oczy miała opuszczone, utkwione w blacie.

– Przepraszam, że cię nastraszyłam. Ale musisz zrozumieć, że to poważna sprawa. – Lacey wyjęła zdjęcie zrobione podczas ostatniej sekcji zwłok ciała znalezionego na jej łodzi. Potem drugie, z archiwów Wydziału Rzecznego, kobiety wyciągniętej przed dwoma miesiącami z okolic South Dock Marina. – Trzy martwe kobiety. Wszystkie w twoim wieku, wszystkie z twojego kraju, wszystkie przywiezione do Zjednoczonego Królestwa tak jak ty. Wszystkie dokładnie takie jak ty. Więc teraz musimy podjąć decyzję. Kiedy wyjdziesz z aresztu policyjnego i przejmie cię system imigracyjny, mężczyźni, którzy cię tutaj przywieźli, mężczyźni, którzy to robią, znowu cię odnajdą. Znaleźli Nadię, to znajdą i ciebie. Jesteś dla nich zbyt cenna, żeby zostawili cię w spokoju. Może będziesz jedną z tych szczęśliwych, tych jak Nadia. A może nie.

– Lacey – odezwała się Gayle. – Wcale nie jestem pewna, czy ona rozumie chociaż słowo z twojego wywodu.

– Och, myślę, że rozumie wszystko. – Lacey nie odwracała wzroku od dziewczyny. – Ale będę mówić wolniej, bo to, co chcę w tej chwili powiedzieć, jest ważne. Za kilka godzin zajmę twoje miejsce. Ubiorę się tak jak ty i pozwolę, żeby mężczyźni, którzy cię tu sprowadzili, zabrali mnie tam, dokąd zamierzali zabrać ciebie. Będę udawać młodą Afgankę. Tyle że naprawdę przestraszoną. Nazywamy to tajnym zadaniem. Narażę się na niebezpieczeństwo, bo nie chcę, żeby umierały kolejne dziewczyny z twojego kraju. A ty?

Czekała. Dziewczyna nie spuszczała z niej oka. Lacey słyszała obok oddech Gayle. Zebrała zdjęcia i wstała.

– Przesłuchanie zakończone o czwartej dwadzieścia trzy. – Poszła wyłączyć sprzęt nagrywający.

– O nic mnie nie pytałaś – odezwał się głos zza jej pleców. – Ciągle tylko do mnie mówiłaś. Jeśli chcesz coś wiedzieć, zapytaj.

74. Dana

Dana wyświetliła na ekranie laptopa zdjęcia trzech martwych kobiet.

– Zamierzamy oskarżyć cię o zabójstwo – zakomunikowała ciemnoskóremu młodemu człowiekowi, który siedział po drugiej stronie stołu. – Znaleźliśmy trzy ciała nielegalnych imigrantek. Mamy kontakty w Afganistanie i dowiemy się, kim te kobiety były, żeby powiązać je z tobą. Co ważniejsze, odszukaliśmy kobietę, którą przywieziono tu w ubiegłym roku, a nie skończyła na dnie Tamizy. Może cię zidentyfikować.

Mężczyzna zachowywał kamienną minę, nie reagował. Pod stołem to co innego. Jego lewa noga wibrowała od nerwowej energii. Trzęsła się od tego niemal cała połowa jego ciała.

– Prawdopodobnie dostaniesz trzydzieści lat – ciągnęła Dana. – Twój przyjaciel jednak zostanie potraktowany ulgowo. Bo on współpracuje.

Zaledwie ułamek sekundy groźnego spojrzenia spod gęstych brwi.

– W tej chwili rozmawia z moim sierżantem. Nie zdziwiłabym się, gdyby już mu powiedział, skąd wziąłeś tę dziewczynę i dokąd płynęliście.

Sięgnęła po telefon. Ekranik był pusty, ale mężczyzna nie mógł tego widzieć.

– Sierżant prosi, żebym przyszła – poinformowała. – Pewnie już po wszystkim. Potrzebny nam ktoś do pomocy w operacji. Ale wystarczy jeden z was. To będzie ten, któremu bardziej zaufamy. Ten, który zdecydował się na współpracę. – Wstała i zamknęła laptop.

– Co chcecie wiedzieć? – zapytał.

– **Nic z tego, Lacey** – powiedziała Dana, kiedy znów spotkali się z zespołem w sali konferencyjnej. – Może podniosłaś niezależne operacje na zupełnie nowy poziom, ale nie będę głupio ryzykować życia koleżanki z policji. Widać, że twoja opalenizna jest sztuczna, widać, że włosy są farbowane, a twoja skóra to klasyczny angielski róż. Natomiast na wypadek gdybyś zapomniała, zabójca tych kobiet wie, kim jesteś. Niedawno próbował cię utopić. Gdybym cię wysłała, tylko ułatwiłabym mu sprawę. „Proszę, to Lacey, dla ciebie, w ozdobnym opakowaniu". Wiesz co? Właściwie, to mnie to kusi.

– Jeśli przepuścimy tę okazję, drugiej nie będzie – odparła twardo Lacey.

– Wiem. I dlatego, wbrew zdrowemu rozsądkowi, zgadzam się.

Jakby ktoś oblał dziewczynę lodowatą wodą. Dana patrzyła z lekka rozbawiona. Lacey lubiła bezkompromisowe działanie była wyjątkowo odważna i zrobiłaby to, nie ma najmniejszych wątpliwości, ale ostatnio bardzo ją wystraszono. Zeskrobać brawurę, a strach czai się tuż pod powierzchnią.

Dana patrzyła, jak Lacey drżącą ręką sięga po od dawna już pusty kubek po kawie. Szybko cofnęła dłoń, zanim ktoś zdążył to zobaczyć, a Dana nagle przypomniała sobie, dlaczego tak bardzo lubi tę dziewczynę, dlaczego jej najlepsza przyjaciółka zakochała się w niej.

– No... – Anderson zerwał się na równe nogi. Był szary jak popiół. On też lubił Lacey. – Lepiej weźmy się do roboty. Zaprosiłem kogoś z SWK10, żeby nam przedstawił, czego możemy się spodziewać. Lacey, jesteś pewna co do tego? Bo jeśli nie...

– Neil, nie wyskakuj ze spodni – prychnęłą Dana. – Lacey nie pójdzie na tajną operację. Ja to zrobię.

75. Dana i Lacey

Czekali na przypływ. Musiał być wysoki, wyjaśniali dwaj mężczyźni, mnóstwo wody, ale niezbyt szybko płynącej. Z mało używanego pomostu na południowym brzegu, trochę na wschód od Greenwich, Aamil wsiadł na łódkę pierwszy i poszedł na dziób. Był młodszy, do roboty fizycznej. Raaszid usiadł przy rumplu. Ostatnia wsiadła Dana. Na pomoście towarzyszył im tylko jeden funkcjonariusz Wydziału Rzecznego, sierżant Wilson ubrany w dżinsy i sweter. Fred, tak jak wszyscy inni, nie był zachwycony tą robotą. Uścisnął ramię Dany, zanim zeszła na pokład, ale kiedy silnik zapalił za drugim razem, zdobył się tylko na kwaśny uśmiech.

Zostawili za sobą brzeg, Dana odwróciła się od nieruchomej sylwetki Freda na pomoście. W końcu realność jej czynu stała się faktem. Przez ostatnie kilka godzin prawie nie było czasu, żeby pomyśleć. Maya, dziewczyna, którą złapali poprzedniej nocy, dała jej wątki do ułożenia historyjki. Ma dwadzieścia pięć lat, jest bezdzietną wdową z prowincji Takhar. Rodzina jej zmarłego męża nie chce się nią zajmować. Została odesłana do własnej rodziny, która też niezbyt chętnie ją przyjęła. W Afganistanie czeka ją marna przyszłość, więc uczepiła się szansy nowego życia na Zachodzie. Jako młoda dziewczyna chodziła parę lat do szkoły, zanim talibowie nie znieśli szkolnictwa dla kobiet. Stamtąd wyniosła podstawy języka angielskiego.

Maya uznała, że ubranie, które Lacey kupiła na wyprawę wzdłuż Old Kent Road – bawełniane spodnie, koszula i chusta na głowę – jest całkowicie do przyjęcia. Powiedziała nawet, jaką prostą bieliznę najczęściej noszą Afganki. W płóciennej torbie leżącej u stóp Dany były jej rzeczy, wzorowane na zawartości torby Mayi. Lacey spędziła cały dzień na Brick Lane i szukała czegoś podobnego. Kupiła zmianę odzieży, parę prostych artykułów toaletowych z etykietami ze Wschodu. Zaopatrzyła się też w zdjęcia domniemanej rodziny pani inspektor.

Dana też nie próżnowała, siedziała z sierżantem z SWK10, który przyszedł dać jej parę rad, jak ma się zachowywać. Ustalił maksymalny czas operacji na dwadzieścia cztery godziny, na co David Cook niechętnie się zgodził. Gdyby to trwało dłużej, oznajmił sierżant, naraziliby Danę na niepotrzebne ryzyko. Dwadzieścia cztery godziny – to niedługo, tak wydawało się tam, w Lewisham, ale teraz, zaledwie parę minut od rozpoczęcia operacji, sprawa wyglądała inaczej.

Nie powiedziała Helen. Helen jest w Dundee i nie pomyśli, że to dziwne, jeśli przez dzień nie dostanie informacji od Dany.

Helen spierałaby się, że to głupie. Za duże niebezpieczeństwo. Że Dana nie jest ani odpowiednio wyszkolona do tajnych działań, ani przygotowana na tę operację. Miałaby rację.

Dana opanowała nagły przypływ paniki i odwróciła się, żeby popatrzeć w tył, nad ramieniem Raaszida. Fred zniknął, ale gdzieś, w mroku, na rzece stała nieoznakowana łódź obsadzona policjantami z Wydziału Rzecznego i uzbrojonym sierżantem z SWK10. Za parę godzin zmieni ich taki sam zespół, a potem kolejny, każdy po osiem godzin. Oni zapewniali jej ochronę. Nie oddalą się od niej na więcej niż sto metrów, póki do nich bezpiecznie nie wróci. Jeśli naciśnie guzik alarmowy, zareagują pierwsi. Byłoby dobrze móc ich widzieć, tylko po to, żeby na pewno wiedzieć, że tam są, ale to niemożliwe.

Sierżant powiedział jej, że tajne operacje oparte są na zaufaniu. Trzeba ufać, że wsparcie jest na miejscu. Ona ufała Neilowi, który kierował operacją pod jej nieobecność, ufała Davidowi Cookowi i jego policjantom. Ale jak to robił Mark przez ostatnie dziesięć lat przerastało jej wyobraźnię.

Po drugiej stronie rzeki, blisko północnego brzegu powinna stać łódź, na której teraz mieściło się centrum dowodzenia operacją, ale kiedy minie noc, łódź wróci do Lewisham. Każda dostępna łódź Wydziału Rzecznego pływała teraz na rzece z dokładnymi instrukcjami, żeby trzymać się z dala od Deptford, ale w razie konieczności natychmiast reagować. Była na tyle bezpieczna, na ile to możliwe, i właśnie tak zaczęła się czuć.

Na szyi miała wyglądający na tandetny medalionik, na pozór zapieczętowany na stałe. Szczególnie ważne, żeby nikomu nie udało się go otworzyć, bo w nim znajdowała się aparatura namierzająca. Dopóki to nosi, wiadomo gdzie jest. Gdyby stało się coś złego, ma otworzyć medalion i złamać urządzenie. To sygnał, żeby ją wydostać.

Nie miała na sobie podsłuchu. Omawiali tę opcję i uznali, że to zbyt ryzykowne. Ale podsłuch nosili Aamil i Raaszid i dokąd jest z nimi, zespół śledzący usłyszy każde słowo jej lub ich.

Przepływali teraz obok Greenwich przytuleni do południowego brzegu. Nie potrafiła sobie wyobrazić, jak czuła się Maya i inne na tej zimnej, wielkiej rzece. Nie wiedziały dokładnie, dokąd płyną, ani co je czeka. Nie miały nawet najbardziej podstawowej ochrony w postaci kamizelek ratunkowych, które Cook bezwzględnie nakazał nosić zarówno jej, jak i jej ludziom.

– Gdybym stracił was w rzece, kosztowałoby mnie to pracę i emeryturę – powiedział, kiedy próbowała argumentować, że ci, którzy ją przyjmą, mogą nabrać podejrzeń. – Koniec dyskusji.

Danie wystarczyło jedno spojrzenie na jego twarz, żeby zrozumieć, że chyba rzeczywiście koniec. Ale teraz, kiedy płynęli z terkotem silnika, kiedy patrzyła na fale rozcinane dziobem, kiedy zrozumiała, jak nisko siedzą na wodzie, cieszyła się, że postawił na swoim.

Wielka okrągła budowla znacząca wejście do Deptford Creek była coraz bliżej. Dana zobaczyła odcinający się prąd rzeczki, odnogi Tamizy. Mocniej otuliła się chustą, kiedy tam wpływali.

Teraz powinni być już blisko. Jak do tej pory obaj mężczyźni robili dokładnie to, co im kazano. Najtrudniejsza część zacznie się wtedy, kiedy przybędą na miejsce. Uważnie ich obserwowała. Jakikolwiek sygnał, że próbują ostrzec innych przed policją, i natychmiast daje znać. Jej instrukcje były jasne. Złamać aparat namierzający, schylić głowę i czekać na ratunek. Zwalniali.

– Wchodzimy tutaj – rzucił Raaszid zza jej plecó w.

– **To Sayes Creek** – powiedziała Lacey w łodzi kontrolnej. – Znam ten kawałek rzeki. Jest bardzo wąski. Można zawrócić tylko w jednym miejscu, jakieś czterysta metrów w górę nurtu, blisko dużego domu z napisem „Sayes Court".

Na ekranie komputera obserwowali czerwoną plamkę – to Dana posuwała się w górę wąskiej rzeczki. Łódka popłynęła do końca, zawróciła przed Sayes Court i ruszyła z powrotem, z Daną nadal na pokładzie. Jakieś sto metrów od ujścia do Tamizy zatrzymała się. Zacumowali.

– Dziękuję – usłyszeli Danę przez podsłuch zainstalowany na jej dwóch towarzyszach.

– Cicho – odpowiedział kobiecy głos. – Ludzie śpią.

– Wchodzi – poinformował Anderson.

Danę poprowadzono po wąskich schodkach znad rzeki do budynku. Usłyszała, jak silnik łódki zaterkotał, i odwróciła się za siebie. Aamil i Raaszid znikali u ujścia rzeczki. Sekundę później była w środku, drzwi zamknęły się za nią.

Słabo oświetlony korytarz pomalowany na jasny beż. Dwoje drzwi po lewej. Na końcu schody prowadzące do góry. Z zewnątrz naliczyła cztery kondygnacje, łącznie z tą tuż nad linią wody. Wysoki, wąski dom.

Jak do tej pory wszystko grało.

Na zewnątrz załoga na rzece jest już pewnie w kontakcie z kolegami na lądzie. Postawią nieoznakowany wóz na ulicy przy domu. Użyją termowizji, żeby sprawdzić, ile osób jest wewnątrz. Pomyślą, żeby wejść do budynków z obu stron i sprawdzić, czy można założyć podsłuch. Byli blisko. Nawet jeśli na to nie wyglądało. Kobieta, która ją prowadziła, coś do niej powiedziała. Zatrzymała się, odwróciła, czekała.

– Jak masz na imię? – powtórzyła, wyraźnie wymawiając każde słowo, jakby przyzwyczajona do ludzi słabo mówiących po angielsku.

– Maya.

Kobieta popatrzyła na Danę. Obrzuciła ją wzrokiem od stóp do głów, przyjrzała się jej twarzy, ubraniu, nawet butom. Wcześniej Dana posmarowała sobie włosy olejem do smażenia, żeby wyglądały na dawno niemyte. Zanim wsiadła do łodzi, wtarła sobie brud w dłonie i pod paznokcie. Wyglądała przekonująco. Miała czarne włosy, kawową karnację, nawet jasnozielone oczy były powszechnie spotykane wśród pasztunek. Jeśli coś ją zawiedzie, to głos.

Dana mówiła w hindi i po arabsku, potrafiła używać regionalnych akcentów, które zmyliłyby większość ludzi Zachodu. Ale Afgańczycy to zupełnie co innego.

– Odzywaj się jak najmniej – poradził jej sierżant z SWK10. – Udawaj głupią. Kiedy już będziesz mówić, używaj krótkich, prostych zdań i szepcz.

Wreszcie kobieta skończyła oględziny.

– Chodź – nakazała.

Danę wprowadzono do pokoju na najwyższym piętrze, a jej wyczucie kierunku podpowiadało, że okna wychodzą na rzeczkę.
– Daj torbę. – Kobieta wyciągnęła rękę.
Dana się zawahała. Spodziewała się tego. Na pewno będą sprawdzać, co z sobą przyniosła, ale nikt chętnie nie oddaje całego swojego dobytku, prawda?
– Zwrócimy ci to – obiecała kobieta. – Ale naprawdę musimy wiedzieć, co ze sobą masz.
Dana wystawiła rękę z torbą. Nieznajoma oparła Danę o drzwi za sobą. Zbliżyła się o krok i podniosła jej ramiona na boki.

Dana uznała, że nieposłuszeństwo nie będzie przekonujące, i pozwoliła, żeby ją obszukano w stylu stosowanym przez ochronę lotnisk. W ciągu kilku sekund kobieta znalazła pas z pieniędzmi. Włożyła rękę pod koszulę Dany, odpięła pas i zajrzała do środka.

Zespół odtworzył dokładnie to, co miała w pasie Maya: mieszanka banknotów afgańskich, euro i funtów szterlingów. Kobieta zajrzała do każdej z trzech przegródek, zapięła je z powrotem i oddała pas Danie. Więc nie są zainteresowani pieniędzmi.

– Powinnaś wziąć prysznic i zmienić ubranie. Zabiorę twoje rzeczy do prania. I przyniosę ci coś do jedzenia.

Dana patrzyła, jak jej przewodniczka wychodzi z pokoju. Kobieta po pięćdziesiątce, z metr siedemdziesiąt wzrostu, dobrze zbudowana i ubrana w coś, co wyglądało jak kitel lekarski. Włosy krótko obcięte, siwe, twarz blada i surowa, ale względnie niepomarszczona. Dana rozpoznałaby ją, potrafiłaby zidentyfikować w razie potrzeby. Drzwi zamknęły się, od zewnątrz przekręcono klucz.

– **Zespół jest na miejscu, na zewnątrz** – zakomunikował detektyw superintendent Weaver, kiedy Lacey i sierżant Anderson wrócili do Lewisham. – East Street, zbudowana w końcu siedemnastego wieku. Z początku magazyny i biura towarzystw żeglugowych. Niektóre z nieruchomości to nadal biura. Parę to mieszkania.

– Wiemy, kto jest właścicielem budynku? – zapytał Anderson.

– Zarejestrowany na spółkę z centralą za granicą. Trzeba trochę czasu, żeby ich namierzyć.

Lacey patrzyła na małą czerwoną plamkę na ekranie – na detektyw Tulloch. Mieli ciała, mieli miejsce, do którego zwożono kobiety. Mieli przynajmniej niektórych z ludzi zaangażowanych w operację.

To nie wystarczało.

Dana nie mogła się powstrzymać, doskoczyła do drzwi i nacisnęła klamkę. Była zamknięta. Ale, szczerze, tego się spodziewała. Już dowiedziała się mnóstwa rzeczy, już teraz ryzyko okazało się opłacalne. I nic złego się nie zdarzyło. Nadal na szyi nosiła linę ratunkową. Musiała tylko wykonać zadanie, a to znaczyło uzyskać jak najwięcej informacji o miejscu, w którym się znalazła.

Pokój, mniej więcej trzy na dwa i pół najbardziej przypominał salę prywatnego szpitala, chociaż trudno powiedzieć dlaczego. Nie stał tu żaden sprzęt medyczny, pojedyncze łóżko miało zwyczajne drewniane oparcie, a nie metalową ramę, a jednak ta wykładana kafelkami podłoga, ten brak obrazów i ozdób... przez to pomieszczenie stawało się jakieś oficjalne. Były tam jeszcze jedne drzwi, do małej łazienki z umywalką, sedesem i prysznicem. Kilka szorstkich białych ręczników, cienki szlafrok i parę zaskakująco dobrych artykułów toaletowych.

Oprócz łóżka wstawili stół, krzesło, szafkę nocną, telewizor, kredens i wysoką szafę z płyt wiórowych. W kredensie leżały periodyki i książki do nauki angielskiego. Kilka płyt z kursami językowymi. Osoby zamieszkujące ten pokój miały zatem szlifować swój angielski podczas pobytu. To sugerowało, że czekała je jakaś przyszłość.

W szafie ubrania. Legginsy, T-shirty, długie blezery, luźne suknie do kostek, bielizna i piżamy, wszystko utrzymane w gładkich, matowych błękitach i brązach. Nie było w nich ani trochę powabu. Proste, skromne ubrania. Czyste, wyprasowane, ale bez zapachu rześkiej nowości rzeczy dopiero co wyjętych z opakowania. Ktoś już to nosił.

Dana wyjęła piżamę i cienką bawełnianą koszulę. Miała świadomość, że prawie na pewno jest obserwowana. Technologia nadzoru była bardzo wyrafinowana i powszechnie dostępna. Uświadomili jej to wcześniej koledzy Marka. Kamery mogą być wmurowane w ściany i sufity, ich obiektywy ukryte pod postacią czegoś tak niewinnego jak duże główki śrub. Dopóki stamtąd nie wyjdzie, trzeba zakładać, że wszystko co robi, wszystko co mówi, może być podsłuchane i podpatrzone, a to znaczy, że musi się zachowywać tak, jakby nie miała niczego do ukrycia.

Podeszła do okna, bo to wydało jej się najbardziej naturalnym zachowaniem. Ale świat za nieprzezroczystą szybą był czarny. Pewnie ta strona wychodzi na rzeczkę. Od ulicy dochodziłoby więcej świateł. Czułaby więcej przestrzeni za oknem.

Powiedziano jej, że ma wziąć prysznic, zmienić ubranie i przygotować własne rzeczy do prania. Maya prawdopodobnie wykonałaby polecenie, więc i Dana musiała tak zrobić.

Woda była gorąca, a szampon, który dla niej przygotowano, pachniał olejkiem różanym; to przypominało Danie rachatłukum*. Dali jej też odżywkę i krem nawilżający do ciała. Cokolwiek trzymali w zanadrzu, dbali o te dziewczyny. Jak do tej pory zeznania Nadii były dokładne.

Dana spłukała włosy, szybko się ubrała i wróciła do sypialni. Nie miała zegarka – Maya nie miała – ale oszacowała, że zbliża się północ. Powinna być zmęczona. Czuła się zmęczona, ale spać w obcym miejscu, bez pojęcia, po co tu jest, co się z nią stanie? Czy to możliwe?

---

* Tradycyjny słodki smakołyk, charakterystyczny dla kuchni rejonu Bałkanów i Bliskiego Wschodu; dla smaku i aromatu dodaje się wody różanej, wanilii lub mięty.

Kroki za drzwiami. Cofnęła się do łóżka, ręka podniosła się do medalionu na szyi. Zerwać łańcuszek, rzucić medalion na podłogę i mocno nadepnąć.

Jeszcze nie. Jeszcze nie. Może to nic takiego.

Drzwi się otworzyły, napłynął zapach jedzenia. Kobieta, którą już spotkała, niosła małe naczynie żaroodporne na tacy. Półlitrowa butelka wody, jabłko i banan. Kobieta postawiła tacę, wzięła brudne ubranie, które Dana powiesiła na krześle, i lekko się do niej uśmiechnęła.

– Czekaj! – Po chwili odwróciła się w drzwiach, uśmiechu już nie było.

– Co się stanie? – zapytała Dana.

– Jedz i śpij. Jutro przyjdzie do ciebie lekarz – odpowiedziała, a potem, jakby chcąc uniknąć gradu pytań, wyszła i zamknęła drzwi na klucz.

Jutro przyjdzie lekarz. Dlaczego poczuła chłód w sercu?

– **Nadia Safi**... niech ją przyprowadzą. Jutro rano – rozkazał Weaver.

– Czy to rozsądne, szefie? – zapytał Anderson. – Ostatnia rzecz, na jakiej nam zależy, to przyciągnąć uwagę do operacji.

– Była tam, gdzie teraz przetrzymują Danę. Może nam szczegółowo opowiedzieć, co się z nią działo.

– Dana jest w pokoju na najwyższym piętrze. – Lacey siedziała z technikiem przy monitorze. – W budynku są jeszcze cztery osoby. Dwie prawie w ogóle się nie ruszały przez ostatnią godzinę, więc domyślam się, że śpią. Jedna znajduje się chyba w pokoju obok Dany Tulloch, druga piętro niżej. Trzecia osoba jest najbardziej ruchliwa. To może być kobieta, która spotkała się z szefową w drzwiach. Jeszcze jedna siedzi na parterze, ale widać jej aktywność, więc nie śpi.

– Co teraz robi Dana? – zapytał Weaver.

– Niewiele. Wcześniej trochę się ruszała. Wie pan, podeszła do okna, może była w łazience. Od czterech minut brak wyraźnego ruchu, więc pewnie próbuje zasnąć.

– Właśnie to powinna zrobić – wtrącił się Anderson. – Ostatniej nocy niemal w ogóle nie kimaliśmy i tak może być przez najbliższą dobę.

Racja. Sprzęt obserwacyjny będzie obsadzony przez całą noc. Gdyby coś się stało, dowiedzą się.

Na razie cisza, spokój.

– Nie rusza się, zasnęła – powiedział Anderson.

– Nie, to medalion się nie rusza – stwierdził Weaver. – Ona może być gdziekolwiek.

– Z całym szacunkiem, sir, to dowodzi, że jest pan zbyt zmęczony, żeby jasno myśleć. Kamera termowizyjna pokazuje czerwony i pomarańczowy blask, czyli ciepłe, zdrowe ciało w tym samym miejscu, co aparat śledzący. Nie chcę za bardzo się na ten temat rozwodzić, ale kiedy blask zacznie się robić niebieski, wtedy możemy panikować. Jak na razie wszystko w porządku.

76. Dana i Lacey

Dana obudziła się w nocy i pierwsze, co pomyślała, to że nie oczekiwała snu, a jednak czuła się dziwnie wypoczęta, chociaż trochę oszołomiona. Czy doprawili czymś posiłek, który zjadła? Jeśli tak, to tylko środkiem nasennym, nic się jej nie stało.

Coś usłyszała. Coś ją obudziło, ale teraz panowała całkowita cisza, jakby wszyscy wokół spali.

W pokoju nie było tak ciemno jak wtedy, gdy kiedy wyłączyła światło. Okno otaczał jasnoszary poblask. Wstała i przycisnęła twarz do szyby. Tak, na pewno, dniało. A kiedy zaczęła uważnie nasłuchiwać, dotarły do niej odgłosy wczesnego, porannego ruchu na rzece. Więc budził się dzień. Przeżyła noc.

„Przyjdzie do ciebie lekarz". Rany, na wizycie lekarza zależało jej jak na dziurze w głowie.

Stół i krzesło, które przesunęła pod drzwi, zanim poszła do łóżka, nadal tam stały. Marne z nich zapory, ale odgłos mebli szurających po podłodze dałby jej parę sekund. Znów rozległ się hałas. Przysłuchała mu się dokładnie. To ten dźwięk ją obudził, na jakąś godzinę, dwie, zanim organizm przygotował się do przejścia w stan jawy. Gdzieś blisko ktoś płakał.

Lacey obudziła się w nocy, usłyszała nadchodzący przypływ. Inaczej to brzmiało na łodzi Raya i Eileen. Ciche odgłosy z głównego pomieszczenia oznaczały, że policjant, który jej pilnował, nadal był na pokładzie. Usiadła, otworzyła luk nad głową i wyszła.

Nocne powietrze przenikał chłód, a księżyc wyglądał jak okrawek sera, który zaraz spadnie za horyzont. Za jakąś godzinę nadejdzie najwyższy przypływ. Jej łódź kołysała się łagodnie na cumach w tym samym rytmie, co większa łódź stojąca obok. Wyglądały jak dwoje pijanych tancerzy przywartych do siebie na parkiecie pod koniec zabawy.

Lacey poczołgała się naprzód, aż mogła usiąść na skraju dachu kabiny i spojrzeć na wodę. Widoczność była dobra. Do świtu zostało chyba niewiele czasu.

Nadejdzie pora, kiedy operacja przy Sayes Creek rozwinie się. Przy odrobinie szczęścia i pomyślnych okolicznościach wyciągną inspektor Tulloch i dowiedzą się, o co w tym wszystkim chodzi. Zatrzymają parę osób i zakończą akcję. Ciała kołyszące się nad dnem South Dock Marina zostaną wydobyte na powierzchnię, zidentyfikowane, przyzwoicie pochowane. I koniec, po wszystkim.

Tylko dlaczego podczas toczącej się operacji policyjnej ktoś podrzuca zwłoki, żeby się na nie natknęła? Założyła, że zabójca się bawi, że wybrał ją jako łącznika z policją, jako środek do naigrywania się z gliniarzy. Ale czy to ma jakiś sens? Nie wiedzą zbyt dużo, jednak wystarczająco, żeby się zorientować, że mają do czynienia z jakimś zorganizowanym działaniem na dużą skalę. Profesjonalnym. A przecież zawodowcy, kiedy w grę wchodzą grube pieniądze, nie urządzają sobie zabaw.

Niesamowite, jak szybko traci się poczucie czasu na rzece. W tym nieustannym przepływie wody było coś niemal hipnotyzującego. Seans przerywały tylko elementy na tyle duże, żeby je zobaczyć, i na tyle jasne, żeby odbijały światło gwiazd.

Gwałtowny i niespodziewany ruch na rzece sprawił, że Lacey aż podskoczyła – drzemiący ptak, nagle przebudzony, machał skrzydłami, żeby odlecieć w bezpieczne miejsce. Niebo zrobiło się zdecydowanie jaśniejsze. Odgłosy ptasiej paniki ucichły, zmarszczki na wodzie wygładziły się i na chwilę przypływ wyrównał rytm. Wtedy, jakieś dwadzieścia metrów od łodzi, wynurzył się okrągły kształt. Ludzka głowa.

Środa, 2 lipca

77. Dana i Lacey

Dana była w łazience. Płacz dochodził z sąsiedniego pokoju. Ton i siła szlochu mówiły, że płacze kobieta. Nachyliła się, zobaczyła rury pod umywalką.

Stuk, stuk, stuk.

Brak odpowiedzi. Płacz trwa nadal. Wyprostowała się, wbiegła do pokoju i znalazła łyżkę z kolacji. Noża nie dali. Z powrotem w łazience zastukała trzy razy w rurę. I znowu. Płacz ucichł. Trzy kolejne stuknięcia. Cisza w pokoju obok.

– Hej... – spróbowała i w tej chwili w korytarzu za drzwiami rozległy się kroki.

Usłyszała, że ktoś wchodzi do pokoju obok, po cichu rozmawia, brzęka talerzami, potem zamyka drzwi i przekręca klucz. Usiadła na łóżku, czekała. Otworzyły się drzwi i weszła kobieta, ta z poprzedniego wieczoru, z tacą ze śniadaniem w rękach. Na jednym ramieniu niosła ubranie Dany, na drugim jej torbę.

– Dziękuję – powiedziała Dana.

– Dobrze spałaś?

Dana skinęła głową. W jaśniejszym świetle kobieta wyglądała na kogoś z Europy Wschodniej. Czarne brwi, blada cera, ciemne, głęboko osadzone oczy. W jej mocnym głosie zachował się ślad akcentu

– Ubierz się – powiedziała. – Wrócę za godzinę.

– Samochód już jest przed domem – przekazała Lacey swoim dwóm kolegom. – Wygląda na to, że inni też tu przyjdą.

Wydział Rzeczny był na posterunku jeszcze przed świtem: sierżant Buckle, Finn Turner i Lacey siedzieli w małym pontonie kołyszącym się w pobliżu ujścia Sayes Creek. Buckle zajął miejsce przy sterze, Turner usiadł na dziobie. Lacey nasłuchiwała meldunków przez radiostację.

Nie wróciła do łóżka po tym, jak znowu zobaczyła pływaka. Zanim zdążyła wezwać policjantów, głowa zniknęła.

Kiedy gapiła się na wodę, dołączył do niej Ray. Razem postanowili, że na razie niczego nie powiedzą. Monitorowanie sytuacji w Sayes Court i bezpieczeństwo inspektor Tulloch liczyły się najbardziej przez kolejne parę godzin. Zgłosi sprawę, jak Dana będzie już bezpieczna.

– Otwierają drzwi magazynu – zakomunikowała. – Samochód wjeżdża do budynku.

Środkiem rzeki szybko przepłynął prom pasażerski, to jeden z pierwszych kursów do Greenwich. Fala zbliżyła się do nich, a Buckle odwrócił ponton, żeby stanąć do niej dziobem.

– Z samochodu wysiadły dwie osoby – powiedziała Lacey po paru sekundach. – To będzie razem siedem osób w budynku, włączając inspektor Tulloch.

Kobieta wróciła dokładnie po godzinie. Dana po tym, jak się ubrała i zjadła, oglądała poranne wiadomości w telewizji. Usłyszała kroki. Odruchowo chwyciła za medalion jak za talizman, a kiedy drzwi się otworzyły, stała już z tacą po śniadaniu w dłoniach.

– Idź przed siebie. – Kobieta wzięła tacę. – Schodami w dół. Piętro niżej.

Dana wykonała polecenie.

– Następne po prawej – powiedziała kobieta, kiedy Dana podeszła do niedomkniętych drzwi. – Wchodź.

– Dobra, w domu jest o dwie osoby więcej – odezwała się Lacey do kolegów. – W sumie siedem. Jedna na najwyższym piętrze, jedna na parterze. Inspektor Tulloch i jej przewodniczka są na pierwszym piętrze. Jest tam też ktoś, kto chyba nadal śpi, bo nie poruszył się od wczorajszego wieczoru. Dwie osoby w pokoju, do którego idzie inspektor Tulloch.

Przerwała, przez chwilę słychać było szumy i trzaski, potem napłynęły kolejne informacje.

– Dobrze, inspektor Tulloch jest w pokoju na pierwszym piętrze z dwiema innymi osobami, jej przewodniczka zostawiła ją tam i wraca po schodach.

Turner opuścił oczy; Buckle patrzył prosto przed siebie. Wszyscy troje wyobrażali sobie plan domu. Siedem osób: jedna na najwyższym piętrze, dwie na parterze, cztery na pierwszym piętrze, z nich trzy w jednym pokoju. Zapamiętać. Gdyby mieli nagle interweniować, nie chcieli niespodzianek.

– To może być to – powiedział przez radiostację Anderson. – Przygotować się.

– **Dzień dobry Mayu** – powiedziała szczupła kobieta w bieli stojąca za biurkiem. – Witamy w Wielkiej Brytanii. Bardzo się cieszymy, że tu jesteś.

– Doktor Kanash – przedstawił się młody Azjata przy oknie. – To pielęgniarka, pani Stafford.

„Jutro przyjdzie do ciebie lekarz". Kanash i Stafford. Prawdziwe nazwiska? Zapamiętaj wszystko, co zdołasz. Kanash ma jakieś trzydzieści pięć lat. Maleńka blizna nad górną wargą po lewej stronie, bardzo ciemna skóra i niemal czarne oczy kojarzą go raczej ze Sri Lanką niż Indiami albo Pakistanem. Stafford jest starsza, może po czterdziestce, rzadkie włosy przycięte na jeża, brązowawe, ale z siwymi pasemkami. Nosi obrączkę ślubną.

– Dziękuję – powiedziała Dana, bo wyczuła, że oczekują jej reakcji. – Bardzo dziękuję.

Można się przecież rozejrzeć, prawda? Każda kobieta nerwowo rozglądałaby się po pokoju. Lezanka podsunięta pod ścianę, na niej rozpostarty długi papierowy ręcznik. Waga lekarska. Na biurku przyrząd do mierzenia ciśnienia krwi. Pudełko z rękawiczkami chirurgicznymi. Jakiś sprzęt elektroniczny do skanowania.

– Wiem, masz za sobą długą podróż – odezwał się znów Kanash. – Trudną podróż, ale już po wszystkim.

– Napij się herbaty. – Stafford wyszła zza biurka, stanęła przy dużym termosie z gorącą wodą. – Wolisz jaśminową czy miętową?

Zachowywali się wobec niej uprzejmie. Czy miała się przez to czuć lepiej, czy gorzej?

– Proszę... nie znam słów. Co teraz? Jestem bardzo...

– Och, to zrozumiałe – powiedział Kanash, a Stafford uśmiechnęła się do Dany. – Wszystko jest nowe. Ale niczym się nie martw. Znaleźliśmy ci dobrą pracę. Miłe małżeństwo potrzebuje kogoś, kto zająłby się ich domem, szczególnie kiedy są w podróży. To piękny dom. Mało do roboty. Będziesz szczęśliwa.

– Dziękuję. Czy idę dzisiaj?

Tamci wymienili spojrzenia.

– Niestety nie – odparła Stafford. – Trzeba jeszcze dużo załatwić. Mnóstwo papierkowej roboty. Zezwolenie na pracę, wiza, papiery imigracyjne. Brytyjczycy wymagają tylu dokumentów... Ale na ten czas zostaniesz tutaj z nami, a my się tobą zaopiekujemy.

– Dziękuję.

– Nie ruszaj się przez chwilę. – Stafford wzięła aparat fotograficzny z biurka. Nacisnęła guzik, kiedy Dana na nią patrzyła. – To do twoich akt – wyjaśniła pielęgniarka. – Żebyśmy nie pomylili cię z jakąś inną panią.

– Jak się czujesz po podróży? – zapytał Kanash. – Jakieś problemy ze zdrowiem?

Dana pokręciła głową. Wiedziała, że wygląda na wystraszoną i prawdopodobnie dokładnie tak wyglądały wszystkie dziewczyny w tym pokoju.

– Dobrze – powiedział Kanash, a Dana zrozumiała, że skończył mu się zapas uprzejmostek. – Zważymy cię.

– **Znowu się rusza** – zakomunikowała Lacey załodze. – Prowadzą ją z powrotem na górę. – Popatrzyła na zegarek. – Ponad pół godziny. O co w tym chodziło?

Nie spodziewała się odpowiedzi.

– Musi już coś wiedzieć – stwierdziła. – Moglibyśmy teraz wejść.
– Nic złego jej się nie dzieje – uspokoił Buckle. – Powiedzieli: dwadzieścia cztery godziny.
– Lacey, jesteś tam? – Podekscytowany głos Andersona.
– Jestem, sierżancie.
– Czy łódź, jakiś statek albo cokolwiek wpływało w ciągu ostatniego kwadransa na Sayes Creek?
– Nie, sierżancie. – Lacey zobaczyła własne zdumienia odbite w twarzach Buckle'a i Turnera. – Nikogo tu nie było, odkąd zaczęliśmy naszą zmianę.
– Na pewno?
– Oczywiście, do cholery. Inspektor Tulloch i jeszcze jedna osoba wracają na górę po schodach. Dwie osoby w pokoju, z którego właśnie wyszła. To cztery. Jeszcze jedna na tym piętrze, która się nie rusza, odkąd zaczęliśmy obserwację, i kolejna w pokoju obok inspektor Tulloch na najwyższym piętrze. I dwa typy na parterze.
– Więc jakim cudem pokazało mi się osiem? Teleportacja?
– Niczego nie widzieliśmy, sierżancie. – Kropelki potu wystąpiły na skronie Lacey, kiedy zaczęła przepatrywać wodę wokół łodzi.

Po powrocie do pokoju Dana poszła prosto pod prysznic. Puściła tak gorącą wodę, jak tylko mogła wytrzymać. Stała pod nią, mówiąc sobie, żeby się uspokoić.

Nie zrobili niczego takiego. Przeprowadzili tylko najzwyczajniejsze, chociaż bardzo dokładne badanie lekarskie. Została zważona, zmierzona. Towarzyszyła temu rozmowa tamtych dwojga, że jest trochę chudawa, ale nadal atrakcyjna. Kanash osłuchał jej pierś i oświadczył, że serce i płuca ma w całkowitym porządku. Zmierzył ciśnienie krwi i też wyglądał na zadowolonego z wyników. Wysłano ją do toalety, żeby nasikała do pojemnika. Mocz sprawdzili na miejscu, nie było śladów cukru ani białka, czyli dobrze, ale powiedzieli jej, że próbka zostanie wysłana do dalszych badań. Potem Stafford pobrała krew, tak sprawnie i profesjonalnie, że Dana ledwie poczuła ukłucie. Kanash założył jej słuchawki i kazał słuchać cichych pisklwych dźwięków. Poprosili, żeby czytała z tablicy na ścianie. Na tablicy były rysunki – to dla kobiet, które nie znają alfabetu łacińskiego.

– Łódź – powiedziała Dana. – Ryba, drzewo. – Rękami pokazała jabłko i nożyczki. Potem kazali jej położyć się na leżance. Na tym etapie działania przejęła Stafford, chociaż Kanash został w pokoju, za zaciągniętą zasłoną. Dana miała rozebrać się do bielizny, a kiedy się ociągała, Stafford wyjaśniła, że administracja brytyjska wydaje zezwolenia tylko ludziom o perfekcyjnym zdrowiu.

– Miałaś już dziecko? – Jej palce błądziły po brzuchu Dany, naciskały, nakłuwały. – Byłaś w ciąży? – Zobrazowała wypukły brzuch, na wypadek gdyby Dana nie zrozumiała. – Połóż się na plecach i podciągnij pięty do pośladków. – Wyraz jej twarzy powiedział Danie, że w tej części badania najczęściej występują problemy.

Dana ciężko oddychała, skóra ją piekła. Zakręciła prysznic i pozwoliła, żeby owiało ją chłodne powietrze. I co z tego, że ją obserwują? Jakby miała coś do ukrycia.

To było badanie ginekologiczne i tyle. Przechodziła to już wcześniej. Jest nieprzyjemne, zaciska się zęby, rozluźnia jak tylko można i czeka, aż to się skończy. Nie trwało długo i nie ma co się nad sobą rozczulać, ale na litość boską, po co to robią? Co tu się wyprawia?

Wyszła spod prysznica, owinęła się ręcznikiem i czekała, aż przestanie dygotać. W pokoju obok odgłos spłukiwania sedesu. Potem ciche zawodzenie.

78. Pari i Dana

Ktoś znowu stukał w rury. Pari pochyliła się, uklękła na wykładanej kafelkami podłodze łazienki. Trzy stuknięcia. Odgłos ze zbiornika cichł. Pari przycisnęła ucho do ściany. Wcześniej w sąsiednim pokoju też mieszkali jacyś ludzie, ale jeszcze nikt nie próbował się z nią kontaktować.
– Cześć – usłyszała, po angielsku.
Nic nie powiedziała, czekała. Głos odezwał się po paru sekundach.
– Jestem Maya. A ty? Jak się miewasz? Okej?
Pari zrozumiała „okej", to międzynarodowe słowo. Zaczęła mówić, ale wydobył się z niej tylko jakiś dziwny odgłos: ni to jęk, ni sapnięcie.
– Coś nie tak? Jesteś chora?
– Boli – wykrztusiła wreszcie Pari.
– Gdzie cię boli? Co ci się stało? Jak masz na imię?
Angielskie słowa przychodziły za szybko. Pari potrzebowała chwili, żeby zrozumieć to, co usłyszała.
– Niedobrze mi. Boli mnie. Mam na imię Pari.
Milczenie, tak jakby kobieta po drugiej stronie ściany zastanawiała się.
– Mówiłaś pielęgniarce? Kobiecie, która przynosi jedzenie?
Pari wstała. Kiedy kucała, ból był za duży.
– Od dawna jesteś chora?
– Nie wiem. Dużo dni.
– Jak długo tu jesteś?
– Dużo dni.
Ludzie w korytarzu. Pari usłyszała szybkie kroki w pokoju obok. Potem ten ktoś za ścianą zamknął drzwi do łazienki

Dana szybko wróciła do sypialni. Pukanie i jednocześnie drzwi się otworzyły. Na zewnątrz stała pielęgniarka Stafford razem z kobietą, która przynosiła jedzenie, i mocno zbudowanym mężczyzną w średnim wieku. Jego Dana jeszcze nie widziała.

On też nosił jasnoniebieski kitel medyczny. Prawą rękę trzymał w kieszeni spodni.

– Wybacz, że ci przeszkadzamy, Mayu. – Stafford podeszła do niej. – Jest jeszcze coś. Czy zapomniałaś o czymś powiedzieć na dole?

Tamtych dwoje ruszyło za Stafford, drzwi zamknęły się za nimi. Dana ujęła w dłoń medalion, kiedy ta od posiłków zbliżyła się do niej. Mężczyzna wyjął rękę z kieszeni. Dana drgnęła, potem zdała sobie sprawę, że facet trzyma małą szklaną fiolkę z czerwonym płynem. Wahała się o ułamek sekundy za długo. Kobieta chwyciła ją pod jedno ramię, nieznajomy pod drugie. Już nie dała rady sięgnąć do medalionu.

– Oczywiście, mogłaś nie wiedzieć. – Stafford stała kilka kroków dalej, uporczywie patrzyła w oczy Dany. – Wykryliśmy bardzo niski poziom, ale tu powstaje interesujące pytanie. Jak kobieta, która ostatnie kilka tygodni spędziła w drodze z Afganistanu, ściśle strzeżona i chroniona na każdym kroku, może znaleźć się w twoim stanie?

Dana pokręciła głową.

– Ja nie...

– To bardzo prosty test – przerwała jej Stafford. – Robimy go rutynowo. Cóż, wcześniej nie mieliśmy pozytywnych wyników. Gratulacje Mayu, czy jak tam naprawdę się nazywasz. Jesteś w ciąży.

79. Lacey

Lacey wróciła na nabrzeże krótko po drugiej po południu. Ani ona, ani Buckle i Turner nie chcieli opuścić posterunku przy Sayes Creek, jednak generalny inspektor Cook nalegał. Powiedział, że jak coś się będzie działo, zostaną wezwani, ale Dany mieli nie wyciągać do północy, a on nie zamierza dać się wplątać w trudną i niebezpieczną operację ratunkową z wykończoną załogą. Nie było sensu się sprzeczać.

Z przyzwyczajenia poszukała policjanta, który patrolował nabrzeże w marinie. Śmietankowa furgonetka, jego tymczasowy dom, stała pusta. Ani śladu, żeby chodził gdzieś w pobliżu. Na jej łodzi też pusto. Zeskoczyła z pokładu i poszła do Eileen. Na ich łodzi też zero tajniaków.

– Gdzie ochrona?

Eileen skrzywiła się, żeby jej nie pytać.

– Mieli priorytetowe wezwanie. Wrócą później.

– Więc módlmy się, żeby nasz sąsiad psychopata zawsze potrzebował osłony ciemności – mruknęła Lacey, chociaż tak naprawdę jej ulżyło. Samotność przez parę godzin... to wyglądało całkiem dobrze.

Ściągała sweter, kiedy zaczął dzwonić telefon. Nie jej prywatny, ten utonął w rzece razem z kajakiem. To komórka używana do kontaktów z Nadią.

– Coś sobie przypomniałam. Postanowiłam natychmiast do ciebie zadzwonić.

Lacey usiadła i przyciągnęła do siebie notatnik i długopis.

– Mów.

– Chyba pamiętam drogę, którą mnie wieźli, kiedy wyszłam z domu.

Lacey sięgnęła do stolika na mapy, żeby wziąć książkę pilota na Tamizie.

– Myślałam o tym cały czas od naszej rozmowy. Kupiłam mapę rzeki i próbowałam to odtworzyć. Zeszłam nawet na brzeg.

– Nadio, wiemy, gdzie cię przetrzymywano. – Lacey otworzyła książkę na mapie z Sayes Creek. – To dom bardzo blisko rzeki. W tej chwili go obserwujemy, ale może się przydać wszystko, co mi powiesz.

– Pokażę ci, jak chcesz.

Lacey spojrzała na zegarek. Musiała wrócić do Wapping o dziesiątej. Szczegóły dotyczące wyjścia Nadii z tego domu już prawdopodobnie nie były takie ważne. Z drugiej strony nie zaszkodzą.

– Dobra, gdzie jesteś?

– Nad wodą. To miejsce nazywa się St. George's Stairs. Pamiętam, że tamtej nocy przepływaliśmy obok. A pomost jest trochę dalej, w górze rzeki.

Lacey popatrzyła na mapę. St. George's Stairs to dostęp do Tamizy blisko South Dock Marina. Pomost z kolei to Greenland Pier, ruchliwy punkt cumowniczy dla ruchu pasażerskiego.

– Czekaj na mnie, przyjadę i cię zabiorę. – Rozejrzała się, szukając kluczyków do samochodu. – Za jakieś pół godziny będę.

– Ale samochodem to się nie uda.

– Słucham?

– Próbowałam przejść tą trasą. To niemożliwe. Tam są takie miejsca, przez które samochód nie przejedzie.

– Wydaje mi się, że legitymacja policyjna otwiera wiele bram. – Lacey sprawdziła, czy wzięła ze sobą legitymację.

– I tam był budynek. Zabrali mnie do niego, zanim się pożegnali. Nie znajdę go z brzegu. Szukałam cały dzień, ale z łodzi może mi się uda.

– Chcesz, żebyśmy popłynęły? – Nie. Wróciły wspomnienia. Z wody wynurza się głowa. Silne ręce ciągną ją pod powierzchnię. Nie chciała wypływać na rzekę.

– Lacey, ja nadal się tego boję – powiedziała Nadia. – Ale to chyba jedyny sposób.

80. Dana

Danę znowu poprowadzono na dół. Jest w ciąży? Jak im się udało tak szybko to stwierdzić, minął zaledwie dzień z okładem. Cholera, ma się cieszyć czy płakać. Dotarli do pierwszego piętra, kobieta popychała ją w korytarzu. Kuracja zadziałała!

Jajeczko, które widziała na USG, wyskoczyło z pęcherzyka. Plemnik, jeden z milionów, znalazł je i razem postanowili rozpocząć wspólną przyszłość. Rosło w niej dziecko. A ona naraziła to maleństwo i siebie na niebezpieczeństwo.

Nie wolno jej panikować. Nadal ma medalion. Zespół bardzo czujnie obserwuje wszystkich w domu. Dotrą tu za parę minut.

Helen by ją zabiła. Och, Boże, proszę, daj jej tę szansę.

Wrócili do pokoju lekarskiego. Otworzyły się pchnięte drzwi. Ktoś nowy stał pod oknem, podnosił papiery pod światło. W górnym prawym rogu było małe zdjęcie wystraszonej Dany. Mężczyzna – wysoki, ciemnowłosy, w dobrze skrojonym garniturze – dokładnie się przyglądał fotografii. Potem się odwrócił. Alexander Christakos, jej lekarz z kliniki zapłodnień.

– Inspektor Tulloch – powiedział. – Cóż za interesujący obrót wydarzeń.

Dana błyskawicznie chwyciła medalion. Mocno pociągnęła, a troje członków zespołu, którzy nadal stali obok niej, rzuciło się, żeby powstrzymać ją od dalszych ruchów.

– To operacja policyjna, a wy jesteście aresztowani – krzyknęła. – Moi koledzy otoczyli budynek.

Christakos podniósł słuchawkę i wyciągnął rękę.

– W takim razie proponuję, żeby ich pani zaprosiła.

– **Miło pana widzieć,** sierżancie Anderson – powiedział kilka minut później Christakos, kiedy Anderson, czerwony na twarzy i zziajany wparował do pokoju. – Właściwie, mnóstwo o panu słyszałem od mojej młodej przyjaciółki, ale z tym możemy poczekać. Zechce pan spocząć.

Christakos usiadł za biurkiem i wskazał stojące przed nim krzesło, tak jak to robił w przychodni w mieście. Ubrany nieskazitelnie i przystojny jak zawsze. Anderson zignorował go i zwrócił się do Dany.

– To jakaś klinika, szefowo. Poza naszymi pięcioro ludzi w budynku. Pan Christakos tutaj, troje członków obsługi i młoda cudzoziemka, wygląda na pacjentkę. Wszyscy są w osobnych pokojach, czekają na rozmowę z nami. Nic pani nie jest?

Dana pokręciła głową.

– Nie, w porządku, ale tamta kobieta potrzebuje pomocy lekarskiej. Dziś rano bardzo ją bolało.

Anderson podszedł do drzwi i zamienił kilka słów z kimś na zewnątrz, Dana przytrzymała się oparcia krzesła. Rozpaczliwie chciała usiąść, ale wiedziała, że nie może. Musi wyglądać na opanowaną.

Christakos uprzejmie się uśmiechnął. Dłonie trzymał nieruchomo przed sobą, na biurku.

– Nic mi nie wiadomo o problemach zdrowotnych naszego gościa, ale dziękuję, że zwróciła mi pani na to uwagę.

– Co to za dom? – zapytała Dana. – Co tu robicie?

– To mój prywatny gabinet. – Christakos rozłożył ręce: „patrz, nie mam nic do ukrycia". – Tutaj przyjmuję pacjentów, którzy nie chcą uczęszczać do zatłoczonych londyńskich przychodni. Prowadzę tę praktykę dopiero od kilku miesięcy, więc jeszcze całkiem nie rozwinęliśmy działalności, ale mam nadzieję, że z czasem uda nam się przeprowadzać tutaj proste zabiegi.

– Jakie zabiegi? – zapytał Anderson od drzwi.

Christakos zerknął na Danę i porozumiewawczo uśmiechnął się kącikiem ust.

– Różne, ale głównie związane ze wspomaganiem płodności. Pewna liczba naszych dawców nasienia przychodzi tutaj, żeby oddać próbki. Dla osób mieszkających na południe od rzeki to dogodniejsza lokalizacja.

– Po co są tutaj te dziewczyny? – warknęła Dana.

Christakos znowu zamrugał.

– Dziewczyny, pani inspektor? Nie zatrudniam dziewczyn. W moim zespole jest parę kobiet. Na przykład pielęgniarka Rachel Stafford. I Kathryn Markowa, zarządca biura, chociaż i ona ma pewne przygotowanie medyczne.

– W pokoju na górze przebywa młoda kobieta i mogę się założyć, że to nielegalna imigrantka – powiedziała Dana. –

Z tego co się dowiedziałam dziś rano, jest ciężko chora. Pytam pana ponownie: po co te dziewczyny?

Christakos uśmiechnął się smutno, tak jakby Dana zapomniała o czymś ważnym, wstał i odwrócił się do okna. Szyba przed nim była przezroczysta, Dana zobaczyła budynek naprzeciwko. Pięć kondygnacji, prostokątne okna, płaski dach i balkony z lanego żelaza. Christakos wyraźnie zbierał myśli.

– Pani inspektor, wiele lat temu razem z siostrą przyjechaliśmy do tego kraju jako imigranci. Nie powiedziałbym „nielegalnie", ale przepisy nie były wtedy tak wyśrubowane, jak są teraz. Powiodło nam się, więc czasami pomagamy komuś, kto potrzebuje naszego wsparcia.

– Co to dokładnie znaczy? – wtrącił się Anderson.

– Bardzo rzadko, kiedy słyszymy o młodych ludziach, niekoniecznie kobietach, którzy potrzebują pomocy, żeby osiedlić się w nowym kraju, sponsorujemy ich. Dajemy im dach nad głową, pomagamy w nauce angielskiego i wreszcie staramy się znaleźć im zatrudnienie.

– A informujecie o tym władze?

– Brytyjska Agencja Ochrony Granic w przeszłości bywała niezbyt pomocna. Stwierdziliśmy, że doskonale damy sobie radę bez niej.

Pukanie do drzwi, do pokoju zajrzał sierżant w mundurze.

– Na chwilę, proszę pani. – Za nim Dana zobaczyła blond włosy Mizon.

– Coś się nie zgadza – zaczął sierżant, kiedy razem z Andersonem wyszła do niego na korytarz. – Sprzęt obserwacyjny pokazał, że w budynku znajdowało się osiem osób, razem z panią. Jedna wyjechała samochodem tuż przed tym, jak nas pani wezwała. Więc powinniśmy znaleźć sześć, nie licząc pani. Problem w tym, że sprzęt pokazuje nam bardzo niejasny obraz. Straciliśmy namiary, gdzie kto jest. Przeszukaliśmy cały dom od dołu do góry, i jest tylko pięć osób. Byliśmy w piwnicy, weszliśmy na dach. Tylko jedna młoda cudzoziemka siedzi w pokoju na parterze. Wydaje się trochę oszołomiona, ale nic jej nie jest. Na pewno nie wygląda na chorą albo ranną.

– Przez całą noc w pokoju obok mojego była dziewczyna – wyszeptała Dana. – Ma na imię Pari. Coś bardzo ją bolało. Sprawdźcie jeszcze raz.

– Na podjeździe do Mostu Londyńskiego zatrzymaliśmy samochód, który stąd wyjechał – wtrąciła się Mizon. – Kierowca twierdzi, że nazywa się Kanash i jest lekarzem pracującym dla kliniki „Tamiza". Dziś rano miał tu spotkanie z doktorem Christakosem i wraca do pracy. Zabrali go do Lewisham.

– Zakładam, że przeszukali samochód.

Mizon skinęła głową.

– W bagażniku znaleźli dwa kontenery z podwójnymi ścianami. On mówi, że to pojemniki do kriokonserwacji. Twierdzi, że są puste, ale że klinika na nie czeka.

– Jeszcze raz? – mrukną Anderson. – Krio co?

– Terapia płodności opiera się na przechowywaniu gamet i embrionów do wykorzystania w jakimś przyszłym terminie – wyjaśniła mu Dana. – Nasienie, jajeczka i zapłodnione embriony mogą być zamrożone w płynnym azocie i przetrzymywane, dopóki nie będą potrzebne. – Zwróciła się do Mizon. – Gayle, musimy je oddać, ale chcę, żeby ktoś dokładnie sprawdził, co jest w środku. Po prostu złapcie Mike'a Kaytesa.

Mizon odeszła korytarzem i wyjęła telefon. Sierżant na nowo podjął przeszukiwanie budynku.

– Neil, przyprowadź go. – Dana skinęła głową w stronę pokoju, w którym czekał na nich Christakos. – Nie powiedział nam wszystkiego.

81. Lacey

Mam złe przeczucia – mruknęła Lacey dziesięć minut później, gdy wyprowadzała motorówkę Raya z Deptford Creek. Skręciła w górę Tamizy.

Centrum kontrolne w Lewisham nie mogło przysłać wsparcia.
– Mamy pilne akcje – poinformował ją dyspozytor. – Szybka interwencja na Lewisham High Street i napad z bronią na Barclays Bank. Możesz poczekać, aż trochę się uspokoi?

Lacey nie bardzo chciała wzywać kolegów i odciągać ich od znacznie ważniejszego zadania – ochrony Dany. Postanowiła spotkać się z Nadią sama. Gdyby Afganka pokazała jej coś nieistotnego, poczeka i zgłosi to później. Jeśli okaże się, że to ważne, może o tym poinformować natychmiast i wezwać wsparcie. Miała radiostację, telefon, nawet latarkę, bezpiecznie schowane w wodoodpornej torbie na dnie łodzi. Był biały dzień, a ona siedziała w odpowiednio wyposażonej łódce. Co może być nie tak?

– Niech ktoś się dowie, dokąd się wybrałam, gdybym za godzinę nie zadzwoniła do ciebie – przekazała Eileen, a ta obiecała, że tak zrobi.

Szerokim łukiem ominęła ujście Sayes Creek, żeby zespół nadzoru nie martwił się jej obecnością na wodzie. Prawie się spodziewała, że przez megafon każą jej podpłynąć, bo nie rozpoznają, że to ona stoi przy sterze, ale nawet nie zauważyła pontonu przy wale, a motorówka musiała być gdzieś dalej, na rzeczce.

Za Sayes Creek znowu skierowała się w stronę brzegu, a po paru minutach zobaczyła Nadię. Zgodnie z umową, dziewczyna czekała na nią przy St. George's Stairs.

– **Tędy.** – Nadia nałożyła przez głowę kamizelkę ratunkową i usiadła przed Lacey. – Tędy płynęliśmy, kiedy opuściłam dom. Było ciemno, ale potem sobie przypomniałam.

Lacey znowu ruszyła, trzymała się blisko brzegu i płynęła w górę rzeki, w stronę miasta.

– To pamiętam. – Nadia wskazała wejście do South Dock Marina. – Myślałam, że tutaj wpłyniemy, ale w ostatniej chwili minęliśmy to miejsce.

Miałaś szczęście, pomyślała Lacey. Przypomniała sobie obciążone zwłoki na dnie mariny. Opłynęła Greenland Pier, rozglądając się, czy nie ma szybkich łodzi, które zwykły tutaj cumować, potem przemknęła obok wejścia do Greenland Lock. Nadia skupiła się na południowym brzegu.

– Tutaj. – Wskazywała otwór w wale. – Tutaj mnie zabrali.

– To ujście ścieków.

– Prowadzi do pomieszczenia. Wyglądało jak hala na maszyny. Bardzo stara, ale piękna. Tam były kwiaty wykute z żelaza. I wielkie, ogromne kolumny.

Lacey zerknęła na zegarek, potem znowu w dół rzeki – nadal nie widziała ruchu przed Sayes Court – i wreszcie na policyjną radiostację w wodoodpornej torbie.

– Nadio, dlaczego wcześniej mi tego nie powiedziałaś?

– Mówiłam ci, nigdy nie wspominałam tamtej nocy. Dopuściłam do siebie te myśli dopiero wtedy, kiedy zrozumiałam, jakie to dla ciebie ważne.

– Nie mogę cię zabrać do środka. – Lacey popatrzyła na wlot tunelu. – Jest odpływ, woda stoi coraz niżej, mogłybyśmy utknąć.

– Dobrze, podpłyń tylko do wału. Musisz coś zobaczyć.

– Co?

– Obręcz na ścianie. Chyba do tego przywiązywali dziewczyny. Przywiązywali je do obręczy, a potem, kiedy woda się podnosiła, tonęły.

Rana wokół szyi zwłok. Tego szczegółu nie podano do wiadomości publicznej. O Boże, to straszne. Być uwiązaną w tunelu, patrzeć, jak woda się podnosi.

– Daleko to?

– Jest ich kilka, ale pierwsza zaraz przy wejściu.

Lacey podpłynęła łodzią kilka ostatnich metrów pod wałem nabrzeżnym do samego wylotu tunelu. Silnik pracował na biegu, na niskich obrotach, utrzymując pozycję łodzi.

– Właśnie tutaj. – Nadia wskazywała w głąb. – Trochę dalej.

Łódź Raya miała większe zanurzenie niż pontony, których Wydział Rzeczny używał do patrolowania tych tuneli. Już wpłynęły głębiej, niż nakazywałby zdrowy rozsądek.

– Nadio, naprawdę nie mogę dalej. Muszę odstawić cię na brzeg, a potem to zgłosić. Co? Co się stało?

Dziewczyna zesztywniała, siedziała wyprostowana, rozglądała się na boki.

– Lacey – wyszeptała. – Tutaj chyba ktoś jest.

Zadziałał instynkt, Lacey włączyła wsteczny i obejrzała się przez ramię, wyprowadzając łódź z tunelu. Nagły charkot. Łódź się zakołysała. Lacey odwróciła się akurat, żeby zobaczyć, jak Nadia wpada tyłem do wody.

82. Dana

Przykro mi, Dano – powiedział Kaytes – ale sądzę, że klinika jest czysta.

Wrócili do komisariatu w Lewisham. Minęły trzy godziny, odkąd Dana i jej zespół opuścili dom przy East Street. Christakos nie powiedział nic więcej poza tym, czego już się od niego dowiedzieli, a Kaytes z zespołem detektywów właśnie skończyli na tyle dokładne przeszukanie kliniki „Tamiza", na ile mogli sobie pozwolić bez nakazu sądowego.

– Straciliśmy młodą kobietę. – Dana nie mogła usiąść spokojnie. – Było ich sześć w klinice, kiedy pozwolili mi zadzwonić, a jak przyszliście, zostało pięć. Christakos wie, gdzie ona jest. Może nawet ją zabił. Nie ujdzie mu to na sucho.

– Oczywiście – powiedział Kaytes. – Ale jego licencja z UPiE wyraźnie pozwala mu...

– Przepraszam, co to jest UPiE? – przerwał Anderson.

– Urząd do spraw Płodności i Embriologii – wyjaśnił Kaytes. – To organizacja regulująca kwestie związane z terapiami płodności w Zjednoczonym Królestwie. Powinieneś do nich zajrzeć, zapytać, czy są jakieś skargi na Christakosa albo czy nie toczy się przeciwko niemu jakieś postępowanie. Ale szczerze mówiąc, zdziwiłbym się.

– Płodność to duże pieniądze? – dopytywałAnderson.

– Boże, i to jakie. Ludzie są skłonni doprowadzić się do bankructwa, żeby mieć dziecko. Przecież większość dzieci i tak doprowadza w końcu rodziców do bankructwa, więc to tylko oszczędza czas.

– Więc ile taka klinika może wyciągać rocznie?

– Miliony. Weźmy na początek inseminację.

Dana zmusiła się, żeby usiąść.

– Kobieta może zapłacić do tysiąca funtów za cykl – kontynuował wykład Kaytes. – Powiedzmy, że potrzeba jej sześciu cykli, żeby zajść w ciążę. To w sumie sześć patyków. A ile sperma kosztowała klinikę? Grosze dla jakiegoś studenta medycyny, który nie wstydzi się zwalić konia w zacisznym pokoiku.

– Fascynujące – Mizon przerwała chwilę ciszy, która zapadła jak na zamówienie. – Więc możemy założyć, że Christakosowi się powodzi. Że robi pieniądze.

– No raczej – przytaknął Kaytes. – Klinika „Tamiza" cieszy się międzynarodową sławą. W latach dziewięćdziesiątych jako jedna z pierwszych zastosowała plan dawstwa jajeczek, a to naprawdę nabija kasę.

– Powinniśmy wiedzieć, co to jest plan dawstwa jajeczek? – wtrącił się znów Anderson.

– Chyba nie – odparł Kaytes.

Dawstwo jajeczek? Dana zaczęła wstawać, choć powinna poczekać, żeby się upewnić, że zaraz nie upadnie.

– Wiedza nie boli – prychnęła Mizon. – Lepiej, żebyśmy jak najdokładniej orientowali się w tym, co on tam robi?

– Hm, tak, to rzeczywiście dobry pomysł. – Kaytes usadowił się na blacie biurka. – Otóż kobiety, które ze względu na wiek nie produkują już jajeczek nadających się do zapłodnienia, spotykają się z parami, których nie stać na ogromne koszty zapłodnienia in vitro. Z reguły starsze, bogatsze pary

fundują terapię in vitro młodszym, a te z kolei dzielą się wyprodukowanymi jajeczkami.
I to by było tyle.
– Dzięki Bogu posłaliśmy po ciebie, Mike. – Dana znów stała.
– Miło że mogłem się przysłużyć. – Kaytes wydawał się zadowolony, ale zaskoczony.
– To prawda, że jest duży niedobór jajeczek od dawców? Pokiwał głową.
– I to bardzo duży. Kobiety, które oddają jajeczka, muszą przejść prawie całą kurację in vitro. Codziennie dostają zastrzyki, lekarstwa przez nos. Potem jest zabieg chirurgiczny w znieczuleniu ogólnym. Poprosić o to kobietę, to wielkie wyzwanie. I z reguły na korzyść zupełnie obcej osoby.
W oczach Kaytesa pojawił się błysk. Dotarło do niego. Pozostali robili się jacyś nerwowi.
– Sekundę, kochani, pociągnę to dalej – zgłosiła się Dana. – Mike, w innych krajach, szczególnie w Stanach, dawczynie jajeczek dostają pieniądze, zgadza się?
– U nas też – stwierdził patolog. – Ale zaledwie kilkaset funtów. W Stanach pary płacą tysiące dolarów za jajeczko od dobrej dawczyni.
– A jaka to „dobra"?
– Młoda, zdrowa, inteligentna i ładna. A zdecydowaną zaletą jest fizyczne podobieństwo do rodzicielki przyjmującej.
– Zaraz, do czego zmierzacie? – Anderson nie nadążał.
Dana podeszła do wolnego komputera i wpisała coś w wyszukiwarce.
– No dobrze, powiem więcej, niż normalnie bym powiedziała, ale wkrótce i tak wszystko wyjdzie na jaw. Otóż, ja i Helen mamy nadzieję założyć rodzinę.
Tylko na twarzy Kaytesa nie pojawiło się zdumienie.
– Ale ze względu na naszą szczególną sytuację, będziemy potrzebować trochę większej pomocy niż przeciętna para. Chodźcie, popatrzcie.

Zebrali się wokół niej.

– Bank spermy – przeczytał Stenning z lekkim niesmakiem.

Dana zesztywniała.

– Wiesz co, Pete? Kiedy nadejdzie czas, że ty i jakaś nieszczęsna młoda kobieta zdecydujecie się rozmnażać, naprawdę mam nadzieję, że zdołacie to zrobić w tradycyjny sposób. Ale jeśli zdarzy wam się potrzebować jakiejś pomocy medycznej, trzeba będzie się pozbyć tej nadwrażliwości na funkcje cielesne.

Stenning pokręcił głową.

– Nie, nie w tym rzecz. Po prostu przypomniałaś mi, że sam miałem swój wkład w ten biznes kilka lat temu. W Hendon. Wielu z nas to robiło. Za pieniądze.

– Byłeś dawcą spermy? – Mizon odsunęła się od niego o krok.

– Ja też – przyznał się Barrett. – Miałem na piwo i szlugi przez dwa lata.

Dana pokręciła głową.

– Właśnie teraz wolałabym nie słuchać takich zwierzeń. Ale wróćmy do sprawy. Oto, jak się wybiera. Zobaczcie. – Znalazła ekran, na którym pojawiła się lista dostępnych dawców. Wyskoczyły małe niebieskie, żółte, zielone i różowe ikony.

– Więc setki małych Stenningów i Barrettów biega po świecie... – Mizon nie mogła sobie odpuścić.

– Gayle, skup się na chwilę, dobra? – przywołała ją do porządku Dana. – To jakby katalog online dostępnej spermy. Z podstawowymi informacjami na temat dawców.

– Ciekawe, czy nadal tam jestem. – Barrett nachylił się bliżej.

– Wcale nie setki – zwrócił się Stenning do Mizon. – Są przepisy, które mówią, ile rodzin może obsłużyć jeden dawca. A ty ile masz lat, dwanaście?

– Przestańcie – niemal krzyknęła Dana. – Nie chodzi o spermę, chodzi o jajeczka. Mike, czy dobrze rozumiem, że jest odpowiednia do tej strona dla par, które potrzebują jajeczek.

– Całkowicie się mylisz – odparł patolog. W Zjednoczonym Królestwie panuje ostry niedobór dawczyń jajeczek.

– Z tych powodów, o których dopiero co nam mówiłeś. Więc jeśli para ma mnóstwo forsy, ale brakuje jej własnych jajeczek, to co robi?

– O mój Boże. – Teraz dotarło to również do Mizon.

– Bardzo dużo par wyjeżdża za granicę, do krajów, gdzie władza nie jest tak uwrażliwiona na płatne dawstwo jajeczek – ciągnął Kaytes. – Są międzynarodowe banki tego towaru. Można transportować zamrożony materiał, ale najlepsze wyniki dają jajeczka świeże. Zazwyczaj oznacza to, że biorcy organizują przyjazd dawczyni, żeby skoordynować cykle. Możecie sobie wyobrazić, że koszta są jak cholera.

– Chyba że kobiety szmugluje się tańszymi, mniej konwencjonalnymi drogami – domyśliła się Mizon. – A zwłaszcza, kiedy nawet nie wiedzą, że z ich ciała cokolwiek pobrano.

Minęła chwila, zanim mężczyźni zrozumieli.

– Te kobiety są dawczyniami jajeczek? – zapytał Anderson.

– Myślę, że to możliwe – odparła Dana. – W jakimś celu je przemycono, a my raczej wykluczyliśmy handel ludźmi w celach seksualnych. To co więcej mogą zaoferować atrakcyjne dziewczyny?

– Swoją płodność – powiedziała Mizon. – Myślisz, że ten drań Christakos kradnie ich jajeczka?

– Kiedy ludzie wybierają dawcę, czy to nasienia, czy jajeczek, szukają kogoś, kto wygląda tak jak oni – wyjaśniła Dana. – Większość par, które mają pieniądze na dawczynię jajeczek i nie widzą w tym wszystkim problemu etycznego, to biali. I tacy będą szukali białej donatorki.

– Ale te dziewczyny są z Afganistanu – zauważył Stenning.

– To Pasztunki – uściśliła Dana. – Lacey powtarza to od dawna. Jasnoskóre, jasnookie Azjatki. Zapłodni się takie jajeczko brytyjskim nasieniem i otrzyma białe dziecko, wyglądające z brytyjska.

– Hm, gwarancji nie ma. Ale szanse są całkiem spore – zgodził się Kaytes.

– A ponieważ tym dziewczynom nic się nie płaci, nawet nie wiedzą, co się z nimi dzieje, zysk dla Christakosa jest ogromny – ciągnęła Dana. – Niby dlaczego Nadia mówiła o leczeniu? Uczestniczyła w programie in vitro, zupełnie nieświadomie. Sahar nie była w ciąży i miała organizm nasycony lekami używanymi przy in vitro.

– Więc dlaczego niektóre z nich kończą w Tamizie? Dlaczego Nadii nic się nie stało? – zastanawiała się głośno Mizon.

– Kobieta zawieszona na łodzi Lacey nie była nafaszerowana lekarstwami do in vitro – przypomniał Kaytes.

– I dlaczego Christakos miałby zabijać kurę znoszącą złote jajka? – dodał Stenning.

Otworzyły się drzwi i do centrum operacyjnego zajrzała jedna z urzędniczek.

– Pani inspektor, przepraszam, ale właśnie dostaliśmy telefon z recepcji. Ktoś rozwalił pani samochód.

Dana popatrzyła na nią. Lepszej chwili nie było.

– Żartujesz.

– Naprawdę mi przykro. Chcą, żeby pani zeszła na dół i załatwiła sprawę z ubezpieczeniem.

Dana wstała.

– Gayle, mogłabyś w tym czasie przejrzeć dawczynie jajeczek? Zorientuj się, ilu ludzi jest gotowych zapłacić za ich usługi. Neil, trzeba zatrzymać rachunki z kliniki „Tamiza". Muszę wiedzieć, ile pieniędzy przechodzi przez księgi i skąd pochodzą.

Samochód Dany stał na końcu rzędu. Rozbite było lewe tylne światło. Na ziemi leżały kawałki białego i czerwonego plastiku. Zielony ford mondeo z włączonym silnikiem parkował zaledwie jakiś metr obok. Ruszyła w stronę drzwi kierowcy, ale kiedy zrównała się z samochodem, ktoś mocno złapał ją za ramię, jednocześnie otworzyły się tylne drzwi. Została wepchnięta do środka.

Odwróciła się, przygotowana, żeby walczyć i krzyczeć, ten, który ją chwycił, wcisnął się na tylne siedzenie obok niej, a kierowca nadepnął pedał gazu. Skręcili w lewo, w Lewisham High Road. Dana upadła do tyłu, na oparcie siedzenia.

W lusterku wstecznym zobaczyła oczy kierowcy, wyglądały znajomo. Z kolei co do tożsamości porywacza w ogóle nie miała żadnych wątpliwości... Niewielu ludzi znała lepiej niż jego.

– Coście, kurwa, zrobili z Lacey? – warknął Joesbury.

83. Pari, Lacey i Dana

Dotyk był pierwszym ze zmysłów, które odzyskała Pari, pojawił się w grubej czerwonej pelerynie bólu. Jej mózg jakby obrzmiał, mocno rozpychał czaszkę, która zrobiła się krucha i łamliwa jak porcelana. Oddychała, ale każdy oddech był jak pokruszone szkło, drapał o żywe mięso. I było jej bardzo gorąco. Ciało miała pokryte śliskim, połyskliwym potem, a powietrza już dla niej nie starczało. Gardło płonęło. Nie można być w takim stanie i żyć. A jednak żyła. Sekundę później nadal żyła i jeszcze sekundę. Po wielu, wielu sekundach mogła zacząć myśleć, przebijając ból.

Leżała twarzą w dół. Najwięcej bólu sprawiała twarda żelazna powierzchnia pod prawą skronią. Gdyby Pari mogła troszeczkę się przesunąć, uwolnić głowę, to by pomogło. Ale mózg przesyłał informacje, których mięśnie nie słuchały. I tyle błota miała w głowie. Myśli jej ciążyły, próbowały się uformować, nabrać jakiegoś sensu. Czy to naprawdę błoto? Dlaczego jej tak gorąco?

Wszystko nagle się przechyliło. Świat poleciał wysoko w powietrze i znów upadł. Podłoże zaczęło się ruszać. Skupiła się na chwilę na tych ruchach: huśtanie, podrzucanie, kołowanie. Była na wodzie.

– **Nadia!**

Brak odpowiedzi. Nawet woda przestała płynąć. Lacey wiedziała, że nie może ryzykować i płynąć dalej, w głąb kanału ściekowego. Przywiązała łódź do pierścienia cumowniczego. Szeroko rozstawiła nogi, żeby utrzymać równowagę, ale nie potrafiła stanąć całkiem prosto.

Nadia miała na sobie kamizelkę ratunkową. Nie utonęłaby tak po prostu. Ktoś musiał przytrzymywać ją pod wodą.

– Nadia!

Sięgnęła do torby, w której trzymała radio i telefon, zdawała sobie sprawę, że bardzo nawaliła, że Nadia może teraz zginąć.

Torby nie było. Jedyne wytłumaczenie: Nadia sięgnęła po nią, chwyciła się czegokolwiek, żeby jej nie wyciągnięto za burtę. Lacey próbowała nie poddać się panice, wygramoliła się z łodzi na parapet. Ani śladu zawirowań, tylko spokojna woda. Nagle plusk, krzyk, jakieś dwadzieścia metrów w głąb kanału.

– Nadia!

Powinna wsiąść do łodzi i wrócić po pomoc.

Ale jeśli to zrobi, Nadia umrze.

Ruszyła w głąb tunelu. Próbowała wypchnąć z pamięci potwora, który próbował ją utopić poprzedniej nocy, ludzką głowę, którą z Rayem widzieli w rzeczce nawet bez latarki.

– **Nie mogę uwierzyć,** że to robisz. Spieprz sobie życie, jeśli musisz, ale ode mnie, do cholery, trzymaj się z daleka. – Dana skończyła ochrzaniać Marka i zwróciła się do mężczyzny za kierownicą. – A ty, kurde, kim jesteś?

Mężczyzna przed siedemdziesiątką. Łysiejący, chudy, opalony. Brew, tylko jedną zobaczyła w lusterku wstecznym, uniosła się minimalnie.

– Powiedzmy po prostu, że twoim kierowcą na to popołudnie – odparł.

– Akurat. Zawieź mnie natychmiast z powrotem. Nie, zatrzymaj samochód, wysiadam. I lepiej żebyś potrafił szybko zwiewać, bo jak tylko…

– Zamkniesz się, kurwa, wreszcie? – przerwał jej Mark.
Dana znów zwróciła się do mężczyzny obok siebie.
– Stuknąłeś mój samochód. Po prostu nie do wiary. A na wypadek gdybyś nie wiedział, jestem w samym środku cholernie ważnej sprawy. Dokąd jedziemy?
Mark westchnął.
– Dana, gdybyś się uspokoiła i na sekundę przestała wrzeszczeć, sama byś się zorientowała.
Przestała krzyczeć; dała sobie – jemu – sekundę.
– O co ci chodzi z Lacey?
Mark był blisko, naruszał przestrzeń jej prywatności. Zwykle nigdy tego nie robił.
– Przed godziną dzwonił do mnie Ray. Przy okazji, to jest Ray Bradbury. – Kiwnął głową w stronę kierowcy. – Mieszka na łodzi obok Lacey. Wróciła do domu po porannej zmianie, pożyczyła łódź i popłynęła. Powiedziała jego żonie, żeby biła na alarm, jeśli się nie zobaczą za godzinę. Nie odbiera telefonu, a Wapping też nie może nawiązać z nią kontaktu. Jak pomyśleć o wszystkim, co ostatnio się działo, to nie wygląda dobrze. A przy okazji, ja też jestem w samym środku cholernie ważnej sprawy, więc jeśli ktoś rozwala sobie teraz życie zawodowe, to ja.
Dana potrzebowała chwili, żeby zrozumieć jego słowa.
– Ale... myślałam... wszyscy myśleliśmy...
Jej najlepszy przyjaciel na pewno nie żartował. Był zły; rozczarowany.
– Tak, i wielkie dzięki.
– Ty nie? Nie zrobiłeś tego? Nadal jesteś...
Pokiwał głową, obdarzył ją tym swoim półuśmiechem, przez który dawno by się w nim zakochała, gdyby w ogóle miała takie ciągoty.
– Tak jakby.

84. Pari, Lacey i Dana

Pari oprzytomniała, znów odzyskała słuch. Powolne, nieustanne chlupotanie wody. Krzyk mew. Odległy szum i terkot ruchu na rzece. Odrzutowiec nad głową.

Smród wokół niej wydawało się jakby żył. Niemal czuła, jak otula jej ciało wilgotnymi, śliskimi fałdami. Nos ją piekł od kwaśnego zapachu, kiedy wpełzał tą drogą do jej głowy. Dźgał ją w brzuch, jak tępe ostrze noża, zalegał w ustach jak wymioty, których nie można wypluć. Nie wyobrażała sobie, że może istnieć tak paskudny zapach, i przez chwilę myślała, że może to odór jej własnego ciała, które gnije.

I dlaczego nic nie widzi? Czy nadal ma oczy? Słyszała mewy. Co mewy z nią zrobiły, kiedy tu leżała?

Zaraz. Zaraz. Przy mruganiu czuła lekki dotyk rzęs. Nadal niczego nie widziała, wokół tylko ciemność. Teraz zrozumiała dlaczego. Była czymś owinięta. Całunem.

Panika dodała jej sił, żeby się poruszyć. Chciała się podnieść, ale ręce miała związane z tyłu. Próbowała kopać, ale nic z tego, też skrępowane.

Zimne i śliskie na twarzy to czarny plastik, dlatego myślała, że oślepła. Blokował jej dostęp do powietrza. Próbowała otworzyć usta, zorientowała się, że są zaklejone taśmą.

A potem, tak jakby wysiłek ją wyczerpał, Pari znów straciła przytomność.

Lacey szła dalej, obok półki na latarnię, ale bez światła, obok drabiny, która mogła ją wyprowadzić na powierzchnię, jakby teraz to cokolwiek dało. Znów poszła przed siebie.

Dalej tunel się rozgałęział. Gdyby skręciła w prawo, musiałaby skakać do wody. Nawet nie zamierzała tego robić. Ruszyła w lewo. Teraz posuwała się równolegle do rzeki. Po paru minutach usłyszała pisk. Może to jakiś gryzoń, ale dźwięk był głośniejszy, bardziej ludzki. Otworzyła usta, żeby zawołać Nadię, i poczuła, jak bardzo się boi. Światła prawie nie było, przed nią rozciągała się ciemność tak gęsta, że aż twarda.

Była twarda. Ściana. Dalej tunel biegł w prawo, a potem otwierał się na znacznie większą komorę. Oświetloną. Niezbyt jasno, ale wystarczało, żeby Lacey zrozumiała, że nikogo oprócz niej, przynajmniej na pozór, nie ma. Poszła dalej po występie, zaskoczyło ją, że jest coraz jaśniej. Nadal dość ciemno, nadal za dużo cieni, ale nawet z dala od światła z wejścia do ścieku widziała, dokąd idzie.

Trochę dalej zobaczyła źródło blasku. Trzy małe tunele mniej więcej na wysokości pasa. Rury odpływowe ścieków. Za nimi powinna być przepompownia. Możliwe, że znalazła budynek, o którym mówiła Nadia.

Doszła do pierwszej z rur i zajrzała do środka. Zaledwie trochę więcej niż metr długości, dalej światło dnia. Ucieszona, że ma szansę wyjść ze ścieku, wpełzła do rury. Kilka sekund później znalazła się w przepompowni.

Wysoka na dwie kondygnacje, z niższym piętrem pod ziemią. Domyśliła się tego, bo zabite deskami okna i wielkie podwójne drzwi znajdowały się znacznie wyżej w ścianach. Światło dochodziło przez kilka świetlików.

Ani śladu Nadii – ani kogokolwiek, ściśle mówiąc.

W przeciwległej ścianie znajdowały się trzy łukowate wnęki. Nie sądziła, żeby ktoś się w nich schował, ale pewności nie miała. Między nią a wnękami wznosiły się trzy żelazne cokoły. Lacey nie znała się na inżynierii, ale domyśliła się, że na nich stały maszyny w czasach, kiedy przepompownia działała. Za każdym można było się schować. Niedaleko od miejsca, w którym stała, leżały ciężarki z uchwytami. Doliczyła się czterech. Wyglądały tak samo jak te przy zwłokach w South Dock Marina.

Coś przykuło jej wzrok. Ostrożnie przeszła po wykładanej kafelkami posadzce. Na półce, wysoko ponad poplamionymi wilgocią płytkami, zobaczyła złożone prześcieradła. Lniane prześcieradła.

Tu ktoś jest.

Kto? Kto wyciągnął Nadię za burtę?

Ruch z tyłu. Lacey zaczęła się odwracać. Raczej wyczuła niż zobaczyła, że ktoś nad nią stoi. Potem nic.

– **No i straciliśmy teraz dwie dziewczyny,** a jedna z nich powinna, do cholery, wiedzieć, co robi. – Dana stała przed ludźmi w salce w Lewisham. Zebrała najmniejszy zespół, ludzi, którym odważyła się powiedzieć, że Mark wrócił do gry. Andersona, Stenninga i Mizon. Razem z samym Markiem i jego nowym najlepszym kumplem Rayem Bradburym było ich sześcioro.

– Lacey odebrała telefon dziś po południu o wpół do trzeciej – poinformował Anderson. – Szczerze mówiąc, prosiła o wsparcie, ale w okolicy sporo się działo i nie znaleźli dla niej nikogo. Od pana Bradbury'ego wiemy, że wypłynęła na rzekę w jego łodzi, żeby spotkać się z Nadią Safi, której też nie potrafimy namierzyć. Więc, ściśle mówiąc, szefowo, zniknęły trzy dziewczyny.

– Coraz lepiej – wycedziła Dana. – Aha, wiecie, że mamy też syrenę w Tamizie?

– Znowu się pojawiła?

Dana niecierpliwie skinęła na Raya, żeby poinformował wszystkich o tym, co powiedział jej i Markowi w samochodzie. Że ten ktoś, kto prześladował Lacey przez ostatnie parę tygodni, pływa sobie swobodnie, prawdopodobnie w małej łódce, ale czasem wpław. Opowiedział im o sercu ze szkła i kamyków, o którym Lacey nic jej nie wspominała, bo myślała, że zostawił je Mark. I o głosie, który wzywał Lacey po imieniu, i o stukaniu w burtę, i o nocy, kiedy oboje wypłynęli jego łódką i widzieli kogoś w wodzie.

– Nie twierdzę, że musi być koniecznie tak czy tak – ciągnął Bradbury. – Było ciemno. Oboje mieliśmy lekkiego pietra. Mówię tylko, że od szyi w górę to coś wyglądało na człowieka.

– Dlaczego nic nie powiedziała? – zapytała Mizon.

– A ty byś powiedziała? – Mark zwrócił się do Raya. – I znowu to widziała, dziś rano?

Ray przytaknął.

– Wstała tuż przed świtem. Słyszałem, jak schodzi z burty, chociaż ta zaspana baba z głównej kabiny upiera się, że nic takiego nie kojarzy. Lacey stała na pokładzie i widziała to w wodzie.
– Mężczyznę? Kobietę? Co? – dopytywał gorączkowo Anderson.
– Ludzką głowę. Było za daleko i za mało światła, żeby rozpoznała rysy, ale zobaczyła coś, co wyglądało na długie włosy, które pływały wokół głowy, a to wskazywałoby na kobietę. Potem głowa zniknęła pod powierzchnią, zanim Lacey zdążyła podnieść alarm.

Otworzyły się drzwi i do salki wszedł David Cook. Zmrużył oczy, kiedy zobaczył Marka, ale nic nie powiedział. Skupił się na Rayu.
– Znaleźliśmy twoją łódź.

Zapadła cisza.
– Zauważono ją parę minut temu, przy barierze. Najwyraźniej się przewróciła. Przykro mi, kolego. – Zwrócił się do wszystkich obecnych. – Przykro mi, moi drodzy. Nie wygląda to pocieszająco.

Dana zamknęła oczy.
– Fakt – przyznał ponuro Ray.

Dana odwróciła się do niego. Pewnie dlatego, że nie mogła znieść widoku Marka.
– Lacey cholernie dobrze pływa – powiedział. – Nie spotkałam kobiety tak silnej, tak wytrzymałej od czasów młodości mojej żony. Umie się obchodzić z łodzią i zna rzekę. A według Eileen miała na sobie kamizelkę ratunkową. Gdziekolwiek teraz jest, nie utonęła.
– Ray, obyś się nie mylił, ale najbardziej doświadczonych wodniaków Tamiza może zaskoczyć – odparł Cook – Wysłałem wszystkich wolnych policjantów, żeby jej szukali.
– Czy to możliwe, że Lacey znalazła trop tej drugiej dziewczyny? Jak ona ma na imię? Pari? – zapytał Mark.
– Jeśli znalazła, powinna wezwać wsparcie – parsknęła Dana.

– Próbowała, do diabła. – Mark westchnął głęboko. – Poszukajmy tej Pari. Może ona doprowadzi nas do Lacey.
– I Nadii – dodała Mizon.
Dana opuściła głowę na ręce. Ile tych cholernych dziewczyn trzeba będzie wyciągać z Tamizy, zanim skończy się dzień?

85. Pari, Lacey i Dana

Kiedy Pari znowu się ocknęła, wiedziała, że jest na wielkiej rzece, na Tamizie. Wiedziała też, że wokół niej są śmieci. Obrzydliwy smród nie ustał. To odór gnijących odpadków. Dla Pari, która przybyła z miasta bez służb oczyszczania, był dosyć znajomy. Mogła tylko się domyślać, że tutaj ludzie wyrzucają swoje śmieci do rzeki.

Dlaczego tu się znalazła? Siedziała u siebie, w klinice, rozmawiała z kobietą za ścianą. W sąsiednim pokoju doszło do jakiejś szamotaniny i wszystko ucichło. Nie na długo. Wróciły dwie osoby z kliniki. Wyglądało, że bardzo im się spieszy, że są zaniepokojone. Pamiętała, jak do niej podeszły, potem...

Nic. Może słabe wspomnienie, jak niosą ją po schodach w dół. I poczuła słońce na twarzy. Po raz pierwszy od tygodni? Potem nic.

Pari próbowała się uspokoić, skupić na kołysaniu, falowaniu pod nią. Wiatr przybrał na sile. Robiły się duże fale. Przypływ albo szybki odpływ. Nie dało się stwierdzić, czy wody przybywa, czy ubywa. Ale nie czuła, że sama się porusza, nie słyszała silnika. Była na zacumowanej boi. To kryjówka i do tego tymczasowa. Prawdopodobnie nadal jest dzień. Po zapadnięciu mroku wrócą. Musi poczekać do nocy, żeby uciec.

Posmak krwi w ustach przywrócił Lacey przytomność, słony, metaliczny, pocieszający, a jednocześnie przerażający. Oblizała wargi, zwalczyła odruch wymiotny i otworzyła oczy.

Wszystko zamazane. Ciemność była przyjazna, łagodziła napływ wirujących kształtów i powtarzających się obrazów. Lacey znowu zamknęła oczy, zaczęła analizować sytuację.

Leżała na pokrytej szlamem posadzce tunelu ściekowego. Docierało do niej światło, to znaczy, że znajduje się niedaleko przepompowni. Nie musiała widzieć, żeby zdać sobie sprawę, że jest w głębokiej na kilkanaście centymetrów wodzie, i to chyba od jakiegoś czasu. Było jej bardzo zimno, czuła silny ból. Spora jego część pochodziła z rany na głowie, trochę z ramion ściągniętych do tyłu i skrępowanych. Reszta to ucisk liny zawiązanej wokół szyi. Spróbowała odchylić się od ściany, ale lina ją powstrzymała. Odwróciła głowę, potwierdziły się jej najgorsze obawy. Przywiązano ją za szyję do jednego z pierścieni cumowniczych w ścianie tunelu ściekowego. Nie mogła się przesunąć, prawdopodobnie nie zdoła wstać. A kiedy nadejdzie przypływ, będzie bezradna.

– Rozpoznajesz tę kobietę?

Pielęgniarka z kliniki, Kathryn Markowa, spojrzała na fotografię.

– Rozpoznaje. – Stenning przyglądał się przesłuchaniu na ekranie. – Widziałaś ją? Klasyka. Popatrzyła jeszcze raz. Trzymaj się tego, Gayle.

– Będzie się tego trzymać – zapewniła go Dana. – Myślę, że mimo wszystko Markowa jest zaskoczona. Nie spodziewała się, że zobaczy coś takiego.

Pielęgniarka pokręciła głową.

– Nazywamy ją Sahar. To rekonstrukcja – powiedziała Mizon w pokoju przesłuchań. – Była w stanie daleko posuniętego rozkładu, kiedy wyciągnęliśmy ją z rzeki. Ale ta nie była.

Mizon przesunęła fotografię po stole. Mina Markowej wyraźnie odzwierciedlała wstrząs.

– Niemożliwe – wyszeptała kobieta do siebie.

– Znaleźliśmy ją trzy dni temu. W rzece leżała tylko parę dni, więc domyślam się, że z tobą była w ostatnim tygodniu.

Opiekowałaś się nią? Przynosiłaś jej posiłki? Prowadziłaś ją na dół, na badania? Zabiłaś ją?

– Czuła się bardzo dobrze – wymamrotała Markowa. – Przebywała u nas kilka dni, potem odeszła. W klinice nic się jej nie stało. Dbamy o nie. Nie robimy tego.

– Ktoś to robi – powiedziała Mizon.

86. Pari, Dana i Lacey

Zadziałało. Ostra metalowa listwa, którą Pari znalazła, kiedy się wierciła, wyrwała dziurę w torbie. To bardzo pomogło, wpuściło świeże powietrze i zmniejszyło klaustrofobię, która mogła doprowadzić ją do śmierci. Teraz tym samym narzędziem przerzynała taśmę wokół nadgarstków. Dranie okręcili ją wielokrotnie, ale Pari jakoś dawała sobie radę.

Nie wolno jej przestać. Nie szkodzi, że czuje się fatalnie, nie może się zatrzymać. Problem w tym, że przypływ wezbrał i ponton kołysał się jak łódka-zabawka w dziecięcej kąpieli. Jeśli zwymiotuje z taśmą na ustach, udusi się. Więc co kilka sekund musiała zrobić przerwę, żeby odpocząć i odetchnąć.

– **Myślę, że pani inspektor o tym wie.** Dawstwo jajeczek jest całkowicie zgodne z prawem w tym kraju – powiedział Christakos.

Dana nie odwróciła wzroku.

– Myślę, że pan o tym wie. Pobieranie tkanek i narządów bez przyzwolenia właściciela jest niezgodne z prawem w większości krajów. Nie mówiąc o zabójstwie. Lepiej niech pan się modli, żeby najpoważniejszymi przestępstwami, o które zostanie pan oskarżony, były uprowadzenie, uwięzienie i napaść.

– Te kobiety dobrowolnie przybyły do naszego kraju. W każdej chwili mogły opuścić moją klinikę. I wszystkie podpisały formularze, że wyrażają zgodę.

– Ani trochę w to nie wierzę – odparła Dana.
Lekarz wyglądał na zadowolonego z siebie.
– Gdzie te formularze? – Dana zdała sobie sprawę, że zapędziła się w kozi róg.
– W segregatorze, w moim gabinecie. Razem z kwitami potwierdzającymi sumy, które te kobiety dostawały, kiedy opuszczały klinikę. Mniej więcej tyle samo pieniędzy dostają dawczynie brytyjskie.
– Kłopot w tym, że niektóre opuszczały klinikę Tamizą. Podwodną trasą.
– Nic o tym nie wiem. Wszystkie miały się doskonale, kiedy się z nimi żegnałem.
– Nawet jeśli podpisały dokumenty, choć pewnie zostały do tego zmuszone albo nakłonione podstępem, to i tak niczego nie dowodzi. Ile z nich w ogóle potrafi czytać po angielsku?
– Nasze podopieczne bardzo dokładnie poznały procedurę i jej konsekwencje. Większość z nich mówi w paszto albo dari, a ja płynnie posługuję się tymi oboma językami.
– Myśli pan, że tak powiedzą w sądzie?
– Wątpię, żeby w ogóle doszło do rozprawy. Powód jest jeden: będziecie musieli wykazać bezpośredni związek pomiędzy jajeczkami albo embrionami w mojej klinice a kobietami, które u nas spędzały czas. A jeśli wziąć pod uwagę bardzo wrażliwą naturę materiału organicznego, który przechowujemy w klinice, zdziwiłbym się, gdyby jakikolwiek sąd dał wam zgodę, żeby go skonfiskować i przebadać.
– Gamety od dawczyń pozostawiają ślad.
Ale gdyby, na potrzeby tej dyskusji, gamety pozyskiwano w niewłaściwy sposób, to nie byłoby śladu – odparł Christakos. Przepraszam, pani inspektor, ale jedyne oskarżenie, jakie możecie przeciwko mnie wytoczyć, to wykonywanie procedur medycznych w budynku, który nie ma odpowiednich zezwoleń. A to nie jest nawet przestępstwo kryminalne. Zapewne stracę licencję, ale zostało mi niespełna pięć lat do emerytury i nie widziałbym w tym wielkiego dramatu.

– Gdzie dziewczyna, która ostatniej nocy była w pokoju sąsiadującym z moim?

– Nie mam pojęcia, o kim pani mówi.

– A ma pan pojęcie, gdzie jest funkcjonariuszka Lacey Flint? Przez chwilę wyglądał na wstrząśniętego.

– Pierwsze słyszę, że Lacey zaginęła.

Zadzwonił telefon Dany. To Barrett, kierował przeszukaniem East Street. Dana przeprosiła i wyszła z pokoju przesłuchań.

– Zrobiliśmy tę stronę rzeki, szefowo – zameldował Barrett. – Jestem przed posiadłością, która nazywa się Sayes Court. Bardzo duży dom przy samym początku rzeczki. Tak czy inaczej, okazuje się, że tutaj mieszka Christakos z siostrą.

Dana odwróciła się, żeby spojrzeć przez okno do pokoju przesłuchań. Lekarz siedział z zamkniętymi oczami.

– Naprawdę tam mieszka? – zapytała.

– Od lat, według jego siostry. Sympatyczna stara wrona. Nie od razu zauważyliśmy powiązanie, bo to ona jest właścicielką domu, a nosi inne nazwisko. Zdaje się, że ten doktorek tak naprawdę nie nazywa się Alexander Christakos. Przyjął takie greckie nazwisko, kiedy tutaj się przeprowadzili, bo uważał, że będzie lepiej widziane przez światek medyczny i pacjentów niż nazwisko z południowej Azji. Zgadniesz? Są z Afganistanu.

Christakos miał ciemne włosy i niebieskie oczy, mówił dwoma afgańskimi językami. Był jasnookim Pasztunem, tak jak kobiety, które importował.

– Więc to chyba wyjaśnia, jak dziś rano prześlizgnął się obok nas i dostał do kliniki – ciągnął Barrett. – Musiał skorzystać z łodzi siostry.

– Możliwe, że w ten sam sposób zabrali Pari – odparła Dana. – Z jakimś urządzeniem do zasłaniania źródeł ciepła, żeby zmylić sprzęt namierzający. Pamiętaj, że to banda przemytników.

– Co bardziej interesujące, oboje znają Lacey – dodał Barrett.

„Pierwsze słyszę, że Lacey zaginęła".

Nie skomentowała tego. Christakos otworzył oczy i patrzył przez szybę prosto na nią. Dana nie mogła się oprzeć wrażeniu, że dobrze wie, co ona mówi. Odwróciła się tyłem.

– Skąd ją znają?

– Siostra Christakosa dopiero co powiedziała, że ona i jej brat są przyjaciółmi Lacey. Też się bardzo zmartwiła. Kazałem jednemu z posterunkowych zrobić jej herbatę.

Dana popatrzyła na zegarek.

– Tom, wysyłam zespół – powiedziała. – Najwyraźniej wyprowadzili dziewczynę przez rzeczkę i przez ten swój dom. Chcę, żeby go przeszukano.

Wracał przypływ. Chociaż Lacey wolała udawać, że jest inaczej, wiedziała, że pół godziny temu nie była jeszcze taka mokra. Nie widziała zegarka, nie miała pojęcia, która godzina, ale wiedziała, że przypływ musi wezbrać wczesnym popołudniem.

Niecały rok temu została gwałtownie wciągnięta do rzeki. Aż za dobrze zapamiętała paraliżujące zimno, wirowanie, gęstą ciemność, całkowitą bezradność wobec szybko płynącej wody. To miało się zdarzyć drugi raz.

Operacja w Sayes Creek trwa nadal, chyba że stało się coś poważnego. Uwaga jej kolegów będzie skupiona na tamtych działaniach. Miała stawić się na zmianę dopiero o dziesiątej wieczorem. Dopiero wtedy uznają ją za zaginioną. Jedyna jej nadzieja w Eileen.

Woda nie będzie tutaj tak rwąca jak za ostatnim razem. Będzie podpełzać ku niej powoli, boleśnie. Szyja jej krwawiła. Lacey próbowała pociągnąć za linę i ją rozwiązać, nawet wyrwać pierścień cumowniczy. Usiłowała odwrócić głowę, żeby przegryźć węzeł, ale ten kto go zawiązał, znał się na robocie. Solidny supeł nie ustępował.

Dwa razy w ciągu ostatniego roku znalazła się na łasce Tamizy. I dwa razy zrobiła to z wyboru. Skoczyła z łodzi policyjnej pod wpływem impulsu; próbowała uratować kobietę, którą poznała jako Nadię Safi. „Mam cię", wyszeptała bystra woda, gdy fale zamknęły się nad jej głową i poczuła pokrytą skorupiakami dłoń paniki sięgającą po nią z dna rzeki. Za pierwszym razem wygrała, uratowała siebie i wystraszoną Afgankę. Czy naprawdę, jak głupia, myślała, że zawarła z rzeką swego rodzaju rozejm?

A teraz na dodatek zainteresował się nią szczur. Ile czasu minie, zanim zwierzę zbierze się na odwagę, zejdzie jej na ramię i zbliży do krwi sączącej się z ran na szyi?

„Nie utoniesz", powiedziała Marlene. „Wodniacy mają taką legendę. Jeśli oszukałaś śmierć w wodzie, rzeka traci moc i już cię nie skrzywdzi".

„Bzdury", odszczeknęła się Tessa. „Oczywiście, że możesz utonąć. Nie waż się podejmować głupiego ryzyka".

Niewybaczalnie naraziła siebie i Nadię na niebezpieczeństwo, przypływając tutaj. Teraz pozostawała już tylko kwestia, co wcześniej się do niej dobierze: przypływ czy szczur?

87. Dana i Pari

Sahar naprawdę nazywała się Anya Fahid – poinformowała Mizon członków zespołu. – Ciało, które znaleźliśmy na łodzi Lacey, to Rabia Khan. Obie z Afganistanu. Obie nielegalnie przemycone do naszego kraju. Ale Markowa jest nieugięta, twierdzi, że żadnej z dziewczyn nie stała się krzywda. Kiedy kończy się cykl terapii, naprawdę dostają pracę i dom. W Londynie jest sieć afgańskich rodzin, które niosą pomoc. Markowa uważa, że biznes z jajeczkami to mała cena za nowe życie.

– Mówi prawdę? – Właśnie wrócił Barrett.

– Myślę, że tak – odparła Mizon. – Wyglądała naprawdę na zmartwioną. Chociaż nie mogę się pozbyć wrażenia, że nie mówi nam wszystkiego. Bardzo niejasno zeznaje co do tego, kiedy i jak te dziewczyny opuszczają klinikę. Mówi, że ona się już tym nie zajmuje.

– Jeśli Kaytes się nie myli, to zabiegi, którym je poddawano, chociaż nieprzyjemne, nie mogą zabić – dodał Mark.

– Nie zabijają ich – oznajmiła stanowczo Dana. – Te dziewczyny toną. Dzieje się coś innego. Christakos nie ma powodu, żeby je zabijać, ma natomiast mnóstwo powodów, żeby utrzymać je przy życiu. Nie chce ściągać na siebie uwagi i nie chce niepotrzebnego ryzyka. Myślę, że handluje ludźmi. Myślę, że wykorzystuje bezbronne młode kobiety i oszukuje bezdzietne małżeństwa. I myślę, że jest obrzydliwym draniem, ale nie zabójcą.

– Więc kto nim jest? – zapytał Anderson. – Syrena?

Pari przecięła ponad połowę taśmy. Próbowała rozerwać resztę, ale taśma okazała się za mocna. Dalej szarpała i cięła. Prawie już. Jeszcze jedno pociągnięcie. Do przodu, do tyłu. Była wolna. Rozerwała plastik, ściągnęła go przez głowę. Znowu mogła normalnie oddychać.

Ciemność. Ciemność, gwiazdy i światła miasta, ale i tak ciemność. Minął cały dzień, od kiedy ją związali. Teraz wrócą. Stanęła na kolanach i się rozejrzała. Prawie sam środek rzeki. Była przycumowana jakieś pięćdziesiąt metrów od północnego brzegu. Domyśliła się, że to barka ze śmieciami.

Stało tu osiem dużych kontenerów, znajdowała się w jednym z nich. Kontener nie był pełny i nikt, kto by go mijał za dnia nawet z bliska, nie zobaczyłby jej.

Pari kręciła się, dopóki jej kostki nie dotknęły metalowej listwy. Znowu zaczęła ciąć. Ze stopami nie szło tak łatwo, ale pomagała sobie rękami i co kilka sekund podnosiła wzrok, żeby sprawdzić, czy nie zbliża się łódź. Pusto. Tej nocy na wodzie panował spokój. Ciąć dalej.

– Wie pan, kim ona jest, prawda? Kobieta, która zabija te dziewczyny.

Christakos patrzył na Danę swoimi wielkimi ciemnoniebieskimi oczami. Godziny pod nadzorem zaczęły odbijać na nim swoje piętno. Twarz miał zmęczoną, zmarszczki wokół oczu pogłębiły się.

Dana nachyliła się do przodu, położyła ręce na stole między nimi.

– Kobieta, która pływa tak, jakby urodziła się w wodzie. Ta, którą co jakiś czas widzą w rzece wodniacy, ale myślą, że są przemęczeni albo za dużo wypili. Ta, od której wzięła się legenda o syrenie w Tamizie.

Christakos uniósł brwi i lekko się wzdrygnął. Był dobry, ale o ułamek sekundy zbyt powolny, żeby jego zdumienie mogło kogoś przekonać.

– Parę nocy temu zaatakowała funkcjonariuszkę Flint – włączył się Anderson, a Dana obmyślała kolejny ruch. – W tym samym czasie zatrzymaliśmy dwóch mężczyzn, którzy płynęli w stronę pańskiej posiadłości przy East Street. Była z nimi młoda Afganka. Tamta kobieta kręciła się wokół Lacey, wokół jej łodzi, robiła sztuczki, próbowała ją nastraszyć. Pewnej nocy przewróciła kajak funkcjonariuszki Flint i próbowała ją utopić. To wszystko zdarzyło się w South Dock Marina, gdzie znaleźliśmy kolejne dwa ciała.

– Sierżancie, nie chcę wyjść na impertynenta, ale jeśli młode kobiety włóczą się po Tamizie nocą, mogą się spodziewać, że wpadną w kłopoty. – Christakos stłumił ziewnięcie. – Nadal nie wiem, jaki to wszystko może mieć związek ze mną.

– Latem tego roku wyciągnięto z rzeki dwie dziewczyny, które bez wątpienia możemy połączyć z kliniką „Tamiza", bo rozpoznała je pańska asystentka – poinformował Anderson.

Christakos zamknął oczy.

Dana postanowiła rzucić mu koło ratunkowe.

– Nie wierzę, żeby pan zamierzał skrzywdzić którąś z tych dziewczyn. Myślę, że na swój sposób nawet starał się pan je chronić. Ale ona ciągle przemykała obok pana. Jakim cudem?

Nagle otworzył oczy.

– Czekam na konferencję prasową, na której oświadczycie społeczeństwu, że zabójczynią jest syrena. Czy w tym roku nie szukaliście już wampira? Odeślą panią do pracy w serialu *Z archiwum X*, pani inspektor.

– Nie szukamy syreny, szukamy dobrej pływaczki – odezwał się Anderson, zanim Dana zdołała zareagować. – Tam, na górze, mamy człowieka, który pływa w rzece od czterdziestu lat. Funkcjonariuszka Flint robiła to całe lato. Można dać radę, tylko trzeba trzymać się blisko brzegu, uważać na przypływy i odpływy i wystrzegać się ruchu na rzece. Jak to robi pana dziewczyna? Dyskretne urządzenie do pływania? Taka duża pojedyncza płetwa, jaką zakładają miłośnicy freedivingu?

Christakos pokręcił głową, jakby musiał wysłuchiwać niekończącego się potoku nonsensów. Wyglądał na zmęczonego, cierpliwego człowieka, który dotarł już do granic zawodowej uprzejmości. Byłby przekonującym świadkiem.

– Rozmawiałem z pana siostrą – podjął Anderson. – Jest bardzo zaniepokojona. Lubi Lacey. Ale pan o tym wie, prawda? Powiedziała nam, że oboje się z nią spotykaliście. Że Lacey odwiedzała was w domu.

– To bardzo miła osoba. Nawet na myśl by mi nie przyszło, żeby ją skrzywdzić. Nie zrobiłem nic złego żadnej z młodych kobiet, które przebywały w mojej klinice.

– Może tak. Może nie – skwitowała Dana. – Ale powinien pan się martwić o to, jak długo potrwa, zanim wybierzemy jedną z tych możliwości.

– Nie rozumiem. Gdzie moja siostra?

– Myśli pan, że najgorsze, co się może stać, to utrata licencji i dobrej opinii – naciskała Dana. – Czy ja wiem? Pańska asystentka zidentyfikowała dwie ofiary. Mamy więcej niż trzeba, żeby oskarżyć pana o zabójstwo, i jeśli w ciągu najbliższych paru godzin nie znajdziemy Lacey i tych dwóch zaginionych dziewczyn, właśnie to zrobimy. Pan jest imigrantem i często wyjeżdża za granicę. Żaden sąd nie pozwoli na poręczenie majątkowe. Utknie pan w brytyjskim więzieniu na najbliższe pół roku, kiedy my będziemy przygotowywali się do procesu. – Poczekała, aż Christakos w pełni przyswoi sens jej słów, potem ruszyła do ataku. – Co ona zrobi, jak pan sądzi, co zrobi, kiedy zabraknie ciebie, żeby trzymać ją w szachu? Co zrobi dziś wieczorem, jeśli ma którąś z tych młodych kobiet? Co zrobi z Lacey?

88. Pari

Kiedy Pari uwolniła nogi, podeszła do skraju kontenera. Śmieci było na kilkanaście centymetrów i z każdym krokiem w nich grzęzła, ale udało jej się wydostać górą. Upadła na pokład barki.

Teraz musiała się napić, bo umarłaby z pragnienia. Jeśli trzeba, nachyli się przez burtę i będzie chłeptać z Tamizy. Zauważyła przewróconą plastikową butelkę z resztką wody na dnie. Podniosła, spróbowała i wlała sobie do gardła tę znikomą ilość zbawiennego płynu. Lepiej.

Pari zaspokoiła pragnienie i spojrzała na północny brzeg. Nie umie pływać, nigdy się nie nauczyła. Może gdzieś tutaj znalazłoby się coś, co pomogłoby jej unosić się na wodzie, ale prąd był bardzo szybki. Wyprostowała się, jak tylko mogła, i rozejrzała. Może jednak jakaś łódź przypłynie z pomocą.

– Ratunku! – krzyknęła.

I wtedy, jakby jej chęci miały moc wyczarowania rzeczy z eteru, usłyszała cichy warkot małego silnika zaburtowego.

– Ratunku! – krzyknęła znowu w przepaść czarnej rzeki.

– Na miłość boską, bądź cicho – odpowiedział głos w jej własnym języku.

89. Lacey

Woda sięgała coraz wyżej. Lacey nie mogła wstać, lina wokół szyi była za krótka. Spróbowała już wszystkiego, co tylko przyszło jej do głowy, i w żaden sposób nie dała rady unieść twarzy wyżej niż linia wody na cegłach po przeciwnej stronie. Miała niecałą godzinę.

Już całkowicie straciła poczucie czasu, nie wiedziała, czy minęły minuty, czy sekundy. Krzyczała, aż w gardle poczuła coś jakby krwawienie, ale jedyną odpowiedzią, która do niej docierała, to ciche pluskanie powracających fal. Panika znów nabrzmiewała. Ściskało ją w piersi. Nie mogła myśleć, nie mogła planować, nie mogła się uspokoić. Mogła tylko krzyczeć.

Tylko że to nie był jej głos. Dźwięk, który przenikał ciemności, nie był nawet krzykiem. To raczej jęk. Albo echo jęku.

– Hej! Jest tam kto?

Przez chwilę odpowiadało jej tylko donośne bulgotanie wody. Nagle.

– Lacey?

– Nadia? – Ciało przeniknęła nadzieja. – Nadia, jestem tutaj. A ty gdzie jesteś?

– Lacey, nie mogę się ruszyć. – W tonie słychać strach, przerażenie, zmęczenie. Nadzieja umarła. – Lacey, oni mnie przywiązali. Woda. Przyjdź, wyciągnij mnie. Proszę.

– Gdzie jesteś? – Lacey kręciła się w wodzie, próbowała się zorientować, skąd dochodzi głos, lina wrzynała się w jej szyję jak ostrze. Zdawała sobie sprawę, że zasiała w głowie tamtej kobiety okrutną i beznadziejną myśl o ratunku.

Odgłos mocnego uderzania rękoma o wodę. Potem Nadia znowu krzyknęła, ze strachu przeszła na własny język. Nie było jej nigdzie w pobliżu. Lacey znowu z całych sił się szarpnęła. Niestety lina trzymała mocno, tak jak przedtem.

Nadia teraz krzyczała jak opętana. To był głos kogoś, kto się dławi. Gdziekolwiek Nadia jest, przywiązano ją bliżej dna ścieku niż Lacey i woda już jej dosięgła.

Dzikie wrzaski, szarpanina, dławienie się nie ustawały. Lacey zacisnęła powieki, dałaby wszystko, żeby móc zamknąć także uszy i nie musieć słyszeć, jak tamta tonie. Po kilku sekundach zrozumiała, że już nie musi. Jej własny szloch maskował prawie wszystko.

Dowiedziała się, że silna młoda kobieta długo się topi.

90. Pari

Pari patrzyła na wodę. Głos dochodził od strony odleglejszego brzegu.
– Kto tam? – zawołała. – Kim jesteś?
Odpowiedziało jej syknięcie, ciche, naglące, z poświstem.
– Cśś!
Pari przetarła oczy. Coś się do niej zbliżało. Mała łódź, bez świateł. Po chwili zobaczyła jasne, rzeźbione drewno kadłuba, potem postać – starą kobietę w czarnym kapturze i pelerynie. Widać było tylko dużą, jasną twarz. Stara walczyła z prądem. Mało nie zniósł jej dalej, w dół rzeki, ale zdołała rzucić linę, którą Pari złapała.
Kobieta patrzyła na nią.
– Wsiadaj – poleciła w paszto. – Szybko, mamy mało czasu.
– Kim jesteś? – Pari nagle odechciało się opuszczać względnie stabilną barkę i schodzić na niepewnie wyglądającą łódkę. – Zabierasz mnie z powrotem?
– Zabieram cię w bezpieczne miejsce. Gdzie już nikt cię nie skrzywdzi, ale musisz się spieszyć.
– To ty nam śpiewałaś? – Pari próbowała porównać głos, który teraz słyszała, do zapamiętanego głosu spod okna. – To ty nam pomagałaś uciec?
– O, o! – Stara wskazała w górę rzeki. – Tylko popatrz. Nadpływają. Nie rozumiesz? Wrzucą cię do rzeki. Mnie też, jak nas złapią.
Pari spojrzała we wskazaną stronę. Rzeczywiście, zbliżało się do nich małe światełko na wodzie.
– Kto to jest?
– Jak nie wsiądziesz, odpływam bez ciebie. Nie dam się złapać.
Przekonał ją strach w głosie nieznajomej. A światełko robiło się coraz większe, zmierzało prosto ku nim. Pari przerzuciła obie nogi nad relingiem i zeszła do łodzi. Na skinienie głowy starej kobiety odwiązała linę i mocno odepchnęła się od barki.

Odległość między łodzią a pontonem szybko rosła. Pari zdała sobie sprawę, że kobieta zmierza na środek kanału.
– A ty dokąd? – zapytała. – Płyń do brzegu.
Kobieta patrzyła w górę rzeki.
– Nie mogę, stamtąd nadciągają.
Miała rację. Od północnego brzegu zbliżała się łódź. Nie miały wyboru, musiały przepłynąć rzekę. Pari odwróciła się, żeby ocenić odległość.
– Przypływ nas znosi – powiedziała jej towarzyszka. – Umiesz wiosłować?
Pari nie miała pojęcia, ale światła ścigającej je łodzi były coraz większe. Chwyciła wiosła i pociągnęła najmocniej, jak potrafiła. Mimo koszmarnego bólu głowy powtórzyła ten ruch. I znowu.
Wiosłowała bez ustanku. Stara dama przywarła do rumpla tak, jakby siła woli mogła zmusić napęd do cięższej pracy, ale kiedy zbliżyły się do środka rzeki, Pari czuła, że już niewiele może z siebie dać. Kolejne pociągnięcia stawały się coraz trudniejsze. Ale kiedy podnosiła wzrok, światła tej drugiej łodzi były bliżej barki ze śmieciami, bliżej wykrycia, że uciekła.
Fale wlewały się przez burty, moczyły je obie, a na dnie nieubłaganie zbierała się woda, jednak odległość do przeciwległego brzegu się zmniejszała. Pari wiosłowała bez przerwy, teraz oczy utkwiła w deskach łodzi. Bała się, że światła pogoni są za blisko.
– Prąd zwolnił – powiedziała w końcu stara kobieta. – Chyba możesz już przestać machać.
Pari się rozejrzała. Dopływały do brzegu. Wyciągnęła wiosła z wody i próbowała złapać oddech.
– W porządku? – zapytała nieznajoma. – Przy okazji, jestem Tessa. Ty musisz być Pari. Widziałam twoje imię w księgach.
Pari podskoczyła ze strachu, kiedy zobaczyła ścigającą ich łódź przy pontonie – wielką, z mnóstwem świateł. Nie byłoby tak, gdyby miała się skradać. Za nią płynęła druga łódź. Pari patrzyła, jak ludzie z niej schodzą i zaczynają krążyć między kontenerami. Szukali jej.

Silnik zmniejszył obroty, sterniczka zmarszczyła twarz w skupieniu, Pari obróciła się na ławeczce. Przed nimi pojawiła się czarna dziura w rzecznym wale. Rzeka wlewała się w tę otchłań.

– Nie możemy tam popłynąć.

– Doprowadzi nas do drabiny. – Tessa zatoczyła łodzią szeroki łuk i skierowała ją wprost na dziurę. – Możesz się po niej wspiąć.

Nie zważając na piskliwe protesty Pari, wprowadziła łódź pod sklepiony dach ścieku – noc zrobiła się jeszcze ciemniejsza. Pari rozpaczliwie mrugała. Widziała tylko po parę metrów muru po obu stronach.

– Zaraz wzrok ci się przyzwyczai – uspokoiła ją Tessa. – Zamknij oczy na sekundę, dwie.

Pari zacisnęła powieki. Nie dotrwała do dwóch sekund. Trudno mieć zamknięte oczy, kiedy ktoś krzyczy w pobliżu.

91. Lacey i Dana

Szczurów było coraz więcej. Woda podnosiła się, właziły po ścianach tunelu, ich oczy pojawiły się dookoła Lacey. Oczy skakały, rzucały się, dźgały w ciemnościach.

Stała, woda sięgała jej piersi, z trudem utrzymywała równowagę, rana na szyi krwawiła od prób uwolnienia się. Obliczyła, że ma jeszcze dwadzieścia minut, zanim woda całkowicie ją pokryje. Szczury też to wiedziały. Czuły, że czas im się kończy.

Zebrały się na występie tuż nad jej głową. Nosy drgały, ogony poruszały się, uszy nastawiały na każdy dźwięk. Właziły jeden na drugiego w niekończących się usiłowaniach, żeby być bliżej niej. Wijąca się masa tłustych szczurzych ciał i grubych ogonów. Ale najgorsze były ich oczy – ani na chwilę nie przestawały się jej przyglądać.

Jeden ze szczurów skoczył, pazurki jak igły podrapały jej twarz, zanim wspiął się na włosy. Potem rzuciło się ich więcej. Wrzeszcząc, otrząsając się, dała nura pod wodę, żeby się ich pozbyć. Woda w przełyku. Głowa wali o mur. Pogryziona skóra na głowie. Coś ciągnie za włosy. Nie może oddychać. Coś uderza ją w głowę. Ktoś krzyczy, grozi.

Nie jej głos.

Lacey z trudem stanęła i wypluła wodę. Potrząsnęła głową jak terier ze szczurem w pysku, ale małe okrutne stworzonka już z niej opadły. Niska, szczupła dziewczyna o długich czarnych włosach stała na dziobie łodzi, waliła wiosłem w półkę, ścianę, czasem w głowę Lacey, wrzeszczała w języku, którego Lacey nie rozumiała. Widok był przerażający, ale szczury zniknęły. Wystraszyła krwiożercze gryzonie.

– Ona mówi, że nie znosi szczurów – powiedział głos spoza dziewczyny. – Zawsze się tym zajmowała w domu, wypędzała je z podwórka. To Pari. Pomagam jej uciec.

Pari, najwyraźniej wyczerpana wysiłkiem, opadła na dziób łodzi. Łodzi Tessy. Tessa we własnej osobie siedziała na rufie, w czarnej pelerynie owiniętej wokół głowy i ramion. Ze zdumieniem przyglądała się Lacey.

– Moja droga, co ty, do diabła, tutaj robisz?

Dana siedziała naprzeciwko Christakosa i wyrzucała z siebie formułki, które stanowiły ciąg dalszy przesłuchania. Była świadoma tego, że Mark stoi za nią i ściska dłońmi oparcie jej krzesła. Powinna mu powiedzieć, żeby usiadł, ale szkoda jej słów.

– Na rzece nie ma ani śladu Pari – warknęła do Christakosa. – Nasi policjanci właśnie wrócili.

Lekarz pobladł o parę odcieni w ciągu kilku godzin spędzonych w areszcie policyjnym.

– Musi tam być. Już tak robiliśmy, kiedy trzeba było na krótko ukryć dziewczyny. Są całkowicie bezpieczne. – Mówił, jakby chciał przekonać sam siebie. – Dobrze sprawdzaliście wszędzie?

– Osobiście przeszukałem każdy centymetr tej cholernej barki – oznajmił Mark, zanim Dana zdążyła otworzyć usta. – W jednym z kontenerów znalazłem taśmę do paczek, mogła zostać wykorzystana do krępowania. Poza tym nic.

Christakos oparł głowę na dłoniach.

– Kto? – rzuciła Dana. – Kto ją zabrał?

Christakos jakby zmalał w oczach.

– Moja siostra – odparł. – Moja siostra pierwsza ją dopadła.

92. Lacey i Dana

Tessa opatrzyła obie dziewczyny, które znalazły się pod jej opieką. Nalegała na to mimo miejsca, w którym się znajdowały. Dała obu świeżej wody i obandażowała chustą poranioną szyję Lacey. Wyjaśniła, że pomagała Pari uciec. Miały posuwać się w głąb ścieku, aż dotrą do drabiny, i tamtędy Pari wyszłaby bezpiecznie na ulicę. Płynęły tam, kiedy usłyszały krzyk Lacey.

Według Tessy, która całkowicie panowała nad sytuacją, w łódce nie starczy miejsca dla nich trzech, więc Lacey będzie płynąć, trzymając się burty, ale żeby dała radę, najpierw musi poczuć się znacznie lepiej. Wyjęła flaszkę czegoś, co smakowało trochę jak brandy, tylko gęstsza i słodsza, i kazała im obu trochę wypić.

Lacey pociągnęła łyk i spróbowała wziąć się w garść. Woda i brandy pomogły. Głowa ją bolała, a gardło szczypało tak, jakby ktoś je rozpruł, jednak już zrobiło się jej lepiej. Szczury gdzieś zniknęły. Woda podnosiła się, ale były bezpieczne – ona przykucnięta na półce, tamte dwie w ślicznej, śmiesznej łódce Tessy.

Łódka rzucała wokół siebie jasną, srebrzystą poświatę. A może to tylko światło z dziwnej staromodnej latarni, którą włączyła Tessa.

Łódka zakołysała się i Lacey popatrzyła na dziewczynę na dziobie. Pari nie odezwała się, odkąd wrzaskiem odstraszała atak szczurów. Skuliła się na wąskiej ławeczce, wyglądała na obolałą i wyczerpaną. W przytłumionym świetle Lacey dobrze się jej przyjrzała. Młoda, szczupła, z długimi czarnymi włosami i jasnymi oczami.

Lacey rozejrzała się jeszcze, żeby upewnić się, czy nie ma szczurów.

– Tessa, czy Pari była w domu przy East Street? – zapytała po chwili. – Co się tam stało?

– Musimy odpływać. – Stara sięgnęła do liny cumowniczej, odwiązała ją. – Niedługo woda sięgnie za wysoko, żeby łódka się zmieściła. Lacey, jak myślisz, dasz radę płynąć?

– Mówiłaś, że pomagałaś jej uciec. Skąd wiedziałaś, że ona chce uciekać?

– Śpiewała nam – przerwała Pari. – Śpiewała piosenki z domu, żebyśmy wiedziały, że możemy jej ufać, a potem pomagała nam się wydostać. Widziałam ją.

Ktoś jeszcze mówił o śpiewającej kobiecie. Nadia. Dobry Boże, jak mogła zapomnieć o Nadii?

– Lacey, co z tobą? Popatrz na mnie. Skup się.

Lacey zmusiła się, żeby spojrzeć Tessie w oczy. Nadia nie żyje. Słyszała, jak się topi. Najpierw krzyki przerażenia, potem dziki wrzask, potem dławienie się, wreszcie cisza.

– Lacey!

Nie mogła pomóc Nadii. Możliwe, że nie da się nawet wyciągnąć jej ciała, dopóki nie nastąpi odpływ. Na razie Tessa miała rację, woda podchodziła coraz wyżej, trzeba się spieszyć.

– Co się działo z tymi młodymi kobietami? – zapytała jeszcze.

Nagle Tessa zaczęła wyglądać na bardzo zmęczoną. Zmęczoną i smutną.

– Nie wiem, Lacey. Alex mówił mi tylko, że one próbują uciec od koszmarnego życia. A on im pomaga.

– Alex? To chodziło o Aleksa?

– Słyszałam, jak płaczą, kiedy przepływałam obok łódką. Słyszałam, jakie są smutne, jakie wystraszone. Słyszałam, jak je boli, tak jak tę tutaj. – Odwróciła się i uśmiechnęła do Pari.
– Niektórych już nie bolało – powiedziała Lacey. – Niektóre umarły.
Stara pokiwała głową. Duża, gruba łza zawisła w kąciku jej oka i zaczęła spływać w dół.
– Tesso, kto to robi?
Wreszcie smutek całkowicie zawładnął Tessą.
– Mój brat. Lacey, tak mi przykro, ale to Alex je zabija.

– **Minął rok,** odkąd pierwsza kobieta zniknęła z kliniki – powiedział Christakos, kiedy Anderson wyjechał na Lewisham High Street i nacisnął mocno na gaz.
Włączyli niebieskie światło. Dana siedziała na miejscu dla pasażera. Z tyłu Mark był przykuty do Christakosa.
Parę minut później odkryli, że siostry lekarza już nie ma w jej domu w Deptford. Kiedy Christakos dowiedział się o tym, przyszło mu na myśl tylko jedno miejsce, w którym można by ją znaleźć. Pojechali w stronę rzeki. Powiedział, że jest właścicielką starej przepompowni, choć próbowała utrzymać to w tajemnicy przed nim. Nie zdołałaby dotrzeć tam po lądzie, ale mogła przepłynąć łodzią przez kanały ściekowe.
– Nazywała się Dżamilla Kakar – ciągnął Christakos. – Byliśmy oszołomieni. Pożegnaliśmy się z nią, zamknęliśmy na klucz drzwi do jej pokoju, a następnego dnia rano tam jej nie zastaliśmy. W ogóle nie został po niej ślad. Przez kratę w oknie za nic by nie wyszła. Pokój nadal był zamknięty na klucz. Po prostu… czary.
Dana obróciła się na siedzeniu.
– Zgłosiliście jej zniknięcie?
Christakos przyjął cios, ale nie zareagował zbyt arogancko.
– Oczywiście, że nie, pani inspektor. Nie marnujmy czasu na zaliczanie punktów. Pierwsze, co mi przyszło do głowy: to ktoś z zespołu. Ale zarzekali się, że nic o tym nie wiedzą, i chyba tak było. Pracowali ze mną od lat. Przypisaliśmy to

nieostrożności. Ktoś przypadkiem zostawił klucze, Dżamilla skorzystała z okazji i uciekła. Nie wiem, czy pani w to uwierzy, ale mam nadzieję, że nic złego się jej nie stało.

Anderson wyminął stojący samochód i znaleźli się na wprost nadjeżdżającego autobusu.

– Ale na tym się nie skończyło? – podjął Mark. Ani on, ani Christakos nie zapięli pasa bezpieczeństwa.

Nikt nie zapiął pasa. Czy to z jej strony lekkomyślność, że zgodziła się na tak szybką jazdę do opuszczonego budynku nad rzeką? – zastanawiała się przez moment Dana.

– Niestety, to był dopiero początek. – Christakos zwracał się teraz bezpośrednio do Marka. – Niedługo potem kolejna dziewczyna zniknęła, dokładnie w takich samych okolicznościach, chociaż wymieniliśmy zamki. Za drugim razem nie mogłem powiedzieć, że to przez niedopatrzenie. Ktoś ją wypuścił. Wszyscy członkowie zespołu nadal twierdzili, że nic nie wiedzą. Nie mogłem postraszyć ich władzami. Poza tym, coś mi mówiło, że nie kłamią. Znam swoją siostrę bardzo dobrze.

Na sygnale bez trudu przebijali się przez ruch uliczny. Już byli w Deptford, niedaleko rzeki.

– Przepraszam, ale z tego, co wiem, twoja siostra jeździ na wózku inwalidzkim. Jak się jej udało wejść na drugie piętro, pomóc młodym kobietom w ucieczce i dokąd je wywieźć?

– Zaskoczyłoby pana, co Tessa potrafi. – O dziwo, Christakos powiedział to z dumą. – Nie pozwala, żeby kalectwo w czymś jej przeszkodziło. Zawsze była z tych silnych. Zdałem sobie sprawę, że ma dostęp do poufnych dokumentów w komputerze. Nigdy nie zdołałem wymyślić hasła, którego by nie odgadła. Oczywiście zostawiała ślad. Wiedziałem, że ktoś przeglądał dokumentację podczas mojej nieobecności w biurze. Tylko ona mogła to robić. I zaczęła wypływać na całe godziny tą swoją łódką. Jakoś przemycała im klucze, potem wywoziła je wodą.

– Groziłeś jej?

Christakos pokręcił głową.

– Wiedziałem, że nie podoba się jej klinika. Mogłem z tym żyć, że jedna, dwie kobiety opuściły „Tamizę" wcześniej niż powinny, jeśli była dzięki temu zadowolona. Inna sprawa: jak długo powinienem to znosić?

– Pozwalałeś, żeby zabierała te kobiety i je topiła?

Odwrócił się, żeby spojrzeć Markowi prosto w oczy.

– Nie miałem pojęcia, że stanie im się krzywda. Dopiero tydzień temu, kiedy znaleźliście Anyę w Tamizie, zdałem sobie sprawę, co się dzieje.

– Zdał pan sobie sprawę, że ona nie pomaga im w ucieczce? – zapytała łagodnie Dana.

Christakos pokiwał głową.

– Tak. Ona je zabijała.

93. Lacey i Dana

Alex siedzi w areszcie. – Tessa sterowała łódką na kanale ściekowym. Razem z Pari siedziały na pokładzie, Lacey przywarła do rufy. Nie można było włączyć silnika, kiedy znajdowała się tak blisko śruby, więc Tessa i Pari używały wioseł. Lacey odpychała się od ściany, żeby im trochę ulżyć w wiosłowaniu. Każda chwila spędzona w wodzie napawała ja obrzydzeniem.

– Zatrzymali go dziś rano – ciągnęła Tessa. – Cały personel kliniki też siedzi w komisariacie w Lewisham i inni ludzie zaangażowani w sprawę. Przede wszystkim ci, którzy sprowadzali dziewczyny. Kazał im wrócić po Pari, jak tylko się ściemni. Alex nie wie, że jestem właścicielką przepompowni, chociaż oni prawie na pewno przeszukają ścieki.

Wróciły do rozwidlenia tunelu, ale Lacey nie widziała wylotu do Tamizy, zrobiło się tylko trochę jaśniej. Tessa skierowała łódź w odgałęzienie z prawej strony.

– Już niedaleko. Zaraz po prawej. Za chwilę będziemy na miejscu, dziewczyny.

Lacey podniosła na nią wzrok. W ciemnościach tunelu stara kobieta wydawała się wielka.

– Od dawna wiesz? O Aleksie?

Tessa nie przerwała powolnego, nieustannego rytmu wiosłowania.

– O klinice wiem od dawna. Nie podobało mi się to, ale zawsze ufałam bratu. Był z tych silnych.

– Nic mu nie powiedziałaś?

Tessa jakby tego nie usłyszała, mówiła dalej.

– Zaczęłam dla nich śpiewać, kiedy przepływałam tamtędy wieczorami. Myślałam, że to jakoś pomoże, kiedy usłyszą piosenki ze swojego kraju, więc nuciłam to, co zapamiętałam z dzieciństwa, co matka śpiewała mnie i Aleksowi. A potem, pewnego wieczoru, jedna z kobiet zawołała do mnie. Błagała, żebym pomogła jej uciec. Zignorowałam ją, po prostu popłynęłam dalej, ale myślałam o tym przez całą noc. Przecież mogłam, mogłam jej pomóc. Bez trudu znajdę klucze, przymocuję je do kulki z korka, żeby nie utonęły, i wrzucę przez otwarte okno. Potem poszło łatwo. Skradały się w dół schodami, wychodziły na tył, wsiadały do mojej łódki, a ja przywoziłam je tutaj. Dawałam im pieniądze i namiary na ludzi, którzy udzielą im wsparcia.

– Cztery wieczory temu... – Pari trochę się odwróciła, żeby je widzieć – słyszałam, jak śpiewasz, i widziałam, jak rzucasz klucze. Widziałam, jak ktoś odpływa.

Tessa zmarszczyła brwi i przechyliła głowę.

– Nie, moja droga – odezwała się po sekundzie. – Coś musiało ci się pomylić.

– Ilu pomogłaś uciec? – zapytała Lacey, kiedy Pari zaczęła liczyć na palcach.

Tessa nagle przerwała wiosłowanie.

Pytanie przywróciło ją do rzeczywistości, znowu machnęła wiosłem.

– Tylko cztery. Nie mogłam więcej, wychodziłam z domu, kiedy Aleksa nie było i nie siedział w klinice. Rzadko zostawiał mnie samą.

Pari lekko wzruszyła ramionami i chwyciła wiosło. Lacey milczała przez chwilę, potem zadała trudne pytanie.

– Dlaczego niektóre z nich umierały?

Stara pokręciła głową i wzruszyła ramionami.

– Nie wiedziałam o tym jeszcze parę tygodni temu. Dopiero kiedy znalazłam Anyę.

– Kto to Anya?

– Dziewczyna, której ciało znalazłaś w rzece, moja droga. Kiedy pływałaś w ostatni czwartek. Znalazłam ją w South Dock Marina zaledwie kilka dni wcześniej. Jakoś zerwało się jej obciążenie.

– Nie rozumiem. – Pari miała mocno zdezorientowaną minę. – Która z was znalazła Anyę?

– Tessa – powiedziała Lacey. – A potem zostawiła zwłoki tak, żebym ja na nie trafiła. Dziewczyna na mojej łodzi to też twoja robota?

– Kochana, przepraszam cię za to, to musiał być koszmarny wstrząs. Ale informacja nie docierała do ciebie. Myślałam, że pomogą łódeczki albo kraby, że skojarzysz to z mariną... najwyraźniej zbyt wiele oczekiwałam.

– Daleko jeszcze? – Pari znów patrzyła przed siebie. – Nie widzę drabiny. Mam dobry wzrok. Nic nie widzę.

Pari miała dobre oczy. Cztery wieczory wcześniej widziała, jak Tessa ratuje jedną z kobiet z domu przy East Street. Dwa wieczory wcześniej ktoś – Lacey dowiedziała się teraz, że to Tessa – powiesił na łodzi zwłoki dopiero co utopionej młodej kobiety. Ale Tessa twierdziła, że tamtej dziewczyny nie uratowała. „Nie, moja droga. Coś musiało ci się pomylić".

Nagle Lacey zdała sobie sprawę, że znalazła się w zasięgu ciosu wiosłem Tessy.

– Nie mogłam pozwolić, moja droga, żeby to się nadal działo – powiedziała stara. – Wiedziałam, że oni krzywdzą te dziewczyny. Ale żeby donieść na policję na własnego brata? To mnie przerastało. Myślałam: znajdą ciała, a Alexander się dowie, że policja prowadzi śledztwo i może przestanie.

– Dlaczego wybrałaś mnie?

– Widziałam, jak pływałaś wpław i kajakiem. I tą dużą szybką łodzią policyjną. Tak, to musiałaś być właśnie ty.

Więc to Tessa w swojej łódeczce odwiedzała po nocy jacht Lacey. To Tessa zostawiała serca, kraby, a w końcu zwłoki. Na swój sposób więcej sensu miało to, że prześladowca próbował przestrzec Lacey, a nie ją nastraszyć. Tylko że...

– Ale kobiety sprowadzano tutaj na śmierć. Nadia mi o tym mówiła. Powiedziała, że przywiązywano je za szyję do pierścieni cumowniczych i zostawiano, żeby utonęły, tak jak mnie. Jak Alex mógł je zabić, skoro nie wiedział o tym miejscu?

– Nadia? – powtórzyła Tessa naprawdę zaskoczona.

– Nadia Safi. Była tutaj dziś ze mną. Na East Street też.

Wielkie oczy Tessy otworzyły się jeszcze szerzej ze zdziwienia.

– Nadia tutaj była? – Odwróciła się, żeby popatrzeć na wodę.

– Tak, pokazała mi drogę. Nie chciałam o tym mówić, żeby cię nie nastraszyć. Ktoś ją napadł. Wyciągnął z łodzi. Chyba nie żyje.

– Nadię dzisiaj napadnięto? Nie wydaje mi się to moż... – zaczęła Tessa.

Rozległ się nagły hałas. Taki odgłos, jakby coś wpadało albo wślizgiwało się do wody.

Lacey przykurczyła nogi, myślała, czy szczury potrafią pływać. Tessa przestała wiosłować, usiadła prosto, patrzyła to na Lacey, to na Pari.

– Pari, kochana, odłóż na chwilę wiosło – powiedziała.

– Musimy płynąć dalej – zaprotestowała Lacey.

Tessa nie zwróciła na to uwagi. Nadal skupiała się na hałasie, który dopiero co słyszały. W bladym świetle latarni zaczęła się zmieniać. Jeszcze mocniej wyprostowała plecy, podniosła głowę, oczy znów zaczęły jej lśnić. Wyglądała na wyższą, młodszą, silniejszą. Potem, za szybko, żeby Lacey mogła ją powstrzymać, sięgnęła w bok i złapała za pierścień do cumowania. W mgnieniu oka przewlokła przez niego linę z łodzi i mocno zacisnęła. Zatrzymały się w miejscu.

– Tessa – wymamrotała Lacey, kiedy dotarła do niej zimna świadomość sytuacji. – Jak Alex mógł zabić Nadię, jeśli przez cały dzień był w areszcie?

Fred i jego załoga czekali przy pomoście, tym samym, z którego dobę wcześniej Dana zeszła do łodzi przemytników. Pobiegli po schodach nad rzeką do Andersona, który dostał wezwanie przez radiostację. Podniósł rękę, żeby poczekali.

– Pete, Tom i Gayle są przy przepompowni – powiedział im po paru sekundach słuchania. – Mundurowi już jadą. O ile im wiadomo, budynek jest pusty, ale nie będą tego wiedzieli na pewno, dopóki nie przyjdzie ekipa od wyważania drzwi.

– Daleko to? – Mark rozglądał się wokół. Patrzył na betonowe schody, na szerokie obwałowanie nabrzeża, na pobliskie budynki komisariatu.

– Jakieś dwieście metrów w dół rzeki. – Christakos pokazał wolną ręką na południe. – Ujście, z którego na pewno skorzystała Tessa, żeby tam wpłynąć, jest ze dwadzieścia metrów w górę rzeki. – Wskazał w przeciwnym kierunku.

Mark podszedł do wuja.

– Jeśli ich nie ma w przepompowni, muszą być gdzieś w tych tunelach.

Fred się nie cofnął.

– Prawie wszystkie tunele zalało. Mam łódź przy samym wejściu i niech tam stoi, póki się więcej nie dowiemy, ale nie ma mowy, żebym ryzykował życie swoich ludzi.

– Daj mi tę cholerną łajbę, ja to zrobię.

– Nic z tego, przyjacielu.

Dana położyła dłoń na ramieniu Marka.

– Wracaj do samochodu – powiedziała. – Pojedziemy tam.

– **Panie Christakos,** o ilu kobietach jest mowa? – W samochodzie, który jechał aż nazbyt wolno wokół zabudowań przemysłowych, Dana podtrzymywała rozmowę choćby po to, żeby powstrzymać Marka przed wybuchem. – Ilu kobietom pańska siostra pomogła uciec z kliniki?

Ile jeszcze zwłok czeka na nich gdzieś na dnie rzeki? Christakos zamknął oczy, jakby mocno się zamyślił. Usłyszała, jak wyszeptał imię Dżamilla, potem coś, co zabrzmiało jak Szireen. Numer cztery to Yass, a numer pięć Ummu. Proszę, niech to będzie ostatnia. Trzeba znaleźć pięć ciał. To wystarczy.

Zobaczyła przepompownię. Mały, ładny, ale nierzucający się w oczy budynek niedaleko rzeki. Christakos wymienił szóste i siódme imię. Dobry Boże, dziewięć. Jeszcze cztery gdzieś są. To że...

– Przepraszam, ta trzecia to... Jeszcze raz, kto to był?

Lekarz otworzył oczy.

– Nadia Safi – powtórzył. – Dwadzieścia osiem lat. Z prowincji Chost w południowo-wschodnim Afganistanie. Zniknęła w tym roku, dziesiątego stycznia. Niedługo po przyjeździe. – Spazm bólu przebiegł po jego twarzy. – Czy jest wśród tych, które znaleźliście? Ona też nie żyje?

94. Lacey i Dana

Powiedziałaś, że twój brat cały dzień przesiedział na policji – przypomniała Lacey. – Więc nie mógł być tutaj. Nie mógł zabić Nadii. Nie mógł mnie zostawić, żebym się utopiła. – Szybko się rozejrzała, próbowała coś zobaczyć w ciemności, myślała, jak daleko jest do drabiny, i czy cokolwiek z tego, co usłyszała przez ostatnie pół godziny, to prawda.

– Tak – zgodziła się Tessa. – Masz rację. Głupio z mojej strony, że o tym nie pomyślałam.

– Pari, wysiądź z łodzi, dobrze? – Lacey znów zaczęła płynąć, chciała znaleźć się co najmniej na odległość ramienia od Tessy. – Idź wzdłuż półki, aż trafisz na drabinę, potem wejdź na nią. Będę zaraz za tobą.

Dziewczyna zdezorientowana, nadal wystraszona, ani drgnęła. Ufała Tessie, nie Lacey. Nie będzie łatwo wyciągnąć ją z łódki.

– Lacey, mój brat to dobry człowiek. – Tessa rozpięła guzik i pozwoliła, żeby opadła z niej peleryna. – Może trochę zagubiony, ale dobry. Przykro mi, że tak o nim mówiłam.

Rozpinała bluzkę. Lacey otwierała usta, żeby zapytać, po co, do diabła, to robi, ale zdała sobie sprawę, że teraz ważniejsze jest coś innego.

– To ty je zabiłaś?

Tessa ściągnęła bluzkę, obnażając płaskie, puste piersi starej kobiety i dobrze rozwinięte umięśnienie kogoś, kto pływa od lat.

– Tak. – Wyciągnęła ramiona, obracała nimi jak pływak przed wyścigiem. – W pełni odpowiadam za ich śmierć. Jaka jest woda, moja droga?

Nie, nie. To nie jej przyjaciółka Tessa. Rany, byle tylko nie wpaść w panikę.

– Cokolwiek zamierzasz, jestem od ciebie silniejsza – ostrzegła ją. – Nie możesz nawet chodzić.

– Prawda. – Tessa sięgnęła lewą ręką do pasa i odpięła spódnicę. Zdjęła ją i Lacey zobaczyła, co jest pod spodem. – Ale mogę pływać. – Uśmiechnęła się szerokim, szczęśliwym uśmiechem.

Lacey nic nie powiedziała. Widziała niewiele. Ale to, co dostrzegła, wystarczało. Usłyszała, jak Pari szepcze coś w swoim języku. Coś, co zabrzmiało jak modlitwa.

– No i co? – Tessa spojrzała na swoje nagie ciało, potem znów na Lacey. – Nie zapytasz: „Kim ty jesteś?" Zawsze tak pytają.

– Jesteś syreną.

Tessa się rozpromieniła.

– Jakie to słodkie z twojej strony. Zawsze uwielbiałam syreny. Wiedziałaś, że siostra Aleksandra Wielkiego, Tessalonika, była syreną? Dlatego wybrałam takie imię. Moje prawdziwe imię jest zupełnie inne. Ale ty o tym byś wiedziała, prawda?

Lacey nagle zdała sobie sprawę, że mocno drży.

– Nie znasz mnie. Zabiłaś te wszystkie młode kobiety. Próbowałaś zabić mnie w marinie.

Stary, nagi stwór na rufie łodzi uśmiechnął się jeszcze szerzej.

– Moja droga, gdybym chciała cię zabić, zabiłabym, wierz mi. Ja po prostu próbowałam pokazać ci to, czego ty i twoi koledzy nie mogliście znaleźć.

Lacey próbowała zrozumieć to, co usłyszała. Tessa westchnęła.

– Ale tak ogólnie masz rację. Co do tego, że ciebie nie znam. – Pokiwała głową i zeskoczyła z ławeczki. Sekundę później już jej nie było.

– Pari, wychodź. Natychmiast! – Lacey jedną ręką trzymała dziób łódki przy ścianie, drugą ciągnęła wystraszoną Afgankę. – No, dalej. Musimy znaleźć drabinę.

Dziewczyna chwiała się, szamotała, żeby przejść z małej, chybotliwej łódki na wąską, mokrą półkę. Lacey obserwowała wodę wokół nich. Tam czaiła się Tessa, pewnie gdzieś bardzo blisko. Pchnęła Pari w plecy, kopniakiem odsunęła łódkę i przygotowała się, żeby wyskoczyć z wody.

W tym momencie coś pociągnęło ją pod powierzchnię.

Woda była ciemna. Lacey uderzyła w gładkie drewno łódki. Odepchnęła się od niej z całej siły i rąbnęła plecami o ceglaną ścianę. Wykorzystała ją, żeby złapać kierunek, wydostać się na powierzchnię, znów zacząć oddychać.

Pari posuwała się centymetr za centymetrem po występie w stronę drabiny, która zapewniłaby jej bezpieczeństwo, ale przerażony wzrok ciągle miała utkwiony w Lacey. Poruszała się znacznie za wolno.

Lacey spojrzała za siebie, w głąb tunelu. Nie było nic widać, poza wygładzającą się powierzchnią. Nie było nic słychać, poza kapaniem ze sklepienia i szmerem fal, które uderzają o mury.

Potem obezwładniający ciężar przyczepił się do jej nóg i znowu zaczął ją ciągnąć w dół. Lacey w mgnieniu oka dała nura. Coś ją chwyciło, próbowało mocniej przytrzymać. Kopała jak szalona, udało się jej oswobodzić na sekundę, potem w jej biodro wbiły się zęby. Omal nie zapomniała, że jest pod wodą. Instynktownie chciała zawyć. Zgięła się wpół i wyprowadziła cios prawą, silniejszą pięścią. Poskutkowało, chwyt osłabł. Jeszcze jedno uderzenie i Lacey znowu znalazła się na powierzchni.

Chodnik był blisko. Za wszelką cenę trzeba wyjść z wody. Już sięgała pokrytych mułem kamieni, kiedy dwie silne ręce złapały ją za gardło. Znów się zanurzyła. Miała wrażenie, że już ostatni raz.

To koniec. Będzie kolejnym ciałem, które znajdą. Owiniętym białym lnianym całunem. A może nie. Może na zawsze spocznie na dnie rzeki. Zdawało się, że Tessa jest wszędzie, tak jakby urosła, jakby miała wiele w dwójnasób silnych macek. Przez moment Lacey wydawało się, że w wodzie mogą być we trzy, jeśli Pari wskoczyła pomóc. Tak, jest ich na pewno trzy – trzymały ją więcej niż dwie ręce. Potem jedna para rąk puściła, a ta osoba – nie wiadomo kto – rzuciła się na tę trzecią postać. Plątanina, wicie się, kopanie, gryzienie gdzie popadnie. Lacey ostatni raz spróbowała się uwolnić. Okręciła się wokół osi jak węgorz.

Udało się. Kilkadziesiąt centymetrów dalej Pari nadal kucała pod ścianą tunelu, ręce w przerażeniu przytknęła do twarzy. Ubranie miała suche.

Lacey wyskoczyła najdalej, jak mogła. Pari pociągnęła ją za ramiona. W kilka chwil Lacey wgramoliła się na półkę i chwiejnie stanęła. Pod wpływem impulsu sięgnęła do łódki i złapała bliższe niej wiosło. Zawsze lepsza taka broń niż żadna. Przycisnęła się do pokrytej szlamem ściany tunelu. Jednocześnie próbowała złapać oddech, wykrztusić rzeczną wodę i znaleźć kobietę, która ją zaatakowała. Pari stała obok i coś pokazywała.

Ona tam była, niecałe trzy metry dalej, jej głowa unosiła się nad wodą, włosy rozpościerały na wszystkie strony. Ramiona nieprawdopodobnie szerokie i silne. Przerażająca istota, która warczała, obnażając zęby. Patrzyła na nią oszalałymi olbrzymimi oczami, wychodziła z wody, chwiejnie stawała na występie, przygotowywała się do kolejnego ataku. Ta kobieta – nie sposób to zrozumieć w takich okolicznościach – na pewno nie była Tessą.

– **Nadia Safi była mocno zaburzona** – powiedział Christakos, kiedy Anderson podjechał do betonowego nabrzeża przy przepompowni.

Przy budynku stały już dwa wozy patrolowe i nieoznakowana toyota Mizon.

Dana zmieniła miejsce w samochodzie, głównie po to, żeby oddzielić Marka od Christakosa. Teraz ona siedziała z tyłu, przykuta do lekarza. Skinęła na niego głową, żeby szedł za nią.

– To było od razu widać, od kiedy przyjechała – ciągnął. – Składaliśmy to na karb wyjątkowo trudnej podróży, nawet biorąc pod uwagę niedogodności, na jakie zwykle są narażeni nasi goście.

– Mówi pan o jej aresztowaniu? – Anderson silił się na spokojny ton.

– Mówię o tym, że tamtej nocy omal nie utonęła – odparował Christakos. – Wasi koledzy mocno nastraszyli ludzi, którzy chcieli ją przywieźć. Łódź się przewróciła. Nadia ledwo uszła z życiem. Kiedy do nas trafiła, nadal dręczyły ją koszmary związane z tamtymi wydarzeniami.

– Nie zginęła, bo funkcjonariuszka Lacey Flint skoczyła za nią i wyciągnęła ją z wody – warknął Mark. – Ryzykowała wtedy własne życie.

– To była Lacey? – Twarz Christakosa rozjaśniła się na mgnienie oka. – Nie miałem pojęcia. Ale wróćmy do Nadii. Szybko zdaliśmy sobie sprawę, że to coś więcej niż wstrząs wywołany ostatnimi przejściami. Okazało się, że to coś znacznie głębszego. Co pani wie o moim kraju, pani inspektor?

Kątem oka Dana zobaczyła, że Stenning i Mizon wysiadają z samochodów. Anderson i Mark otwarli im drzwi. Podniosła rękę, żeby dali jej minutę.

– Parę razy wyjechałam do Indii – odparła. – Mam tam rodzinę. Ale w Afganistanie nigdy nie byłam. Wiem tylko tyle, co podają w wiadomościach.

– Więc słyszała pani jedynie o prowincji Helmand. Chost leży na granicy z Pakistanem. To rzadki przypadek wśród afgańskich prowincji, że wielu mężczyzn stamtąd wyjeżdża za granicę w poszukiwaniu pracy. Zazwyczaj do Pakistanu, czasem dalej. Zostawiają kobiety w domu, żeby opiekowały się rodzinami i prowadziły gospodarstwa rolne. Nadia urodziła się pierwsza w rodzinie, w której potem były same córki. Jej ojciec pracował aż do śmierci, a ona, zgodnie z tradycją w tym rejonie, jako najstarsza została wychowana jak chłopiec.

Dana, niezgrabnie idąc od samochodu za Christakosem, zobaczyła zdziwione miny Andersona i Marka. Stanęła i się wyprostowała.

– Mów – poleciła swojej podwładnej.

– W środku nic nie widać, szefowo. Wszystkie okna zabite deskami. I niczego nie słyszeliśmy, ale nie powiem, czy tam ktoś jest, czy nikogo nie ma.

– Ile czasu minie, zanim przyjadą pięściotłuki od wyważania drzwi? – zapytał Mark.

– Jeszcze parę minut – odparł Stenning. – Te wielkie drewniane drzwi są stare. Da radę wejść przez nie.

– Powiedz wszystkim, żeby czekali – nakazała Dana. – Ale nasłuchuj i jak coś tam będzie, natychmiast melduj. – Znowu odwróciła się do Christakosa. – Co to znaczy: wychowana jak chłopiec? Nadia nic nam o tym nie wspominała. Mamy ją na taśmie, jak rozmawia z Lacey. Powiedziała, że młodo została wydana za mąż, weszła do dobrej rodziny, ale mąż ją porzucił, bo urodziła trzy córki, a w noc poślubną powstała wątpliwość, czy jest dziewicą. Historyjka bardzo przekonująca.

– Nadia nie miała dzieci. Co do tego jestem całkowicie pewien. Kiedy do nas przybyła, nadal była dziewicą. Powiedziałbym nawet, że nigdy by jej nie pozwolono mieć dziecka. Proszę zrozumieć, wioska traktowała ją jak mężczyznę. Spodziewano się, że będzie pracować w polu jak mężczyzna, że będzie zaopatrywać we wszystko rodzinę, podejmować decyzje, pomagać w zarządzaniu wioską. Nawet ubierała się jak mężczyzna.

– W ogóle nam o tym nie mówiła.

Dotarł do nich odgłos diesla. Nadjeżdżała furgonetka policyjna. Anderson poszedł porozmawiać z dowodzącym sierżantem. Z wozu wyskoczyło kilku policjantów w mundurach.

– Opowiedziała to w ciągu kilku tygodni – ciągnął Christakos. – Zaprzyjaźniła się z Kathryn Markową. Szczerze mówiąc, nie zdziwiły mnie jej słowa. Jeśli weźmie się pod uwagę to, jak wysoko ceni się synów w Afganistanie, jak względnie nieistotne są dziewczęta, w niektórych rejonach całkiem powszechne jest wychowywanie dziewczyn jak chłopców od bardzo młodego wieku. Niektóre nawet nie wiedzą, że są dziewczynami, dopóki nie przyjdzie pokwitanie i zmiany nie staną się oczywiste. Nie potrafię ocenić, jakie zniszczenia psychiczne to niesie z sobą.

95. Lacey i Dana

Nadia? – Nie, to się jej nie przywidziało. To Nadia. Przykucnięta na występie obok łodzi. Nadia nie zabita, nie gwałtownie puchnący trup przywiązany za szyję do pierścienia cumowniczego, Nadia bardzo żywa. Te wielkie srebrnoszare oczy prawie nie mrugały w półmroku.

Szuranie z boku powiedziało Lacey, że Pari wchodzi w głąb tunelu. Nadia blokowała wyjście, więc to jedyna sensowna rzecz, jaką można było zrobić.

Gdzie podziała się Tessa? Czy te dwie działały razem?

Lacey ruszyła za Pari, przyciśnięta plecami do wilgotnych cegieł, pochylona pod niskim łukowatym sufitem. Cały czas bała się, że się potknie. Szła bokiem, najszybciej jak tylko zdołała, co jakiś czas patrzyła do przodu, częściej za siebie. Obserwowała kobietę, która podążała za nimi.

Nadia szła bez przerw, ale powoli, tak jakby obawiała się, że znowu spadnie do wody albo że znajdzie się za blisko wiosła, które Lacey nadal trzymała. Albo może po prostu wiedziała, że i tak stąd nie wyjdą. Lacey zaryzykowała kolejne spojrzenie przed siebie. Jeśli Nadia i Tessa współpracują ze sobą, stara będzie czekała głębiej w tunelu.

– Nadio, pomyśl o tym, co robisz – zawołała. – Jeśli nas zabijesz, nigdy nie zobaczysz swoich dzieci.

Nadia zatrzymała się i wyrzuciła jakieś gniewne słowa we własnym języku.

– Mówi: nie mam dzieci, ty idiotko – przetłumaczyła Pari. – Nigdy nie miała. Nie dano jej szansy.

– Idź, Pari – poleciła Lacey. – Znajdź drabinę. Tam jakaś musi być. W tunelach zawsze są drabiny.

Pari się zawahała.

– A co z Tessą?

Cholernie dobre pytanie. Gdzie się podziała Tessa? Kim była Tessa? Czy w tej chwili jest w wodzie? Czy to ona odciągnęła Nadię od Lacey?

Pari znów zaczęła iść, Lacey ruszyła za nią. Nadia dotrzymywała im kroku, szła za nimi tunelem. Zachowywała się jak kot, czekała, aż zraniony ptak wygrzebie się spod krzaków.

Tunel zakręcał, blade światło z latarni Tessy przestało do nich docierać. Znalazłyby się w całkowitych ciemnościach, gdyby nie kraty wentylacyjne wbudowane co jakiś czas w sufit. Jak do tej pory, tunel był taki sam jak ten, który Lacey przeszukiwała z Fredem i Finnem.

W końcu poczuła coś twardego i zimnego pod prawą łopatką. Tak! Drabina na poziom ulicy. Pari, napędzana paniką, wspinała się już po szczeblach.

Lacey wahała się, czy za nią iść – jak tylko zniknie zagrożenie od wiosła, Nadia skoczy na nią – została więc tam, gdzie była. Wtedy nagły ruch za Nadią przyciągnął uwagę ich obu.

Tessa szybko się do nich zbliżała. Płynęła motylkiem, stylem szczególnie dobrze dostosowanym do jej anatomii. Lacey, nie myśląc, podniosła wiosło i mocno pchnęła nim Nadię w plecy. Dziewczyna wpadła do wody, Tessa natychmiast się na nią rzuciła. Obie pływaczki zniknęły w fontannie czarnej, zwieńczonej pianą wody.

– Hej, nie mogę tego poruszyć.

Pari stała na górze drabiny, dotarła do włazu blokującego drogę ucieczki. Lacey zrobiła jeszcze krok na drabinie i zatrzymała się. Nie, nie zostawi Tessy. Zeskoczyła na występ, rozległ się głośny plusk, bo jej stopy uderzyły w wodę, która zdążyła już pokryć ścieżkę.

Dokładnie naprzeciwko niej wynurzyła się głowa. Nadia wróciła.

– **Dla kobiet takich jak Nadia** nie ma miejsca w realnym świecie – wyjaśniał Christakos, gdy zespół mundurowych rozstawiał stalowe tubusy podnośnika, żeby rozbić drzwi do przepompowni. – Ich położenie jest gorsze niż sług, a nawet niewolników. Są jak duchy niewolników.

– Nie rozumiem – powiedziała Dana.

– Nie są mężczyznami. Mogły być wyuczone, jak walczyć, obchodzić się z karabinem, jak bronić rodziny, ale mężczyźni nigdy ich nie zaakceptują. Podczas zlotów rodzinnych i wesel muszą zostawać między kobietami. Ale prawdziwymi kobietami też nie są. Nie wolno im wychodzić za mąż, mieć dzieci, nosić kobiecych ubrań. Inne kobiety traktują je jak dziwadła. Nazywa się je *narkhazak*. To znaczy eunuch. Dzieci na ulicy rzucają w nie kamieniami. Nigdzie nie pasują, a jeśli zwrócą na nie uwagę talibowie, prawie pewne, że zostaną stracone.

Po raz pierwszy Dana nie wiedziała, co powiedzieć. Rozległ się huk. Stalowy taran uderzył w drzwi. Wytrzymały.

– Na krótko przed wyjazdem Nadii z Afganistanu zdarzył się wypadek. To był katalizator, który przyspieszył jej podróż.

– Co się stało?

Drużyna przy drzwiach przygotowała się do kolejnej próby.

– Talibowie zobaczyli ją na ulicy niezasłoniętą welonem. Aresztowali ją, przykuli w kanale burzowym i zostawili. Kanał był suchy, ale wiedzieli i Nadia też wiedziała, że jak tylko zacznie padać, pusty dren zamieni się w potok i ona utonie. Była tam dwa dni, przymocowana za szyję. Czekała na śmierć. Nikt się o nią nie zatroszczył, ani przyjaciele, ani rodzina. W końcu człowiek, który dla mnie pracował, pomógł Nadii uciec i przywiózł ją tutaj.

Drzwi wpadły do środka i policjanci, z Markiem na czele, zniknęli w budynku. Za nimi poszli Stenning, Anderson i Mizon. Dana widziała, jak włączają latarki i promienie światła zaczynają krążyć po wnętrzu. Razem z Christakosem podeszli do wejścia.

Popatrzyła w dół. Pierwsze zaskoczenie, chociaż mówiono jej, że połowa przepompowni jest zaryta w ziemi. Jasne cegły i wykładane kafelkami wnętrze przywodziły na myśl wiktoriańskie łaźnie publiczne. Było tam mnóstwo kryjówek: kamienne kolumny, łukowate zagłębienia, wielkie żelazne cokoły. Zespół poruszał się ostrożnie, Mark szedł na czele. Stenning natomiast stał, promień światła latarki trzymał na czymś na posadzce. Podniósł wzrok na Danę. Zobaczyła, że jego wargi formują jedno słowo: krew.

Z narastającym obrzydzeniem zdjęła Christakosowi kajdanki.

– Proszę przodem. – Pokazała na schody w dół. – Powoli. I niech pan nie oddala się ode mnie.

– Jest bezpiecznie, szefowo. – Sierżant w mundurze spotkał ich w połowie drogi na dół. Patrzył do góry, w przyćmionym świetle jego twarz składała się z kanciastych cieni. – Ani śladu ludzi, ale na podłodze jest woda, a jeden z pani kolegów znalazł coś, co wygląda na...

– Wiem. – Dotarła do ostatniego stopnia. Mark stał po drugiej stronie pomieszczenia, zaglądał w jedną z wielkich rur wylotowych. Dana nie zauważyła tego wcześniej, ale wziął ze sobą kamizelkę ratunkową z łodzi policyjnej. Cholera.

– Szefowo, tu są ciężarki. – Mizon stała przy jakiejś niszy i patrzyła w górę, na półkę. – Takie jak te, które znaleźliśmy w marinie. A to, co teraz widzę, to bez wątpienia płócienne całuny. Tutaj owijano i obciążano zwłoki.

– Ale nikogo nie topiono. – Mark włożył kamizelkę ratunkową. – To się działo gdzie indziej. Pete, pożycz latarkę.

– Nie! – Dana podeszła do rury wylotowej, kiedy Pete podawał latarkę. – Nikt nie wejdzie do ścieku. To zbyt niebezpieczne, do cholery.

Mark pokręcił głową.

– Dana, nie jestem twoim podwładnym. – Pokazał za siebie przez ramię. – Musisz cały czas wyciągać z niego informacje. Zapytaj, czy jego siostra naprawdę jest kaleką. Bo jeśli tak, to nie mogła tutaj się dostać. Rozejrzyj się.

Na chwilę dała mu się oszukać. Odwróciła od niego wzrok, żeby spojrzeć na drzwi wysoko na ścianie, na strome żelazne zbiegi schodów, na niebezpieczne drabiny, na trzy rury wylotowe, które były jedynym połączeniem ze ściekiem. Po paru sekundach zdała sobie sprawę, że Marka już nie ma.

– Nie! – Podniosła rękę, żeby powstrzymać Stenninga, bo ten już chciał pójść w jego ślady. – Nie odpowiadam za to, co robi inspektor Joesbury. Ale z tobą to inna sprawa, zostajesz tutaj. Gayle, skontaktuj się z generalnym inspektorem Cookiem. Jeśli trzeba przeszukać ściek, niech to zrobią jego ludzie.

Wróciła do Christakosa.

– Skończyliśmy przeszukiwanie South Dock Marina – poinformowała. – Oprócz dwóch ciał znaleźliśmy ciężarki, które prawdopodobnie były przymocowane do Anyi Fahid i Rabii Khan. Poza tym nic.

Odpowiedział jej spojrzeniem, nie bardzo rozumiał, o czym ona mówi.

– Wymienił pan dziewięć kobiet – ciągnęła. – Możliwe, że cztery z nich nadal żyją. Że pańska siostra naprawdę pomagała im uciec. Czy według pana Nadia Safi miała skłonności do przemocy?

Christakos myślał parę długich sekund, zanim odpowiedział.

– Nie jestem psychologiem, ale co mnie uderzyło w przypadku Nadii, to że chociaż skrzywdzili ją mężczyźni, nienawidziła kobiet. Szczególnie młodych, atrakcyjnych, godnych pożądania. Wywoływały w niej krańcową wściekłość. Kiedy zdaliśmy sobie sprawę, jak bardzo jest zaburzona, postanowiliśmy wypuścić ją i już nie stosować dalszej terapii. Potem się rozpłynęła. Oczywiście, niepokoiliśmy się o nią, ale aż tak bardzo nie żałowaliśmy, że już jej nie zobaczymy. – Westchnął głęboko. – Co za głupiec ze mnie. Pani inspektor, moja siostra nie jest zabójczynią. Ona tylko uwolniła zabójczynię.

96. Lacey

Spróbuj jeszcze raz – syknęła Lacey do Pari, gramoląc się do niej po drabinie.

Znowu głośne oddychanie, parę jęków strachu. Pari była słaba.

– Zrób mi trochę miejsca. – Lacey znów zaczęła się wspinać, szła w górę, aż znalazła się obok dziewczyny na drabinie. Razem pchnęły dekiel. Finn miał problem z paroma takimi przykrywkami. Blokowały je zwały błota, ziemi, odpadków. Trzeba mocno pchać i się nie poddawać. Poczuła, że przykrywka drgnęła. Da radę. Wydostanie je stąd. A potem odgłos dochodzący z dołu zmroził jej serce.

Nadia wspinała się za nimi. Jeszcze parę szczebli, jeszcze parę sekund i dosięgnie Lacey. Wystarczy, że chwyci ją za stopę i, wykorzystując jedynie ciężar własnego ciała, zrzuci ją z drabiny. Obie runą do wody, a Lacey wcale nie była pewna, czy po raz drugi uda się jej pokonać tę dziewczynę.

Znów pchnęła żelazny krąg nad sobą. Wspięła się jeszcze jeden szczebel, trochę po to, żeby znaleźć się poza zasięgiem napastniczki, trochę po to, żeby mieć lepszy punkt oparcia. Nadia, wchodząc, trzęsła drabiną. Lacey słyszała pod sobą dyszenie. Sekunda i znajdzie się w jej zasięgu.

Pokrywa poluzowała się dokładnie w chwili, gdy Pari wściekle krzyknęła. Lacey spojrzała w dół, zobaczyła, jak Pari kopie Nadię, rozpaczliwie próbuje nie dopuścić jej do siebie. Lacey znów pchnęła i dekiel odsunął się swobodnie.

– Pari, teraz!

Dziewczyna wspięła się błyskawicznie na kilka ostatnich szczebli i wyskoczyła na ulicę. Lacey już miała za nią pójść, ale silna, mokra dłoń zamknęła się wokół jej kostki. Zerknęła przez ramię, wściekła twarz była tuż-tuż. Potem to Nadia zawyła z bólu. Lacey zobaczyła pod nią Tessę. Stara kobieta jakoś uniosła się z wody i przywarła do oszalałej dziewczyny. Wszystkie trzy kołysały się jak lina upleciona z ludzi i tylko dzięki Lacey, która trzymała się szczebla, jeszcze nie runęły w dół.

– Lacey!

Twarz Pari nad nią. Jej ręce znów przysuwają dekiel. Przez sekundę Lacey nie zrozumiała, o co chodzi. Potem oderwała jedną rękę od drabiny, poczuła, jakby druga ręka rozrywała się pod ciężarem, który na niej zawisł, chwyciła przykrywę i pomogła Pari przesunąć ją przez otwór.

– Tessa! Zejdź z drogi!

Nadia puściła Lacey. Wydała głęboki jęk, tak jakby z całego ciała nagle uszło powietrze, i poleciała do tyłu. Ale upadając, obróciła się i żelazny krąg spadł niżej. Uderzył Tessę i pociągnął ją za sobą. Kiedy Lacey zeskoczyła na występ przy tunelu ścieku, nigdzie nie było śladu Nadii ani Tessy.

Czwartek, 3 lipca

97. Lacey i Dana

Przemysłowy krajobraz przesłaniał horyzont przed nimi. Wysokie na parę metrów ogrodzenie z siatki stało tuż nad linią wody, za nim było widać flotę białych furgonetek. Płynęli do miejsca na południowym brzegu, jakieś półtora kilometra w dół rzeki od Greenwich. W nocy pogoda się popsuła. Niebo zasnuły ciężkie chmury, a nad Tamizą wył wiatr, zalatywało zimą. Albo typowym angielskim latem.

Na wąskiej, usianej kamieniami plaży czekało sześć osób. Anatomopatolog Mike Kaytes, troje członków oddziału taktycznego Policji Rzecznej i dwóch SOCO*. Na kamieniach za nimi coś leżało. Lacey ledwie mogła to rozpoznać, ale też celowo tak bardzo się nie wpatrywała.

Siedzący za nią w pontonie Finn Turner rozmawiał przez radiostację.

– Ty to znalazłaś? – zapytał, gdy się rozłączył.

Nie odwracając się, Lacey skinęła głową. Zwłoki młodej kobiety zostały wyłowione wczesnym rankiem z Tamizy, na wysokości Igły Kleopatry. Teraz były w komisariacie w Wapping. Zidentyfikowano je jako ciało dwudziestoośmioletniej Nadii Safi. Po tym, jak upadła z drabiny, przypływ poniósł ją w górę rzeki i utknęła między dwiema łodziami.

– Pewnie nie słyszałaś, że bywała w South Dock Marina – powiedział Turner. – Jej pracodawcy mieli tam łódź. Nadia przychodziła ją sprzątać i przygotowywać na weekendowe wycieczki. Mała motorówka, którą trzymali obok, zaginęła.

---

* SOCO (z ang. Scene of Crime Officer, inna nazwa: SCI) – osoba cywilna, która pracuje dla policji, z gruntownym przygotowaniem akademickim i technicznym; zbiera dowody na miejscu zbrodni, przeprowadza badania naukowe, rekonstrukcje itp.

Prawie na miejscu. Turner zamknął przepustnicę, żeby samym rozpędem przepłynąć ostatnie kilka metrów. Jeden z policjantów z zespołu taktycznego wszedł do wody i złapał linę. Ponton zatrzymał się, Lacey wysiadła. Pierwszy spojrzał jej w oczy anatomopatolog.

– Miło cię widzieć, policjo rzeczna. – Jego chmurna mina nie była tak surowa jak zazwyczaj. Lacey pomyślała, że chyba naprawdę jest mu miło.

– Dziękuję, że poczekałeś. – Przeniosła wzrok z niego na mały, jasny kształt na plaży. – To... ona?

Zacisnął wargi i skinął głową.

– **Byliśmy identycznymi bliźniakami** – powiedział Christakos, kiedy tylko usiadł w pokoju przesłuchań. – To oczywiście znaczy, że tej samej płci. Mój brat miał na imię Mudżeeb, ale ze względu na swój stan nie czuł się dobrze w skórze mężczyzny. Rozumiecie, nie miał penisa. – Zwrócił się do Andersona. – Sierżancie, to chyba niemożliwe, żeby uważać się za mężczyznę, jeśli się nie ma penisa?

– Nigdy się nad tym nie zastanawiałem. Ale myślę, że dla chłopca to niełatwe.

– Kiedy zaczęliśmy dorastać, zobaczyłem pierwsze oznaki, że Mudżeeb zmierza ku kobiecości – podjął Christakos. – Zapuścił długie włosy, nosił obszerne ubrania w jaśniejszych kolorach. Tuż przed naszym wyjazdem z Afganistanu zaczął o sobie mówić Tessalonika, zdrobniale Tessa. Rozumiecie, żartował sobie ze mnie. Siostra Aleksandra Wielkiego była podobno syreną i właśnie tak miała na imię. Nie żeby uważał mnie za kogoś wielkiego... chodziło raczej o przytyk do mojej arogancji.

Arogancja całkowicie zniknęła, pomyślała Dana, patrząc na załamanego człowieka po drugiej stronie stołu. Tak jakby jego pycha umarła razem z bratem bliźniakiem.

– Co to właściwie za przypadłość? – zapytała.

– **Sirenomelia** – powiedział Kaytes. – To wada wrodzona, polega na zrośnięciu nóg, które wyglądają jak jedna kończyna dolna. Nazywa się to też syndromem syreny.

Lacey patrzyła na Kaytesa. Jeszcze nie była przygotowana, żeby zobaczyć to, co rzeka wyrzuciła na południowy brzeg.

– Nigdy o tym nie słyszałem – przyznał Turner. Sądząc po minach ludzi wokół, nikt o tym nie słyszał.

– To bardzo rzadki przypadek – wyjaśniał dalej Kaytes. – I zazwyczaj śmiertelny. Większość noworodków z tą wadą przychodzi na świat martwa. Nieliczne przeżywają po kilka dni. W literaturze nie ma wzmianki, żeby ktokolwiek dożył tak zaawansowanego wieku. Albo żeby rozwinął w sobie taką siłę.

W końcu będzie musiała to obejrzeć. Dlatego prosiła, żeby pozwolono jej tu przyjechać. Trzeba stawić czoło temu demonowi.

– Z czego to się bierze? – zapytał jeden z policjantów.

– Praktycznie nie wiadomo – odparł Kaytes. – Przez jakiś czas sądzono, że to się wiąże z cukrzycą matki, ale tę przyczynę raczej wykluczono. Z tego, co się dowiedziałem, chociaż nie miałem za dużo czasu, żeby poczytać, to anomalia w pępowinie. Przez to nie mogą się właściwie rozwinąć nogi i pewne organy wewnętrzne. Zazwyczaj nerki, więc noworodek umiera na niewydolność nerek.

– **Nikt się nie spodziewał,** że Mudżeeb przeżyje – ciągnął Christakos. – Noworodki z sirenomelią prawie nigdy nie przeżywają. Jednak przypadek mojego brata okazał się nie tak ciężki. Mudżeeb jedną nerkę miał bardzo sprawną. Druga była słabsza, ale i tak funkcjonowała. I ważne, że miał drożny odbyt. Mógł trawić i wydalać produkty uboczne przemiany materii. Żył.

– To musiało być dla niego bardzo trudne – powiedziała Dana.

Christakos popatrzył na nią tak, żeby zrozumiała, że nawet nie jest w stanie sobie tego wyobrazić.

– Afganistan w latach pięćdziesiątych – podjął. – Nasi rodzice nie opiekowali się nim tak, jak pewnie powinni. Zdarzały się okropne sytuacje. Szyderstwa małolatów z sąsiedztwa.

A nie zawsze kończyło się na wyzwiskach. Ulubiona zabawa polegała na tym, że dzieciaki wrzucały go do jeziora i przyglądały się, jak pływa. Oczywiście pływał, instynktownie, ale zabawy stawały się coraz bardziej brutalne. Pewnego razu myślałem, że naprawdę chcą go utopić.

– **Sirenomelia** – powtórzyła Lacey. – Syreny śpiewają, prawda? Siadają na skałach i śpiewają żeglarzom. Kobiety w klinice słyszały, jak Tessa im śpiewa.

– Mitologia to nie moja działka, policjo rzeczna – odparł Kaytes. – Zrobię, co mogę, żeby ci powiedzieć, jak zginęła, ale poza tym...

– Zabiłam ją – przerwała mu Lacey. – Próbowała mnie uratować, a ja ją zabiłam. Upuściłam na jej głowę żelazną pokrywę. Upadła na plecy do wody i jeśli jeszcze żyła, to utonęła.

Milczenie. Wyczuwała nerwowe spojrzenia rzucane ponad jej głową.

– Hm, to zaoszczędzi mi trochę czasu – skwitował patolog.

– **Z upływem lat** istotnie zacząłem o niej myśleć jak o siostrze, a nie o bracie – wyznał Christakos. – Bez organów płciowych nie przechodziła dojrzewania. Nie wyrosły jej włosy na ciele, nie obniżył się głos. Ale dziwne, wyrosła bardzo wysoka i silna. Jej umiejętności pływackie były naprawdę godne uwagi. Pływała, całkiem dosłownie, jak ryba. A kiedy nie pływała wpław, ciągle wybierała się na wodę którąś z tych swoich śmiesznych łódeczek. Zwykła mawiać, że dopiero na wodzie czuje się naprawdę jak w domu. Omal nie została tym, o czym marzyła – syreną.

Tessa leżała skulona na boku, prawie tak jakby spała. Długie włosy, nadal wilgotne, rozłożono za nią. Twarz, na tle mułu bladą jak prześcieradło, było widać tylko z profilu. Lacey podeszła bliżej, ludzie na plaży zrobili jej przejście i się przyglądali.

Powyżej pasa tułów Tessy przypominał tułów Raya. Szerokie bary pływaka, ramiona szczupłe i mocne. Puste piersi to po prostu tkanka obwisła ze starości.

Poniżej pasa ciało Tessy nie przypominało niczego ludzkiego.
– Dowiem się więcej, jak mi ją oddacie. – Kaytes stał tuż za Lacey. Turner też ustawił się bardzo blisko, tak jakby obawiali się, że dziewczyna upadnie. – Ale z tego co widzę, to nie tylko kwestia dwóch nóg pokrytych razem skórą. Tam faktycznie są połączone kości długie. To jedna mocna kończyna dolna.
– To nie jest podobne do ogona, prawda? – Lacey czuła niezwykłą jak na siebie wilgoć w oczach.
Dolna kończyna Tessy, szeroka przy biodrach, w dole gwałtownie się zwężała. Była kilkanaście centymetrów krótsza, niż można by się spodziewać, sądząc po długości tułowia. Lacey nie zauważyła kolana, ale przecież kończyna musiała się jakoś zginać. Inaczej jakim cudem Tessa tak dobrze by pływała? Miała prawie doskonale uformowane stopy, które rozchodziły się na wysokości kostki.
– W świetle dziennym nie, to nie przypomina ogona – powiedział Kaytes. – Wygląda na to, czym jest. Jedna z licznych niedoskonałości, z którymi ludzie powinni się oswoić przez wieki. Ale w nocy, na odległość, w wodzie... hm, rozumiem, że osoby łatwowierne i romantyczne mogą przy tej okazji fantazjować na temat mitycznych stworzeń.
– Przypływ się zbliża – przypomniał jeden z policjantów Wydziału Rzecznego. – Naprawdę powinniśmy...
– Wystarczy ci, Lacey? – przerwał mu Kaytes.
Kiwnęła głową i odsunęła się, kiedy podnosili Tessę i wkładali ją ostrożnie do worka na zwłoki. Turner wrócił wcześniej do pontonu, teraz szedł plażą, niosąc celofanowy stożek. Zdjął opakowanie z kwiatów i wręczył je Lacey.
– Lilie... – nie zwracała się do nikogo konkretnego. – Ona i Alex urodzili się w maju. – Położyła pięć łodyżek na brzegu, gdzie jeszcze było widać odciśnięty zarys ciała Tessy. – Tak naprawdę powinny być konwalie. Ale trudno o nie o tej porze roku. – Wstała, wzięła głęboki wdech i wytarła oczy. – To jej kwiaty urodzinowe. Mój kwiat to ostróżka.

Piątek, 18 lipca

98. Syrena

Lacey leżała w słońcu na tylnym pokładzie swojego jachtu. Dwa tygodnie po śmierci Tessy i Nadii jej bollywoodzka opalenizna zbladła. Uznała jednak, że lubi siebie w takim złotym odcieniu. I kto wie, może niedługo znajdzie się ktoś inny, żeby to podziwiać. Na deskach pojawiły się wielkie gołe stopy Eileen.
– Poczta dla ciebie, Tracey.
Lacey usiadła i zawiązała pasek zielonego jak morze bikini.
– Doskonale wiesz, jak mam na imię. – Wzięła paczuszkę różnych kopert. – Ty tylko się ze mną drażnisz.
Eileen poszła w stronę kokpitu.
– Nie wiem, o czym mówisz – wymamrotała. Zatrzymała się i odwróciła. – Parę listów jest od agentów nieruchomości. Sprzedajesz łódkę?

Lacey niechętnie skinęła głową. Suchy ląd. Teraz właśnie to było jej potrzebne. Żałowała – uwielbiała swoją łajbę, kochała ludzi, wśród których przyszło jej żyć – ale nie mogłaby znowu patrzeć na ciemną wodę, odstraszające brzegi i nie myśleć o tym, co utraciła. O przyjaciółce, którą zabiła. Rozdarła kopertę pierwszego ze wspomnianych listów.
– Jest też jeden z Belmarsh – poinformowała Eileen, zanim zniknęła.
Belmarsh?
Lacey odrzuciła korespondencję od agentów i wzięła kopertę ze spodu. Adres napisany ręcznie, znaczek pocztowy z więzienia w Belmarsh.

Droga Lacey,
Wszystkich nas określa fizyczna skorupa, w której żyjemy.
Tutaj, gdzie mam tyle czasu na przemyślenia, coraz częściej

zastanawiam się, kim mógłby być mój brat bliźniak, gdyby nie drugorzędne uszkodzenie w programowaniu prenatalnym, które zahamowało i wypaczyło normalne formowanie się kończyn, a co za tym idzie życie. Ona miała genialny, chociaż przewrotny umysł, ale chyba nie muszę ci o tym mówić. Jestem całkowicie świadom, że z punktu widzenia prawa popełniłem przestępstwo. Nie szukam sobie usprawiedliwień. Poza tym, że jeśli chodzi o klinikę, nie skrzywdziliśmy nikogo, a kobiety, które tu sprowadziliśmy, opuszczały nas, żeby prowadzić szczęśliwsze życie. Zostanę oskarżony o wykorzystywanie słabszych z chciwości i takie oskarżenie muszę przyjąć. Moje sumienie trochę lepiej się czuje dzięki pewnej liczbie kobiet, którym pomogłem uciec przez reżimem znacznie gorszym niż cokolwiek, co może zdarzyć się w tym tutaj kraju.
Dobrze, że jesteś bezpieczna. Gdyby Tessa żyła, cieszyłaby się razem ze mną. Możesz myśleć, że jej obsesja na tle syren to głupota, ale zrodziła się z potrzeby poczucia pełni, żeby nie być wytworem defektu anatomicznego i przesądów bigotów, ale stworzeniem, które ma cel, jest kompletne i wspaniałe. Ona i Nadia miały więcej ze sobą wspólnego, niż mogłyby sobie wyobrazić.
Zawsze ją pociągała kobieca doskonałość fizyczna, a ty byłaś dla niej olśnieniem. Kiedyś powiedziała mi, że potrafi zajrzeć w twoje serce i że ono jest chłodne, ale jasne jak srebro i mocne jak stal. Miała nadzieję, że pewnego dnia uda ci się wrócić do swojego prawdziwego nazwiska, odrzucić gęstą przesłonę – Lacey Flint, i znaleźć w sobie czystość. Ja też mam taką nadzieję.

Szczerze oddany
Alexander Christakos

Mijały sekundy, potem minuty. Do świadomości Lacey dotarł dźwięk dzwonka komórki. Listy od pośredników w handlu nieruchomościami nadal miała na jej kolanach, ale bezwiednie darła je na kawałki. Uniosła rękę i rzuciła je na wiatr, na wodę. Dzwoniła Dana.

– Właśnie skontaktowali się ze mną ludzie z Brytyjskiej Agencji Ochrony Granic – poinformowała. – Postanowili przyznać wizy wszystkim trzem kobietom, a z czasem przyjąć ich wnioski o prawo stałego pobytu. Wygląda na to, że będą mogły zostać.

To dobra informacja. Dżamilla, Szireen i Ummu, trzy dziewczyny, którym – poza Nadią – Tessa pomogła uciec, znaleziono żywe i w dobrym zdrowiu. Dżamilla pracowała jako szwaczka, Szireen już zdążyła wyjść za mąż, a Ummu niedawno założyła własną piekarnię. Żadna z nich nie miała ochoty wracać do Afganistanu. Żadna nie powiedziała nic złego o Aleksie i personelu jego kliniki. Pobyt tam określały jako nudny, trochę oszałamiający, od czasu do czasu nieprzyjemny, ale w końcu z naddatkiem opłacalny. Były zadowolone, że się znalazły w Zjednoczonym Królestwie, nawet gdy się dowiedziały, że prawdopodobnie nielegalnie zabrano im jajeczka. Inny świat, inne priorytety.

Pari przebywała w szpitalu, szybko wychodziła z zespołu nadmiernej stymulacji jajników. Już zaczęła wprawiać w zakłopotanie personel szpitala, gdy regularnie dołączała do zespołu salowych i okazywała się z nich najlepsza.

W nadchodzących tygodniach ludzie Dany mieli rozpocząć wyszukiwanie wszystkich kobiet, które przeszły przez nieoficjalną klinikę Christakosa. Lacey wcale by się nie zdziwiła, gdyby inne nie znajdowały się w takim położeniu jak te trzy uwolnione przez Tessę.

– Lacey, jest jeszcze coś. Bardzo poufne, ale myślę, że powinnaś wiedzieć. Rozszedł się tajny biuletyn. SWK10 zakończył długoterminową operację. W południowym Londynie zatrzymano kilkunastu niezłych bandziorów. To największy sukces ich wydziału od lat.

Lacey głęboko nabrała powietrza.

– Już po wszystkim, Lacey. Coś mi się wydaje, że wkrótce możesz mieć gościa.

Kiedy Dana skończyła, Lacey wstała i przeszła do sąsiadów. Przypływ był prawie w najwyższym punkcie, a z łodzi

Raya i Eileen, znacznie większej od jej jachtu, widziała fragment starej pogłębiarki.

– Eileen – zawołała i zbiegła do kokpitu. – Pożyczę od ciebie lornetkę, dobra?

Gdy znowu weszła na pokład, skierowała szkła na czubek starego dźwigu. Coś nowego. Kawałek materiału łopotał na wietrze, który nie odpuszczał nawet w najgorętsze dni. Flaga. Biała czaszka dobrze widoczna na czarnym tle. Pod nią dwa skrzyżowane miecze. Wesoły Roger. Piracka bandera.

Kajaka już dawno nie miała. Motorówką Raya nadal zajmowali się technicy kryminalistyki. Objazd zająłby za dużo czasu.

– Eileen – powiedziała. – Idę sobie popływać.

Dobry Boże, w rzeczce było zimno bez kombinezonu płetwonurka. Kilka szybkich ruchów kraulem, żeby pozbyć się drżenia, a potem pod wpływem impulsu falisty ruch stylu, którym pływała bardzo rzadko, nawet w nim nie była dobra, po prostu jakoś tak wydawał się jej właściwy. Motylek. Kiedy wynurzała się z wody z wysoko uniesionymi, wyprostowanymi rękami, widziała cień Eileen. Żona Raya stała na pokładzie od strony rzeczki, przyglądała się, jak Lacey odpływa, a Lacey czuła, że kobieta się uśmiecha.

Płynęła dalej, w stronę wysokiego mężczyzny, który pojawił się na pokładzie pogłębiarki. Wiedziała, że cokolwiek się wydarzyło, ten zapomniany wodny wrak stanie się teraz jej domem.

Zostaje. Będzie pływać. Syrena nie opuści rzeki.

Od Autorki

Proszę, NIE pływajcie w tej części Tamizy, gdzie są przypływy i odpływy. Lacey Flint to postać fikcyjna i akurat pod tym względem lekkomyślna. Tamiza jest głęboka, rwąca i niebezpieczna. Tak samo Deptford Creek. To wspaniałe miejsce do zwiedzania i z czystym sercem polecam wycieczki z przewodnikiem prowadzone przez Creekside Education Trust, ale nawet przy niskim stanie wody nikt nie powinien zapuszczać się nad tę rzeczkę samotnie.

Historie opowiadane przez Nadię, Pari i inne kobiety z Afganistanu są oparte na prawdziwych wydarzeniach i zainspirowane książką *Dear Zari: Hidden Stories from Women in Afghanistan* (Droga Zari: Nieznane historie kobiet w Afganistanie) autorstwa Zarghuny Kargar.

Sirenomelia to prawdziwa wada genetyczna, chociaż cierpiące na nią noworodki rzadko dożywają dorosłości.

Podziękowania

Wielkie podziękowania dla:
Dereka Caterera, Mike'a Katesmarka i Adriana Summonsa, którzy próbowali (czasem to było trudne) zakorzenić mnie w rzeczywistym świecie. Dziękuję również zespołowi Creekside Education Trust w Deptford i Anthony'emu Hammondowi z Environment Agency.

Dziękuję swoim przyjaciołom z wydawnictwa Transworld, szczególnie Sarah Adams, Alison Barrow, Chrissy Charalambides, Lynsey Dalladay, Elspeth Dougall, Larry'emu Finlayowi, Gavinowi Hilzbritchowi, Katy Loftus, Kate Samano, Billowi Scott-Kerrowi, Claire Ward i Belli Whittington.

Przyjaciołom z wydawnictwa St Martin Press, szczególnie Kelley Ragland i Elizabeth Lacks.

Mojej ciężko zapracowanej i nieskończenie cierpliwej agentce Anne-Marie Doulton i jej równie wspaniałym kolegom: Peterowi, Rosie i Jessice Buckman.

Nickowi Blake'owi za genialne zwiastuny wideo, a mojemu synowi Halowi za danie życia Barneyowi Robertsowi (z Zagubionych*). Wreszcie Eleanor Bailey, mądrej ponad swój wiek.*